O TRONO VAZIO

Obras do autor publicadas pela Editora Record

1356
Azincourt
O condenado
Stonehenge
O forte
Tolos e mortais

Trilogia As Crônicas de Artur

O rei do inverno
O inimigo de Deus
Excalibur

Trilogia A Busca do Graal

O arqueiro
O andarilho
O herege

Série As Aventuras de um Soldado nas Guerras Napoleônicas

O tigre de Sharpe (Índia, 1799)
O triunfo de Sharpe (Índia, setembro de 1803)
A fortaleza de Sharpe (Índia, dezembro de 1803)
Sharpe em Trafalgar (Espanha, 1805)
A presa de Sharpe (Dinamarca, 1807)
Os fuzileiros de Sharpe (Espanha, janeiro de 1809)
A devastação de Sharpe (Portugal, maio de 1809)
A águia de Sharpe (Espanha, julho de 1809)
O ouro de Sharpe (Portugal, agosto de 1810)
A fuga de Sharpe (Portugal, setembro de 1810)
A fúria de Sharpe (Espanha, março de 1811)
A batalha de Sharpe (Espanha, maio de 1811)
A companhia de Sharpe (janeiro a abril de 1812)
A espada de Sharpe (Espanha, junho e julho de 1812)

Série Crônicas Saxônicas

O último reino
O cavaleiro da morte
Os senhores do norte
A canção da espada
Terra em chamas
Morte dos reis
O guerreiro pagão
O trono vazio
Guerreiros da tempestade
O Portador do Fogo
A guerra do lobo
A espada dos reis
O senhor da guerra

Série As Crônicas de Starbuck

Rebelde
Traidor
Inimigo
Herói

BERNARD CORNWELL
O TRONO VAZIO

Tradução de
Alves Calado

6ª edição

EDITORA RECORD
RIO DE JANEIRO • SÃO PAULO
2021

```
           CIP-BRASIL. CATALOGAÇÃO NA FONTE
         SINDICATO NACIONAL DOS EDITORES DE LIVROS, RJ

            Cornwell, Bernard, 1944-
C834t         O trono vazio / Bernard Cornwell; tradução de Alves
6ª ed.      Calado. – 6ª ed. – Rio de Janeiro: Record, 2021.
            (Crônicas saxônicas; 8)

              Tradução de: The Empty Throne
              Sequência de: O guerreiro pagão
              ISBN 978-85-01-10529-5

                1. Ficção histórica inglesa. I. Alves Calado, Ivanir, 1953-
              II. Título. III. Série.

    15-22918                                  CDD: 823
                                              CDU: 821.111-3
```

Título original em inglês:
The Empty Throne

Copyright © Bernard Cornwell, 2014

Texto revisado segundo o novo Acordo Ortográfico da Língua Portuguesa.

Todos os direitos reservados. Proibida a reprodução, no todo ou em parte, através de quaisquer meios. Os direitos morais do autor foram assegurados.

Editoração eletrônica: Abreu's System

Direitos exclusivos de publicação em língua portuguesa somente para o Brasil adquiridos pela
EDITORA RECORD LTDA.
Rua Argentina, 171 – Rio de Janeiro, RJ – 20921-380 – Tel.: (21) 2585-2000, que se reserva a propriedade literária desta tradução.

Impresso no Brasil

ISBN 978-85-01-10529-5

Seja um leitor preferencial Record.
Cadastre-se no site www.record.com.br e receba informações sobre nossos lançamentos e nossas promoções.

Atendimento e venda direta ao leitor:
sac@record.com.br

Para Peggy Davis

NOTA DE TRADUÇÃO

Mantive a grafia de muitas palavras como no original, e até deixei de traduzir algumas, porque o autor as usa intencionalmente num sentido arcaico, como Yule (que hoje em dia indica as festas natalinas, mas, originalmente e no livro, é um ritual pagão) ou burh (burgo). Várias foram explicadas nos volumes anteriores. Além disso mantive como no original algumas denominações sociais, como earl (atualmente traduzido como "conde", mas o próprio autor o especifica como um título dinamarquês — mais tarde equiparado ao de conde, usado na Europa continental), thegn, reeve, ealdorman e outros que são explicados na série de livros. Por outro lado, traduzi lord sempre como "senhor", jamais como "lorde", que remete à monarquia inglesa posterior e não à estrutura medieval. Hall foi traduzido ora como "castelo", ora como "salão", visto que a maioria dos castelos da época era apenas um enorme salão de madeira coberto de palha, com uma plataforma elevada para a mesa dos comensais do senhor; o restante do espaço tinha o chão de terra simplesmente forrado de juncos. Britain foi traduzido como Britânia (opção igualmente aceita, mas pouco usada) para não confundir com a Bretanha, no norte da França (Brittany), mesmo recurso usado na tradução da série *As Crônicas de Artur*, do mesmo autor.

Sumário

Mapa 9

Topônimos 11

Prólogo 13

Primeira Parte
O guerreiro agonizante 39

Segunda Parte
A senhora da Mércia 113

Terceira Parte
O deus da guerra 213

Nota Histórica 333

Mapa

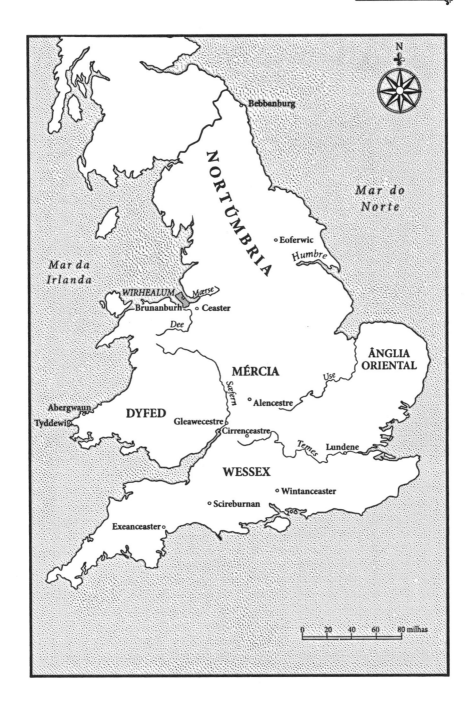

Topônimos

A GRAFIA DOS TOPÔNIMOS na Inglaterra anglo-saxã era incerta, sem nenhuma consistência ou concordância, nem mesmo quanto ao nome em si. Assim, Londres era grafado como Lundonia, Lundenberg, Lundenne, Lundene, Lundenwic, Lundenceaster e Lundres. Sem dúvida alguns leitores preferirão outras versões dos nomes listados abaixo, mas em geral empreguei a grafia utilizada no *Oxford Dictionary of English Place-Names* ou no *Cambridge Dictionary of English Place-Names* para os anos mais próximos ou contidos no reinado de Alfredo, entre 871 a 899 d.C., mas nem mesmo esta solução é à prova de erro. A ilha de Hayling, em 956, era grafada tanto como Heilincigae quanto como Hæglingaiggæ. E eu mesmo não fui consistente; preferi a grafia moderna Nortúmbria a Norðhymbralond para evitar a sugestão de que as fronteiras do antigo reino coincidiam com as do condado moderno. Desse modo, a lista, assim como as grafias, é resultado de um capricho.

ABERGWAUN	Fishguard, Pembrokeshire
ALENCESTRE	Alcester, Warwickshire
BEAMFLEOT	Benfleet, Essex
BEBBANBURG	Castelo de Bamburgh, Northumberland
BRUNANBURH	Bromborough, Cheshire
CADUM	Caen, Normandia
CEASTER	Chester, Cheshire
CIRRENCEASTRE	Cirencester, Gloucestershire
CRACGELAD	Cricklade, Wiltshire
CUMBRALAND	Cumbria
DEFNASCIR	Devonshire

Eoferwic	York
Eveshomme	Evesham, Worcestershire
Fagranforda	Fairford, Gloucestershire
Fearnhamme	Farnham, Surrey
Gleawecestre	Gloucester, Gloucestershire
Lundene	Londres
Lundi	Ilha de Lundy, Devon
Mærse	Rio Mersey
Neustria	A província mais a leste da Francia, incluindo a Normandia
Sæfern	Rio Severn
Scireburnan	Sherborne, Dorset
Sealtwic	Droitwich, Worcestershire
Teotanheale	Tettenhall, West Midlands
Thornsæta	Dorset
Tyddewi	St. Davids, Pembrokeshire
Wiltunscir	Wiltshire
Wintanceaster	Winchester, Hampshire
Wirhealum	O Wirral, Cheshire

Prólogo

Meu nome é Uhtred. Sou filho de Uhtred, que foi filho de Uhtred, e o pai dele também se chamava Uhtred. Meu pai escrevia seu nome assim, Uhtred, mas já o vi ser escrito como Utred, Ughtred ou mesmo Ootred. Alguns desses nomes estão em pergaminhos antigos, declarando que Uhtred, filho de Uhtred e neto de Uhtred, é o legítimo, único e eterno proprietário das terras que estão cuidadosamente indicadas por pedras e diques, por carvalhos e freixos, por pântanos e mar. Essa terra fica ao norte do reino que aprendemos a chamar de Anglaterra. As ondas batem nessa terra sob nuvens carregadas pelo vento. É a terra que chamamos de Bebbanburg.

Vi Bebbanburg apenas depois de adulto, e nosso primeiro ataque a suas altas muralhas não foi bem-sucedido. Na época, o primo de meu pai comandava a grande fortaleza. O pai dele a roubara de meu pai. Era uma contenda familiar. A igreja tentou acabar com a briga, dizendo que os inimigos dos cristãos saxônicos eram os pagãos nórdicos, fossem eles dinamarqueses ou noruegueses, mas meu pai me fez jurar que continuaria a contenda. Se eu tivesse recusado o juramento, ele me deserdaria, assim como havia deserdado e desonrado meu irmão mais velho; não porque meu irmão não quisesse prosseguir com a contenda, mas porque ele se tornou padre cristão. Outrora, eu me chamara Osbert, porém, quando meu irmão mais velho virou padre, recebi seu nome. Meu nome é Uhtred de Bebbanburg.

Meu pai era pagão, senhor da guerra e ameaçador. Costumava me dizer que tinha medo do próprio pai, mas não consigo acreditar nisso, porque nada parecia amedrontá-lo. Muitas pessoas afirmam que nosso reino se chamaria Dinaterra e que todos estaríamos adorando Tor e Woden se não fosse meu pai, o que é verdade. É verdade e estranho, porque ele odiava o deus cristão, chamando-o de "deus pregado"; no entanto, apesar do ódio, ele passou a maior parte da vida lutando contra os pagãos. A igreja não admitirá que a Anglaterra existe por causa de meu pai, dizendo que ela foi feita e dominada por guerreiros cristãos, mas o povo da região sabe a verdade. Meu pai deveria se chamar Uhtred da Anglaterra.

Mas, no ano de Nosso Senhor de 911, a Anglaterra não existia. Existiam Wessex, Mércia, Ânglia Oriental e Nortúmbria, e, enquanto o inverno se transformava numa primavera soturna, eu estava na fronteira da Mércia com a Nortúmbria, numa região coberta de florestas densas ao norte do rio Mærse. Éramos trinta e oito, todos com boas montarias e esperando em meio aos galhos nus do inverno em uma floresta elevada. Abaixo de nós havia um vale onde um riacho corria rápido para o sul, e o gelo perdurava em ravinas profundas. Não havia ninguém lá embaixo, porém, pouco antes, cerca de sessenta e cinco cavaleiros seguiram o fluxo do riacho e depois desapareceram onde o vale fazia uma curva brusca para o oeste.

— Agora não falta muito — comentou Rædwald.

Ele falou apenas por nervosismo, e não respondi. Eu também estava nervoso, mas tentava não demonstrar. Em vez disso, imaginava o que meu pai teria feito. Ele estaria encurvado sobre a sela, olhando carrancudo e imóvel, e assim me encurvei sobre a sela e observei fixamente o vale. Toquei o punho de minha espada.

Ela se chamava Bico do Corvo. Acho que tivera outro nome antes, porque havia pertencido a Sigurd Thorrson e ele deve ter lhe dado um, mas nunca descobri qual era. A princípio achei que a espada se chamava Vlfberht, porque esse nome estranho estava inscrito na lâmina em letras grandes. Era assim:

†VLFBERH†T

Mas Finan, amigo de meu pai, disse-me que Vlfberht é o nome do ferreiro da Francia que a fez, e que ele produz as melhores e mais caras espadas de toda a cristandade, e deve ser da cristandade mesmo, porque Vlfberht coloca cruzes na frente e dentro de seu nome. Perguntei a Finan como poderíamos encontrá-lo para comprar mais espadas, porém Finan diz que ele é um ferreiro mágico que trabalha em segredo. Um ferreiro sai de perto da fornalha durante a noite e volta de manhã, então descobre que Vlfberht esteve na oficina e deixou uma espada forjada nas fogueiras do inferno e temperada em sangue de dragão. Eu a chamei de Bico do Corvo porque o estandarte de Sigurd tinha um corvo. Era a espada que ele carregava ao lutar comigo quando meu seax abriu sua barriga. Lembro-me muito bem daquele golpe, lembro-me da resistência de sua boa cota de malha cedendo subitamente, da expressão nos olhos dele ao perceber que estava morrendo e da empolgação que senti ao puxar o seax para o lado, fazendo seu sangue escorrer. Isso havia acontecido no ano anterior, na batalha de Teotanheale, que expulsou os dinamarqueses da área central da Mércia, a mesma batalha em que meu pai matou Cnut Ranulfson; porém, ao matar Cnut, ele foi ferido pela espada do inimigo, Cuspe de Gelo.

Bico do Corvo era uma boa espada; eu a considerava melhor que Bafo de Serpente, a arma do meu pai. Tinha uma lâmina comprida, mas era surpreendentemente leve e resistente o suficiente para quebrar outras espadas. Era a espada de um guerreiro, e eu a carregava naquele dia na floresta alta, acima do vale gelado onde o riacho corria tão depressa. Eu carregava Bico do Corvo e meu seax, Attor. Attor significa veneno. Uma espada curta, boa para o trabalho na confusão de uma parede de escudos. Ela picava, e seu veneno matara Sigurd. E eu levava meu escudo redondo com a cabeça de lobo pintada, brasão de nossa família. Usava um elmo com uma cabeça de lobo no alto e uma cota de malha franca sobre um gibão de couro, e por cima de tudo isso um manto de pele de urso. Sou Uhtred Uhtredson, o verdadeiro senhor de Bebbanburg, e naquele dia eu estava nervoso.

Eu comandava o grupo de guerreiros. Estava com apenas 21 anos, e alguns dos homens atrás de mim tinham quase o dobro da minha idade e muito mais experiência, porém eu era o filho de Uhtred, um senhor, por isso comandava. A maioria dos homens havia ficado bem para trás, entre as árvores. Só Rædwald e Sihtric estavam comigo. Ambos eram mais velhos e foram enviados para me aconselhar, ou melhor, para me impedir de fazer idiotices impulsivas. Eu conhecia Sihtric desde sempre, ele era um dos homens de confiança de meu pai, e Rædwald era um guerreiro a serviço da senhora Æthelflaed.

— Talvez eles não venham — disse Rædwald. Era um homem firme, cauteloso e cuidadoso, e eu tive uma leve suspeita de que esperava que o inimigo não aparecesse.

— Eles vêm — resmungou Sihtric.

E vieram. Vieram rápido do norte, um bando de cavaleiros com escudos, lanças, machados e espadas. Norugueses. Inclinei-me para a frente na sela, tentando contar os homens que esporeavam os animais junto ao riacho. As tripulações de três embarcações? Pelo menos cem homens, e Haki Grimmson estava entre eles, ou pelo menos seu estandarte com a imagem de um barco estava lá.

— Cento e vinte — avisou Sihtric.

— Mais — confrontou Rædwald.

— Cento e vinte — insistiu Sihtric peremptoriamente.

Cento e vinte cavaleiros perseguindo os sessenta e cinco que atravessaram o vale pouco antes. Cento e vinte homens seguindo o estandarte de Haki Grimmson, que deveria mostrar um barco vermelho num mar branco, mas a tinta vermelha da lã havia desbotado e ficado marrom, manchando o mar branco. Assim, a embarcação de proa alta parecia sangrar. O porta-estandarte cavalgava atrás de um homem grande num poderoso cavalo preto. Presumi que o grandalhão fosse Haki, um norueguês que tinha se estabelecido na Irlanda, de onde atravessara para a Britânia, encontrando terra ao norte do rio Mærse. Ele pensara em ficar rico atacando o sul, penetrando na Mércia. Havia escravizado pessoas e tomado gado e propriedades, tinha até mesmo atacado as muralhas romanas de Ceaster, sendo repelido com facilidade pela guarnição da senhora Æthelflaed. Resumindo, era um estorvo, e por isso estávamos ao norte do Mærse, escondidos em meio às árvores despidas pelo inverno e olhando seu bando de guerreiros cavalgar para o sul, pela trilha endurecida pelo gelo junto ao riacho.

— Deveríamos... — começou Rædwald.

— Ainda não — interrompi. Toquei Bico do Corvo, certificando-me de que ela se movia na bainha.

— Ainda não — concordou Sihtric.

— Godric! — chamei, e meu serviçal, um menino de 12 anos chamado Godric Grindanson, esporeou seu cavalo, saindo de onde meus homens esperavam. — Lança — pedi.

— Senhor — respondeu ele, e me entregou a vara de freixo de dois metros e setenta com a pesada ponta de ferro.

— Cavalgue atrás de nós — ordenei a Godric. — Bem atrás. Está com a trombeta?

— Sim, senhor. — Ele ergueu a trombeta para mostrar. O som dela convocaria a ajuda dos sessenta e cinco cavaleiros se as coisas dessem errado, embora eu duvidasse de que eles pudessem oferecer alguma ajuda de verdade caso meu pequeno bando de guerreiros fosse atacado pelos impiedosos cavaleiros de Haki.

— Se eles tiverem apeado — disse Sihtric ao menino --, você vai ajudar a levar os cavalos deles para longe.

— Eu deveria ficar perto de... — começou Godric, obviamente a ponto de implorar para permanecer ao meu lado e com isso participar da luta, mas parou abruptamente quando Sihtric lhe deu um tapa no rosto, com as costas da mão.

— Você vai ajudar a levar os cavalos para longe — ordenou Sihtric rispidamente.

— Sim, eu vou — acatou o menino. Seu lábio sangrava.

Sihtric afrouxou a espada na bainha. Quando jovem, ele havia sido serviçal de meu pai, e sem dúvida quisera lutar ao lado dos adultos na época, porém, não havia um modo mais rápido de um menino morrer que lutando contra um nórdico calejado de batalhas.

— Estamos prontos? — perguntou ele, instigando-me.

— Vamos matar os desgraçados — respondi.

Os guerreiros de Haki viraram a oeste e cavalgaram para fora do nosso campo de visão. Seguiam o riacho que corria para um afluente do Mærse, cerca de três quilômetros depois de o vale se voltar bruscamente para o oeste. Havia uma pequena colina onde os dois riachos se encontravam, apenas um monte comprido coberto de capim como as sepulturas feitas pelo povo antigo por toda a região. Era ali que Haki morreria ou seria derrotado, o que, no fim das contas, dava no mesmo.

Esporeamos morro abaixo, mas eu não estava com pressa porque não queria que os homens de Haki olhassem para trás e nos vissem. Chegamos ao riacho e viramos para o sul. Não nos apressamos; na verdade, reduzi o passo enquanto Sihtric ia à frente para fazer o reconhecimento. Vi quando apeou e encontrou um lugar de onde conseguia avistar as terras a oeste. Ele estava agachado e erguia uma das mãos para nos alertar, levando algum tempo até que corresse de volta para o cavalo e acenasse nos chamando. Sihtric riu para mim quando o alcançamos.

— Eles pararam mais adiante no vale — informou com a voz sibilando porque uma lança dinamarquesa havia arrancado seus dentes da frente na batalha de Teotanheale —, então pegaram os escudos.

Os noruegueses haviam passado abaixo de nós com os escudos presos às costas, mas Haki obviamente esperava problema no fim do vale, por isso dera um tempo para seus homens se prepararem para uma batalha. Nossos escudos já estavam nos braços.

— Eles vão apear quando chegarem ao fim do vale — declarei.

— Depois formar uma parede de escudos — emendou Sihtric.

— Portanto, não há pressa — concluí o pensamento e ri.

— Eles podem se apressar — sugeriu Rædwald, preocupado com a hipótese de a luta começar sem nós.

Meneei a cabeça em negativa.

— Há sessenta e cinco saxões esperando por eles. E Haki pode estar em maior número, mas mesmo assim vai ser cauteloso.

Os noruegueses possuíam o dobro do contingente saxão, mas esses saxões estavam num morro já em formação de parede de escudos. Haki teria de apear suas tropas a uma boa distância para não ser atacado enquanto seus guerreiros formavam uma parede de escudos. Ele só avançaria quando seus homens estivessem em formação e os cavalos tivessem sido levados para longe, e seria um avanço lento. Lutar na parede de escudos requer uma imensa coragem, quando se sente o bafo do inimigo e as espadas cortam e perfuram seus aliados. Ele avançaria devagar, confiando em seu número, mas com cuidado para o caso de os saxões à frente terem preparado uma armadilha. Haki não podia se dar ao luxo de perder homens. Ele podia acreditar que venceria a batalha no ponto onde o riacho se juntava ao rio maior, mas de qualquer forma seria cauteloso.

Os noruegueses irlandeses estavam se espalhando pelo interior da Britânia. Finan, companheiro de meu pai, dizia que os irlandeses das tribos eram inimigos formidáveis, por isso os noruegueses estavam sendo empurrados para o litoral leste da Irlanda. Mas, deste lado do mar, a terra ao norte do rio Mærse e ao sul dos reinos escoceses era um território selvagem, indomado; assim, os barcos noruegueses irlandeses atravessavam as ondas, e esse povo se estabelecia nos vales de Cumbraland. Por direito, Cumbraland era parte da Nortúmbria, mas o rei dinamarquês em Eoferwic recebeu bem os recém-chegados. Os dinamarqueses temiam o poder crescente dos saxões, e acreditavam que os noruegueses irlandeses eram guerreiros selvagens capazes de ajudar a defender o território que mantinham. Haki era o último a chegar, e pensara em enriquecer à custa da Mércia, motivo pelo qual havíamos sido mandados para destruí-lo.

— Lembrem-se! — gritei para meus homens. — Só um deles deve sobreviver!

Deixe um vivo, esse sempre fora o conselho do meu pai. Deixe um homem levar a má notícia para casa, para amedrontar os outros. No entanto eu suspeitava de que todos os homens de Haki estavam ali, o que significava que o sobrevivente, se houvesse, levaria a notícia da derrota para viúvas e órfãos. Os padres dizem que precisamos amar nossos inimigos, mas não devemos lhes demonstrar misericórdia, e Haki não merecia nenhuma. Ele havia atacado as terras ao redor de Ceaster. A guarnição de lá, que era suficiente para defender as muralhas, mas não para fazê-lo enquanto enviava um bando de guerreiros para o outro lado do Mærse, tinha pedido ajuda. Nós éramos a ajuda, e agora cavalgávamos para o oeste margeando o riacho que ficava mais largo e mais raso, não mais correndo sobre pedras. Amieiros esquálidos cresciam densos, os galhos nus curvados para o leste por causa do vento implacável do mar distante. Passamos por uma fazenda incendiada; nada restava nela além das pedras enegrecidas de uma lareira. Fora a área mais ao sul ocupada por Haki e a primeira que havíamos atacado. Nas duas semanas desde que tínhamos chegado a Ceaster havíamos queimado mais de dez povoados dele, tomado dezenas de cabeças de gado, matado seu povo e escravizado suas crianças. Agora ele achava que nos encurralara.

O movimento do meu garanhão fazia a pesada cruz de ouro pendurada no meu pescoço bater no peito. Olhei para o céu, onde o sol era um disco de prata nublado num céu desbotado, e fiz uma oração silenciosa a Woden. Sou meio pagão, talvez menos de meio, mas até meu pai já fez alguma oração ao deus cristão.

— Existem muitos deuses — dizia ele com bastante frequência —, e nunca se sabe qual está acordado, por isso reze a todos.

Com isso rezei a Woden. Sou de seu sangue, disse a ele, portanto me proteja. Eu era mesmo do sangue do deus, pois nossa família descendia de Woden. Ele veio a terra e dormiu com uma jovem, mas isso foi muito antes de o nosso povo atravessar o mar para tomar a Britânia.

— Ele não dormiu com uma jovem — zombou meu pai enquanto cavalgava. — Ele deu uma bela trepada com ela, e não se dorme ao fazer isso.

Imaginei por que os deuses não vinham mais a terra. Isso tornaria a crença muito mais fácil.

— Não tão depressa! — ordenou Sihtric, então parei de pensar em deuses trepando com moças e vi que três dos nossos homens mais jovens haviam esporeado, avançando. — Para trás — ordenou Sihtric, depois riu para mim.

— Não está longe, senhor.

— Deveríamos fazer um reconhecimento — aconselhou Rædwald.

— Eles tiveram tempo suficiente — retruquei. — Continuem avançando.

Eu sabia que Haki faria seus homens apearem para atacar a parede de escudos que os esperava. Cavalos não avançam sobre uma parede de escudos, eles se desviam, por isso os noruegueses formariam sua própria parede de escudos para atacar os saxões que aguardavam no morro longo e baixo. Mas viríamos pela retaguarda deles, e cavalos atacam a parte de trás de uma parede de escudos, que jamais é tão cerrada quanto a frente. A fileira da frente é formada por escudos entrelaçados e armas reluzentes, a fileira de trás é onde o pânico começa.

Viramos ligeiramente para o norte, passando pelo alto de um morro, e lá estavam eles. O sol brilhava por um espaço entre as nuvens, iluminando os estandartes cristãos no topo do morro e refletindo nas lâminas que esperavam lá em cima. Sessenta e cinco homens, apenas sessenta e cinco, uma parede de escudos apertada em duas fileiras no alto de um morro sob as bandeiras com a cruz pintada. Entre nós e eles estavam os homens de Haki, ainda entrando em formação, e mais próximo de nós, à direita, estavam seus cavalos sob a guarda de meninos.

— Rædwald — chamei —, três homens para afastar os cavalos.

— Senhor — anuiu ele.

— Vá com eles, Godric! — gritei para meu serviçal, depois sopesei a pesada lança de freixo.

Os noruegueses ainda não tinham nos visto. Só sabiam que um grupo de mércios penetrara fundo no território de Haki e os perseguiram, pensando em trucidá-los, mas agora descobririam que foram atraídos para uma armadilha.

— Matem-nos! — ordenei, então esporeei minha montaria.

Matá-los. É sobre isso que os poetas cantam. À noite, no salão, quando a fumaça da lareira se adensa nos caibros, os chifres de cerveja são enchidos e os harpistas tocam seus instrumentos, as canções de batalha são entoadas. São as canções de nossa família, de nosso povo, e é assim que lembramos o passado. Chamamos os poetas de scop, que significa alguém que molda as coisas, e o poeta molda nosso passado para que nos lembremos das glórias de nossos ancestrais e de como eles nos trouxeram terras, mulheres, gado e glória. Não haveria uma canção norueguesa sobre Haki, pensei, porque esta seria uma canção saxã sobre uma vitória saxã.

E atacamos. Lança firme, escudo junto ao corpo, e Hearding, meu cavalo, um animal valente, pisava na terra com cascos duros. À direita e à esquerda cavalos galopavam, as lanças abaixadas, a respiração das montarias formando vapor, e o inimigo se virou, atônito. Os homens na retaguarda da parede de escudos não sabiam o que fazer. Alguns correram para os cavalos e outros tentaram formar uma nova parede virada para nós. Notei espaços não sendo ocupados e soube que eles eram homens mortos. Para além dos noruegueses, no morro, os guerreiros saxões que esperavam estavam pegando suas montarias, mas nós começaríamos a matança.

E matamos.

Prólogo

Fixei os olhos num homem alto, de barba preta, usando uma bela cota de malha e um elmo com penas de águia no alto. Ele gritava, presumivelmente para mandar os homens aproximarem seus escudos do dele, no qual havia uma águia de asas abertas pintada; mas ele notou meu olhar, soube seu destino e se firmou com o escudo de águia erguido e a espada recuada. Eu soube que ele atacaria Hearding, esperando cegar meu cavalo ou quebrar seus dentes. Sempre lute contra o cavalo, não contra o cavaleiro. Machuque ou mate o cavalo e o cavaleiro se torna vítima. A parede de escudos estava se rompendo, espalhando-se em pânico. Ouvi os gritos enquanto os homens tentavam reunir os fugitivos, então me inclinei sobre a lança, mirando, depois toquei em Hearding com o joelho esquerdo e ele se virou quando o homem de barba preta deu um golpe amplo. Sua espada acertou o peito de Hearding, um corte violento que tirou sangue, mas não mortal, e minha lança atravessou seu escudo, rachando as tábuas de salgueiro, avançando até romper a cota de malha. Senti a lâmina despedaçar seu esterno e soltei o cabo de freixo, desembainhei Bico do Corvo e virei minha montaria para cravar a espada nas costas de outro homem. A lâmina, feita por um feiticeiro, rompeu a cota de malha como se fosse casca de árvore. Hearding passou entre dois homens, derrubando-os, e nos viramos de novo. O campo inteiro era um caos de homens em pânico, e no meio deles os cavaleiros esporeavam para matar. Mais cavaleiros vieram do morro, toda a nossa força matando e gritando. Acima de nós, os estandartes tremulavam.

— Merewalh! — gritou uma voz aguda. — Pare os cavalos.

Um punhado de noruegueses havia alcançado suas montarias, mas Merewalh, um guerreiro obstinado, ordenou que seus homens os matassem. Haki ainda estava vivo, agora cercado por trinta ou quarenta homens que formaram uma barreira de escudos em volta de seu senhor. Esses homens só puderam observar seus companheiros serem mortos. Mas alguns dos nossos homens também tombaram. Eu conseguia ver três cavalos sem cavaleiros e um animal agonizante, os cascos se debatendo enquanto ele rolava num amontoado de sangue e terra. Virei-me para ele e derrubei um homem que tinha acabado de se levantar com dificuldade. Ele estava atordoado e eu o atordoei ainda mais com um corte no elmo, fazendo-o cair de novo. Um homem gritou à minha esquerda, empunhando um machado com as mãos. Hearding se contorceu, ágil como um gato, e a lâmina do machado resvalou no meu escudo. Nós nos viramos de novo, Bico do Corvo cortou uma vez, e vi o sangue brilhar. Eu gritava, empolgado, berrando meu nome para que os mortos soubessem quem os havia condenado.

Continuei esporeando, com a espada baixa, procurando o cavalo branco chamado Gast. Eu o vi a uns cinquenta ou sessenta passos. Seu cavaleiro, com a espada desembainhada, ia em direção aos últimos homens de Haki, protegidos por escudos, mas três outros cavalos entraram no caminho de Gast para contê-lo. Então precisei me esquecer de Gast porque um homem me atacou com uma espada, empunhando-a acima da cabeça. Ele perdera o elmo, e metade de seu rosto estava coberta de sangue. Eu conseguia ver mais sangue escorrendo de sua cintura, porém ele se mantinha austero, um olhar implacável, forjado pela batalha, e berrou me condenando à morte ao investir. Aparei a espada com Bico do Corvo, que partiu a lâmina do guerreiro ao meio, de modo que a metade superior se cravou no arção da minha sela e ficou ali. A metade inferior abriu um talho na minha bota direita e senti o sangue despontando enquanto o homem tropeçava. Baixei minha espada despedaçando seu crânio e continuei em frente, vendo que Gerbruht havia apeado e dava machadadas num homem morto ou quase morto. Gerbruht, que já estripara a vítima, agora parecia decidido a separar a carne do osso e gritava de fúria golpeando com a lâmina pesada, espalhando nacos de carne, sangue, cota de malha despedaçada e osso partidos no capim.

— O que você está fazendo? — gritei para ele.

— Ele me chamou de gordo! — esbravejou de volta Gerbruht, um frísio que havia se juntado aos nossos guerreiros no inverno. — O desgraçado me chamou de gordo!

— Você é — comentei, e era verdade. A barriga de Gerbruht parecia a de um porco, suas pernas eram como troncos de árvore, e havia três queixos embaixo da barba, mas ele também era tremendamente forte. Um homem temível de se enfrentar num combate e um bom amigo para se ter na parede de escudos.

— Ele não vai me chamar de gordo outra vez — reclamou Gerbruht, e cravou o machado no crânio do morto, rachando o rosto e abrindo o cérebro.

— Desgraçado magricela.

— Você come demais — falei.

— Porque eu vivo com fome.

Virei o cavalo e vi que a luta havia terminado. Haki e seus companheiros de escudo ainda estavam vivos, mas em menor número e cercados. Nossos saxões apearam para matar os feridos e tirar as cotas de malha, as armas, a prata e o ouro dos corpos. Como todos os nórdicos, aqueles guerreiros gostavam de braceletes para alardear a proeza em batalha; então empilhamos os braceletes, junto de broches, enfeites de bainha e cordões numa capa rasgada por uma espada e encharcada de sangue. Tirei um bracelete do cadáver do sujeito de barba preta. Era um pedaço de ouro com letras angulosas gravadas que os nórdicos usam, e o enfiei no pulso esquerdo para se juntar aos meus outros braceletes. Sihtric ria. Ele tinha um prisioneiro, um menino apavorado que era quase um homem.

— Nosso único sobrevivente, senhor — avisou Sihtric.

— Ele vai servir. Corte a mão da espada e lhe dê um cavalo. Depois ele pode ir embora.

Haki ficou nos observando. Cavalguei até perto dos noruegueses restantes e parei para encará-lo. Ele era um homem atarracado, com o rosto cheio de cicatrizes e barba castanha. Havia perdido o elmo no combate e os cabelos desgrenhados estavam escuros de sangue. Suas orelhas se projetavam como as alças de um jarro. Ele me encarou, desafiador. O martelo de Tor, moldado em ouro, pendia sobre seu peito coberto de cota de malha. Contei vinte e sete homens ao redor de Haki. Eles formavam um círculo apertado, com os escudos para fora.

— Torne-se cristão — gritei para ele em dinamarquês —, e talvez você viva.

Haki me entendeu, mesmo que eu duvidasse de que o dinamarquês fosse sua língua nativa. Ele riu da minha sugestão, depois cuspiu. Nem eu sabia se tinha lhe dito a verdade, porém muitos inimigos derrotados eram poupados caso concordassem com a conversão e o batismo. A decisão não era minha, pertencia a quem montava o alto cavalo branco chamado Gast. Virei-me para o círculo de cavaleiros que agora cercava Haki e seus sobreviventes, e a pessoa sobre o cavalo branco olhou para além de mim.

— Deixem Haki vivo, matem o resto.

Isso não demorou muito. Vários dos noruegueses mais corajosos já estavam mortos, e apenas alguns poucos guerreiros experientes continuavam com Haki. O restante era jovem, muitos dos quais gritavam dizendo que se rendiam, mas eram mortos. Fiquei olhando. Merewalh, um bom homem que desertara do serviço do senhor Æthelred para seguir Æthelflaed, comandou o ataque, e foi ele quem arrastou Haki para fora da confusão sanguinolenta, retirou a espada e o escudo do inimigo e o obrigou a ajoelhar diante do cavalo branco.

Haki ergueu o olhar. O sol havia baixado no oeste e estava atrás do cavaleiro de Gast, ofuscando a vista de Haki, mas o nórdico sentiu o ódio e o escárnio direcionados a ele. Ergueu a cabeça até que seus olhos estivessem na sombra do cavaleiro; agora talvez pudesse ver a lustrosa cota de malha franca, esfregada com areia até brilhar feito prata. Podia ver a capa de lã branca, cuja borda tinha a pele de inverno de uma doninha, sedosa e branca. Podia ver as botas altas, amarradas com um cordão branco, e a longa bainha da espada com acabamento em prata polida, e, se ousasse erguer o olhar ainda mais, veria os olhos azuis e austeros no rosto austero emoldurado pelo cabelo dourado preso por um elmo polido até brilhar tanto quanto a cota de malha. O elmo era circundado por uma tira de prata e havia uma cruz de prata no alto.

— Tire a cota de malha dele — ordenou o cavaleiro de capa branca no cavalo branco.

— Sim, minha senhora — respondeu Merewalh.

A senhora era Æthelflaed, filha de Alfredo, que fora rei de Wessex. Era casada com Æthelred, senhor da Mércia, mas todos em Wessex e na Mércia sabiam que ela era amante do meu pai havia anos. Tinha sido Æthelflaed quem havia trazido seus homens para o norte, para reforçar a guarnição de Ceaster, e quem planejara a armadilha que pusera Haki de joelhos diante de seu cavalo.

Ela olhou para mim.

— Você se saiu bem — elogiou quase relutante.

— Obrigado, senhora.

— Você o levará para o sul — disse ela, indicando Haki. — Ele pode morrer em Gleawecestre.

Achei essa decisão estranha. Por que não deixar que ele morra ali, no capim pálido de inverno?

— A senhora não vai para o sul? — indaguei.

Estava claro que Æthelflaed achou a pergunta impertinente, mas respondeu mesmo assim.

— Tenho muito a fazer aqui. Você irá levá-lo. — Ela ergueu a mão enluvada para me fazer parar enquanto eu me virava. — Trate de chegar antes do dia de são Cuthbert, ouviu?

Como resposta fiz uma reverência; em seguida amarramos as mãos de Haki às costas, fizemos com que montasse um cavalo ruim e voltamos para Ceaster, aonde chegamos depois de escurecer. Tínhamos deixado os corpos dos noruegueses onde caíram, como comida para os corvos, mas levamos nossos mortos, apenas cinco homens. Pegamos as montarias dos inimigos e as carregamos com as armas capturadas, as cotas de malha, as roupas e os escudos. Retornamos vitoriosos, trazendo o estandarte capturado de Haki e seguindo o estandarte com o cavalo branco do senhor Æthelred, o estandarte de santo Osvaldo e a estranha bandeira de Æthelflaed, com um ganso branco segurando uma espada e uma cruz. O ganso era o símbolo de santa Werburga, uma mulher que milagrosamente havia livrado uma plantação de trigo dos gansos que a atacaram. Eu não entendia por que um serviço que qualquer criança de 10 anos podia fazer gritando seria considerado milagre. Até um cachorro de três patas poderia livrar a plantação dos gansos, mas eu não ousaria fazer esse comentário a Æthelflaed, que tinha a santa espantadora de gansos na mais alta conta.

O burh em Ceaster fora construído pelos romanos, por isso as fortificações eram de pedra, diferentemente dos burhs que nós, saxões, construímos, com muros de terra e madeira. Passamos sob a alta plataforma do portão, seguindo por um túnel iluminado por tochas e chegando à rua principal, que seguia reta entre altas construções de pedra. O som dos cascos dos cavalos ecoava nas paredes, depois os sinos da igreja de são Pedro ressoaram comemorando a volta de Æthelflaed.

Æthelflaed e a maioria de seus homens foram à igreja agradecer a vitória antes de se reunirem no grande salão que ficava no centro das ruas de Ceaster. Sihtric e eu pusemos Haki num pequeno abrigo de pedra, deixando suas mãos amarradas para passar a noite.

— Tenho ouro — avisou ele em dinamarquês.

— Você vai ter palha como cama e mijo no lugar de cerveja — declarou Sihtric, depois fechamos a porta e deixamos dois homens vigiando-o. — Então vamos para Gleawecestre? — perguntou Sihtric enquanto íamos ao salão.

— Foi o que ela disse.

— E você vai ficar feliz.

— Eu?

Ele deu um sorriso banguela.

— A ruiva do Feixe de Trigo.

— Uma de muitas, Sihtric — falei despreocupadamente. — Uma de muitas.

— E sua garota na fazenda perto de Cirrenceastre também — acrescentou ele.

— Ela é viúva — comentei com o máximo de dignidade —, e me disseram que é nosso dever cristão proteger as viúvas.

— Você chama isso de proteger? — Sihtric gargalhou. — Vai se casar com ela?

— Claro que não. Vou me casar em troca de terras.

— Você deveria se casar. Quantos anos você tem?

— Vinte e um, acho.

— Então já deveria estar casado há muito tempo. E Ælfwynn?

— O que tem ela? — perguntei.

— É uma potrinha bonita. Aposto que ela sabe galopar.

Sihtric empurrou a porta pesada e entramos no salão iluminado por velas de junco e pelas chamas enormes de uma lareira de pedra rústica que rachara o piso romano. Não havia mesas suficientes para a guarnição do burh e para os homens que Æthelflaed tinha trazido para o norte, por isso algumas pessoas comiam agachadas no chão, mas recebi um lugar na mesa alta, perto da senhora. Havia um padre à direita e um à esquerda dela. Um deles entoou uma longa oração em latim antes de termos permissão de começar a comer.

Eu temia Æthelflaed. Seu rosto era severo, mas os homens diziam que fora bonita na juventude. Naquele ano, 911, devia estar com 40 anos ou mais, e o cabelo dourado tinha mechas grisalhas. Seus olhos eram de um azul profundo, e seu olhar conseguia inquietar os homens mais corajosos. Era frio e pensativo, como se ela lesse seus pensamentos e os desprezasse. Eu não era a única pessoa que sentia medo de Æthelflaed. A própria filha, Ælfwynn, escondia-se da mãe. Eu gostava de Ælfwynn, que era só risos e malícia. Ela era um pouco mais jovem que eu, e tínhamos passado boa parte da infância juntos. Muitas pessoas pensavam que deveríamos nos casar. Eu não sabia se Æthelflaed achava isso uma boa ideia. Ela parecia não gostar de mim, mas também parecia não gostar da maioria das pessoas, e, no entanto, apesar de toda essa frieza, era adorada na Mércia. Seu marido, Æthelred, senhor da Mércia, era considerado o soberano do reino, porém era sua esposa afastada que as pessoas amavam.

— Gleawecestre — disse ela a mim.

— Sim, senhora.

— Você levará todo o saque. Todo. Use carroças. E leve os prisioneiros.

— Sim, senhora.

A maioria dos prisioneiros era de crianças que havíamos pegado nos assentamentos de Haki nos primeiros dias do ataque. Elas seriam escravizadas e vendidas.

— E você deve chegar antes do dia de são Cuthbert — repetiu ela. — Entendeu?

— Antes do dia de são Cuthbert — respondi obedientemente.

Æthelflaed me lançou aquele olhar longo e silencioso. Os sacerdotes ao lado dela me olharam também, com expressões tão hostis quanto a da senhora.

— E você levará Haki — continuou Æthelflaed.

— E Haki — repeti.

— E vai enforcá-lo diante do salão do meu marido.

— Faça isso devagar — recomendou um dos padres. Há dois modos de enforcar um homem: o rápido e o lento e agonizante.

— Sim, padre.

O trono vazio

— Mas primeiro o mostre às pessoas — ordenou Æthelflaed.

— Farei isso, senhora, claro — falei, depois hesitei.

— O que foi? — Ela percebeu minha incerteza.

— As pessoas vão querer saber por que a senhora ficou aqui.

Ela se empertigou diante do comentário, e o segundo padre franziu a testa.

— Não é da conta delas... — começou o sujeito.

Æthelflaed fez um gesto para ele ficar em silêncio.

— Muitos noruegueses estão deixando a Irlanda — explicou ela com cuidado — e querem se estabelecer aqui. Eles precisam ser impedidos.

— A derrota de Haki os deixará temerosos — sugeri cautelosamente.

Ela ignorou meu elogio desajeitado.

— Ceaster os impede de usar o rio Dee — declarou ela. — Mas o Mærse está aberto. Vou construir um burh na margem dele.

— Boa ideia, senhora — elogiei, e recebi um olhar com tamanho escárnio que enrubesci.

Æthelflaed me dispensou com um gesto, e voltei ao cozido de cordeiro. Olhei-a com o canto do olho, vendo a rígida linha do maxilar, o azedume dos lábios, e imaginei o que, em nome de Deus, havia atraído meu pai para ela e por que os homens a reverenciavam.

Mas amanhã eu estaria livre dela.

— Os homens a seguem porque, com exceção de seu pai, ela é a única pessoa que sempre esteve disposta a lutar — explicou Sihtric.

Viajávamos para o sul, seguindo uma estrada que eu passara a conhecer bem nos últimos anos. Ela seguia a fronteira entre a Mércia e Gales, uma fronteira que era motivo de discussão constante entre os reinos galeses e os mércios. Os galeses eram nossos inimigos, é claro, mas essa inimizade era confusa porque eles também eram cristãos, e jamais teríamos vencido a batalha de Teotanheale sem a ajuda deles. Às vezes lutavam por Cristo, como em Teotanheale, mas com a mesma frequência lutavam pelo saque, levando gado e pessoas para seus vales nas montanhas. Esses assaltos constantes significavam que havia burhs ao longo de toda a estrada, cidades fortificadas onde

Prólogo

as pessoas podiam se refugiar quando um inimigo chegava e de onde uma guarnição poderia partir para atacá-lo.

Eu cavalgava com trinta e seis homens e meu serviçal Godric. Quatro guerreiros estavam sempre à frente, fazendo o reconhecimento nas margens do caminho por temerem uma emboscada, e o restante de nós vigiava Haki e as duas carroças cheias de saque. Também vigiávamos dezoito crianças, amarradas para serem vendidas nos mercados de pessoas escravizadas, mas Æthelflaed insistiu que primeiro mostrássemos os cativos ao povo de Gleawecestre.

— Ela quer fazer um espetáculo — comentou Sihtric.

— Quer mesmo! — concordou o padre Fraomar. — Fazemos com que as pessoas de Gleawecestre saibam que estamos derrotando os inimigos de Cristo. — Ele era um dos padres de estimação de Æthelflaed, ainda jovem, ansioso e entusiasmado. Assentiu para a carroça diante de nós, repleta de armaduras e armas. — Vamos vender isso e o dinheiro vai para o novo burh, que Deus seja louvado.

— Que Deus seja louvado — repeti obedientemente.

E eu sabia que dinheiro era um problema para Æthelflaed. Se ela queria construir seu novo burh para proteger o rio Mærse, precisava de dinheiro, que jamais era o suficiente. Seu marido recebia pelo arrendamento das terras, pelos impostos dos mercadores e pelos pagamentos da alfândega, e o senhor Æthelred odiava Æthelflaed. Ela podia ser amada na Mércia, mas Æthelred controlava a prata, e os homens odiavam ofendê-lo. Mesmo agora, enquanto Æthelred estava ferido em Gleawecestre, os homens lhe prestavam homenagem. Apenas os mais corajosos e mais ricos se arriscavam a ser alvo de sua raiva, entregando homens e prata a Æthelflaed.

E Æthelred estava morrendo. Ele fora atingido por uma lança na nuca durante a batalha de Teotanheale, e a arma havia perfurado seu elmo e atravessado seu crânio. Ninguém havia esperado que ele sobrevivesse, mas sobreviveu, ainda que alguns boatos dissessem que estava praticamente morto, que delirava feito um louco, que babava e tremia, e que às vezes uivava como um lobo estripado. A Mércia inteira aguardava sua morte e se perguntava o que viria depois disso. Era algo que ninguém comentava, pelo menos não abertamente, mas em segredo todos praticamente só falavam disso.

No entanto, para minha surpresa, o padre Fraomar puxou o assunto na primeira noite. Estávamos viajando lentamente por causa das carroças e dos prisioneiros e havíamos parado numa fazenda perto de Westune. Essa parte da Mércia fora ocupada recentemente, tornada segura por causa do burh de Ceaster. A fazenda havia pertencido a um dinamarquês, mas agora um mércio caolho morava nela com a esposa, os quatro filhos e seis pessoas escravizadas. Sua casa era uma choupana de barro, madeira e palha, o gado ficava num abrigo precário feito de varas trançadas, mas a propriedade era cercada por uma paliçada resistente feita de troncos de carvalho.

— Os galeses não estão longe — comentou Sihtric, explicando a paliçada cara.

— Você não pode defender isso com seis escravos — argumentei.

— Os vizinhos vêm para cá — retrucou ele peremptoriamente.

— E eles ajudaram a construir?

— Sim.

Amarramos os tornozelos de Haki e nos certificamos de que os nós dos pulsos estavam apertados, depois o prendemos a um arado que tinha sido abandonado perto de um monte de esterco. As dezoito crianças estavam apinhadas na casa com dois homens para vigiá-las, e o restante de nós encontrou o conforto que fosse possível no pátio com esterco espalhado. Acendemos uma fogueira. Gerbruht comeu com prazer, enchendo a barriga do tamanho de um barril, enquanto Redbad, outro frísio, tocava canções em sua flauta de Pã. As notas tristonhas encheram o ar com melancolia. As fagulhas voavam para o alto. Havia chovido mais cedo, mas as nuvens estavam se dissipando para mostrar as estrelas. Observei algumas fagulhas pairarem até o teto da choupana e me perguntei se o revestimento iria pegar fogo, mas a palha coberta de musgo estava úmida e as fagulhas morreram rapidamente.

— O Nunnaminster — disse de repente o padre Fraomar.

— O Nunnaminster? — perguntei depois de uma pausa.

O padre também estivera observando as fagulhas se apagarem e morrer no teto.

— O convento em Wintanceaster onde a senhora Ælswith morreu — explicou, mas a explicação não me esclareceu em nada.

— A mulher do rei Alfredo?

— Que Deus a tenha. — Ele fez o sinal da cruz.

— E daí? — perguntei, ainda perplexo.

— Parte do convento queimou depois da morte dela — continuou ele. — O incêndio foi causado por fagulhas que atingiram o teto de palha.

— Essa palha está molhada demais — falei, apontando a casa com a cabeça.

— É claro. — O padre olhava as fagulhas chegando à palha. — Algumas pessoas dizem que o incêndio foi vingança do diabo — ele fez uma pausa para se persignar —, porque a senhora Ælswith era uma alma devota demais e escapou dele.

— Meu pai sempre falou que ela era uma vadia vingativa.

O padre Fraomar franziu a testa, então cedeu e sorriu.

— Que Deus a tenha. Ouvi dizer que ela não era uma mulher fácil.

— E que mulher é? — questionou Sihtric.

— A senhora Æthelflaed não iria querer isso — comentou em voz baixa o padre Fraomar.

Hesitei, pois agora a conversa tocava em assuntos perigosos.

— Não iria querer o quê?

— Ir para um convento.

— É isso que vai acontecer?

— O que mais pode acontecer? — perguntou Fraomar, soturno. — O marido dela morre, ela fica viúva, e uma viúva com propriedades e poder. Os homens não vão querer que ela se case de novo. O novo marido poderia ficar poderoso demais. Além disso... — A voz dele se perdeu no ar.

— Além disso...? — perguntou Sihtric em voz baixa.

— O senhor Æthelred fez um testamento, que Deus o proteja.

— E o testamento — intervim lentamente — diz que a mulher dele deve ir para um convento?

— O que mais ela pode fazer? — perguntou Fraomar. — É o costume.

— Não consigo vê-la como freira — falei.

— Ah, ela é uma mulher santa. Uma boa mulher — disse Fraomar com avidez, depois se lembrou de que ela era adúltera. — Não é perfeita, claro, mas todos temos defeitos, não é? Todos pecamos.

O trono vazio

— E a filha dela? — perguntei. — Ælfwynn?

— Ah, é uma menina boba — declarou Fraomar sem hesitação.

— Mas, se alguém se casar com ela... — sugeri, mas fui interrompido.

— Ela é uma mulher! Não pode herdar o poder do pai! — A simples ideia fez o padre Fraomar gargalhar. — Não, a melhor coisa para Ælfwynn seria se casar fora do reino. Casar-se longe! Talvez com um senhor da Francia. Ou isso ou se juntar à mãe no convento.

Essa conversa era perigosa porque ninguém tinha certeza do que poderia acontecer quando Æthelred morresse, algo que ocorreria em breve. Não havia um rei na Mércia, mas Æthelred, o senhor da Mércia, tinha quase os mesmos poderes. Ele adoraria ser rei, mas dependia dos saxões ocidentais para ajudá-lo a defender as fronteiras mércias, e os saxões ocidentais não queriam nenhum rei na Mércia, ou, melhor, queriam que seu próprio rei fosse o soberano. Mas, ainda que a Mércia e Wessex fossem aliados, havia pouco amor entre eles. Os mércios sentiam orgulho de seu passado, e agora eram um estado cliente. Se Eduardo de Wessex proclamasse seu reinado lá, poderia haver inquietações. Ninguém sabia o que aconteceria, assim como ninguém sabia a quem deveria apoiar. Deveriam prestar lealdade a Wessex? Ou a um dos ealdormen da Mércia?

— É uma pena que o senhor Æthelred não tenha um herdeiro — comentou o padre Fraomar.

— Não tem um herdeiro legítimo — corrigi, e, para minha surpresa, o padre gargalhou.

— Não tem um herdeiro legítimo — concordou ele, e fez o sinal da cruz. — Mas o Senhor proverá — acrescentou com devoção.

No dia seguinte, o céu escureceu com nuvens densas que se espalharam a partir das colinas galesas. Começou a chover no meio da manhã, e continuou chovendo enquanto seguíamos lentamente para o sul. As estradas que percorríamos haviam sido feitas pelos romanos, e passamos as noites seguintes nas ruínas de fortes desse povo. Não vimos nenhum galês querendo nos pilhar, e a batalha de Teotanheale garantira que nenhum dinamarquês nos incomodasse tão ao sul.

A chuva e os prisioneiros tornaram a jornada vagarosa, mas finalmente chegamos a Gleawecestre, capital da Mércia. Chegamos dois dias antes da festa em homenagem a são Cuthbert, mas só descobri por que Æthelflaed considerava a data tão importante quando estávamos na cidade. O padre Fraomar tinha cavalgado à frente para anunciar nossa chegada. Os sinos das igrejas da cidade dobravam, e uma pequena multidão esperava ao arco do portão. Desfraldei nossos estandartes: o meu, da cabeça de lobo, a bandeira de santo Osvaldo, o cavalo branco de Æthelred e o ganso de Æthelflaed. O estandarte de Haki era carregado por Godric, meu serviçal, que o arrastava pela estrada molhada. Nosso pequeno cortejo era encabeçado por uma carroça cheia de saques, depois vinham as crianças prisioneiras, em seguida Haki, amarrado com uma corda à cauda do cavalo de Godric. A segunda carroça vinha no final, e meus guerreiros cavalgavam dos dois lados da coluna. Era uma demonstração de vitória insignificante. Depois de Teotanheale, havíamos arrastado mais de vinte carroças de saque pela cidade, junto de prisioneiros, cavalos capturados e mais de dez estandartes inimigos, porém até mesmo meu pequeno cortejo deu aos cidadãos de Gleawecestre algo para comemorar. Fomos aplaudidos por todo o caminho, do portão norte até a entrada do palácio de Æthelred. Dois padres jogaram esterco de cavalo em Haki, e a multidão os imitou, enquanto meninos corriam ao lado, zombando dele.

E ali, esperando-nos junto ao portão de Æthelred, estava Eardwulf, o comandante das tropas do senhor Æthelred e irmão de Eadith, a mulher que dormia com o senhor Æthelred. Ele liderara as tropas de Æthelred contra os galeses e causara muitos danos, e os homens diziam que havia lutado bem em Teotanheale.

— Seu poder vem do meio das pernas da irmã — dissera meu pai —, mas não o subestime. Ele é perigoso.

O perigoso Eardwulf usava uma cota de malha, polida até brilhar, e uma capa azul-escura com acabamento em pele de lontra. Estava com a cabeça descoberta e o cabelo escuro cheio de óleo, alisado para trás e amarrado com uma fita marrom. Sua espada, uma arma pesada, estava na bainha de couro macio com acabamento em ouro. Havia dois sacerdotes ao lado dele e seis de seus homens, todos usando o símbolo de Æthelred, o cavalo branco. Ele sorriu ao nos ver. Percebi seu olhar se voltar para o estandarte de Æthelflaed enquanto caminhava devagar em nossa direção.

— Vai ao mercado, senhor Uhtred? — perguntou ele.

— Escravos, armaduras, espadas, lanças, machados — falei. — Quer comprar?

— E ele? — Eardwulf apontou um polegar para Haki.

Virei na sela.

— É Haki, um líder norueguês que pensou em enriquecer às custas da Mércia.

— Vai vendê-lo também?

— Enforcar — respondi. — Lentamente. Minha senhora quis que o enforcássemos aqui.

— Sua senhora?

— Sua também — acrescentei, sabendo que isso iria irritá-lo. — A senhora Æthelflaed.

Se Eardwulf ficou irritado, não demonstrou. Em vez disso sorriu outra vez.

— Ela tem andado ocupada — comentou em tom tranquilo. — E está planejando vir para cá também?

Meneei a cabeça negativamente.

— Ela está ocupada no norte.

— E eu achei que a senhora Æthelflaed viria para o Witan daqui a dois dias — disse ele com sarcasmo.

— Witan? — indaguei.

— Não é da sua conta — reagiu com grosseria. — Você não foi convidado.

Mas percebi que o Witan aconteceria no dia da festa de são Cuthbert. Certamente era por isso que Æthelflaed queria que chegássemos antes que os grandes homens da Mércia se reunissem no conselho. A senhora estava lembrando que lutava contra os inimigos deles.

Eardwulf foi até Haki, olhou-o de cima a baixo, depois se virou para mim.

— Vejo que você está com o estandarte do senhor Æthelred.

— Claro.

— E na escaramuça onde capturou essa criatura — ele apontou Haki com a cabeça — você o usou também?

— Sempre que minha senhora luta pela Mércia ela usa o estandarte do marido.

Prólogo

— Então os prisioneiros e o saque pertencem ao senhor Æthelred.

— Recebi a ordem de vendê-los — retruquei.

— Recebeu? — Ele gargalhou. — Bom, agora você tem novas ordens. Todos eles pertencem ao senhor Æthelred, por isso vai entregá-los a mim. — Eardwulf me encarou, desafiando-me a contradizê-lo. Devo ter parecido beligerante, porque seus homens baixaram um pouco as lanças.

O padre Fraomar havia reaparecido e correu para o lado do meu cavalo.

— Nada de luta — sussurrou para mim.

— Meu senhor Uhtred não ousaria desembainhar uma espada contra a guarda pessoal do senhor Æthelred — declarou Eardwulf. E chamou seus homens. — Levem tudo para dentro — ordenou, indicando as carroças, o saque, Haki e as pessoas escravizadas. — E agradeça à senhora Æthelflaed — ele me encarava de novo — por sua pequena contribuição ao tesouro do marido.

Olhei seus homens levarem o saque e os escravizados pelo portão. Eardwulf sorriu quando eles terminaram o trabalho, depois me lançou um sorriso zombeteiro.

— E a senhora Æthelflaed não deseja comparecer ao Witan? — indagou.

— Ela foi convidada?

— Claro que não, ela é uma mulher. Mas pode ficar curiosa para saber as decisões do Witan.

Ele tentava descobrir se Æthelflaed estaria em Gleawecestre. Cheguei a pensar em dizer que não fazia ideia do que ela planejava, mas decidi contar a verdade.

— Ela não estará aqui porque está ocupada. Está construindo um burh no Mærse.

— Ah, um burh no Mærse! — repetiu ele, e gargalhou.

Os portões se fecharam atrás de Eardwulf.

— Filho da mãe! — exclamei.

— Ele tinha o direito — explicou o padre Fraomar. — O senhor Æthelred é o marido da senhora Æthelflaed, portanto o que é dela é dele.

— Æthelred é um sujeito maldito, sujo, que mama numa porca — eu disse olhando para o portão fechado.

O trono vazio

— Ele é o senhor da Mércia — retrucou, inquieto, o padre Fraomar. Ele apoiava Æthelflaed, mas sentia que a morte do marido iria privá-la do poder e da influência.

— Não importa o que o desgraçado seja — interveio Sihtric. — Ele não vai nos oferecer nem uma cerveja.

— Cerveja é uma boa ideia — falei rispidamente.

— A ruiva do Feixe de Trigo, então? — perguntou ele, depois riu. — A não ser que você vá aprender mais sobre como cuidar de uma fazenda.

Também ri. Meu pai me dera uma fazenda ao norte de Cirrenceastre, dizendo que eu deveria aprender a cuidar do solo. "Um homem deve ter conhecimentos sobre colheitas, pasto e gado tanto quanto seu administrador", ele havia rugido para mim. "Caso contrário, o desgraçado vai enganar você embaixo do seu nariz." Ele tinha ficado satisfeito com a quantidade de dias que eu passava na propriedade, mas confesso que não aprendi quase nada sobre colheitas, pasto ou gado, embora tenha aprendido um bocado sobre a jovem viúva a quem eu dera o grande salão da fazenda como moradia.

— Por enquanto vamos ao Feixe de Trigo — respondi, e instiguei Hearding pela rua. E amanhã, pensei, cavalgaria até minha viúva.

A placa da taverna era uma grande escultura de madeira mostrando um feixe de trigo. Passei por baixo dela ao entrar no pátio encharcado de chuva e deixei um serviçal pegar o cavalo. Eu sabia que o padre Fraomar estava certo. O senhor Æthelred tinha o direito legal de pegar qualquer coisa que pertencesse à sua esposa, porque tudo que pertencia a ela era dele, mas ainda assim a atitude de Eardwulf havia me surpreendido. Æthelred e Æthelflaed viveram durante anos num estado de guerra, mas não havia luta. Ele mantinha o poder legal na Mércia enquanto ela possuía o amor do povo. Seria bastante fácil para Æthelred ordenar a prisão da esposa, porém o irmão dela era rei de Wessex, e a Mércia só sobrevivia porque os saxões ocidentais vinham salvá-la quando os inimigos pressionavam demais. E assim marido e esposa se odiavam, toleravam-se e fingiam que não existia rixa. Por isso Æthelflaed fazia tanta questão de carregar o estandarte do marido.

Eu estava pensando em como seria uma vingança contra Eardwulf ao atravessar a porta da taverna. Sonhava em estripá-lo, decapitá-lo ou ouvir seus pedidos de misericórdia enquanto segurava Bico do Corvo junto à sua garganta. Desgraçado, filho da mãe fedorento, metido a besta de cabelo oleoso, arrogante.

— Earsling — gritou uma voz rouca para mim, vinda de perto da lareira do Feixe de Trigo. — Que demônio rançoso trouxe você até aqui para estragar meu dia? — Olhei. E olhei de novo. Porque a última pessoa que eu esperava ver em Gleawecestre, a fortaleza de Æthelred, estava me encarando. — E então, earsling? — perguntou ele. — O que você está fazendo aqui?

Era meu pai.

PRIMEIRA PARTE
O guerreiro agonizante

Um

MEU FILHO PARECIA cansado e com raiva. Estava molhado, coberto de lama, o cabelo parecia um monte de feno úmido depois de uma boa fornicada, e uma de suas botas tinha um talho. O couro estava manchado de preto onde uma lâmina havia cortado seu tornozelo, mas ele não mancava, de modo que eu não precisava me preocupar; porém ele estava me encarando, boquiaberto, feito um idiota lunático.

— Não fique só me olhando, idiota — falei —, pague-me uma cerveja. Diga à moça que você quer a do barril preto. Sihtric, que bom ver você!

— E é bom ver o senhor — disse Sihtric.

— Pai! — exclamou meu filho, ainda boquiaberto.

— Quem você achou que era? — questionei. — O espírito santo? — Abri espaço no banco. — Sente-se ao meu lado — indiquei a Sihtric —, e conte alguma novidade. Feche essa boca — ordenei a Uhtred —, e mande uma moça trazer cerveja para nós. Do barril preto!

— Por que do barril preto, senhor? — perguntou Sihtric ao se sentar.

— Ela é feita da nossa cevada — expliquei. — Ele guarda para as pessoas de quem gosta.

Encostei-me na parede. Doía me curvar para a frente, doía até mesmo ficar sentado com as costas eretas, doía respirar. Tudo doía, mas era maravilhoso eu ter sobrevivido. Cnut Espada Longa quase tinha me matado com sua espada Cuspe de Gelo, e era um pequeno consolo saber que Bafo de Serpente havia cortado a garganta dele no mesmo instante em que sua espada quebrava uma costela minha e furava meu pulmão. "Jesus Cristo", dissera Finan, "o capim ficou escorregadio de sangue. Parecia que um porco havia sido morto para o Samhain, parecia mesmo".

Mas o sangue escorregadio era de Cnut. Cnut estava morto, e seu exército, destruído. Os dinamarqueses tinham sido expulsos da maior parte do norte da Mércia, e os saxões agradeciam ao deus pregado deles por essa libertação. Alguns deles sem dúvida rezavam para se livrar de mim também, mas eu sobrevivi. Eles eram cristãos, eu não sou, porém existem boatos dizendo que foi um padre cristão que salvou minha vida. Æthelflaed mandou me carregarem numa carroça até sua casa em Cirrenceastre, e um padre, famoso como curador e consertador de ossos, cuidou de mim. Æthelflaed disse que ele enfiou um junco através das minhas costelas e um ar fétido saiu do buraco. "O ar saiu", disse ela, "e fedia como uma fossa". "É o mal que o está abandonando", explicou o padre, ou pelo menos foi o que ela disse, e depois ele tapou o ferimento com esterco de vaca. A merda formou uma crosta e o padre falou que ela impediria que o mal voltasse para dentro de mim. Se isso é verdade? Não sei. Só sei que foram semanas de dor, semanas em que eu esperava morrer, e em algum momento do ano-novo consegui ficar de pé outra vez. Agora, quase dois meses depois, eu era capaz de montar um cavalo e caminhar pouco mais de um quilômetro, mas ainda não havia recuperado a força antiga, e Bafo de Serpente parecia pesada em minha mão. E a dor estava sempre presente, às vezes insuportável, às vezes suportável, e o dia inteiro, todo dia, o ferimento soltava um pus imundo e fedorento. O feiticeiro cristão provavelmente fechou o ferimento antes que o mal saísse por completo, e, de vez em quando, eu me perguntava se ele fizera isso de propósito, porque os cristãos me odeiam, ou pelo menos a maioria deles. Sorriem, cantam seus salmos e pregam que sua crença tem a ver com amor, mas diga que acredita num deus diferente e de súbito tudo vira cuspe e rancor. Assim, na maior parte dos dias eu me sentia velho, fraco e inútil, e em alguns dias nem tinha certeza se queria viver.

— Como chegou aqui, senhor?

— A cavalo, claro. Como você achou que seria?

Isso não era totalmente verdade. De Cirrenceastre a Gleawecestre não era muito longe, e eu havia cavalgado durante parte da viagem, mas a poucos quilômetros da cidade subi numa carroça e me deitei numa cama de palha. Meu deus, doeu subir naquela carroça. Depois me permiti ser carregado para dentro da cidade. Quando Eardwulf me viu, eu gemi e fingi que estava fraco demais para reconhecê-lo. O desgraçado de cabelo escorrido cavalgou ao lado da carroça contando mentiras com a língua viperina. "É triste vê-lo assim, senhor Uhtred", dissera ele, o que significava que era um júbilo me ver frágil e talvez morrendo. "O senhor é um exemplo para todos nós!", comentara, falando muito devagar e alto, como se eu fosse um imbecil. Apenas gemi e não respondi nada. "Não esperávamos que o senhor viesse", continuou, "mas aqui está." Filho da mãe.

O Witan havia sido convocado para se reunir no dia do banquete a são Cuthbert. A convocação fora feita com o sinete do cavalo de Æthelred, exigindo a presença dos principais comandantes da Mércia em Gleawecestre, além dos ealdormen e dos bispos, dos abades e dos thegns. Ela normalmente significava que eles deviam "aconselhar" o senhor da Mércia, no entanto, como os boatos insistiam que o senhor da Mércia era agora um aleijado babão que mijava nas calças, era mais provável que o Witan tivesse sido convocado para aprovar qualquer iniquidade saída da imaginação de Eardwulf. Eu não havia esperado uma convocação, mas, para minha perplexidade, o mensageiro me trouxe um pergaminho pesado com o grande selo de Æthelred. Por que ele me queria lá? Eu era o principal apoiador de sua esposa, porém ele havia me convidado. Nenhum outro comandante que apoiava Æthelflaed fora chamado, mas eu tinha sido. Por quê?

— Ele quer matar o senhor — sugeriu Finan.

— Já estou quase morto. Por que ele se daria ao trabalho?

— Ele quer o senhor lá porque eles estão planejando cagar em cima de Æthelflaed — arriscou Finan lentamente —, e se o senhor estiver lá eles não poderão dizer que ninguém falou em favor dela.

Esse me parecia um motivo bastante débil, mas eu não conseguia pensar em outro.

— Talvez.

— E eles sabem que o senhor não está recuperado. O senhor não pode causar problemas a eles.

— Talvez — repeti.

Estava claro que esse Witan fora convocado para decidir o futuro da Mércia, e era igualmente óbvio que Æthelred faria todo o possível para garantir que sua esposa afastada não tivesse participação nesse futuro, então por que me convidar? Eu falaria por Æthelflaed, eles sabiam, mas também sabiam que eu estava enfraquecido pelo ferimento. Portanto eu estava ali para garantir que todas as opiniões seriam expostas? Isso me pareceu estranho, mas, se eles estavam contando com minha fraqueza para garantir que meu conselho fosse ignorado, eu queria encorajar essa crença, e era por isso que havia tomado tanto cuidado em parecer frágil diante de Eardwulf. Que o filho da mãe achasse que eu estava incapacitado.

E eu quase estava. Mas estava vivo.

Meu filho trouxe cerveja e arrastou um banco para se sentar ao meu lado. Estava preocupado comigo, mas ignorei suas perguntas e fiz as minhas. Ele me contou sobre a luta com Haki, depois reclamou que Eardwulf havia roubado os escravizados e o saque.

— Como eu poderia impedi-lo? — perguntou.

— Seu dever não era impedi-lo — respondi, e, como ele pareceu perplexo, expliquei: — Æthelflaed sabia que isso iria acontecer. Por que outro motivo ela mandou você a Gleawecestre?

— Ela precisa do dinheiro!

— Ela precisa mais do apoio da Mércia — retruquei, e ele continuou confuso. — Ao enviá-lo para cá ela mostra que está lutando. Se quisesse mesmo o dinheiro, teria mandado os escravos a Lundene.

— Então ela acha que alguns escravos e duas carroças cheias de cotas de malha enferrujadas vão influenciar o Witan?

— Você viu algum homem de Æthelred em Ceaster?

— Não, claro que não.

— E qual é o primeiro dever de um soberano?

Meu filho pensou durante alguns segundos.

— Defender sua terra?

— E se a Mércia estiver procurando um novo soberano?

— Eles vão querer alguém que possa lutar? — perguntou ele, devagar.

O trono vazio

— Alguém que saiba lutar, e comandar, e inspirar — declarei.

— O senhor? — indagou meu filho.

Quase bati nele por causa da estupidez, mas Uhtred não era mais criança.

— Eu, não — retruquei.

Meu filho franzia a testa enquanto pensava. Ele sabia a resposta que eu queria, mas era teimoso demais para dá-la.

— Eardwulf? — sugeriu em vez disso. Eu não disse nada, e Uhtred pensou por mais um tempo. — Ele andou lutando contra os galeses — continuou. — E os homens dizem que ele é bom.

— Ele andou lutando contra ladrões de gado de bunda suja — eu disse com desprezo. — Nada mais. Quando foi a última vez que um exército galês invadiu a Mércia? Além disso, Eardwulf não é nobre.

— Então, se ele não pode comandar a Mércia — disse meu filho lentamente —, quem pode?

— Você sabe quem pode — falei, e, como ele continuou se recusando a dizer o nome dela, eu disse: — Æthelflaed.

— Æthelflaed — repetiu ele, e depois apenas meneou a cabeça.

Eu sabia que ele era cauteloso com relação a Æthelflaed e provavelmente também tinha medo dela, e eu sabia que ela o desprezava, assim como desprezava a própria filha. Ælfwynn era parecida demais com o pai, e Æthelflaed não gostava de pessoas irreverentes e despreocupadas, valorizando as almas carrancudas que achavam a vida um dever sério. Ela me aceitava, talvez porque soubesse que na batalha eu era tão carrancudo e sério quanto qualquer um dos seus padres pavorosos.

— Então por que não Æthelflaed? — questionei.

— Porque ela é mulher.

— E daí?

— Ela é mulher!

— Eu sei disso! Já vi os peitos dela.

— O Witan nunca escolherá uma mulher como soberana — declarou ele com firmeza.

— É verdade — interveio Sihtric.

— Quem mais eles podem escolher? — perguntei.

— O irmão dela? — sugeriu meu filho, e ele provavelmente estava certo.

Eduardo, rei de Wessex, queria o trono da Mércia, mas não queria simplesmente tomá-lo. Queria um convite. Talvez o Witan concordasse com isso. Eu não conseguia pensar em outro motivo para a nobreza e os homens importantes da igreja terem sido convocados. Fazia sentido o sucessor ser escolhido agora, antes que Æthelred morresse, para evitar brigas ou mesmo guerras que às vezes se seguem à morte de um soberano. E eu estava certo de que o próprio Æthelred queria a satisfação de saber que sua esposa não herdaria o poder. Ele preferiria deixar cães hidrófobos morderem seus bagos a permitir isso. Então quem herdaria? Não Eardwulf, eu tinha certeza. Ele era competente, bastante corajoso e não era idiota, porém o Witan iria querer um homem de bom nascimento. Eardwulf, apesar de não ser de baixa estirpe, não era nenhum ealdorman. E não havia nenhum ealdorman na Mércia que se destacasse dos outros, a não ser, talvez, Æthelfrith, que comandava boa parte das terras ao norte de Lundene. Era o mais rico de todos os nobres da Mércia depois de Æthelred, mas ele se mantivera longe de Gleawecestre e suas querelas, aliando-se aos saxões ocidentais. E, até onde eu sabia, não havia se incomodado em comparecer ao Witan. Provavelmente não importava o que o Witan aconselhasse porque, no fim das contas, os saxões ocidentais decidiriam quem ou o que era melhor para a Mércia.

Pelo menos era o que eu pensava.

E deveria ter pensado melhor.

O Witan começou, claro, com uma tediosa missa na igreja de santo Osvaldo, que fazia parte de uma abadia construída por Æthelred. Eu havia chegado de muletas, mesmo não precisando, mas estava decidido a parecer mais doente do que me sentia. Ricseg, o abade, deu-me as boas-vindas calorosamente, até mesmo tentando fazer uma reverência, o que era difícil porque a barriga dele parecia a de uma porca grávida.

— Perturba-me vê-lo sentindo tamanha dor, senhor Uhtred — disse ele, querendo dizer que teria pulado de alegria se não fosse tão gordo. — Que Deus o abençoe — acrescentou, fazendo o sinal da cruz com a mão gorda, ao mesmo tempo que rezava secretamente para que seu deus me trucidasse com um relâmpago.

Agradeci com a mesma falsidade com que ele me abençoou, depois ocupei um banco de pedra nos fundos da igreja e me encostei na parede, com Finan e Osferth ao meu lado. Ricseg bamboleou por ali, cumprimentando os homens. Ouvi o som de armas sendo largadas do lado de fora da igreja. Havia deixado meu filho e Sihtric do lado de fora, para garantir que nenhum filho da mãe roubasse Bafo de Serpente. Encostei a cabeça na parede e tentei adivinhar o preço dos castiçais de prata que ficavam de cada lado do altar. Eram enormes, pesados como machados de guerra e pingavam cera de abelha perfumada, enquanto a luz das dezenas de velas reluzia nos relicários de prata e nos pratos de ouro empilhados sobre o altar.

A igreja cristã é uma coisa inteligente. No momento em que um senhor fica rico, ele constrói uma igreja ou um convento. Æthelflaed havia insistido em fazer uma igreja em Ceaster antes mesmo de começar a examinar as muralhas ou aprofundar o fosso. Eu disse que era um desperdício de dinheiro, tudo que iria conseguir era um local onde homens como Ricseg poderiam ficar gordos, mas mesmo assim ela insistiu. Há centenas de homens e mulheres morando nas igrejas, nas abadias e nos conventos construídos pelos senhores, e a maioria não faz nada além de comer, beber e murmurar orações de vez em quando. Os monges trabalham, claro. Semeiam os campos, arrancam ervas daninhas, cortam lenha, tiram água e copiam manuscritos, mas só para que seus superiores possam viver como nobres. É um esquema inteligente, fazer outros homens pagarem pelos seus luxos. Rosnei.

— A cerimônia vai acabar logo — comentou Finan, tranquilizando-me, pensando que o rosnado era sinal de dor.

— Devo pedir um vinho com mel, senhor? — perguntou Osferth, preocupado. Ele era o único bastardo do rei Alfredo e o homem mais decente que jamais andou por esta terra. Muitas vezes eu me perguntava que tipo de rei Osferth seria caso tivesse nascido de uma esposa, em vez de alguma serviçal apavorada que levantara as saias para um cacete real. Ele seria um grande rei, judicioso, inteligente e honesto, porém foi para sempre marcado pela condição de bastardo. Seu pai havia tentado torná-lo padre, mas o filho escolhera, por livre vontade, o caminho de um guerreiro, e eu tinha sorte de tê-lo em minha guarda.

Fechei os olhos. Monges cantavam e um daqueles feiticeiros balançava uma tigela de metal na ponta de uma corrente para espalhar fumaça na igreja. Espirrei, e isso doeu, então houve uma agitação súbita à porta e pensei se tratar da chegada de Æthelred, mas, quando abri um olho, vi que era o bispo Wulfheard com um bando de padres bajuladores nos calcanhares.

— Se houver algo ruim envolvido — falei —, esse filho da mãe chupador de teta vai estar no meio.

— Chupador de teta? — reprovou Osferth.

Assenti.

— Foi o que me contaram no Feixe de Trigo.

— Ah, não! Não! — exclamou Osferth, chocado. — Não pode ser verdade. Ele é casado!

Gargalhei, depois fechei os olhos outra vez.

— Você não deveria falar coisas assim — eu disse a Osferth.

— Por que não, senhor? Isso não passa de um boato imundo! O bispo é casado.

— Você não deveria falar isso porque dói demais quando eu rio.

Wulfheard era o bispo de Hereford, mas passava a maior parte do tempo em Gleawecestre porque era ali que Æthelred mantinha seus maiores cofres. Wulfheard me odiava e tinha queimado meus celeiros em Fagranforda num esforço para me expulsar da Mércia. Ele não era um daqueles padres gordos. Era magro como uma lâmina, com um rosto austero, esforçando-se para sorrir ao me ver.

— Senhor Uhtred — cumprimentou ele.

— Wulfheard — saudei mal-humorado.

— É um deleite vê-lo na igreja.

— Mas não usando isso — disse furiosamente um de seus padres auxiliares.

Abri os olhos e o vi apontando para o martelo que eu usava pendurado ao pescoço. Era o símbolo de Tor.

— Cuidado, padre — alertei, apesar de estar fraco demais para fazer alguma coisa em relação à sua insolência.

— Padre Penda — disse Wulfheard —, rezemos para que Deus convença o senhor Uhtred a jogar fora seus badulaques pagãos. Deus ouve nossas orações — acrescentou para mim.

— Ouve?

— E eu rezei por sua recuperação — mentiu ele.

— Eu também — declarei, segurando o martelo de Tor.

Wulfheard deu um sorriso vago e se virou. Seus sacerdotes o acompanharam como patinhos correndo atrás da mãe, todos menos o jovem padre Penda, que ficou parado, agressivo.

— O senhor desgraça a igreja de Deus! — exclamou ele em voz alta.

— Vá embora, padre — interveio Finan.

— Isso é uma abominação! — reagiu o padre, quase gritando enquanto apontava para o martelo. Os homens se viraram para nos olhar. — Uma abominação perante Deus.

Em seguida, Penda se inclinou para arrancar o martelo. Agarrei sua batina preta e o puxei. O esforço provocou uma pontada de dor no lado esquerdo do meu torso. Senti a batina do padre úmida na minha cara, ela fedia a esterco, mas a lã grossa escondeu minha careta de agonia ao mesmo tempo que o ferimento na lateral do meu corpo me devastava. Arquejei, mas então Finan conseguiu arrancar o padre de cima de mim.

— Uma abominação! — gritou Penda ao ser puxado para trás.

Osferth tentou se levantar para ajudar Finan, mas segurei a manga de sua túnica para impedi-lo. Penda saltou para cima de mim outra vez, porém dois de seus companheiros padres conseguiram segurá-lo pelos ombros e puxá-lo para longe.

— Sujeito idiota — comentou Osferth, sério. — Mas ele está certo. O senhor não deveria usar o martelo na igreja.

Comprimi as costas na parede, tentando respirar lentamente. A dor vinha em ondas, uma pontada aguda e depois mais fraca, porém constante. Será que acabaria algum dia? Eu estava cansado dela, e talvez a dor embotasse meus pensamentos.

Estava pensando que Æthelred, o senhor da Mércia, estava morrendo. Isso era óbvio. Era surpreendente ele ter sobrevivido tanto tempo, mas estava claro que o Witan fora convocado para avaliar o que deveria acontecer depois de sua morte. Eu tinha acabado de saber que o ealdorman Æthelhelm, sogro do rei Eduardo, estava em Gleawecestre. Ele não se encontrava na igreja; pelo menos eu não o estava vendo. E era um homem difícil de não ser visto, pois era grande, jovial e barulhento. Eu gostava de Æthelhelm e não confiava nem um pouco nele. E ele estava ali para o Witan. Como eu sabia disso? Porque o padre Penda, o sacerdote agressivo, era um dos meus homens. Ele era pago por mim e, quando o puxei para perto, havia sussurrado em meu ouvido: "Æthelhelm está aqui. Chegou hoje de manhã." Começara a sussurrar outra coisa, mas então foi puxado para longe.

Ouvi o canto dos monges e o murmúrio dos padres reunidos em volta do altar, onde um grande crucifixo de ouro refletia a luz das velas perfumadas. O altar era oco, e em sua barriga ficava um enorme caixão de prata que reluzia com cristais incrustados. Somente aquele caixão devia ter custado tanto quanto a igreja. Se alguém se abaixasse e olhasse através dos pequenos cristais, poderia entrever um esqueleto deitado num leito feito de uma suntuosa seda azul. Em dias especiais o caixão era aberto e o esqueleto, apresentado. Eu tinha ouvido falar de milagres ocorridos para pessoas que pagavam para tocar os ossos amarelados. Furúnculos se curavam magicamente, verrugas sumiam e os aleijados andavam, tudo porque supostamente os ossos eram de santo Osvaldo, o que, se fosse verdade, seria um verdadeiro milagre, porque eu os encontrara. Provavelmente pertenceram a algum monge obscuro, porém, até onde eu sabia, os restos podiam ter vindo de um tratador de porcos, mas, quando comentei isso com o padre Cuthbert, ele disse que mais de um tratador de porcos havia se tornado santo. Não se pode vencer os cristãos.

Além dos trinta ou quarenta padres, devia haver pelo menos cento e vinte homens na igreja, todos de pé sob as traves altas onde pardais voavam. Essa cerimônia na igreja deveria trazer a bênção do deus pregado para as deliberações do Witan, de modo que não foi surpresa o bispo Wulfheard fazer um sermão poderoso sobre a sabedoria de ouvir o conselho de homens sóbrios, homens bons, homens mais velhos e soberanos.

— Que os mais velhos sejam tratados com o dobro de honra — arengou ele —, porque esta é a palavra de Deus!

Talvez o deus pregado o tivesse dito de fato, mas na boca de Wulfheard isso significava que ninguém fora convocado para aconselhar, e sim para concordar com o que já havia sido decidido entre o bispo, Æthelred e, como eu tinha acabado de descobrir, Æthelhelm de Wessex.

Æthelhelm era o homem mais rico de Wessex depois do rei, seu genro. Ele possuía várias extensões de terra, e seus guerreiros formavam quase um terço do exército saxão ocidental. Era o principal conselheiro de Eduardo, e sua presença repentina em Gleawecestre certamente significava que Eduardo de Wessex decidira o que desejava fazer com a Mércia. Devia ter enviado Æthelhelm para anunciar a decisão, mas Eduardo e Æthelhelm sabiam que a Mércia era orgulhosa e sensível. A Mércia não aceitaria Eduardo como rei com facilidade, por isso ele devia estar oferecendo algo em troca, mas o que seria? Certo, Eduardo poderia simplesmente se declarar rei depois da morte de Æthelred, mas isso provocaria inquietações, até mesmo uma oposição ferrenha. Eu tinha certeza de que Eduardo queria que a Mércia pedisse isso, motivo pelo qual enviara Æthelhelm, o afável Æthelhelm, o gregário Æthelhelm. Todos gostavam de Æthelhelm. Eu gostava de Æthelhelm, mas sua presença em Gleawecestre sugeria algo malicioso.

Consegui dormir durante a maior parte do sermão de Wulfheard, então, após o coro ter entoado seu salmo interminável, Osferth e Finan me ajudaram a sair da igreja enquanto meu filho carregava Bafo de Serpente e minhas muletas. Exagerei minha fraqueza me apoiando pesadamente nos ombros de Finan e arrastando os pés. Grande parte disso era fingimento, mas nem tudo. Eu estava cansado da dor e do pus fétido que brotava da ferida. Alguns homens pararam para exprimir seu pesar pela minha aparência frágil, e parte dessa solidariedade era genuína. No entanto, muitos sentiam um evidente prazer com minha queda. Antes de eu ser ferido, eles me temiam; agora podiam me desprezar em segurança.

A notícia trazida pelo padre Penda quase não fora necessária, pois Æthelhelm esperava no grande salão, mas supus que o jovem padre quisera me dar qualquer aviso que pudesse, além de justificar o ouro que eu lhe pagava. O ealdorman saxão ocidental estava cercado por homens menos importantes. Todos compreendiam que ele detinha o verdadeiro poder neste salão, porque falava em nome de Eduardo de Wessex, e sem o exército saxão ocidental a Mércia não existiria. Observei-o, imaginando por que estaria ali. Æthelhelm era um homem grande, de rosto largo, cabelo ralo, sorriso fácil e olhos gentis que pareceram surpresos em me ver. Afastou os homens que falavam com ele e veio rapidamente para perto de mim.

— Caro senhor Uhtred.

— Senhor Æthelhelm. — Fiz minha voz soar lenta e rouca.

— Caro senhor Uhtred — repetiu ele, pegando uma de minhas mãos com as dele. — Não posso expressar o que sinto! Diga-me o que posso fazer pelo senhor. — Æthelhelm apertou minha mão. — Diga-me! — insistiu.

— O senhor pode me deixar morrer em paz.

— Tenho certeza de que o senhor ainda tem muitos anos pela frente, ao contrário da minha querida esposa.

Isso era novidade para mim. Eu sabia que Æthelhelm era casado com uma criatura pálida e magra que lhe trouxera como dote metade de Defnascir. De algum modo ela dera à luz uma sucessão de bebês gordos e saudáveis. Era admirável ter durado tanto tempo.

— Sinto muito — falei debilmente.

— Ela está mal, a pobrezinha. Sua vida está se esvaindo, e o fim não deve estar muito distante. — Ele não parecia particularmente incomodado, e supus que o casamento com a esposa-espectro fora apenas uma conveniência que trouxera terras para Æthelhelm. — Vou me casar de novo, e espero que o senhor venha a meu casamento!

— Se eu viver até lá.

— Claro que vai viver! Vou rezar pelo senhor!

Ele precisava rezar por Æthelred também. O senhor da Mércia não comparecera à missa, mas esperava no trono na plataforma que ficava na extremidade oeste do grande salão. Estava com o corpo mole, olhos vazios, envolto numa grande capa de pele de castor. O cabelo ruivo havia embranquecido; no entanto, a maior parte dele estava escondida sob um gorro de lã que, imaginei, escondia o ferimento. Eu não tinha nenhum apreço por Æthelred, mas sentia pena. Ele pareceu perceber meu olhar, porque estremeceu, levantou a cabeça e observou o salão, na direção do banco nos fundos, onde eu havia me sentado. Encarou-me por um momento, depois apoiou a cabeça no encosto alto da cadeira e sua boca se abriu, frouxa.

O bispo Wulfheard subiu na plataforma. Temi que fosse proferir outro sermão, mas em vez disso bateu nas tábuas com a base de seu cajado, e, quando o salão ficou silencioso, ele se contentou com uma bênção breve. Notei que Æthelhelm ocupou um lugar modesto numa das laterais da assembleia, enquanto Eardwulf se encostou na outra parede. Entre eles, os principais homens da Mércia se sentavam em bancos desconfortáveis. Os guerreiros da guarda de Æthelred se enfileiravam junto às paredes, e eram os únicos que tinham permissão de portar armas no salão. Meu filho atravessou a porta e se agachou ao meu lado.

— As espadas estão em segurança — murmurou ele
— Sihtric está lá?
— Sim.

O bispo Wulfheard falou tão baixo que precisei me inclinar para a frente para ouvir o que ele dizia, e me inclinar me machucava. Suportei a dor para escutar. O senhor Æthelred sentia prazer, disse o bispo, em ver o reino da Mércia mais seguro e maior do que fora em muitos anos.

— Ganhamos terras pela força de nossas espadas — prosseguiu Wulfheard —, e pela graça de Deus expulsamos os pagãos dos campos que nossos antepassados cultivaram. Agradecemos a Deus por isso!

— Amém! — exclamou alto o senhor Æthelhelm.

— Devemos essa bênção — continuou Wulfheard — à vitória obtida no ano passado por nosso senhor Æthelred com a ajuda de seus dedicados aliados saxões ocidentais. — Ele fez um gesto na direção de Æthelhelm, e o salão se encheu com o ruído de homens batendo os pés em aprovação. Filho da mãe, pensei. Æthelred havia sido ferido pelas costas e a batalha fora vencida por meus homens, não pelos dele.

O bispo esperou o silêncio.

— Ganhamos terras. Boas terras agrícolas, e é com prazer que o senhor Æthelred concede essas terras aos que lutaram por ele no ano passado. — E o bispo apontou para uma mesa na lateral do salão, onde dois padres estavam sentados atrás de uma pilha de documentos. O suborno era óbvio. Quem apoiasse a proposta de Æthelred poderia esperar uma concessão de terras.

— Não haverá nenhuma para mim — resmunguei.

Finan deu um risinho.

— Ele vai lhe dar terras suficientes para uma sepultura, senhor.

— E, no entanto — agora o bispo falava um pouco mais alto, o que significava que eu podia me encostar na parede —, os pagãos ainda mantêm cidades que já fizeram parte do nosso antigo reino. Nossa terra ainda é maculada pela presença deles, e, se quisermos passar aos nossos filhos os campos arados por nossos ancestrais, devemos nos preparar para agir e expulsar os pagãos, como Josué expulsou os pecadores de Jericó!

Ele fez uma pausa, talvez esperando ouvir pés batendo outra vez, mas o salão estava silencioso. Wulfheard sugeria que precisávamos lutar, algo que fizemos, mas não era homem de inspirar os outros ao serviço sanguinário de enfrentar uma parede de escudos composta de dinamarqueses rosnando e empunhando lanças.

— Mas não lutaremos sozinhos — continuou o bispo. — O senhor Æthelhelm veio de Wessex garantir... na verdade, veio prometer que as forças de Wessex lutarão do nosso lado!

Isso provocou aplausos. Outros iriam lutar, pelo que parecia, e os homens bateram os pés enquanto Æthelhelm subia os degraus de madeira da plataforma. Ele sorriu para todos. Era um homem grande, de autoridade fácil. Uma corrente de ouro brilhava em seu peito coberto com a cota de malha.

— Não tenho o direito de falar diante desta nobre assembleia — disse com modéstia, a voz intensa preenchendo o salão —, mas, com a permissão do senhor Æthelred...?

Ele se virou e Æthelred conseguiu assentir.

— Meu senhor reza diariamente pelo reino da Mércia — começou Æthelhelm. — Reza para que os pagãos sejam derrotados. Agradece a Deus pela vitória que os senhores obtiveram no ano passado e, senhores, não vamos nos esquecer de que foi o senhor Uhtred quem comandou aquele combate! Quem sofreu naquele combate! Quem pôs os pagãos numa armadilha e os entregou às nossas espadas!

Isso era surpreendente. Não havia um único homem presente que não soubesse que eu era inimigo de Æthelred, mas aqui, no próprio salão do senhor da Mércia, eu estava sendo elogiado? Homens se viraram para me olhar. Um ou dois começaram a bater os pés, e logo o grande salão se encheu com o barulho. Até Æthelred conseguiu bater duas vezes no braço da cadeira. Æthelhelm deu um amplo sorriso e eu mantive o rosto impassível, imaginando que serpente estaria escondida nesse elogio inesperado.

— É o desejo de meu senhor — Æthelhelm esperou que o estardalhaço diminuísse — manter uma grande força em Lundene, e esse exército estará sempre pronto a se opor aos dinamarqueses que infestam as regiões orientais de nossa terra.

Isso foi recebido com silêncio, apesar de não ser uma surpresa. Lundene, a maior cidade da Britânia, fazia parte da Mércia, mas estava sob o comando saxão ocidental havia anos. O que Æthelhelm queria dizer, e não deixava exatamente claro, era que agora a cidade formalmente faria parte de Wessex, e os homens no salão entendiam isso. Podiam não gostar, mas, se era o preço da ajuda dos saxões ocidentais contra os dinamarqueses, já estava pago, portanto era aceitável.

— Manteremos esse poderoso exército no leste — continuou Æthelhelm —, um exército dedicado à tarefa de trazer a Ânglia Oriental de volta ao comando saxão. E os senhores manterão um exército aqui, no oeste, e juntos expulsaremos os pagãos de nossa terra! Vamos lutar juntos! — Ele fez uma pausa, olhando ao redor, depois repetiu a última palavra. — Juntos!

E parou. Era um final muito abrupto. Æthelhelm sorriu para o bispo e para os homens silenciosos nos bancos atrás dele, então desceu da plataforma. "Juntos", dissera ele, e com isso certamente queria falar de um casamento forçado entre Wessex e a Mércia. A serpente estava prestes a ser solta, pensei.

O bispo Wulfheard havia sentado durante as palavras de Æthelhelm, mas agora se levantava outra vez.

— É necessário, senhores, mantermos um exército da Mércia que libertará a região norte de nossa terra dos últimos pagãos e com isso espalhar a soberania de Cristo a todas as partes de nosso antigo reino. — Alguém no salão começou a falar, mas não consegui entender as palavras. O bispo o interrom-

O guerreiro agonizante

peu. — As novas terras que concedermos pagarão pelos guerreiros de que precisamos — disse enfaticamente, e suas palavras interromperam qualquer protesto que pudesse ser feito.

Sem dúvida o protesto fora relacionado ao custo de manter um exército permanente. Um exército precisava ser alimentado, pago, armado e mantido com um suprimento de cavalos, armas, armaduras, escudos e treinamento. O Witan havia farejado novos impostos, mas o bispo parecia sugerir que as terras agrícolas capturadas dos dinamarqueses pagariam pelo exército. E poderiam pagar mesmo, pensei, e não era uma ideia ruim. Tínhamos derrotado os dinamarqueses, expulsando-os de grandes áreas da Mércia, e fazia sentido mantê-los correndo. Era o que Æthelflaed fazia perto de Ceaster, mas sem o apoio do dinheiro ou dos homens de seu marido.

— E um exército precisa de um líder — declarou o bispo Wulfheard.

A serpente sibilava.

Houve silêncio no salão.

— Pensamos um longo tempo sobre isso — prosseguiu Wulfheard em tom devoto —, e também rezamos! Pusemos o problema diante do Deus Todo-Poderoso e ele, em sua onisciência, sugeriu uma resposta.

A serpente deslizou para a luz com os pequenos olhos brilhando.

— Neste salão há doze homens que poderiam comandar um exército contra os pagãos — continuou o bispo —, mas alçar um acima do restante é provocar inveja. Se o senhor Uhtred estivesse bem, não haveria outra escolha!

— Seu filho da mãe mentiroso, pensei. — E todos rezamos pela recuperação do senhor Uhtred, mas até esse dia feliz precisamos de um homem de capacidade comprovada, de caráter intrépido e de reputação imaculada.

Eardwulf. Todos os olhares no salão se voltaram para ele, e senti a rebelião se agitando em meio aos ealdormen. Eardwulf não era um deles. Era um arrivista que devia o comando das tropas de Æthelred à irmã, Eadith, que compartilhava a cama com Æthelred. Em parte eu havia esperado vê-la no Witan, mas ela, ou alguém, tivera o bom senso de garantir que permanecesse escondida.

E então o bispo soltou sua surpresa, e a boca da serpente se abriu mostrando as longas presas curvas.

— É o desejo do senhor Æthelred que sua querida filha se case com Eardwulf.

Houve um som de espanto no salão, um murmúrio, e o silêncio retornou. Eu conseguia ver homens franzindo o cenho, mais perplexidade que desaprovação. Eardwulf, ao se casar com Ælfwynn, entrava para a família de Æthelred. Ele podia não ter nascido nobre, mas ninguém era capaz de negar a linhagem real de sua esposa. Ælfwynn era neta do rei Alfredo, sobrinha do rei Eduardo. As pernas abertas da irmã de Eardwulf lhe garantiam o comando das tropas de Æthelred, mas agora Ælfwynn podia abrir as pernas para alçá-lo ainda mais. Esperto, pensei. Alguns homens começaram a falar, as vozes num resmungo baixo no grande salão, mas então veio outra surpresa: o próprio Æthelred falou.

— É meu desejo — disse Æthelred, depois parou para respirar. Sua voz soou fraca e os homens silenciavam uns aos outros no salão para ouvi-lo. — É meu desejo — repetiu ele, as palavras hesitantes e engroladas — que minha filha Ælfwynn se case com o senhor Eardwulf.

Senhor?, questionei. Senhor Eardwulf? Olhei espantado para Æthelred. Ele parecia sorrir. Olhei para Æthelhelm. O que Wessex ganhava com esse casamento? Talvez, pensei, fosse apenas porque nenhum ealdormen da Mércia pudesse se casar com Ælfwynn e com isso herdar o poder de Æthelred, assim deixando o trono aberto para Eduardo, mas o que impediria o próprio Eardwulf de aspirar ao trono? No entanto, Æthelhelm sorria e assentia; depois atravessou o salão e estendeu os braços para Eardwulf. Não poderia haver sinal mais claro que esse. O rei Eduardo de Wessex queria que sua sobrinha se casasse com Eardwulf. Mas por quê?

O padre Penda passou por mim, seguindo em direção à porta. Olhou-me, e Osferth se enrijeceu, esperando outro ataque do jovem sacerdote, mas Penda continuou andando.

— Vá atrás do padre — eu disse ao meu filho.

— Pai?

— Ele foi dar uma mijada. Mije ao lado dele. Vá!

— Não estou com vontade de mi...

— Vá mijar!

Uhtred saiu, e observei Æthelhelm levar Eardwulf para a plataforma. O homem mais jovem parecia bonito, confiante e forte. Ele se ajoelhou diante de Æthelred, que estendeu a mão. Eardwulf a beijou, e Æthelred disse algo, porém baixo demais para que qualquer um de nós ouvisse. O bispo Wulfheard se curvou para ouvir, depois se empertigou e se virou para o salão.

— É o desejo de nosso querido senhor Æthelred que sua filha se case no dia da festa de santo Æthelwold — anunciou ele.

Alguns padres começaram a bater os pés e o restante do salão os acompanhou.

— Quando é o dia de santo Æthelwold? — perguntei a Osferth.

— Existem dois Æthelwolds — respondeu ele, pedante —, e o senhor deveria saber disso, visto que ambos vieram das proximidades de Bebbanburg.

— Quando? — perguntei com rispidez.

— O mais próximo é daqui a três dias, senhor. Mas o dia da festa do bispo Æthelwold foi no mês passado.

Três dias? Próximo demais para Æthelflaed interferir. Sua filha, Ælfwynn, iria se casar com um inimigo antes mesmo que ela ficasse sabendo. Seu inimigo ainda estava ajoelhado diante de Æthelred enquanto era aplaudido pelo Witan. Poucos minutos antes, Eardwulf era tratado com escárnio por causa de seu nascimento baixo, mas os presentes podiam ver de que direção o vento soprava, e soprava do sul, de Wessex. Pelo menos Eardwulf era mércio, e assim a Mércia seria poupada da indignidade de implorar a liderança de um saxão ocidental.

Então meu filho voltou para a igreja e se abaixou perto do meu ouvido. Ele sussurrou para mim.

E finalmente entendi por que Æthelhelm aprovou o casamento e por que eu havia sido convidado ao Witan.

Eu deveria saber, ou deveria ter adivinhado. Essa reunião do Witan não era apenas sobre o futuro da Mércia, mas sobre o destino de reis.

Contei a Uhtred o que ele devia fazer, depois fiquei de pé. Levantei-me vagarosa e laboriosamente, deixando a dor transparecer no rosto.

— Senhores — gritei, e isso doeu demais. — Senhores! — gritei de novo, deixando a dor me rasgar.

Eles se viraram para mim. Todos no salão sabiam o que iria acontecer; na verdade, Æthelhelm e o bispo temiam que isso acontecesse, motivo pelo qual haviam esperado me silenciar com elogios. Agora sabiam que a lisonja tinha fracassado porque eu iria protestar. Ia argumentar que Æthelflaed deveria ter o direito de falar sobre o destino da filha. Ia desafiar Æthelred e Æthelhelm, e agora eles esperavam esse desafio em silêncio. Os dois me encaravam. A boca do bispo pendia aberta.

Mas, para alívio deles, não falei nada.

Apenas caí no chão.

Houve uma comoção. Eu estava tremendo e gemendo. Homens correram para se ajoelhar ao meu lado, e Finan gritou para me darem espaço. Também gritou com meu filho, dizendo para ele vir até mim, mas Uhtred fora fazer o que eu havia mandado. O padre Penda atravessou a multidão e, ao me ver tendo um ataque, anunciou em voz alta que aquilo era o julgamento justo de Deus a mim, e até o bispo Wulfheard franziu a testa diante disso.

— Silêncio, homem!

— O pagão foi golpeado — disse o padre Penda, esforçando-se demais para merecer seu ouro.

— Senhor? Senhor! — Finan esfregava minha mão direita.

— Espada — falei debilmente, depois mais alto. — Espada!

— Não no salão — insistiu algum idiota.

— Nada de espadas no salão — ordenou Eardwulf, sério.

Assim Finan e quatro outros homens me carregaram para fora e me puseram na grama. Uma chuva fraca caía enquanto Sihtric me trazia Bafo de Serpente e fechava minha mão direita no punho dela.

— Paganismo! — sibilou o padre Penda.

— Ele está vivo? — perguntou o bispo, abaixando-se para me olhar.

— Não por muito tempo — respondeu Finan.

— Carreguem-no até um abrigo — indicou o bispo.

— Casa — murmurei. — Leve-me para casa, Finan! Leve-me para casa!

— Vou levá-lo para casa, senhor — acatou Finan.

O guerreiro agonizante

Æthelhelm chegou, atravessando a multidão como um touro espalhando ovelhas.

— Senhor Uhtred! — exclamou ele, ajoelhando-se ao meu lado. — O que aconteceu?

Osferth fez o sinal da cruz.

— Ele não consegue ouvi-lo, senhor.

— Consigo — retruquei. — Leve-me para casa.

— Para casa? — perguntou Æthelhelm. Ele parecia ansioso.

— Para casa nas montanhas — eu disse. — Quero morrer nas montanhas.

— Há um convento aqui perto. — Æthelhelm segurava minha mão direita, apertando-a mais no cabo de Bafo de Serpente. — Eles podem ministrar a unção dos enfermos lá, senhor Uhtred.

— As montanhas — repliquei debilmente. — Só me leve para as montanhas.

— É um absurdo pagão — reagiu com escárnio o padre Penda.

— Se o senhor Uhtred quer ir para as montanhas — disse Æthelhelm com firmeza —, ele deve ir!

Homens murmuraram enquanto me olhavam. Minha morte retirava o maior apoiador de Æthelflaed, e sem dúvida eles estavam se perguntando o que aconteceria com as terras dela e com as minhas quando Eardwulf se tornasse senhor da Mércia. Chovia mais forte, e eu gemi. Nem tudo era fingimento.

— O senhor vai pegar um resfriado, senhor bispo — observou o padre Penda.

— E ainda temos muito a discutir — acrescentou Wulfheard, levantando-se. — Mande-nos notícias — pediu a Finan.

— É o julgamento de Deus — insistiu Penda ao se afastar.

— É mesmo! — concordou Wulfheard em tom pesado. — E que seja uma lição para todos os pagãos. — Ele fez o sinal da cruz, depois acompanhou Penda até o salão.

— Você vai nos avisar o que acontecer? — perguntou Æthelhelm a Finan.

— Claro, senhor. Reze por ele.

— Com todas as minhas forças.

Esperei até me certificar de que todos que estavam no Witan haviam saído da chuva, depois olhei para Finan.

O trono vazio

— Uhtred vai trazer uma carroça. Ponha-me nela. Depois vamos para leste, todos nós. Sihtric?

— Senhor?

— Encontre nossos homens. Procure nas tavernas. Prepare-os para viajar. Vá!

— Senhor? — questionou Finan, perplexo com minha energia súbita.

— Estou morrendo — expliquei, e pisquei para ele.

— Está?

— Espero que não, mas diga às pessoas que estou.

Demorou, mas meu filho finalmente trouxe a carroça atrelada a dois cavalos, e fui posto na úmida cama de palha. Eu trouxera a maior parte dos meus homens para Gleawecestre, e eles cavalgavam na frente, atrás e nas laterais da carroça enquanto percorríamos as ruas. Todos tiravam o chapéu quando passávamos. De algum modo a notícia de minha morte iminente havia se espalhado pela cidade, e as pessoas saíam de lojas e casas para olhar. Padres faziam o sinal da cruz à medida que a carroça percorria Gleawecestre.

Eu temia que já fosse tarde demais. Meu filho, ao se juntar a Penda para mijar na parede da igreja, tinha ouvido as reais notícias dadas pelo padre. Æthelhelm enviara homens para Cirrenceastre.

E eu deveria ter previsto.

Era por isso que eu fora convidado para o Witan, não porque Æthelred e Æthelhelm queriam convencer a Mércia de que alguém havia falado a favor de Æthelflaed, e sim para me tirar de Cirrenceastre, ou melhor, para tirar meus guerreiros da cidade, porque havia algo que Æthelhelm desejava desesperadamente lá.

Ele queria Æthelstan.

Æthelstan era um menino, tinha apenas 10 anos, pelo que eu conseguia me lembrar, e sua mãe havia sido uma bela jovem de Cent que morrera no parto. Mas seu pai estava vivo, bem vivo, e seu pai, Eduardo, filho do rei Alfredo, era agora o rei de Wessex. Depois disso Eduardo se casou com a filha de Æthelhelm e teve outro filho, o que tornava Æthelstan uma inconveniência. Ele era o primogênito? Ou um bastardo, como insistia Æthelhelm? Se era um bastardo, não tinha direitos, mas havia um boato recorrente de que Eduardo se casara com a jovem de Cent. E eu sabia que o boato era verdadeiro, porque o padre Cuthbert realizara a cerimônia. O povo de Wessex fingia acreditar que Æthelstan era bastardo, mas Æthelhelm temia os boatos. Temia que Æthelstan pudesse ser um rival de seu neto na disputa pelo trono de Wessex, e assim, obviamente, decidira fazer algo a respeito. Segundo Penda, ele enviara vinte homens ou mais a Cirrenceastre, onde Æthelstan morava, na casa de Æthelflaed, mas minha ausência implicava que o menino estava protegido por apenas seis guerreiros. Æthelhelm ousaria matá-lo? Eu duvidava, mas ele certamente ousaria capturá-lo e faria com que fosse mandado para longe, não ameaçando as ambições do ealdorman. E, se Penda estivesse certo, os homens enviados atrás de Æthelstan tinham um dia de vantagem sobre nós. Porém Æthelhelm obviamente sentira medo de que eu fosse para Cirrenceastre, ou talvez para Fagranforda, o que sugeria que seus homens ainda podiam estar lá, e era por isso que eu havia murmurado algum absurdo sobre morrer nas montanhas. Quando eu morresse seria na cama quente de uma mulher, e não no alto de algum morro varrido pela chuva na Mércia.

Eu não ousava me apressar. As pessoas nos observavam das muralhas de Gleawecestre, por isso viajávamos numa lentidão dolorosa, como se os homens não quisessem balançar a carroça ocupada por um homem agonizante. Não podíamos abandonar esse fingimento até chegarmos aos bosques de faias na encosta íngreme que ia até os morros, onde as ovelhas mantinham o capim baixo durante todo o verão. Assim que chegamos ao meio daquelas árvores e, portanto, ficamos ocultos dos olhares curiosos, desci da carroça e montei em meu cavalo. Deixei Godric Grindanson, o menino serviçal do meu filho, para levar a carroça, enquanto o restante de nós esporeava adiante.

— Osferth! — gritei.

— Senhor?

— Não pare em Cirrenceastre. Continue cavalgando com dois homens e certifique-se de que o padre Cuthbert esteja em segurança. Tire o cego desgraçado da cama e traga os dois a Cirrenceastre.

— Os dois? Da cama? — Às vezes Osferth demorava a entender.

— Em que outro lugar eles estarão? — indaguei, e Finan gargalhou.

O padre Cuthbert era meu sacerdote. Eu não queria um, mas o rei Eduardo o enviara para mim. Eu gostava do padre. Cuthbert fora cegado por Cnut. Sempre me garantiam que era um bom padre, o que significava que desempenhava bem seu serviço. "Que serviço?", eu havia perguntado a Osferth uma vez, e ele me garantiu que Cuthbert visitava os doentes, proferia suas orações e pregava seus sermões, mas sempre que visitava sua casinha ao lado da igreja de Fagranforda eu precisava esperar enquanto ele se vestia. Então o padre Cuthbert aparecia sorrindo, desgrenhado e enrubescido, seguido um instante depois por Mehrasa, a mulher escravizada de pele escura com quem havia se casado. Ela era uma beldade.

E Cuthbert corria perigo. Eu não tinha certeza se Æthelhelm sabia que fora o padre quem havia casado Eduardo com seu amor vindo de Cent. Se sabia, Cuthbert teria de ser silenciado, mas era possível que Eduardo jamais tivesse revelado a identidade do padre. O rei gostava do filho e de Cuthbert, mas até onde ia esse afeto? Eduardo não era um rei fraco, no entanto, era preguiçoso, satisfeito em deixar a maior parte das questões do reino com Æthelhelm e com um bando de padres diligentes que comandavam Wessex com justiça e firmeza. Isso o deixava livre para caçar e visitar prostitutas.

E, enquanto o rei caçava cervos, javalis e mulheres, Æthelhelm acumulava poder. Usava-o adequadamente. Havia justiça em Wessex, os burhs eram bem-conservados, o fyrd — o exército temporário — treinava com armas, e os dinamarqueses por fim aprenderam que invadir Wessex só levava à derrota. O próprio Æthelhelm era um homem bastante decente, mas via a chance de ser avô de um rei, e um grande rei. Orientaria o neto como havia orientado Eduardo, e eu não duvidava de que a ambição de Æthelhelm era o mesmo sonho que assombrara Alfredo. Esse sonho era unir os saxões, tomar os quatro reinos e torná-los um só. E esse era um sonho bom, mas Æthelhelm queria ter certeza de que seria sua família quem o tornaria realidade.

E eu iria impedi-lo.

Se fosse possível.

Iria impedi-lo porque sabia que Æthelstan era um filho legítimo. Ele era o ætheling, o primogênito do rei. Além disso eu amava aquele menino. Nada impediria Æthelhelm de destruí-lo, e eu faria qualquer coisa para protegê-lo.

Não precisamos ir longe. Assim que chegamos ao topo das montanhas, vimos a mancha de fumaça que indicava o fogo das lareiras de Cirrenceastre. Estávamos correndo, e minhas costelas doíam. A terra dos dois lados da estrada romana pertencia a Æthelflaed, e era uma boa terra. Os primeiros cordeiros estavam nos campos, vigiados por homens e cães. A riqueza da região fora concedida a Æthelflaed por seu pai, mas seu irmão poderia tirá-la, e a presença inesperada de Æthelhelm em Gleawecestre sugeria que Eduardo estava se inclinando para o lado de Æthelred, ou então que Æthelhelm estava tomando as decisões que ditariam o destino da Mércia.

— O que ele vai fazer com o menino? — perguntou Finan, sem dúvida pensando exatamente o mesmo que eu. — Cortar a garganta dele?

— Não. Ele sabe que Eduardo gosta dos gêmeos. — Æthelstan tinha uma irmã gêmea, Eadgyth.

— Ele vai colocar Æthelstan num mosteiro — sugeriu meu filho —, e a pequena Eadgyth num convento.

— É bem provável.

— Em algum lugar distante — continuou meu filho —, com algum abade filho da mãe que vai bater neles a cada dois dias.

— Vão tentar fazê-lo se tornar padre — acrescentou Finan.

— Ou esperar que ele adoeça e morra — sugeri, depois me encolhi quando meu cavalo baixou a pata pesadamente num trecho de pedra irregular. As estradas estavam decadentes. Tudo estava decadente.

— O senhor não deveria cavalgar, pai — disse meu filho com reprovação.

— Sinto dor o tempo todo — respondi. — E, se eu ceder a ela, não serei nada.

Mas a viagem era dolorosa, e quando cheguei ao portão oeste de Cirrenceastre estava quase chorando de agonia. Eu tentava esconder a dor. Às vezes me pergunto se os mortos podem ver os vivos. Será que ficam sentados no grande salão de Valhala e observam os que deixaram para trás? Conseguia imaginar Cnut sentado lá e pensando que eu deveria me juntar a ele em breve, e ergueríamos um chifre de cerveja juntos. Não existe dor em Valhala, nem tristeza, nem lágrimas, nem juramentos violados. Conseguia ver Cnut rindo para mim, não com prazer diante da minha dor, e sim porque gostáva-

mos um do outro em vida. "Venha a mim", dizia ele, "venha a mim e viva!".
Era tentador.

— Pai? — Meu filho parecia preocupado.

Pisquei, e as sombras que haviam nublado meus olhos se afastaram. Vi que tínhamos chegado ao portão, e um guarda da cidade estava franzindo a testa para mim.

— Senhor? — perguntou o homem.

— Você falou?

— Os homens do rei estão na casa de milady — avisou ele.

— Os homens do rei! — exclamei, e o guarda apenas me encarou. Virei-me para Osferth. — Vá! Encontre Cuthbert! — A rota dele até Fagranforda percorria a cidade. — Os homens do rei? — perguntei de novo ao guarda.

— Os homens do rei Eduardo, senhor.

— E ainda estão lá?

— Pelo que sei, sim, senhor.

Esporeei o cavalo. A casa de Æthelflaed já pertencera a um comandante romano, ou pelo menos eu presumia que havia sido a casa de um comandante romano, porque era uma construção luxuosa que ficava num canto da antiga fortaleza romana. As paredes do forte foram derrubadas, a não ser pelo lado norte, que fazia parte das muralhas da cidade, mas a casa podia ser defendida com facilidade. Era construída ao redor de um grande pátio, e as paredes externas eram de pedra cor de mel e não tinham janelas. Havia uma entrada com colunas voltada para o sul, e Æthelflaed fizera uma nova passagem vindo do pátio de seu estábulo, atravessando a muralha norte da cidade. Mandei Sihtric com seis companheiros guardar a entrada norte enquanto eu seguia com trinta homens até a pequena praça virada para ao portão sul. Havia uma multidão de curiosos na praça, todos se perguntando por que o rei Eduardo de Wessex teria enviado homens armados a Cirrenceastre. A multidão se dividiu com os cascos de nossos cavalos ressoando alto na rua atrás dela, então chegamos ao espaço aberto, e vi dois lanceiros ao lado da porta de Æthelflaed. Um estava sentado numa urna de pedra onde havia uma pequena pereira. Ele se levantou e pegou o escudo enquanto nos aproximávamos, e o outro bateu na porta fechada com o cabo da lança. Ambos usavam cota

O guerreiro agonizante

de malha e elmos, e seus escudos redondos estavam recém-pintados com o dragão de Wessex. Havia um postigo na porta, e o vi deslizar e alguém olhar para nós. Dois meninos vigiavam os cavalos no lado leste da praça, perto da alta igreja de madeira construída por Æthelflaed.

— Conte os cavalos — pedi ao meu filho.

— Vinte e três — respondeu ele quase imediatamente.

Então estávamos em maior número.

— Não espero uma luta — observei.

Então um grito soou dentro da casa.

Um grito capaz de rachar os ouvidos com a mesma força de uma lança bem-feita atravessando as tábuas de salgueiro de um escudo.

— Santo Deus! — exclamou Finan.

E o grito silenciou.

Dois

A porta da casa de Æthelflaed se abriu.

Brice apareceu.

Eu conhecia Brice. Não muito bem, mas inevitavelmente nossos caminhos haviam se cruzado nos longos anos em que lutamos para empurrar os dinamarqueses mais para o norte. Eu o vira em acampamentos, e tinha trocado uma ou duas palavras com ele antes de alguma batalha. Brice era um veterano de muitas batalhas, um homem que estivera na parede de escudos inúmeras vezes, e sempre sob o estandarte do ealdorman Æthelhelm, o do cervo saltando. Era hábil com armas, forte como um touro, mas de raciocínio lento, motivo pelo qual jamais ascendera ao comando de uma das maiores companhias de Æthelhelm. Mas parecia que hoje Brice fora posto à frente dos homens enviados para encontrar Æthelstan. Ele veio em nossa direção, um guerreiro em sua formidável glória de guerra, mas eu me vestira do mesmo modo vezes o suficiente para não ficar impressionado.

Sua cota de malha era boa e justa, provavelmente da Francia, mas fora cortada em uns cinco pontos diferentes, onde novos aros se destacavam do metal mais opaco. Usava botas altas feitas de couro escuro, e o cinto da espada, afivelado sobre a armadura brilhante, era enfeitado com losangos de prata. Sua espada era longa e pesada, com uma bainha vermelha com tiras de prata entrecruzadas. Uma corrente de prata pendia do pescoço. Uma capa vermelho-escura estava aberta nos ombros largos, presa ao pescoço por um broche ornamentado, cravejado de granadas. Não usava elmo. O cabelo ruivo era mais comprido que o da maioria dos saxões, que preferiam mais curto, emoldurando um rosto que vira muitos inimigos. Havia talhado uma cruz na bochecha direita e depois esfregado o ferimento com fuligem ou terra para deixar a marca escura, proclamando que era um guerreiro cristão. Era um homem implacável, mas o que seria além disso? Estivera na parede de escudos, vira os dinamarqueses chegarem para o ataque e sobrevivera. Não era jovem. A barba era grisalha, e o rosto moreno tinha rugas profundas.

— Meu senhor Uhtred — saudou ele. Não havia respeito em sua voz; em vez disso, ele falava com azedume, como se minha chegada fosse um incômodo tedioso, algo que, suponho, de fato era.

— Brice. — Assenti para ele de cima da sela.

— O rei me enviou — explicou ele.

— Você serve ao rei Eduardo agora? O que aconteceu? O senhor Æthelhelm se cansou do seu fedor?

Brice ignorou o insulto.

— Ele me enviou para pegar o menino bastardo.

Olhei para a torre de madeira que coroava a igreja de Æthelflaed. Um sino que lhe custara um pesado baú de prata estava pendurado lá. Ela sentia um imenso orgulho do sino, feito por artesãos frísios e trazido do outro lado do mar. O sino tinha uma inscrição: "Æthelflaed, pela graça de Deus e pela bênção de santa Werburga, mandou fazer este sino"; e pela graça de Deus o sino havia rachado na primeira vez que fora tocado. Eu rira quando isso tinha acontecido, e desde então o sino não tocava para convocar as pessoas à igreja; em vez disso, apenas feria o céu com um ruído áspero.

— Você me ouviu? — perguntou Brice.

Demorei para dar as costas ao sino rachado, depois olhei Brice de cima a baixo.

— Que menino bastardo? — perguntei enfim.

— Você sabe quem.

— Eu deveria comprar outro sino para a senhora Æthelflaed — eu disse a Finan.

— E ela gostaria disso — respondeu ele.

— Talvez eu mande gravar "presente de Tor" nele.

— E ela não vai gostar nem um pouco disso.

— Senhor Uhtred! — reagiu Brice, interrompendo nosso absurdo.

— Você ainda está aí? — indaguei, fingindo surpresa.

— Onde ele está?

— Ele quem?

— O bastardo Æthelstan.

Fiz que não com a cabeça.

— Não conheço nenhum bastardo chamado Æthelstan. Você conhece? — perguntei a Finan.

— Nunca ouvi falar.

— O menino Æthelstan — disse Brice, lutando para conter o mau humor.

— O filho do rei Eduardo.

— Ele não está em casa? — Fingi surpresa de novo. — Ele deveria estar em casa ou na escola.

— Ele não está aqui — disse Brice peremptoriamente. — E olhamos na escola. Portanto, encontre-o.

Respirei fundo e apeei. Precisei me esforçar para esconder a dor, e tive de me agarrar ao cavalo por um momento até a agonia escoar pela lateral do meu tronco. Cheguei a me questionar se conseguiria andar sem me apoiar, mas então consegui soltar a sela.

— Isso pareceu uma ordem — eu disse a Brice, dando alguns passos na direção dele.

— Do rei.

— Do rei de Wessex? — perguntei. — Mas aqui é a Mércia.

— O rei quer que o filho dele seja levado de volta a Wessex — insistiu Brice categoricamente.

— Você é um bom guerreiro. Eu o receberia de bom grado em qualquer parede de escudos, mas não confiaria em você para esvaziar meu penico. Você não é esperto o suficiente. É por isso que não comanda as tropas de Æthelhelm. Portanto, não, você não serve ao rei porque o rei não iria querê-lo. Então quem o mandou? O senhor Æthelhelm?

Eu o irritara, mas ele conseguiu conter a raiva.

— O rei quer o filho dele — insistiu Brice, devagar —, e o senhor, senhor Uhtred, encontrará o menino e irá trazê-lo para cá.

69

O guerreiro agonizante

— Talvez você ache estranho — falei —, mas não recebo ordens suas.

— Ah, vai receber. Vai receber.

Brice achou que escondia o nervosismo com beligerância, mas dava para ver que estava confuso. Tinha ordens de pegar Æthelstan, e o menino havia desaparecido. Meus guerreiros estavam em maior número que os dele, mas Brice não tinha o bom senso de abandonar a missão. Em vez disso, lidaria com ela como lidava com qualquer problema: com uma objetividade selvagem. Ele virou a cabeça para a casa.

— Tragam-na! — gritou.

A porta da casa se abriu, e um homem trouxe Stiorra para a luz do sol. Um murmúrio soou na multidão porque o rosto de minha filha estava sujo de sangue e ela segurava o vestido rasgado diante dos seios. Finan se inclinou na sela e pôs a mão no meu braço, contendo-me, mas eu não precisava do gesto. Estava com raiva, sim, mas não era idiota. Estava fraco demais para atacar Brice, e, além disso, minha raiva era fria. Eu ia vencer este confronto, mas não pela força bruta. Ainda não. Enquanto isso, Brice estava certo de que eu não tinha opção a não ser obedecer a ele.

— Traga-me o menino — mandou ele com desprezo —, e sua filha será libertada.

— E se eu não trouxer?

Brice deu de ombros.

— Você vai descobrir, não vai?

Virei-me e balancei a cabeça para meu filho.

— Venha cá. — Esperei até Uhtred apear e se juntar a mim. — Onde ele está? — perguntei em voz baixa. Se havia alguém que sabia onde Æthelstan estava escondido, essa pessoa era o meu filho.

Ele olhou para Brice, depois meio que deu as costas para o sujeito.

— Ele passa o tempo na oficina do ferreiro.

— Do ferreiro?

— O ferreiro Godwulf. Ele tem amigos lá. — Uhtred falou baixo demais para que Brice escutasse. — O filho e a filha de Godwulf. Na verdade, ele vai lá para vê-la.

— Ele tem só 10 anos!

— Acho que 9. E ela tem 12.

— Ele gosta de mulheres mais velhas, então? — perguntei. — Então vá encontrar o safadinho e o traga aqui, mas demore. Não tenha pressa.

Ele assentiu e se afastou, passando pelo meio da multidão carrancuda.

— Aonde ele vai? — perguntou Brice.

— Pegar o garoto, é claro.

Ele ficou desconfiado, mas não era esperto o bastante para pensar além do passo seguinte, no entanto, deve ter pensado que esse passo era uma boa ideia.

— Mande seus homens saírem — ordenou ele.

— Saírem? — Fingi ser tão idiota quanto Brice.

— Saírem! — exclamou ele rispidamente. — Quero que desapareçam agora!

Brice achou que estava se livrando da ameaça dos meus homens, mas na verdade exigia exatamente o que eu queria que exigisse.

— Leve os homens para a muralha da cidade — pedi a Finan, em voz baixa. — E, quando eu der o sinal, entrem pelo teto do estábulo.

— O que você está dizendo a ele? — quis saber Brice.

— Para esperar na estalagem da Cevada. A cerveja de lá é boa, muito melhor que a porcaria rançosa que servem no Ganso Enlameado. — Assenti para Finan, e ele levou meus homens embora, sumindo num dos becos estreitos que partiam da praça da igreja. Esperei até não ouvir mais o som dos cascos, depois fui lentamente na direção de minha filha. — Qual é o seu nome? — perguntei ao homem que a segurava.

— Hrothard.

— Quieto! — ordenou Brice, com raiva.

— Se você a machucar, Hrothard, vai morrer muito devagar — ameacei.

Brice deu dois passos rápidos até ficar na minha frente.

— Hrothard fará o que eu mandar — retrucou ele, e senti seu hálito podre, mas ele provavelmente conseguia sentir o cheiro do pus imundo que escorria do meu ferimento.

— E você vai mandar que ele a solte quando eu lhe trouxer Æthelstan — continuei. — Não é isso que você quer?

O guerreiro agonizante

Ele fez que sim com a cabeça. Ainda estava desconfiado, mas era idiota demais para ver a armadilha. Que os deuses me mandem sempre inimigos idiotas.

— Você sabe onde o menino está? — perguntou ele.

— Acreditamos que sim — respondi. — E, claro, se o rei quer o filho dele, quem sou eu para ficar no caminho?

Ele pensou nessa pergunta durante algum tempo e deve ter decidido que eu cedera totalmente às suas exigências.

— O rei pediu que o senhor Æthelhelm pegasse o menino — explicou Brice, tentando esconder as mentiras numa verdade.

— Você deveria ter me dito isso desde o início, porque sempre gostei de Æthelhelm. — Brice deu um leve sorriso, aliviado com essas palavras. — Mas não gosto de homens que batem na minha filha — acrescentei.

— Foi um acidente, senhor — disse ele rápido demais. — O homem será castigado.

— Bom. E agora esperamos.

Esperamos enquanto os homens de Finan apeavam e depois subiam à muralha da cidade por degraus escondidos do outro lado da igreja, fora do campo de visão de Brice. A antiga fortaleza, cuja maior parte fora derrubada, havia se mantido num canto dessas muralhas, de modo que a fortificação formava os lados norte e oeste da casa de Æthelflaed. Os alojamentos dos serviçais e o estábulo ficavam no lado norte, e com o passar dos anos os telhados apodreceram e foram substituídos por palha sustentada por caibros e varas trançadas. Bastava empurrar a palha e atravessar o trançado de madeira para alguém pular dentro do estábulo. Agora eu conseguia ver Finan e seus homens na muralha, e Brice também teria visto se tivesse se virado, mas mantive sua atenção perguntando sobre Teotanheale e ouvindo-o descrever sua participação na batalha. Fingi ficar impressionado, encorajando-o a contar mais enquanto os homens de Finan passavam abaixados. Apenas um ficou de pé, inclinando-se preguiçosamente nas ameias exteriores.

— E a irmã gêmea do menino? — perguntei a Brice.

— O rei quer que ela vá também.

— Onde ela está agora?

— Na casa. Com as serviçais da cozinha.
— É melhor que ela esteja em segurança e incólume — eu disse.
— Ela está — respondeu Brice.

Virei-me.

— Você vai me perdoar, mas meu ferimento ainda dói. Preciso me sentar um pouco.

— Rezo pela sua recuperação — declarou ele, embora parecesse ter sido necessário um esforço para dizer isso.

— Os deuses farão o que quiserem — falei, e dei as costas para meu cavalo, que Edric segurava, um menino de cerca de 8 ou 9 anos que era meu novo serviçal. Firmei-me por causa da dor, depois montei na sela. Brice também havia se virado e voltado para a porta da casa, onde esperava perto de Stiorra.

Ela me encarava. Tenho sido um mau pai, mas sempre amei meus filhos. Porém, as crianças pequenas me deixam entediado, e, enquanto meus filhos cresciam, eu sempre estive longe, lutando. Treinei meu filho para ser um guerreiro e sentia orgulho dele, mas Stiorra me deixava perplexo. Era a mais nova, e doía vê-la porque se parecia demais com a falecida mãe; era alta, ágil e tinha o rosto longo da mãe, o mesmo cabelo preto, os mesmos olhos escuros e a mesma expressão séria que podia se iluminar em beleza com um sorriso. Eu não a conhecia bem porque estivera lutando enquanto ela crescia, e Æthelflaed a criara. Fora enviada para as freiras em Cracgelad durante boa parte da juventude. Lá havia sido educada em religião e nas artes femininas. Sua natureza era doce, mas havia aço por baixo daquele mel, e era uma pessoa afetuosa, porém eu nunca soube o que pensava. Eu sabia que era hora de Stiorra se casar, mas eu não havia encontrado ninguém a quem quisesse entregar minha filha, e ela jamais falara em querer se casar. Na verdade, nunca falava muito, guardando seu tesouro de verdades por trás do silêncio e da calma.

Seu lábio inferior havia se partido. Estava inchado e sangrando. Alguém havia batido nela com força para fazer isso, e eu encontraria esse homem e iria matá-lo. Stiorra era minha filha, ninguém batia nela sem minha permissão, e agora estava velha demais para apanhar. As crianças devem ser chicoteadas para aprender a obedecer, mas, quando uma criança cresce, as surras param. Os maridos batem nas esposas, é claro, embora eu jamais tivesse batido em Gisela nem em nenhuma das minhas amantes. Nisso eu não estava sozinho. Muitos homens não batem nas mulheres, mesmo que a lei permita e que a Igreja encoraje, mas um homem não ganha uma boa reputação batendo numa pessoa mais fraca. Æthelred havia batido em Æthelflaed, mas ele era fraco, e só um homem fraco prova sua força batendo numa mulher.

Eu pensava nessas coisas olhando para minha filha, que estava empertigada e imóvel. Um sopro de vento trouxe um pouco de chuva. Ergui os olhos, surpreso, porque a maior parte do dia fora de tempo bom, mas a chuva foi breve e fraca.

— Senhor — gritou Brice com aspereza. Estava ficando desconfiado de novo, mas, antes que ele pudesse verbalizar os temores, meu filho apareceu com Æthelstan. — Traga o menino aqui — gritou Brice para meu filho.

— Traga-o para mim — ordenei, e Uhtred, obedientemente, trouxe Æthelstan para perto do meu estribo.

Sorri para o menino que eu amava como se fosse mais um filho. Era um bom menino, travesso como um menino deve ser, mas inteligente e forte. Tinha começado o treino com armas, aprendendo a usar espada e escudo, e os exercícios o encorparam. Com o tempo, pensei, seria um homem bonito. Tinha cabelo escuro, rosto fino e olhos verdes, que eu supunha que tivessem vindo da mãe.

— Você o recebe quando eu receber minha filha — gritei para Brice.

Isso o fez pensar. Ele era um homem muito idiota. Seu cérebro devia ser feito de palha de cevada, pensei. Um bom guerreiro, sim, mas homens como Brice precisam ser controlados como se fossem cães. Presumi que Æthelhelm o enviara a Cirrenceastre porque Brice era confiável para obedecer às ordens a qualquer custo, era impossível de ser parado, como um cão caçador de javalis, mas, quando o javali já enfiou a presa na barriga do cachorro e está rasgando as entranhas do animal, o cachorro deve saber que foi derrotado. Brice ainda estava pensando, algo que considerava difícil fazer, mas por fim viu a armadilha aparente nas minhas palavras.

— Vamos fazer a troca fora da cidade — propôs.

— Fora da cidade? — perguntei, fingindo não entender.

O trono vazio

— Acha que sou idiota, senhor?

— Eu jamais pensaria isso — respondi gentilmente.

— Seus homens vão ficar dentro das muralhas — ordenou ele —, e o senhor vai trazer o menino para fora.

Franzi a testa como se estivesse pensando na proposta, o que, é claro, fazia sentido para Brice. Ele havia deduzido que meus homens poderiam emboscá-lo nas ruas estreitas de Cirrenceastre, mas, se a troca fosse feita nos campos do lado de fora da cidade, não haveria o risco dessa armadilha.

— E então? — perguntou ele.

Olhei para o homem em cima da muralha e lentamente ergui a cabeça. Fiz uma pausa, depois assenti depressa. O homem na muralha sumiu, mas Brice, é claro, acreditou que o movimento de cabeça era para ele.

— Vamos fazer do seu jeito — eu disse a Brice —, porém quero sua palavra de honra.

— Minha palavra, senhor?

— De que o homem que bateu na minha filha será castigado.

— Eu disse isso, não disse?

Esporeei meu cavalo e me aproximei um pouco. Os cascos ressoaram alto no pavimento romano.

— Quero que você me entregue o homem.

— Ele será castigado — declarou Brice com teimosia.

Então os gritos começaram, e o som inconfundível de espadas se chocando foi ouvido, e eu soube que Finan e seus homens estavam dentro da casa. Não tinham se incomodado em tirar a palha e quebrar as varas, simplesmente pularam no telhado, que cedeu imediatamente. Gerbruht, um frísio que jamais parecia parar de comer e que pesava tanto quanto um cavalo, evidentemente pulara primeiro, e o restante dos homens de Finan o acompanhou pelo enorme buraco. Não reagi aos sons, simplesmente fiquei olhando para Brice.

— Você vai me entregar o homem — falei, e poderia ter poupado o fôlego, porque de repente Brice escutou a agitação e percebeu que tinha sido enganado. Eu estava pronto para esporear meu cavalo até ele, usando o peso do garanhão para derrubá-lo, mas em vez disso ele desembainhou a espada e correu na minha direção.

75

O guerreiro agonizante

— Seu filho da mãe! — gritou ele.

O sujeito era rápido. Nenhum guerreiro continua vivo sendo lento, mas para um homem grande ele era surpreendentemente ágil. Cobriu os poucos passos que nos separavam com a espada empunhada para acertar a cabeça do meu cavalo. Puxei as rédeas e quase apaguei com a pontada de dor que partiu das minhas costelas inferiores, e soube que havia perdido, que ele era rápido demais, que iria me tirar da sela e me matar ou, se tivesse um pingo de bom senso, me manter como um refém a mais.

No entanto, se ele era rápido, meu filho era como um relâmpago.

A espada de Brice jamais acertou meu cavalo. Mal notei o que aconteceu, mas percebi que Uhtred desembainhou seu seax, Attor, e o atirou. A espada curta acertou as pernas de Brice, fazendo-o tropeçar. Ouvi o estardalhaço quando ele caiu, mas eu ainda estava tentando acalmar a respiração. Brice se levantou imediatamente, porém Uhtred estava com sua espada longa, sua preciosa Bico do Corvo, desembainhada. Ele havia empurrado Æthelstan para trás, para longe da luta.

— Venha, seu earsling — provocou ele, olhando para Brice. A multidão que estivera silenciosa aplaudiu subitamente.

— Filho da mãe! — reagiu Brice.

Ele chutou Attor para longe, depois partiu para cima de meu filho. Lembre-se, Brice era um espadachim experiente, um homem que passara a vida treinando com armas, um homem que havia ficado rico com a perícia na espada. Não tinha medo, e Uhtred, meu filho, tinha um rosto despretensioso que parecia sempre alegre e lhe dava um ar de inocência. Brice achou que conseguiria derrubá-lo com dois ou três golpes. O primeiro foi um corte que teria aberto a barriga do meu filho como uma faca cortando um saco cheio de enguias.

Uhtred deu um salto para trás, gargalhou. Baixou Bico do Corvo e gargalhou de novo. Brice engoliu a isca e atacou pela segunda vez, agora tentando perfurá-lo. Enquanto Bico do Corvo subia para deter o golpe, Brice girou a mão, sua lâmina passando por cima da espada do meu filho, então ele investiu em direção ao pescoço de Uhtred. Foi um movimento repentino e hábil, e Uhtred simplesmente se inclinou para trás e para longe, o fio da espada de

Brice errando por um dedo. Brice ficou ligeiramente sem equilíbrio, e meu filho simplesmente estendeu a mão e o empurrou com a ponta de Bico do Corvo.

— Você é lento — disse ele reprovando, enquanto o saxão ocidental cambaleava.

— Filho da mãe — murmurou Brice. Esse parecia ser seu único xingamento. Ele havia recuperado o equilíbrio e agora olhava para meu filho, vendo aquele sorriso insolente no rosto inocente, e a fúria brotou de novo dentro dele. — Filho da mãe — gritou, e partiu para a frente, tentando perfurar de novo. Uhtred somente desviou a lâmina, e Brice, com sua velocidade extraordinária, manteve a espada se movendo num corte violento destinado à cabeça do meu filho. De novo Bico do Corvo estava ali. Escutei o choque das lâminas, e havia uma aspereza naquele som.

As lâminas ressoam juntas. Não como um sino, mas há um eco no choque entre lâminas. Porém o último golpe de Brice havia terminado com um estalo, como o ruído do sino de Æthelflaed. A lâmina não estava quebrada, mas o som era agourento, e ele soube disso. Recuou.

Homens saíam da casa. Eram homens de Brice, mas perseguidos pelos meus, e nenhum deles interferiu quando meu filho atacou pela primeira vez. Até este momento ele estivera contente em se defender e provocar Brice, mas agora avançou com a ponta da espada. Um golpe que jamais se destinou a acertar o alvo, mas apenas a forçar uma defesa. Depois, desferiu um corte na altura da cintura, que Brice deteve de novo, porém o ataque não pareceu muito rápido nem impiedoso. No entanto, quando a espada de Brice encontrou Bico do Corvo, ela se partiu. Apenas se partiu em dois pedaços, e Uhtred girou o pulso e manteve a ponta da espada no pescoço de Brice.

— O que devo fazer com ele, pai?

— Baixe o que restou da sua espada — ordenei a Brice. Ele hesitou, então desembainhei Ferrão de Vespa, meu seax, e segurei o punho na direção de Æthelstan, que havia se protegido junto de meu cavalo. — Se ele não baixar a espada, rapaz, use isso para cortar a espinha na altura da nuca. É hora de você aprender a matar um homem. — Æthelstan vacilou, sem saber se eu falava sério. Empurrei o seax para ele. — Pegue — mandei. O menino segurou

O guerreiro agonizante

a espada curta, depois olhou para mim. — Você é filho de um rei — declarei —, e um dia pode ser rei também. A vida e a morte serão seus dons, portanto, aprenda a dá-los, rapaz.

Ele foi até Brice, que se virou um pouco, depois ficou imóvel com a ponta de Bico do Corvo cutucando seu pescoço. Em seguida, finalmente, algum bom senso vazou para o cérebro de Brice e ele largou os restos da espada.

— Deixe-o viver — eu disse a Æthelstan, que pareceu aliviado com essa ordem.

Dezesseis dos homens de Brice haviam fugido de dentro da casa. Não tinham vontade de lutar, e agora os homens de Finan estavam tirando suas armas. Stiorra estava livre e correu para perto de mim. Sorri para ela e segurei sua mão.

— Quem bateu em você? — perguntei.

— O padre.

— O padre? — indaguei, surpreso, depois vi o sujeito no meio dos prisioneiros saxões ocidentais. Ele estava carrancudo, um homem raivoso vestindo uma batina preta, com uma pesada cruz de prata pendurada ao pescoço. Era mais velho, talvez com pouco mais de 40 anos, grossas sobrancelhas grisalhas e lábios finos. — Foi ele quem fez você gritar?

— Eu ouvi o som dos cascos e esperei que fosse o senhor — explicou ela. — Por isso gritei.

— E foi então que ele bateu em você?

— Ele me bateu antes disso — respondeu Stiorra com amargura. — E rasgou isso. — Ela me mostrou o vestido de linho rasgado na altura dos seios.

Finan caminhou pela pracinha.

— Os desgraçados não têm ânimo para lutar — comentou ele, parecendo desapontado.

Brice e seus homens estavam parados perto da porta da casa, vigiados por minhas espadas.

— Levem-nos de volta para o interior da casa — ordenei, depois respirei fundo, sentindo bastante dor. — Acabou! — gritei para a multidão. — Não há mais nada para ver! Voltem ao trabalho!

O padre Creoda, o sacerdote que cuidava da igreja de Æthelflaed e que ensinava na escolinha da cidade, correu para perto de Æthelstan. Ele segurou o rosto do menino, fechou os olhos e pareceu fazer uma oração de agradecimento pela segurança dele.

— Padre Creoda! — gritei. — Então o canalhinha não estava na escola?

— Não, senhor.

— E deveria estar?

— Sim, senhor.

— Então lhe dê uma surra.

— Não adianta, senhor — retrucou o padre em tom de lamento.

O padre Creoda era um homem decente, sério e honesto. Tinha vindo de Wessex para a Mércia e acreditava no sonho do rei Alfredo, de uma comunidade educada, devota e diligente. E eu não duvidava de que Æthelstan, que era esperto como uma doninha, decidira muito tempo atrás que a autoridade do padre Creoda era desafiada com facilidade.

— De nada adianta — concordei —, mas talvez faça com que você se sinta melhor. — Inclinei-me para pegar o seax com Æthelstan. — E, se você não lhe der uma surra, eu vou dar. E arranque esse riso dessa sua cara feia — acrescentei para o menino.

Mas eu também estava sorrindo. E imaginando que novos inimigos havia acabado de fazer.

E sabendo que ia fazer muitos outros.

A casa de Æthelflaed era construída ao redor de um pátio. Não era muito diferente da casa de Lundene onde eu havia morado com Gisela, mas esta construção era maior. Havia um poço quadrado no meio do pátio onde rãs deixavam grossas meadas de ovas. Com frequência eu tentava imaginar os romanos naquelas casas. Eles deixaram imagens de si mesmos, no reboco das paredes ou feitas de pequenos ladrilhos nos pisos, mas todas as pinturas estavam desbotadas e com marcas de água, e geralmente os ladrilhos estavam quebrados. Mas uma boa quantidade ainda podia ser vista para nos dizer que os romanos usavam uma espécie de lençol branco enrolado no corpo, ou então uma saia com placas de metal costuradas abaixo de um peitoral. Normalmente também ficavam nus, em especial as mulheres. No maior cômodo da casa de Æthelflaed havia uma imagem no chão mostrando mulheres nuas correndo entre árvores frondosas e sendo perseguidas por um homem com chifres e patas peludas de bode. O padre Creoda, quando chegou a Cirrenceastre, insistira que a imagem fosse destruída porque, segundo ele, mostrava um deus pagão, mas Æthelflaed recusou.

— Ele não conseguia desviar o olhar daquilo — disse-me ela, achando divertido. — Por isso eu disse ao padre que a pintura era um aviso sobre os perigos do paganismo.

O padre Creoda encarava a imagem agora, ou melhor, espiava uma jovem esguia que olhava por cima do ombro, na direção do deus-bode que a perseguia.

— Ela é bonita, padre — comentei, e ele desviou o olhar imediatamente, pigarreou e não encontrou nada para dizer. Eu não havia pedido que o padre Creoda se juntasse a nós na casa, mas ele viera mesmo assim, permanecendo perto de Æthelstan com ar protetor. — Então você não estava na escola? — indaguei ao menino.

— Esqueci de ir, senhor.

— Estava na oficina do ferreiro? — perguntei, ignorando seu sorriso.

— Estava, senhor.

— Porque sua namorada está lá?

— Namorada, senhor? — questionou ele com inocência, depois negou com a cabeça. — Não, senhor, eu estava lá porque Godwulf está me fazendo uma espada. Ele está me ensinando a trabalhar com metal.

Segurei as mãos do menino, olhei seus pulsos e vi as pequenas marcas de queimadura causadas pelas fagulhas.

— Godwulf não sabe que você deveria estar na escola?

O menino riu.

— Sabe, senhor, mas também acha que eu deveria aprender algo útil.

— Útil — repeti com rispidez, e tentei parecer sério, mas ele deve ter sentido meu deleite diante de sua resposta, porque sorriu. Olhei para o padre Creoda. — O que você está ensinando a ele, padre?

— Latim, senhor, a vida dos santos padres e, claro, suas cartas.

— Latim é útil?

— Claro, senhor! É a linguagem de nossa Sagrada Escritura.

Grunhi. Eu estava sentado, o que era um alívio. Finan pusera todos os nossos prisioneiros num cômodo do outro lado do pátio, e somente minha família, o padre Creoda e Æthelstan estavam presentes na sala onde as jovens nuas corriam pelo piso. O aposento amplo era o predileto de Æthelflaed.

— E você ouviu sobre os homens armados aqui? — perguntei a Æthelstan.

— Ouvi, senhor.

— E teve o bom senso de ficar na oficina do ferreiro?

— Godwulf disse para eu ficar, senhor.

Bom para o ferreiro, pensei, depois olhei para Stiorra.

— E você?

— Eu, pai?

— Os homens de Brice chegaram. O que você fez?

— Eu os recebi, pai — respondeu ela com a voz bem baixa. — Achei que vinham a mando do rei Eduardo.

— Então por que o padre bateu em você?

— Ele queria saber onde Æthelstan estava, e eu não quis dizer.

— Você sabia?

Ela olhou para Æthelstan e sorriu.

— Sabia.

— E disse que não sabia? Por quê?

— Porque não gostei deles.

— E eles não acreditaram em você?

Ela confirmou com a cabeça.

— E o padre Aldwyn ficou com raiva.

— Eles revistaram a escola e a igreja — interveio o padre Creoda.

— E, como não conseguiram encontrá-lo — continuou minha filha —, o padre Aldwyn me chamou de vadia mentirosa e falou que descobriria a verdade.

— Vadia mentirosa? — perguntei. Ela fez que sim com a cabeça. Uma serviçal havia ajeitado seu vestido com um broche de Æthelflaed e limpado o

O guerreiro agonizante

sangue do rosto, mas seu lábio estava inchado e deformado por uma casca de ferida. — Você perdeu algum dente?

— Não, pai.

Finan abriu a porta e ficou parado, preguiçoso e confiante. Olhei para ele.

— Você ensinou meu filho a usar a espada — falei.

— Ensinei.

— Ele é mais rápido que você.

Finan sorriu.

— Estou ficando lento à medida que envelheço, senhor.

— Você o ensinou bem. Ele dançou em volta de Brice como um falcão em volta de uma cegonha. Quantos mortos?

— Só dois, e quatro feridos. O restante está sob guarda.

Virei-me para o padre Creoda.

— Leve Æthelstan para outro aposento e enfie um pouco de latim nele à força. Finan, traga-me o padre.

Interrogar Brice não fazia muito sentido. Ele era um cão de Æthelhelm, mas eu suspeitava de que o padre era o homem que realmente comandava aquela tropa. Æthelhelm confiaria em Brice para abrir caminho através de qualquer obstáculo, mas jamais confiaria nele para ser sutil ou inteligente. E sem dúvida o padre Aldwyn fora enviado para aconselhar e cuidar de Æthelstan. Eu queria saber que destino estaria reservado para o menino.

O padre cambaleou ao atravessar a soleira, evidentemente empurrado por Finan, que o acompanhou e fechou a porta.

— Ele está protestando! — exclamou Finan, achando divertido.

— Sou capelão do senhor Æthelhelm — disse o padre Aldwyn. — Seu confessor e sacerdote em nome de Deus.

— Você é meu prisioneiro — retruquei —, e me contará o que o ealdorman Æthelhelm ordenou que você fizesse.

— Não contarei nada! — reagiu ele com escárnio.

— Bata nele — ordenei ao meu filho, mas Uhtred hesitou. Os feiticeiros cristãos têm poder, e meu filho temia as consequências.

— Está vendo? — zombou o padre Aldwyn. — Meu deus me protege. — Ele apontou um dedo para meu filho. — Toque em mim, rapaz, e apodrecerá na danação eterna.

O trono vazio

— Como ao menos sabemos que você é padre? — perguntei.

— Sou capelão do senhor Æthelhelm!

Franzi o cenho.

— Aldwyn, é? Esse é o seu nome? Mas parece que me lembro de ter conhecido o padre Aldwyn. Era um velho de cabelo branco comprido e mão trêmula. Ele tinha paralisia, não é, Finan?

— O próprio, sem dúvida. — Finan notou minha mentira e enfeitou. — É um sujeito pequeno com uma perna manca. Ele babava um pouco.

— Então este não é o padre Aldwyn?

— Não pode ser, ele não está babando.

— Você é um impostor — acusei o padre.

— Não sou... — começou ele, mas eu o interrompi.

— Tire a batina dele — ordenei a Finan. — Ele não é mais padre que eu.

— Você não ousa... — gritou o padre Aldwyn, e parou abruptamente porque Finan havia enterrado o punho em sua barriga. O irlandês empurrou Aldwyn na parede e sacou uma faca.

— Está vendo? — eu disse a meu filho. — Ele é um impostor. Só está fingindo que é padre como aquele sujeito que veio a Cirrenceastre no inverno passado.

O sujeito estivera recolhendo moedas que, segundo ele, eram para alimentar os pobres e famintos, mas tudo que elas faziam era aumentar sua barriga, até que mandamos o padre Creoda interrogá-lo. O sujeito gordo nem conseguia repetir o credo, por isso o despimos até ficar só de camisa e depois o expulsamos da cidade a chicotadas.

Aldwyn fazia um som estranho enquanto Finan rasgava sua batina preta. O irlandês embainhou a faca, depois rasgou a batina no meio e a puxou dos ombros do prisioneiro. Aldwyn foi deixado apenas com uma camisola suja que ia até os joelhos.

— Está vendo? — repeti. — Ele não é padre nenhum.

— Você torna Deus um inimigo! — sibilou Aldwyn para mim. — Deus e seus santos sagrados.

— Não dou um cocô de rato pelo seu deus — repliquei. — E, além disso, você não é padre. É um impostor.

O guerreiro agonizante

— Eu... — As palavras foram interrompidas porque Finan havia acertado sua barriga outra vez.

— Então me diga, impostor: o que o senhor Æthelhelm planejava fazer com o príncipe Æthelstan?

— Ele não é príncipe — ofegou Aldwyn.

— Uhtred — olhei para meu filho —, bata nele.

Meu filho hesitou um instante, depois atravessou o salão e deu um tapa com força na cabeça do padre.

— Bom — comentei.

— O menino é um bastardo — disse Aldwyn.

— De novo — ordenei ao meu filho, e ele deu um tapa forte com as costas da mão no rosto do padre. — O rei Eduardo e a mãe de Æthelstan se casaram numa igreja, e o padre que os casou está vivo.

Eu esperava que o padre Cuthbert ainda estivesse vivo e, a julgar pela reação de surpresa de Aldwyn, ele de fato estava. Aldwyn me encarou tentando avaliar a verdade do que eu dissera, e desconfiei de que, se tivessem lhe informado sobre a existência do padre Cuthbert, ele não estaria me olhando tão fixamente.

— Ele vive — continuei —, e vai jurar que casou Eduardo e a senhora Ecgwynn. E isso significa que Æthelstan é o primogênito do rei, o ætheling, o próximo na linhagem para o trono.

— Você mente — acusou Aldwyn, mas sem convicção.

— Então agora responda à minha pergunta — falei com paciência. — O que vocês planejavam fazer com o ætheling?

Foram necessários tempo e ameaças, mas por fim ele contou. Æthelstan deveria ser mandado para o sul, atravessando o mar até a Nêustria, que é um grande trecho de terra rochosa, que forma a província mais a oeste da Francia.

— Há um mosteiro lá — disse Aldwyn —, e o menino seria confiado aos monges para sua educação.

— Para sua prisão, você quer dizer.

— Para sua educação — insistiu Aldwyn.

— Num lugar devastado por guerras — retruquei.

A província da Nêustria fora invadida por nórdicos, hordas deles, homens que achavam haver saques mais fáceis na Francia que na Britânia. Qualquer mosteiro naquela terra selvagem à beira do oceano tinha grandes chances de ser saqueado por noruegueses vingativos, e todos no interior das muralhas seriam mortos pela espada.

— Vocês querem que o ætheling seja morto sem sujarem as mãos de sangue — acusei.

— São os homens santos da Nêustria — disse ele debilmente.

— Carcereiros santos — retruquei. — O rei Eduardo sabe disso?

— O rei concorda que seu filho bastardo deva ser educado pela Igreja — respondeu Aldwyn.

— E acha que isso acontecerá em algum mosteiro saxão ocidental — supus —, não em alguma fossa neustriana, esperando que os noruegueses abram suas tripas com uma espada.

— Ou que o vendam como escravo — observou Finan, em voz baixa.

E isso fazia sentido. Æthelstan e a irmã? Duas crianças? Valeriam um preço alto nos mercados de pessoas escravizadas da Francia.

— Seu desgraçado — eu disse a Aldwyn. — E a irmã gêmea dele? Você esperava que ela fosse escravizada também? — Ele não disse nada, apenas ergueu a cabeça e me olhou em desafio. — Você viajou à Nêustria? — perguntei num impulso.

Aldwyn hesitou, depois meneou a cabeça.

— Não, por que eu faria isso?

Levantei-me, encolhido por causa da dor inevitável. Desembainhei Ferrão de Vespa e cheguei tão perto do padre que pude sentir seu hálito fedorento.

— Vou lhe dar uma chance. Você viajou à Nêustria?

Ele hesitou de novo, mas desta vez com medo da lâmina curta do seax.

— Sim — admitiu ele.

— E quem você encontrou lá?

Aldwyn fez uma careta enquanto eu balançava Ferrão de Vespa.

— O abade do mosteiro de santo Estêvão em Cadum — respondeu em pânico.

— Seu desgraçado mentiroso.

85

O guerreiro agonizante

Se ele só quisesse colocar o menino numa escola de mosteiro, uma carta bastaria. Levantei a espada, erguendo a bainha esgarçada de sua camisola.

— Quem você foi ver?

Ele estremeceu, sentindo a ponta da lâmina na virilha.

— Hrolf — sussurrou.

— Mais alto!

— Hrolf!

Hrolf era um norueguês, um chefe que havia levado as tripulações de seus barcos para a Francia, devastando áreas imensas. Chegaram notícias à Britânia de que Hrolf tinha capturado uma grande parte da Nêustria e estava decidido a permanecer lá.

— Você planejava vender os gêmeos a Hrolf? — perguntei a Aldwyn.

— Hrolf é cristão. Ele iria criá-los adequadamente!

— Hrolf é tão cristão quanto eu — retruquei com raiva. — Ele diz ser porque os francos exigiram isso como preço para ele permanecer lá. Eu diria o mesmo se isso me desse um novo reino para ser o soberano. Você teria vendido Æthelstan e Eadgyth ao desgraçado, e o que ele faria? Iria matá-los?

— Não — murmurou o padre, mas sem convicção.

— E isso deixaria o neto do senhor Æthelhelm como único herdeiro do reino de Wessex. — Ergui Ferrão de Vespa mais alto até que a ponta encostasse na barriga de Aldwyn. — Você é um traidor, Aldwyn. Planejava assassinar os filhos mais velhos do rei.

— Não — sussurrou ele outra vez.

— Então diga por que eu não deveria matá-lo.

— Sou um padre — gemeu ele.

— Você não está vestido como padre, e bateu na minha filha. Isso não é um ato digno de um padre, é?

Ele não tinha nada a dizer. Conhecia minha reputação de matador de padres. A maioria dos homens, é claro, temia matar um monge ou um padre, sabendo que esse ato iria condená-los ao tormento eterno do deus pregado, mas eu não temia a vingança do deus cristão.

O trono vazio

— Você é um traidor, Aldwyn — repeti. — Então por que eu não deveria matá-lo? Você merece.

— Deixe que eu o mato — pediu minha filha, e me virei, atônito. Stiorra dera dois passos e me olhava com o rosto inexpressivo. Levantou a mão direita para o seax. — Deixe-me fazer isso.

Meneei a cabeça, negando.

— Matar não é o trabalho de uma mulher.

— Por que não? Podemos dar vida. Não podemos também tirá-la?

— Não — reagiu Aldwyn. — Não!

Ignorei-o.

— Matar um homem é mais difícil do que você pensa — argumentei com Stiorra. — E, ainda que esse filho da mãe mereça morrer, ele deveria ter um fim rápido.

— Por quê? — perguntou ela. — Ele pensou em desfrutar de mim, pai. Isso seria rápido?

— Pense em sua alma — interveio meu filho.

— Minha alma? — questionou ela.

— Deus verá o que você fizer — explicou ele. — E matar um padre é um pecado imperdoável.

— Não para meus deuses — retrucou ela, e eu simplesmente a encarei, mal conseguindo acreditar no que tinha ouvido. Queria dizer alguma coisa, mas não me ocorreu nada, por isso apenas a fitei, e ela se virou de novo para mim, agora sorrindo. — Minha mãe era pagã, e o senhor também é. Por que eu não deveria ser?

Meu filho pareceu horrorizado, Finan estava rindo.

— Você cultua meus deuses? — perguntei.

— Sim, pai.

— Mas você foi criada como cristã! — exclamou o irmão dela.

— Assim como nosso pai — retrucou ela, ainda olhando para mim. — E você também, irmão, mas não me diga que não reza para nossos deuses também. Sei que reza. — Então ela olhou para Aldwyn, e seu rosto endureceu. Neste momento ela se parecia tanto com a mãe que doía observá-la. — Deixe-me fazer isso, pai — disse, estendendo a mão de novo.

Entreguei Ferrão de Vespa a ela.

— Não! — exclamou Aldwyn.

Stiorra usou a mão esquerda para soltar o vestido de linho do broche, de modo que um seio ficou exposto.

— Não era isso que você queria ver, padre? Então olhe!

— Não! — Aldwyn gemia. Ele se agachou um pouco, não ousando olhar.

— Stiorra! — sussurrou meu filho.

Porém minha filha não sentiu pena. Observei seu rosto enquanto ela matava o padre, e foi algo duro, implacável e decidido. Primeiro desferiu um corte com a espada curta para abrir seu couro cabeludo e o pescoço, então deu um golpe para cortar os antebraços enquanto ele tentava se defender. Seu seio e o vestido ficaram sujos de sangue quando ela o derrubou com mais dois cortes na cabeça, e só então empunhou o cabo curto de Ferrão de Vespa com as duas mãos para cortar com força a garganta dele. A lâmina se prendeu, e ela grunhiu, puxando-a para trás e para o lado, cortando a goela do padre. Ficou olhando-o cair, o sangue jorrando, criando uma poça sobre uma das mulheres nuas que corriam do deus-bode. Ela observou Aldwyn morrer, e eu a observei. Era sempre difícil ler seu rosto, mas não vi nenhuma repulsa diante da matança, apenas algo que parecia curiosidade. Ela até deu um leve sorriso enquanto o padre se retorcia e gorgolejava. As unhas de Aldwyn arranhavam os pequenos ladrilhos, depois ele se sacudiu e ficou imóvel.

Stiorra estendeu a espada com o punho virado para mim.

— Obrigada, pai — disse calmamente. — Agora preciso me banhar. — Ela segurou o vestido arruinado e ensanguentado sobre a nudez e saiu da sala.

— Jesus Cristo — disse meu filho em voz baixa.

— Ela é mesmo sua filha — observou Finan. Em seguida foi até o cadáver do padre e o cutucou com o pé. — E uma cópia da mãe.

— Precisamos de seis carroças — avisei. — Pelo menos seis.

Finan e meu filho ainda estavam olhando para o padre morto, que, de repente, peidou.

— Seis carroças — repeti — com cavalos atrelados, não bois. E de preferência carregadas com palha ou feno. Algo pesado, de qualquer modo. Toras, talvez.

— Seis carroças? — perguntou Finan.
— Pelo menos seis, e precisamos delas até amanhã.
— Por que, senhor?
— Porque vamos a um casamento, é claro.
E íamos mesmo.

Três

Havia um espaço enorme embaixo da igreja do padre Creoda, um lugar tão grande que se estendia para além das paredes da construção, sustentadas por enormes colunas e arcos de pedra. As paredes do porão também eram de pedra, grandes blocos aparados grosseiramente, e o chão era de terra batida. Havia alguns ossos antigos empilhados numa prateleira de pedra na parede leste, mas afora isso o porão estava vazio, escuro e fedorento. Os romanos deviam tê-lo construído, porém, no tempo deles, duvido de que uma fossa próxima teria vazado através das pedras.

— Dá para sentir o fedor na igreja — comentou o padre Creoda com tristeza. — A não ser que o vento venha do leste.

— Vaza merda pela alvenaria? — perguntei. Eu não pretendia descobrir isso caindo pelo enorme alçapão dentro daquele espaço escuro.

— Constantemente — respondeu ele. — Porque a argamassa esfarelou.

— Então lacre com piche — sugeri. — Como as tábuas de um barco. Encha as rachaduras com crina de cavalo e cubra com piche.

— Piche?

— Você consegue comprar em Gleawecestre. — Olhei para a escuridão. — Os ossos são de quem?

— Não sabemos. Estavam aqui antes de a senhora Æthelflaed construir a igreja, e não quisemos incomodá-los. — O padre Creoda fez o sinal da cruz. — Fantasmas, senhor — explicou.

— Venda-os como relíquias e use o dinheiro para comprar um sino novo.

— Mas eles podem ser de um pagão! — O padre pareceu chocado.

— E daí? — perguntei, depois me empertiguei, encolhendo-me com a dor inevitável.

Por enquanto o porão fedorento seria a prisão de Brice e seus homens. Eles mereciam coisa pior. Tinham saqueado a casa de Æthelflaed, empilhando suas posses mais preciosas: roupas, tapeçarias, joias, potes de cozinha e lâmpadas.

— Tudo pertence ao marido dela — dissera-me Brice, carrancudo. — E ela não vai precisar de coisas finas num convento.

Então isso também fazia parte da barganha que Æthelhelm tinha feito com Æthelred: o poderoso saxão ocidental de algum modo forçaria Æthelflaed a ir para um convento. Será que o irmão dela aprovaria?, eu me questionei. Mas percebi que Eduardo provavelmente sentia ciúmes da reputação da irmã. Ele era constantemente comparado ao pai e considerado inferior, e agora, pior ainda, era considerado um guerreiro menor que a irmã. Os reis, mesmo os decentes como Eduardo, têm orgulho. Ele podia aceitar que jamais rivalizaria com o pai, mas devia se sentir incomodado ao ouvir elogios à irmã. Ficaria feliz em vê-la relegada a um convento.

O corpo do padre Aldwyn fora levado para a igreja. Finan tinha vestido o cadáver com a batina preta rasgada, mas não havia como esconder a violência da morte do sacerdote.

— O que aconteceu? — perguntara o padre Creoda com um sussurro pasmo.

— Ele se matou por remorso — eu havia respondido.

— Ele...

— Se matou — resmunguei.

— Sim, senhor.

— Portanto, como suicida — eu disse —, ele não pode ser enterrado em local sagrado. Não sei por que Finan o trouxe para a igreja!

— Eu nem pensei nisso — comentou Finan, rindo.

— Então é melhor cavar uma sepultura funda para o desgraçado em algum lugar fora da cidade — aconselhei.

— Numa encruzilhada — acrescentou Finan.

— Numa encruzilhada? — indagou o padre Creoda.

Três

havia um espaço enorme embaixo da igreja do padre Creoda, um lugar tão grande que se estendia para além das paredes da construção, sustentadas por enormes colunas e arcos de pedra. As paredes do porão também eram de pedra, grandes blocos aparados grosseiramente, e o chão era de terra batida. Havia alguns ossos antigos empilhados numa prateleira de pedra na parede leste, mas afora isso o porão estava vazio, escuro e fedorento. Os romanos deviam tê-lo construído, porém, no tempo deles, duvido de que uma fossa próxima teria vazado através das pedras.

— Dá para sentir o fedor na igreja — comentou o padre Creoda com tristeza. — A não ser que o vento venha do leste.

— Vaza merda pela alvenaria? — perguntei. Eu não pretendia descobrir isso caindo pelo enorme alçapão dentro daquele espaço escuro.

— Constantemente — respondeu ele. — Porque a argamassa esfarelou.

— Então lacre com piche — sugeri. — Como as tábuas de um barco. Encha as rachaduras com crina de cavalo e cubra com piche.

— Piche?

— Você consegue comprar em Gleawecestre. — Olhei para a escuridão. — Os ossos são de quem?

— Não sabemos. Estavam aqui antes de a senhora Æthelflaed construir a igreja, e não quisemos incomodá-los. — O padre Creoda fez o sinal da cruz. — Fantasmas, senhor — explicou.

— Venda-os como relíquias e use o dinheiro para comprar um sino novo.

— Mas eles podem ser de um pagão! — O padre pareceu chocado.

— E daí? — perguntei, depois me empertiguei, encolhendo-me com a dor inevitável.

Por enquanto o porão fedorento seria a prisão de Brice e seus homens. Eles mereciam coisa pior. Tinham saqueado a casa de Æthelflaed, empilhando suas posses mais preciosas: roupas, tapeçarias, joias, potes de cozinha e lâmpadas.

— Tudo pertence ao marido dela — dissera-me Brice, carrancudo. — E ela não vai precisar de coisas finas num convento.

Então isso também fazia parte da barganha que Æthelhelm tinha feito com Æthelred: o poderoso saxão ocidental de algum modo forçaria Æthelflaed a ir para um convento. Será que o irmão dela aprovaria?, eu me questionei. Mas percebi que Eduardo provavelmente sentia ciúmes da reputação da irmã. Ele era constantemente comparado ao pai e considerado inferior, e agora, pior ainda, era considerado um guerreiro menor que a irmã. Os reis, mesmo os decentes como Eduardo, têm orgulho. Ele podia aceitar que jamais rivalizaria com o pai, mas devia se sentir incomodado ao ouvir elogios à irmã. Ficaria feliz em vê-la relegada a um convento.

O corpo do padre Aldwyn fora levado para a igreja. Finan tinha vestido o cadáver com a batina preta rasgada, mas não havia como esconder a violência da morte do sacerdote.

— O que aconteceu? — perguntara o padre Creoda com um sussurro pasmo.

— Ele se matou por remorso — eu havia respondido.

— Ele...

— Se matou — resmunguei.

— Sim, senhor.

— Portanto, como suicida — eu disse —, ele não pode ser enterrado em local sagrado. Não sei por que Finan o trouxe para a igreja!

— Eu nem pensei nisso — comentou Finan, rindo.

— Então é melhor cavar uma sepultura funda para o desgraçado em algum lugar fora da cidade — aconselhei.

— Numa encruzilhada — acrescentou Finan.

— Numa encruzilhada? — indagou o padre Creoda.

— Para que a alma dele fique confusa — explicou Finan. — Ele não vai saber aonde ir. Não queremos que o espírito dele volte para cá, que Deus não permita; portanto, o jeito é plantá-lo numa encruzilhada e confundi-lo.

— Confundi-lo — repetiu o padre Creoda, olhando horrorizado para a expressão terrível no rosto devastado do padre morto.

Brice e seus homens foram empurrados para a escuridão do porão fedendo a merda. Todos estavam sem as cotas de malha, as botas, as joias e os cintos das espadas.

— Pode deixá-los sair daqui a dois dias — eu disse ao reeve da cidade. — Jogue um pouco de pão para os desgraçados, dê alguns baldes d'água e depois os deixe aí por dois dias inteiros. Eles tentarão convencê-lo a deixar que saiam antes disso, tentarão suborná-lo, mas não os solte.

— Não vou soltar, senhor.

— Se fizer isso, fará de mim e da senhora Æthelflaed inimigos. — Houvera um tempo, pensei, em que essa ameaça tinha um peso real.

— E de mim também — completou Finan.

O reeve estremeceu ao ouvir as palavras de Finan.

— Eles ficarão dois dias, senhor, prometo. Juro pelo corpo de Nosso Senhor.

Ele se virou e fez uma reverência para o altar, onde havia penas dos gansos expulsos por santa Werburga engastadas em prata.

— Se deixá-los sair antes — acrescentou Finan —, os fantasmas dos ossos virão buscar você.

— Eu juro, senhor! — exclamou o reeve, desesperado.

— Acho que vão me enterrar numa encruzilhada — comentei com Finan enquanto voltávamos para a casa de Æthelflaed.

Ele riu.

— Vamos lhe dar um enterro digno. Acenderemos uma fogueira grande o suficiente para ofuscar o sol. Confie em mim, seus deuses saberão que o senhor está indo.

Eu sorri, mas estava pensando na encruzilhada, em todas as estradas que os romanos haviam construído e que se desfaziam por toda a Britânia. Partes eram levadas por enchentes, e às vezes as pedras eram roubadas porque as lajes grandes e lisas eram bons marcos para os campos ou alicerces para colunas de madeira. Com frequência, quando viajávamos pelo campo, cavalgávamos ou andávamos ladeando a estrada porque a superfície estava esburacada e destruída demais, assim servia apenas como uma indicação para a viagem, coberta de ervas daninhas. Essas indicações percorriam toda a Britânia e continuavam em decadência. Eu me perguntava o que aconteceria com elas.

— Você acha que podemos ver o que acontece aqui depois que morremos? — perguntei a Finan.

Ele me olhou de um modo estranho.

— Os padres dizem que sim.

— Dizem? — Fiquei surpreso.

— Dizem que é possível olhar para o inferno — respondeu ele, franzindo o cenho. — Então por que não se pode olhar para esta vida também?

— Eu gostaria de saber o que acontece.

Eu achava que as estradas iriam desaparecer e os campos dos dois lados seriam tomados por pés de aveleira, e depois deles os espinheiros amortalhariam os velhos caminhos. Seria isso que eu iria ver de Valhala? E será que algum romano estava olhando para Cirrenceastre agora mesmo e imaginando como ela havia se transformado de uma cidade de pedras cor de mel e mármore branco em palha úmida e madeira podre? Eu sabia que estava deixando Finan desconfortável, mas também sabia que as Nornas, aquelas mulheres sérias que controlam nossa vida, manuseavam meu fio e pensavam em quando cortá-lo com sua tesoura afiada. Eu temera esse corte durante muito tempo, mas agora quase o desejava. Queria um fim para a dor, para os problemas, mas também queria saber se tudo isso terminaria. Mas algum dia termina? Tínhamos expulsado os dinamarqueses, no entanto agora uma nova luta se aproximava, a luta pela Mércia.

— Aí está o padre Cuthbert — anunciou Finan, e fui arrancado dos meus pensamentos ao ver que Osferth havia trazido o padre de Fagranforda em segurança. Fiquei aliviado. A mulher de Cuthbert, Mehrasa, estava com ele.

— Agora para o norte — avisei a Osferth.

— Senhor! — gritou Cuthbert, reconhecendo minha voz. Ele fora cegado por Cnut, e seu rosto girou interrogativamente, como se tentasse descobrir onde eu estava.

— Para o norte? — perguntou Osferth.

— Vamos todos — respondi. — As famílias também. Vamos para Ceaster.

— Senhor? — perguntou Cuthbert outra vez.

— Você está a salvo — falei. — Você e Mehrasa estão a salvo

— De quê, senhor?

— Você é a única testemunha viva do primeiro casamento de Eduardo. E há homens em Wessex querendo provar que esse casamento jamais aconteceu.

— Mas aconteceu! — exclamou ele em tom lamentoso.

— Por isso você vai para o norte, até Ceaster, vocês dois vão. — Olhei para Osferth. — Você vai levar todas as famílias para o norte. Quero que parta amanhã. Pode pegar duas carroças de Fagranforda para carregar comida e pertences, e quero que viaje passando por Alencestre.

Havia duas boas estradas para Ceaster. Uma passava perto da fronteira galesa e eu encorajava meus homens a usá-la para provar ao povo vizinho que não o temíamos, mas a estrada por Alencestre era mais segura porque ficava muito mais distante das terras da fronteira.

— Pode levar dez homens como guardas, e esperem por nós em Alencestre. E leve tudo de valor. Dinheiro, metal, roupas, arreios, tudo.

— Vamos deixar Fagranforda de vez? — quis saber Osferth.

Hesitei. A resposta, é claro, era sim, mas eu não tinha certeza de como meu povo reagiria a essa verdade. Eles construíram seus lares e estavam criando os filhos em Fagranforda, e agora eu iria levá-los para a fronteira mais ao norte na Mércia. Poderia ter explicado isso dizendo que precisávamos defender Ceaster dos noruegueses e dos dinamarqueses, o que não era mentira, mas a verdade era que eu queria suas muralhas ao meu redor, se tivesse de me defender do rancor de Eardwulf e das ambições de Æthelhelm.

— Vamos ficar um tempo no norte — respondi evasivamente. — Se não estivermos em Alencestre em dois dias presuma que não vamos mais. E se isso acontecer você deve levar Æthelstan e a irmã dele para Ceaster.

Osferth franziu o cenho.

— O que poderia impedir o senhor de chegar?

— O destino — respondi com desembaraço exagerado.

O rosto de Osferth endureceu.

— O senhor está iniciando uma guerra — acusou ele.

— Não.

— Æthelhelm quer o garoto — explicou Finan a Osferth —, e vai lutar para pegá-lo.

— O que significa que ele inicia a guerra — falei. — E não eu.

O olhar sério de Osferth foi de mim para Finan. Até que ele fez uma carranca, parecendo-se espantosamente com o pai, o rei Alfredo.

— Mas o senhor o está provocando — insistiu ele com desaprovação.

— Você preferiria que Æthelstan estivesse morto?

— Claro que não.

— Então o que você gostaria que eu fizesse?

Ele não tinha resposta. Em vez disso apenas fez uma expressão de desagrado.

— Vão ser saxões contra saxões — disse, infeliz. — Cristãos contra cristãos.

— É — respondi asperamente.

— Mas...

— Então é melhor garantirmos que os cristãos certos vençam — declarei. — Agora prepare-se para ir.

— Para Ceaster? — perguntou Finan.

— Osferth vai para Alencestre — respondi —, mas você e eu vamos a Gleawecestre. Temos um casamento para impedir.

E uma guerra para provocar.

Minha filha se recusou a viajar com Osferth e as famílias.

— Vou a Gleawecestre — insistiu ela.

— Você vai com Osferth — retruquei.

Ela remexia nas roupas de Æthelflaed, que Brice e os homens dele empilharam de qualquer jeito no pátio. Pegou um precioso vestido feito de uma seda rara cor de creme grossa e bordado com tiras de folhas de carvalho.

— Esse é bonito — comentou ela, ignorando minha ordem.

— E pertence a Æthelflaed — respondi.

Stiorra segurou o vestido junto aos ombros e olhou para baixo, vendo se chegava aos pés.

— O senhor gosta?

— Ele provavelmente custou mais que um barco.

A seda era uma daquelas raridades que podiam ser encontradas em Lundene, onde era vendida por comerciantes que afirmavam que viera de algum país distante no leste, e lá era tecida por pessoas estranhas, algumas com três pernas, algumas com cabeça de cachorro e algumas sem cabeça. As histórias diferiam, mas os homens juravam que todas eram verdadeiras.

— É lindo — murmurou Stiorra melancolicamente.

— Ele vai para o norte com Osferth — falei. — E com você.

Stiorra dobrou o vestido sobre um dos braços e tirou uma capa de linho branco da pilha.

— Vai combinar com o vestido.

— Ele vai levar todas as famílias para o norte — expliquei. — Com duas carroças, de modo que você pode viajar numa delas.

— Pai — disse ela com paciência. — Eu sei cavalgar. E disparar com um arco. Esta aqui vai ficar melhor — ela pegou outra capa branca —, porque tem capuz. Aaaah! E um broche de prata, está vendo?

— Você está me ouvindo? — resmunguei.

— Claro, pai. E podemos colher um pouco de morugem, não é?

— Morugem?

— Para usar no meu cabelo.

— Está maluca? Você vai para o norte com Osferth. Por que iria querer isso no cabelo?

— Porque ainda não está na época das flores de maçã, é claro. — Ela se virou e me olhou, e por um momento se pareceu tanto com a mãe que minha respiração ficou presa na garganta. — Pai — falou ela em tom paciente —, como o senhor pensa em se aproximar de Ælfwynn?

— Me aproximar?

— Ela estará no palácio do senhor Æthelred. Para se casar Ælfwynn só precisa atravessar o portão que dá na igreja de santo Osvaldo, e acredito que haverá guardas no caminho e também na igreja. O senhor não pode simplesmente chegar a cavalo e pegá-la. Então como vai se aproximar dela?

97

O guerreiro agonizante

Encarei-a. Na verdade, eu não fazia ideia de como encontraria Ælfwynn. Às vezes é impossível fazer planos, apenas se chega ao campo de batalha e se aproveita qualquer oportunidade que se apresentar. E esse, pensei pesaroso, era o erro que Brice havia cometido, e agora eu planejava fazer exatamente o mesmo.

— Ela é minha amiga! — exclamou Stiorra quando ficou claro que eu não tinha resposta.

— Já a vi com você — reconheci de má vontade.

— Eu gosto dela. Nem todos gostam, mas eu gosto, e é o costume as moças irem com a noiva para o casamento.

— É?

— Portanto, o senhor me dê dois de seus rapazes e vamos ao palácio do senhor Æthelred com um presente para a noiva.

— E eles prendem você — declarei peremptoriamente.

— Se eles souberem quem sou eu, talvez. Mas só passei alguns dias em Gleawecestre e não quero entrar no grande salão, só no pátio externo, onde ficam os aposentos de Ælfwynn.

— Então você entra no pátio. E depois?

— Vou dizer que estou levando um presente do senhor Æthelfrith.

Isso era inteligente. Æthelfrith era o ealdorman mais rico da Mércia, cujas terras ficavam perto de Lundene. Ele não gostava de Æthelred e se recusava a viajar a Gleawecestre. Podia ter sido um aliado de Æthelflaed, porém sua verdadeira lealdade estava com os saxões ocidentais.

— E qual será o presente?

— Um cavalo — respondeu ela. — Uma égua nova. Vamos arrumá-la e trançar fitas na crina. Tenho certeza de que vão deixar Ælfwynn ver o presente.

— Quem vai deixar?

— Ela estará sendo vigiada — explicou Stiorra pacientemente.

— E ela simplesmente monta a égua e vai embora com vocês?

— É.

— E os guardas no portão não vão impedir?

— Essa é a tarefa dos seus homens.

— E se ela não quiser fugir?

— Ah, ela quer — afirmou Stiorra, cheia de confiança. — Ela não quer se casar com Eardwulf! Ele é um porco!

— Um porco?

— Não existe uma donzela em Gleawecestre que se sinta segura com relação a ele. A senhora Æthelflaed me diz que nenhum homem é digno de confiança, mas que alguns podem ser mais dignos que outros, mas Eardwulf? — Ela estremeceu. — Além disso, ele gosta de bater em mulheres.

— Como você sabe?

— Ah, pai! — Stiorra me lançou um sorriso de pena. — Está vendo? Eu vou com o senhor a Gleawecestre.

E ela foi, porque não consegui pensar num plano melhor. Eu havia pensado em capturar Ælfwynn enquanto ela estivesse indo para a igreja, mas Stiorra estava certa, a caminhada curta estaria bem vigiada pelos homens de Æthelred. Ou eu poderia entrar na igreja propriamente dita, mas essa seria uma medida desesperada, porque a grande construção estaria tomada pelos aliados de Æthelred. Não gostava de colocar minha filha em perigo, mas até chegar a Gleawecestre eu não conseguia vislumbrar uma ideia melhor.

Eu havia pensado em chegar naquele dia mesmo, mas demoramos para encontrar carroças, e dar instruções detalhadas aos homens demorou mais tempo ainda, por isso fomos atrasados até pouco depois do alvorecer do dia da festa de santo Æthelwold. Além disso, eu tinha esperado conseguir seis carroças, mas só encontráramos três em Cirrenceastre, e elas teriam de bastar. Eu as havia mandado para o oeste na noite anterior. Os homens que conduziam as carroças teriam de passar uma noite desconfortável esperando que os portões da cidade fossem abertos, mas, quando saíssemos de Cirrenceastre, duas dessas carroças deveriam estar no interior da muralha. Todas estavam carregadas com feno, e os homens foram instruídos a dizer aos guardas que era ração para o estábulo do senhor Æthelred.

Era um dia típico de março. O céu estava cinza como ferro, e o vento frio vinha dos morros atrás de nós. Osferth havia levado seus dez homens de volta a Fagranforda, onde carregariam suas duas carroças com pertences e, acompanhados pelo padre Cuthbert, partiriam para o norte com as famílias de meus homens. Æthelstan viajava com eles. As carroças fariam a viagem ser lenta, talvez lenta demais, e dez homens não bastavam para protegê-las caso encontrassem problemas, mas, se tudo desse certo, eu iria alcançá-los antes do anoitecer.

Se sobrevivêssemos às próximas horas.

Stiorra cavalgava ao meu lado, envolta numa grande capa marrom. Por baixo usava seda cor de creme e linho branco, correntes de prata e broches de âmbar. Tínhamos escolhido uma égua nova, então escovamos o animal, penteamos, polimos os cascos com cera e tecemos uma fita azul na crina, mas a estrada sujava os cascos, e uma chuva forte que caía de tempos em tempos encharcou as fitas trançadas com cuidado.

— Então você é pagã? — perguntei enquanto descíamos a montanha.

— Sim, pai.

— Por quê?

Ela sorriu por baixo do capuz grosso da capa, que escondia a tiara de morugem no cabelo preto.

— Por que não?

— Porque você foi criada como cristã.

— Talvez seja por isso.

Rosnei diante dessa resposta, e ela gargalhou.

— O senhor sabe como as freiras são cruéis? Elas me bateram e até me queimaram porque eu era sua filha.

— Queimaram você!

— Com um espeto do fogo da cozinha — explicou ela, e ergueu a manga esquerda para mostrar as cicatrizes.

— Por que você não me contou?

— Eu contei à senhora Æthelflaed — respondeu ela com calma, ignorando minha raiva. — E então, é claro, isso não aconteceu de novo. E depois o senhor me enviou Hella.

— Hella?

— Minha criada.

— Eu enviei?

— Sim, papai, depois de Beamfleot.

— Enviei? — Foram tantos os cativos feitos em Beamfleot que eu havia me esquecido da maioria. — Quem é Hella?

— Está atrás do senhor, pai — indicou Stiorra, movendo-se na sela para assentir para sua criada, que nos seguia num plácido capão. Encolhi-me de dor quando me virei para ver uma jovem de nariz pequeno e rosto redondo que pareceu nervosa ao me ver encará-la. — Ela é dinamarquesa — continuou Stiorra — e um pouco mais jovem que eu, e é pagã. Ela me contou histórias de Freya, Idunn, Nanna e Hyrokin. Às vezes ficávamos sentadas conversando a noite toda.

— Bom para Hella — falei, depois segui em silêncio por alguns passos.

Eu não conhecia minha própria filha. Eu a amava, mas não a conhecia, e agora tinha trinta e três homens comigo, trinta e três homens para arruinar um casamento e escapar de uma cidade repleta de guerreiros vingativos, e estava mandando minha filha para aquele vespeiro? E se ela fosse capturada?

— Os cristãos não gostam dos pagãos — comentei. — E se os homens de Æthelred a pegarem vão machucá-la, persegui-la, caçá-la. Por isso você foi criada como cristã, para não correr perigo.

— Posso cultuar seus deuses, mas não faço estardalhaço sobre isso. — Stiorra abriu a capa e me mostrou a cruz de prata pendurada sob o belo vestido de seda. — Está vendo? Não dói, e faz com que eles fiquem calmos.

— Æthelflaed sabe?

Ela fez que não com a cabeça.

— Como eu disse, pai, não faço estardalhaço.

— E eu faço?

— Muito — respondeu ela secamente.

E uma hora depois chegávamos aos portões de Gleawecestre, enfeitados com galhos cheios de folhas em homenagem ao casamento. Oito homens guardavam o portão leste, por onde uma multidão tentava entrar na cidade, mas era atrasada pelos guardas que revistavam uma fila de carroças. Uma das minhas estava parada ali, mas esses homens não tentavam entrar. Haviam parado a carroça grande com sua carga de feno ao lado da estrada. Eles nos ignoraram enquanto abríamos caminho pela multidão que esperava e que, como estávamos montados e armados, nos deu passagem.

O guerreiro agonizante

— O que vocês estão procurando? — perguntei ao comandante da guarda, um homem grande com o rosto cheio de cicatrizes e barba preta.

— Só impostos, senhor — respondeu ele. Às vezes os mercadores escondiam produtos valiosos embaixo de pilhas de pano barato ou peles sem tratamento, e assim trapaceavam, não realizando os pagamentos adequados às cidades. — E a cidade está movimentada — resmungou ele.

— Por causa do casamento?

— E porque o rei está aqui.

— O rei!

— O rei Eduardo — declarou ele, como se eu devesse saber. — Ele e mil outros.

— Quando ele chegou?

— Ontem, senhor. Abram caminho para o senhor Uhtred! — Ele usou sua lança longa para empurrar as pessoas para o lado. — Fico feliz pelo senhor estar vivo — disse ele quando o arco do portão foi desobstruído.

— Eu também — acrescentei.

— Estive com o senhor em Teotanheale. E antes disso. — Ele tocou a cicatriz na bochecha direita. — Recebi isso quando lutamos na Ânglia Oriental.

Encontrei uma moeda na bolsa e entreguei a ele.

— A que horas é o casamento?

— Eles não me disseram, senhor. Provavelmente quando o rei tirar a bunda real da cama. — Ele beijou o xelim que eu lhe dei. — Coitadinha — acrescentou em voz baixa.

— Coitada?

O guarda deu de ombros como se o comentário não precisasse de explicação.

— Deus o abençoe, senhor — desejou ele, tocando a borda do elmo.

— Eu não estou aqui — falei, acrescentando uma segunda moeda.

— O senhor não está... — começou ele, depois olhou para os homens armados que me seguiam. — Não, senhor, o senhor não está aqui. Eu não vi o senhor. Deus o abençoe, senhor.

Segui em frente, abaixando-me sob uma grande pele pendurada sobre uma loja que vendia couro. Eduardo estava na cidade? Isso me deixou com raiva. Eduardo sempre expressara apreço por Æthelstan e pela irmã. Tinha-os colocado sob a proteção de Æthelflaed, assim como pusera o padre Cuthbert sob a minha, e eu acreditava que ele havia feito isso para protegê-los dos homens de Wessex que se ressentiam de sua existência. Mas, se Eduardo viera a esse casamento, isso só poderia significar que ele havia cedido completamente a Æthelhelm.

— Ele reconheceu o senhor — comentou Finan, indicando com a cabeça o guarda no portão. — E se ele alertar outros homens?

Meneei a cabeça.

— Ele não vai fazer isso — respondi, esperando estar certo. — Ele não é leal a Eardwulf.

— Mas e se Eardwulf souber que o senhor está aqui? — questionou Finan, ainda preocupado.

— Vai colocar mais guardas — sugeri, e puxei o capuz da capa mais para a frente, para encobrir o rosto.

Havia começado a chover mais insistentemente, enchendo de poças a rua cheia de sujeira que perdera a maior parte das antigas pedras do pavimento. O portão principal do palácio ficava logo adiante, não muito longe, e lanceiros se abrigavam sob seu arco. A igreja ficava à esquerda, oculta pelas casas e lojas cobertas de palha. Chapinhamos por uma rua transversal, e vi uma das minhas grandes carroças bloqueando em parte a rua à direita. A terceira deveria estar esperando perto do palácio.

A cidade estava apinhada, o que não era surpresa. Todos os homens que compareceram ao Witan ainda estavam ali, e tinham trazido suas guardas pessoais, suas esposas e seus serviçais, e o povo dos povoados próximos viera a Gleawecestre com a esperança de participar da festa oferecida pelo pai da noiva. Havia malabaristas e mágicos, acrobatas e harpistas, e um homem que puxava um enorme urso marrom por uma corrente. As barracas foram retiradas da praça do mercado, e um monte de lenha indica o lugar onde um boi seria assado. A chuva caía mais forte. Um padre de cabelo oleoso arengava aos passantes, gritando que deveriam se arrepender antes que Cristo retornasse em sua glória, mas ninguém parecia ouvir, a não ser um cachorro sarnento que latia sempre que o padre parava para respirar.

— Não gosto disso — resmunguei.

— Do que o senhor não gosta? — perguntou Stiorra.
— De você entrar no palácio. É perigoso demais.
Ela me lançou um olhar paciente por baixo do capuz.
— Então o senhor vai simplesmente entrar lá, pai? Entrar e começar uma briga?
— Você fala igual à sua mãe — eu disse, e não como um elogio.

Mas, claro, ela estava certa. Eu não poderia entrar sem ser questionado e reconhecido, e então o que faria? Entraria lutando no palácio de Æthelred e encontraria sua filha? Não havia somente os guerreiros de Æthelred no palácio mas também os de Æthelhelm e os homens do rei Eduardo, e provavelmente era a presença do rei saxão ocidental que tornava os guardas do portão tão atentos. Eles viram nossa aproximação, e dois deles se moveram para bloquear a arcada usando lanças enormes, mas voltaram ao normal quando nos desviamos pela rua que seguia ao longo do muro do palácio, perto de onde minha terceira carroça estava parada.

— E o que você vai fazer? — perguntei a Stiorra.
— Vou encontrar Ælfwynn, dizer que ela pode ir embora conosco, e, se ela concordar, vou trazê-la — respondeu, como se fosse a tarefa mais simples que se poderia imaginar.
— E se ela disser que não?
— Não vai dizer. Ela odeia Eardwulf.
— Então faça isso.

Hella, a criada, iria junto, porque nenhuma mulher bem-nascida viajaria sem companhia feminina. Seriam escoltadas por dois guerreiros, Eadric e Cenwulf, que me serviam havia bastante tempo. Existia uma chance, uma pequena chance, de que fossem reconhecidos como meus homens, mas eu preferia a experiência deles a mandar dois jovens que poderiam entrar em pânico caso fossem confrontados. Claro, eu poderia simplesmente dizer que a égua era um presente meu, mas essa generosidade poderia gerar suspeitas, e era melhor fingir que ela vinha de Æthelfrith, da distante Lundene. Eu duvidava de que os guardas do portão perceberiam que não houvera tempo para a notícia do casamento ter chegado a Æthelfrith. Esses guardas estavam com frio, molhados e sofrendo; provavelmente não se importariam se a égua fosse um presente de Æthelfrith ou do Espírito Santo.

— Vão — indiquei aos quatro. — Vão de uma vez.

Apeei, e a dor foi tamanha que precisei me encostar na sela durante algum tempo. Quando abri os olhos, vi que Stiorra havia removido a capa grande e escura, agora surgindo vestida de branco e creme, cheia de prata e com flores no cabelo. Ela abriu a capa clara sobre a anca de sua égua e cavalgou com as costas eretas. Hella puxava a égua de presente pelas rédeas, enquanto Cenwulf e Eadric cavalgavam ao lado da minha filha.

— Ela parece uma rainha — comentou Finan, em voz baixa.

— Uma rainha molhada — retruquei. Chovia mais forte.

Os guardas ainda bloqueavam a arcada, mas a simples aparição de Stiorra os fez recuar as lanças. Eles baixaram a cabeça respeitosamente, reconhecendo-a como uma dama bem-nascida. Eu a vi falar com eles, mas não escutei o que disse. Depois os cinco cavalos e os quatro cavaleiros sumiram pela alta passagem de pedra.

Voltei pela rua até que pude ver o terreno do palácio. Para além da arcada ficava um pátio amplo e gramado. Havia alguns cavalos arreados sendo conduzidos de um lado para o outro por serviçais, e pelo menos outros doze guardas perto das construções mais distantes. Parecia um grande número de guardas, mas afora isso havia pouco senso de urgência, tão pouco que me perguntei se o casamento já teria acontecido.

— Quando é o casamento? — perguntei a um lanceiro perto do portão.

— Quando o senhor Æthelred decidir — foi a resposta mal-humorada. O homem não conseguia ver meu rosto, que estava nas sombras profundas do capuz.

— Ele pode esperar a chuva parar — respondeu um guarda mais jovem e mais solícito.

— O dia inteiro vai ser assim — observou o mais velho. — Vai chover até de noite.

— Então o senhor Eardwulf terá de esperar, não é? — perguntou o jovem maliciosamente.

O guerreiro agonizante

— Esperar pelo quê? Ele faz o que tem vontade. A pobrezinha provavelmente nem está conseguindo andar nesta manhã.

E essa era outra preocupação. Será que Eardwulf teria reivindicado sua noiva antes da hora? Será que Ælfwynn estava nos aposentos dele? E, se estiver, Stiorra jamais conseguirá se encontrar com ela. Fiquei andando sobre as poças, cada vez maiores. Pingava água do capuz. Eu havia prendido a capa com broches para esconder minha cota de malha e Bafo de Serpente, pendurada à cintura. Stiorra e Hella haviam apeado e sumido no palácio, não no grande salão, que era feito de pedra romana, mas por uma porta pequena que levava a uma construção de madeira, comprida e baixa. Lá os guardas a interrogaram, mas a deixaram passar. Cenwulf e Eadric esperavam próximo à porta. Os dois ainda estavam com suas espadas. Armas não eram permitidas dentro das construções do palácio, mas os dois seriam deixados em paz se não tentassem entrar por alguma porta. Mandei Sihtric olhar o interior da igreja.

— Veja se ela parece pronta para um casamento.

Agora a chuva caía forte, correndo pela valeta central da rua e jorrando dos telhados.

— A jovem não vai sair nesta chuva, nem se fosse para ver um unicórnio — resmungou Finan. — Quanto mais uma égua.

— O padre Pyrlig viu um unicórnio — eu disse.

— Viu?

— Nas montanhas. Ele disse que era branco e corria como uma lebre.

— O padre Pyrlig gosta de uma cerveja.

— Existem coisas estranhas em Gales, como cobras com duas cabeças. Ele falou que o chifre do unicórnio era vermelho.

— Vermelho?

— Vermelho como sangue. — Fiquei olhando para a porta distante onde os guardas se abrigavam. — Ælfwynn virá se Stiorra disser que estamos aqui — retomei, esperando estar certo.

— E se não estiver sendo vigiada por guardas.

Eu jamais deveria ter deixado Stiorra entrar. Toda esta manhã, molhada, era uma loucura. Eu não era melhor que Brice, simplesmente atacando um lugar às cegas, sem a menor ideia de como alcançar o que desejava. Havia deixado Stiorra me convencer a realizar essa loucura porque pelo menos ela pensara um pouco, mas agora, enquanto observava os guardas do outro lado do pátio, estava arrependido de minha impulsividade.

— Talvez tenhamos de tirá-la de lá — declarei.

— Nós contra todos aqueles guerreiros? — perguntou Finan.

— São apenas uns vinte. — Eram os dois no portão e os outros no pátio.

— Vinte que conseguimos ver. A maioria dos desgraçados deve estar se abrigando da chuva. Mesmo assim, se é isso que o senhor quer...

Meneei a cabeça. Não eram só os homens de Æthelred mas também todos os guerreiros saxões ocidentais. Talvez, se eu estivesse me sentindo bem, se pudesse usar Bafo de Serpente sem me encolher com a dor súbita, teria entrado no palácio. Palácio! Um agrupamento de casas de madeira fétidas em volta dos restos de um salão romano. Imaginei o prazer que Æthelred sentiria se pudesse pegar Stiorra. Ele era meu primo e nos odiávamos desde a infância. Eu teria de negociar a libertação dela, e isso me custaria muito.

— Sou um idiota — murmurei.

— Eu não questionaria isso — disse Finan —, mas sua filha é inteligente. Ela é igual à mãe.

Um trovão ressoou ao longe. Olhei para cima, na chuva, e vi apenas nuvens escuras, mas sabia que Tor enviara uma águia da tempestade, talvez a própria Ræsvelg, o pássaro gigante que carregava o vento sob as asas. A chuva que estivera caindo perpendicular ao chão se dobrou de repente e estremeceu quando um sopro de vento varreu as ruas de Gleawecestre. Finan fez o sinal da cruz. As placas das lojas estalavam enquanto balançavam. Os lanceiros que vigiavam o portão do palácio haviam se retirado para baixo da arcada, e os guardas no pátio se amontoavam sob o pórtico de palha do grande salão. Cenwulf e Eadric estavam montados pacientemente nos cavalos, esperando.

Sihtric veio chapinhando nas poças.

— Estão acendendo velas na igreja, senhor. — Ele quase precisou gritar para ser ouvido acima da chuva forte. — E o teto está com goteiras.

— Então o casamento não acabou?

— Acabou? Disseram que talvez esperem até amanhã.

— Certamente vão esperar que isso pare antes de casarem a pobre coitada — disse Finan.

O trovão retumbou mais alto, um estrondo no céu, e dessa vez vi o clarão de um relâmpago atravessar as nuvens. Toquei a capa que escondia o martelo pendurado no pescoço e fiz uma oração a Tor, implorando pela segurança da minha filha. A chuva batia no capuz da capa. Era uma chuva maligna, feroz, que encharcava.

E Stiorra apareceu.

Ela saiu para o pátio e olhou para as nuvens como se adorasse a chuva intensa. Abriu os braços, e pude ver que estava rindo. Nesse momento seis jovens apareceram. Estavam todas rindo, gritando de deleite com a chuva pesada. Espadanaram nas poças e dançaram numa alegria ensandecida, observadas pelos dois guardas que as seguiram pela porta. Então Stiorra correu até os cavalos e vi que Ælfwynn a estava seguindo, e me perguntei como ela podia ser amiga da minha filha. Stiorra era séria e circunspecta, controlada e sensata, ao passo que Ælfwynn era frívola e tola. Como Stiorra, estava vestida de branco, e a chuva havia encharcado seu vestido, deixando-o grudado no corpo magro. Os guardas ficaram olhando-a acariciar o focinho da égua cinzenta. As outras jovens se amontoaram atrás dela. O cabelo claro e brilhante de Ælfwynn pendia escorrido, encharcado pela chuva. Ela se virou para Stiorra e pulou de alegria, gritando de novo enquanto seus pés descalços faziam a água espirrar. Então, de repente, ela, Stiorra e Hella montaram nas selas. Os guardas não pareceram notar. Afinal de contas aquele era um presente de casamento, e, se a menina era louca a ponto de sair nesse aguaceiro, era louca a ponto de montar a égua e andar pelo pátio.

Elas cavalgaram rumo ao grande salão. Cenwulf e Eadric as acompanharam. Meus homens montavam os cavalos. Chamei meu serviçal, e o menino trouxe meu garanhão. Respirei fundo, sabendo que seria golpeado por uma pontada de dor quando montasse na sela. A dor veio, fazendo com que eu me encolhesse. Consegui conter um gemido, depois enfiei o pé no estribo e me inclinei para a frente para enxergar pela arcada do portão, mas a dor golpeou de novo e eu me empertiguei. Finan, ainda sem montar, conseguia enxergar dentro do pátio do palácio.

— Estão preparados? — perguntou aos homens com a carroça de feno. — Elas estão vindo — acrescentou para mim, e montou seu cavalo.

Stiorra havia conduzido Ælfwynn na direção do salão, depois virara para o portão. Ouvi-as antes de vê-las, ouvi o barulho súbito de cascos no pavimento de pedra do outro lado da arcada, então as três jovens e os homens apareceram na passagem.

— Agora! — gritou Finan, e os homens da carroça chicotearam os cavalos, bloqueando a arcada do palácio.

Um dos homens carregava um machado para quebrar uma roda, e, assim que a carroça fosse danificada, eles usariam os grandes cavalos de carga para nos acompanhar. Eu tinha cavalos de montaria esperando por eles e pelos homens da carroça que bloquearia a rua transversal na metade do caminho até o portão.

A chuva esvaziara as ruas. Passamos pela encruzilhada, e eu gritei para os homens bloquearem a rua. Os homens de Æthelred teriam de usar um dos outros dois portões da cidade para se juntar a nós. As carroças só estavam ali para atrapalhar a perseguição que eu tinha certeza de que aconteceria. Até mesmo alguns minutos nos renderiam um tempo precioso.

Passamos trotando pelo portão da cidade. Parei para olhar para o homem barbudo que havia lutado em Teotanheale.

— Desculpe o que vai acontecer — falei a ele.

— Senhor? — perguntou o guarda, intrigado.

— Seu portão vai ser bloqueado — avisei. — E confie em mim, eu sei o que estou fazendo.

— O senhor sempre soube — respondeu ele, rindo.

Tombamos a terceira carroça diante do portão, derramando o feno sob o arco. Nossos perseguidores poderiam usar os outros portões, é claro, mas demorariam para descobrir que esse caminho direto estava bloqueado. A chuva iria atrasá-los, assim como a necessidade de arrear cavalos, e achei que tínhamos pelo menos uma hora antes que eles nos seguissem. Os homens que guiaram as carroças cavalgaram para o norte, usando a estrada que passava mais perto da fronteira galesa, indo diretamente para Ceaster. Eles levariam a notícia do que eu tinha acabado de fazer a Æthelflaed, e deveriam chegar lá em dois ou três dias.

— Tio! — Ælfwynn se aproximou. Ela sempre me chamara desse jeito.

— Você não está com frio?

— Congelando! — Ela estava rindo. Gostava de fazer travessuras, e esta situação era uma travessura enorme. — Aonde vamos?

— Para sua mãe.

Isso tirou o sorriso do rosto dela. Æthelflaed nunca havia aprovado a filha, achava Ælfwynn petulante e irresponsável. "Tem uma cabeça de vento", costumava dizer.

— Para minha mãe? — perguntou Ælfwynn, ansiosa.

— Posso levar você de volta a Gleawecestre, em vez disso — sugeri.

— Não, não! — Ela riu de novo. — Minha mãe é sempre mais gentil quando o senhor está com ela.

— Estarei com você — eu disse.

— Disseram que o senhor estava morrendo!

— E estou.

— Ah, espero que não.

Finan cavalgou ao lado dela e lhe entregou uma capa. Meus homens provavelmente lamentaram isso porque ela estava usando apenas uma leve camisola de linho que, encharcada, grudava-se à pele.

— Você sabe montar! — exclamei.

— Stiorra também!

Deixei meu cavalo diminuir a velocidade para seguir junto de minha filha.

— Fiquei preocupado.

Ela me lançou um sorriso breve.

— Ela nem havia saído da cama quando cheguei. Precisei esperar.

— E não houve problemas?

Stiorra fez que não com a cabeça.

— Os guardas não suspeitaram de nada. Eu disse que a égua era um presente, e eles deixaram que ela saísse para ver. Pensaram que Ælfwynn era louca por sair debaixo daquela chuva, mas estão acostumados com os caprichos dela.

Eu me virei na sela, arrependendo-me imediatamente, mas não havia nenhum sinal de perseguição. A cidade estava cinza sob sua própria fumaça e sob a chuva lançada pelo vento.

— Eles virão atrás de nós — avisei, sério.

Ælfwynn havia reduzido a velocidade para se juntar a nós.

— Minha mãe está em Cirrenceastre?

— Em Ceaster.

— Ceaster não fica para lá? — Ela apontou para o norte.

— Quero que seu pai ache que estamos indo para Cirrenceastre.

— Ah, ele não vai pensar em nada — retrucou ela, com felicidade.

— Ele vai ficar com raiva! — alertei.

— Não vai, não.

— Enviará homens para nos pegar, e levará você de volta.

— Eardwulf pode enviar homens, e o tio Eduardo poderia fazer o mesmo, mas meu pai, não.

— E por que não?

— Porque ele morreu ontem — respondeu ela. Stiorra e eu simplesmente a encaramos.

— Ele morreu... — comecei.

— Ninguém deveria ficar sabendo — continuou ela, despreocupadamente. — É um segredo, mas não se pode guardar segredos num palácio. As criadas me contaram, e com certeza elas sabem! Elas sabem de tudo.

— Fofoca de criadas? — perguntei. — Talvez não seja verdade.

— Ah, havia padres por todo o palácio! — exclamou Ælfwynn. — A noite inteira foi bastante agitada, com portas batendo e um monte de orações murmuradas. Acho que é verdade. — Ela não parecia nem um pouco incomodada.

— Sinto muito — eu disse.

— Sente?

— Porque seu pai morreu — expliquei sem jeito.

— Acho que eu deveria lamentar — disse ela —, mas ele não gostava de mim e eu não gostava dele. — Ela olhou para Stiorra e riu, e eu me perguntei se era isso que as duas tinham em comum: pais ruins. — E ele tinha um

111

O guerreiro agonizante

péssimo temperamento. Pior que minha mãe! E eu não queria me casar com Eardwulf, por isso sei que deveria lamentar, mas não lamento.

— É por isso que estão mantendo a morte dele em segredo — observei. — Para que possam casar você com Eardwulf antes de fazer o anúncio.

— Bom, tio, agora não podem fazer isso, não é? — disse ela, feliz.

Mas poderiam e fariam, porque sem ela Eardwulf não era nada, mas com Ælfwynn ele herdava o poder do sogro e se tornava o representante de Æthelhelm na Mércia.

Por isso precisava encontrar a noiva. Olhei para trás e vi uma estrada vazia, mas isso não significava nada.

Seríamos perseguidos.

SEGUNDA PARTE

A senhora da Mércia

Quatro

A CHUVA SE TORNOU um aguaceiro sem fim. Havia parado de trovejar e, com isso, os ventos fortes se foram, mas a chuva persistia. Parecia impossível o céu conter tanta água. Era como se os oceanos dos deuses estivessem se esvaziando em cima de nós, implacáveis, intermináveis, uma tempestade que nos encharcava à medida que subíamos os morros íngremes. Assim que chegamos ao topo, viramos para o norte seguindo caminhos de ovelhas pelas encostas suavemente onduladas. Os homens na muralha de Gleawecestre teriam nos visto rumando para o leste, na direção de Cirrenceastre, e eu esperava que Eardwulf presumisse que esse era nosso destino, mas agora saímos da estrada romana para atravessar os morros e pegar a estrada que levava a Alencestre.

Os caminhos eram escorregadios, mas havia pouca lama, até que descemos para o amplo vale de Eveshomme, e lá as trilhas ficaram profundas e difíceis. Uma vez ouvi um padre cristão proclamar que Adão e Eva viveram naquele local amplo e fértil, e que era nesse Éden que o pecado havia penetrado no mundo. O homem pregava como um louco, balançando os braços, cuspindo as palavras e olhando deslumbrado para a igreja.

— A mulher! — exclamou ele. — Foi a mulher quem trouxe o pecado para este mundo! Foi a mulher quem estragou o paraíso de Deus! Foi a mulher quem trouxe o mal!

Na época eu era jovem, muito jovem para perceber a besteira que ele arengava. Além disso, o padre Beocca me dissera que o verdadeiro Éden ficava muito além do sol nascente, numa terra guardada por anjos e escondida por névoas douradas, ao passo que Eveshomme, segundo ele, tinha esse nome por causa de um criador de porcos que havia conversado com a Virgem Maria enquanto seus porcos se refestelavam na floresta de bétulas.

— Sobre o que eles conversaram? — eu havia perguntado a ele.

— Sobre a graça de Deus, tenho certeza!

— Parece empolgante.

— E é, Uhtred, é! — insistira ele. — E os homens e as mulheres vão a Eveshomme com a esperança de encontrar Nossa Senhora.

— E encontram?

— Rezo para que sim. — Ele parecera em dúvida.

— Você já esteve lá? — eu perguntara, e ele havia confirmado com a cabeça, um tanto relutante. — E a viu?

— Infelizmente, não.

— Talvez você tivesse mais sorte se levasse alguns porcos.

— Porcos? — Ele tinha ficado perplexo.

— Talvez ela goste de toucinho, não é?

— Isso não é engraçado — dissera ele. Pobre padre Beocca, já está morto.

Não havia sinal de estarmos sendo perseguidos, mas eu tinha certeza de que eles viriam. Eardwulf precisava encontrar Ælfwynn depressa, precisava arrastá-la de volta à igreja e se casar com ela. Só então poderia reivindicar alguma legitimidade como herdeiro do poder do pai da jovem. Os thegns da Mércia não aceitariam esse poder prontamente. Pensariam que Eardwulf era um arrivista, mas, se tivesse a filha de Æthelred na cama e a força de Wessex por trás, eles certamente aceitariam sua nova autoridade. Mas sem ela? Sem Ælfwynn ele seria apenas um usurpador. Era a virgindade dela, se ainda estivesse intacta, que iria amarrá-lo à família e ao status de Æthelred. Pensei em encontrar um padre em algum lugar neste vale açoitado pela chuva e mandá-lo casar Ælfwynn com meu filho, então esperar que Uhtred a levasse para uma choupana e fizesse o que era necessário. Pensei muito em fazer isso, mas o fato de não estarmos sendo perseguidos me convenceu a continuar viajando.

Os riachos que atravessamos estavam cheios por causa da chuva, a água transbordando das margens e fazendo profundos redemoinhos nos vaus. Com frequência víamos fazendas, porque esta era uma terra fértil, rica. As aldeias eram amplas e prósperas. A derrota dos dinamarqueses em Teotanheale tinha feito com que as pessoas se sentissem em segurança; agora as construções não tinham paliçadas e eram grandes. Os novos celeiros tinham o tamanho de igrejas, e as igrejas tinham tetos altos com palha clara. Havia pomares ricos e campinas luxuriantes, era uma terra boa, mas baixa, de modo que os pastos já estavam ficando inundados, as águas se espalhando açoitadas pela chuva teimosa. Estávamos com frio, cansados, encharcados. Ficávamos tentados a parar em qualquer um dos grandes salões pelos quais passávamos e deixar o fogo na lareira nos secar e esquentar, mas eu não ousava parar até chegarmos a Alencestre.

Chegamos quando o sol já se punha, não muito depois de Osferth e seu grupo de famílias terem alcançado o povoado, embora fosse um elogio se referir ao lugar assim. Era construído no ponto em que dois rios e duas estradas se encontravam, onde os romanos construíram dois fortes. O mais antigo, com os muros de terra agora cobertos de espinheiros, ficava num morro ao sul dos rios, e o forte mais novo fora construído onde os rios se encontravam, e era lá que Osferth esperava. Havia algumas choupanas do lado de fora dos muros decrépitos do forte, e um salão, um celeiro e seis estábulos no interior. O salão havia pertencido a um dinamarquês que morrera em Teotanheale, e sua terra confiscada fora concedida à Igreja por Æthelred.

— O bispo Wulfheard reza para que um dia haja um mosteiro aqui — disse-me o administrador.

— Outro mosteiro? Não existem mosteiros suficientes?

Alencestre devia ter sido importante para os romanos, pois as ruínas de suas construções se espalhavam pelo forte. Agora estavam cobertas de hera e espinheiros, mas o administrador havia liberado uma casa sem telhado.

— O bispo disse que devemos transformá-la numa igreja — explicou ele.

— Seria melhor consertar os muros do forte — argumentei.

— O senhor acha que os dinamarqueses vão voltar? — perguntou ele, nervoso.

— Os dinamarqueses sempre voltam — respondi com raiva, em parte porque estava de mau humor e em parte porque ele era um homenzinho lamuriento que havia tentado nos negar seus depósitos de comida e cerveja, dizendo que pertenciam ao bispo Wulfheard. Eu estava preparado para pagar com prata qualquer coisa que pegássemos, mas agora decidi que simplesmente tomaríamos os suprimentos e que, por mim, o bispo podia cuspir para o alto.

Postei sentinelas nas ruínas da muralha do forte. A chuva finalmente enfraquecia à medida que o crepúsculo escurecia a terra. Uma grande fogueira ardia no salão, e acendemos outra no celeiro. Fiquei na muralha, observando as águas da enchente à luz que se esvaía. Havia entulho flutuando amontoado em volta dos pilares da ponte romana, fazendo a água espumar no local, ondulando e se agitando do outro lado da estrada de pedra sobre a ponte. Se Eardwulf estivesse nos seguindo, pensei, deveria atravessar aquela ponte, por isso a vigiei com seis homens e uma barricada grosseira feita de caibros arrancados dos estábulos. Seis homens bastariam, porque eu duvidava de que nossos perseguidores viriam nesta noite. Eles estariam tão cansados, molhados e com frio quanto nós, e a noite prometia ser negra como piche, escura demais para os homens viajarem em segurança.

— Æthelred realmente está morto? — Osferth havia se juntado a mim sobre a muralha.

— É o que Ælfwynn diz.

— Já ouvimos esse boato antes.

— Acho que é verdade — falei. — Mas eles vão manter em segredo enquanto puderem.

— Para que Eardwulf possa se casar com Ælfwynn?

Assenti. Ingulfrid, a esposa de Osferth, tinha-o seguido, e eu a chamei para se juntar a nós. A vida era complicada demais, pensei. Ingulfrid havia sido casada com um primo meu, outro Uhtred, filho do meu tio que usurpara Bebbanburg. Ela optara por ficar conosco quando não consegui capturar a fortaleza. Seu filho estava com ela na ocasião, mas Osferth havia mandado o menino de volta para o pai. Eu teria cortado a garganta do canalhinha, mas entregara o destino dele a Osferth, que fora generoso.

— Eardwulf deve nos encontrar logo — disse Osferth. — Ele não pode esconder o corpo de Æthelred por muito tempo. Pelo menos até começar a feder.

— Ele tem uma semana — supus.

Osferth olhou para o sul. A luz havia quase desaparecido, e o morro depois do rio não passava de uma forma preta na escuridão.

— Quantos homens eles vão mandar?

— Todos os que tiverem.

— Isso é quantos? — perguntou Ingulfrid.

— Duzentos? Trezentos?

— E somos quantos?

— Quarenta e três — respondi, desanimado.

— Não é o suficiente para sustentar o forte — observou Osferth.

— Podemos pará-los na ponte — eu disse. — Mas, assim que o nível do rio baixar, eles vão atravessá-lo mais acima.

— Então vamos continuar viajando amanhã?

Não respondi porque de repente havia percebido minha estupidez. Pensara que Brice era um inimigo burro, mas agora eu tinha me juntado a ele no grupo dos imbecis, e dera a Eardwulf toda a vantagem de que ele precisava. Nem ele nem Æthelhelm eram idiotas, e os dois deviam saber para onde eu estava viajando. Eu podia fingir que seguia para Cirrenceastre, mas eles saberiam que eu ia me juntar a Æthelflaed. Não precisavam me seguir pela estrada de Alencestre, só era necessário que pegassem a rota mais rápida para Ceaster, a estrada que seguia pela fronteira galesa, e assim posicionar suas forças à minha frente enquanto eu, solícito, usava a rota mais longa e mais lenta pelo coração da Mércia. As seis sentinelas na ponte não vigiavam nada, porque Eardwulf não nos perseguia; em vez disso, devia estar correndo para o norte pela estrada a oeste. Seus batedores deviam estar nos procurando, e sem dúvida nos encontrariam, então Eardwulf levaria seus homens para o leste, bloqueando nosso caminho.

— Senhor? — perguntou Osferth, ansioso.

— Ele não virá do sul. E sim de lá. — Apontei.

— Do oeste? — perguntou ele, perplexo.

Não expliquei minha idiotice. Eu poderia culpar minha dor, mas não era uma boa desculpa. Tinha enviado Osferth, as famílias, Æthelstan e sua irmã por essa estrada porque ela os mantinha distante do perigo de qualquer galês que atacasse, mas tudo que conseguira era colocá-los numa armadilha.

— Eles virão do oeste — avisei com amargura —, a não ser que as enchentes os atrasem.

— Elas vão nos atrasar — comentou Osferth, incerto, olhando para a escuridão molhada

— O senhor deveria ir para o salão — sugeriu Ingulfrid. — O senhor está com frio e molhado.

E provavelmente derrotado, pensei. Claro que Eardwulf não estava me seguindo, ele não precisava! Estava à minha frente, e logo bloquearia meu caminho e tomaria Ælfwynn como noiva. Logo me questionei se eu ao menos estava do lado certo dessa briga, porque Eardwulf, mesmo casado com Ælfwynn, jamais seria nomeado senhor da Mércia. Eduardo com certeza assumiria o trono, e Eardwulf seria seu instrumento, seu reeve, e talvez Æthelflaed aprovasse o fato de seu irmão conquistar a coroa da Mércia, porque isso faria o sonho do pai deles ficar mais perto da realidade.

Alfredo sonhara em unir os saxões. Isso implicava expulsar os dinamarqueses do norte da Mércia, da Ânglia Oriental e eventualmente da Nortúmbria. Então os quatro reinos iriam se tornar apenas um, Anglaterra. Fazia anos que a Mércia dependia de Wessex para sobreviver, então por que o rei de Wessex não deveria assumir a coroa dos dois lugares? Era melhor ter três reinos que quatro. Três reinos teriam mais chances de se tornar um, portanto, eu estava sendo teimoso e idiota? Æthelflaed podia não aprovar Eardwulf, que sempre fora seu inimigo, mas talvez o enobrecimento dele fosse um preço que valesse a pena ser pago para se aproximar do sonho da Anglaterra.

Rejeitei a ideia. Porque esse não era o plano de Eduardo, pensei. Sem dúvida Eduardo gostaria de ser rei da Mércia, mas às custas da vida de seu primogênito? Será que Eduardo queria que Æthelstan fosse morto? Eu duvidava. Isso era coisa do senhor Æthelhelm; ele queria que Æthelstan fosse tirado do caminho para garantir que seu neto se tornasse rei de Wessex e da Mércia e, se os deuses da guerra permitissem, também rei da Anglaterra. E eu gostava tanto de Æthelstan quanto de meus filhos, e agora o havia levado para esse forte lamacento no meio da Mércia. Seus inimigos já estavam mais ao norte, separando-o dos homens de Æthelflaed, que eram sua única esperança de sobreviver.

— Senhor? — chamou Osferth.
— Para o salão — respondi. — E reze.
Porque eu tinha sido um idiota.

Os trovões perturbavam a noite. Em algum momento por volta da meia-noite a chuva, que havia diminuído no crepúsculo, voltou a cair torrencialmente, e permaneceu pelo restante das horas escuras. Era um aguaceiro constante, que encharcava, pesado.
— Talvez tenhamos de construir uma arca, senhor — disse o padre Cuthbert pouco antes do amanhecer. Eu estava parado à porta do salão, ouvindo a chuva bater na palha do teto.
— Como você soube que era eu?
— Todos vocês têm cheiros diferentes — respondeu ele. Em seguida tateou e encontrou o portal. — E, além disso — prosseguiu, encostando-se na coluna —, o senhor estava murmurando.
— Estava?
— Chamando-se de maldito idiota. — Ele pareceu achar divertido. — E geralmente é disso que o senhor me chama.
— E você é.
Ele virou o rosto sem olhos para mim.
— O que eu fiz agora?
— Casar Eduardo com a jovem de Cent. Isso foi tremendamente idiota.
— Eu o mantive longe do pecado, senhor.
— Pecado! Quer dizer que fornicar com uma jovem é pecado?
— Ninguém disse que a vida é justa.
— Seu deus faz regras estranhas.
O padre Cuthbert virou o rosto para a chuva. Eu podia ver a primeira luz débil tocar o leste com uma úmida linha cinzenta.
— Chuva — disse ele, como se eu não tivesse notado.
— Enchente — resmunguei.
— Está vendo? Precisamos de uma arca. Doninhas.
— Doninhas?

— Ovelhas eu consigo entender. Não seria difícil para Noé encontrar um par de ovelhas ou um boi e uma vaca. Mas como será que ele convenceu duas doninhas a entrar na arca?

Tive de sorrir.

— Você acha que isso aconteceu de verdade? Essa história do dilúvio?

— Ah, sim, senhor. Foi o julgamento de Deus para um mundo perverso. Olhei para o aguaceiro.

— Então alguém deve ter sido muito cruel para provocar esta chuva — comentei despreocupadamente.

— Não foi o senhor — avisou ele com lealdade.

— Para variar — respondi, ainda sorrindo.

O padre Cuthbert estava certo. Precisávamos de uma arca. Eu deveria ter mandado Osferth levar as famílias e toda a bagagem para o Temes e encontrar um barco, depois deveríamos ter ido atrás dele. A viagem a Ceaster demoraria um tempo, bastante tempo, mas quando estivéssemos no mar estaríamos a salvo de qualquer perseguição. Melhor ainda seria manter um barco no Sæfern, ao sul de Gleawecestre, mas desde minha luta com Cnut eu estivera fraco demais até mesmo para pensar nessas coisas.

— Vamos simplesmente continuar andando, senhor? — perguntou Cuthbert num tom sugerindo que a última coisa que ele queria era outro dia de viagem difícil debaixo de um aguaceiro.

— Não sei se podemos.

Algum tempo depois fui andando pelo capim molhado, subi a muralha baixa e vi que agora o forte era quase uma ilha. À meia-luz do alvorecer cinzento, eu só conseguia ver água. Os rios haviam transbordado e a chuva continuava caindo. Observei o dia amanhecer lentamente, depois ouvi um miado e me virei, vendo que o padre Cuthbert me acompanhara e agora estava perdido, parado com a água na altura dos tornozelos, tateando em volta com o cajado comprido que carregava para guiar os passos.

— O que você está fazendo? — perguntei. — Você não enxerga, por que veio para cá?

— Não sei — respondeu ele, lamentando.

Levei-o até o topo da fortificação fustigada pela chuva.

— Não há nada para ver — avisei. — Só a inundação.

Ele se apoiou no cajado, com as órbitas vazias olhando para o norte.

— O senhor já ouviu falar de são Longino? — perguntou.

— Nunca.

— Às vezes ele é chamado de Longinus — acrescentou, como se isso pudesse despertar minha memória.

— O que ele fez? Sermão para as doninhas?

— Pelo que sei, não, senhor, mas talvez tenha feito. Era um soldado cego, o homem que cravou a lança na cintura de Nosso Senhor quando Ele estava pendurado na cruz.

Virei-me para Cuthbert.

— Por que alguém daria uma lança a um soldado cego?

— Não sei. Simplesmente aconteceu.

— Continue.

Eu estava entediado com as histórias de santos, como eles penduravam seus mantos em raios de sol, reviviam os mortos ou transformavam calcário em queijo. Acreditaria no absurdo se visse ao menos um desses milagres, mas cedi ao padre Cuthbert. Eu gostava dele.

— Ele não era cristão, mas, quando cravou a lança, um pouco do sangue de Nosso Senhor caiu no rosto dele, e voltou a enxergar! Ficou curado! Por isso se tornou cristão também.

Sorri sem falar nada. A chuva caía reta, sem vento.

— Longino foi curado — continuou o padre Cuthbert — mas também foi amaldiçoado. Havia ferido Nosso Salvador, e a maldição implicou que ele jamais morreria!

— Isso é que é maldição — comentei com sinceridade.

— Ele ainda vive, senhor, e todo dia recebe um ferimento mortal. Talvez o senhor tenha lutado com ele! Talvez tenha lhe dado o ferimento mortal daquele dia, e toda noite ele se deita para morrer e a lança que usou em Nosso Senhor, que fica ao seu lado, o cura.

Percebi que ele estava me contando essa história porque desejava me ajudar. Fiquei quieto, olhando para a pouca terra que permanecia acima do nível da água. O gado se amontoava num desses pequenos morros. Uma ovelha afogada havia parado ao pé da fortificação, e os primeiros corvos já estavam rasgando sua pele. O rosto devastado do padre Cuthbert estava virado para mim. Eu sabia o que ele queria dizer, mas mesmo assim perguntei:

— O que está sugerindo?

— A arma que causou o ferimento pode curá-lo, senhor.

— Mas a lança de Longino não o perfurou — observei.

— Longino se feriu quando sua lança penetrou na cintura de Cristo, senhor. Ele feriu todos nós. Feriu a humanidade.

— É uma história confusa. Ele se torna cristão, mas é amaldiçoado? Morre todo dia, no entanto vive? Sua lança o cura mesmo não o tendo ferido?

— Senhor — o padre Cuthbert suplicava —, encontre a espada que o feriu. Ela pode curá-lo.

— Cuspe de Gelo.

— Ela deve existir!

— Ah, ela existe — falei. Eu presumia que a espada fora levada do campo de batalha por um dos homens de Cnut. — Mas como poderia encontrá-la?

— Não sei, só sei que o senhor deve fazer isso.

Ele falava muito sério, e eu soube que a lealdade despertava essas palavras. O padre Cuthbert não era a primeira pessoa a sugerir que a lâmina que havia me ferido poderia me curar, e eu acreditava nisso, mas como iria encontrar uma espada que poderia estar em qualquer lugar da Britânia? A espada de Cnut estava nas mãos de um inimigo, pensei, e esse inimigo a estava usando para me causar dor. Havia feitiços e encantamentos que faziam isso. Era uma magia antiga, mais antiga que a feitiçaria cristã de Cuthbert, uma magia que remontava ao início dos tempos.

— Vou procurá-la, meu amigo — avisei. — Agora venha, você não precisa ficar na chuva.

Levei-o de volta ao salão.

E a chuva não parou.

Nem o inimigo.

* * *

A enchente nos deixou presos. As carroças que Osferth havia trazido de Fagranforda não podiam avançar muito, pelo menos até que as águas recuassem, e eu não queria abandoná-las. Tudo que possuíamos com algum valor estava nessas carroças. Além disso, mesmo que lutássemos para atravessar as águas da enchente até chegar ao terreno mais alto, poderíamos ser apanhados em terreno aberto pelos cavaleiros que eu sabia que nos procuravam. Era melhor ficar no forte romano onde, por enquanto, estávamos em segurança. Com a enchente só poderíamos ser abordados pelo norte. Não poderíamos ser flanqueados.

Mas ficar era um convite para o inimigo nos encontrar. Assim que as águas baixassem poderíamos ser atacados do leste, do oeste e do norte. Por isso enviei três dos meus homens mais jovens para o leste. Eles precisavam primeiro cavalgar para o norte, seguindo a estrada romana que se erguia sobre um pequeno aterro, mas mesmo assim a água chegou bem acima dos estribos antes que alcançassem os morros baixos e pudessem virar para o leste. Iam procurar homens que apoiassem Æthelflaed.

— Digam a eles que Æthelred está morto — ordenei —, e que Eardwulf está tentando se tornar o senhor da Mércia. Peçam para mandarem homens para cá.

— O senhor está começando uma rebelião — acusou Osferth.

— Contra quem? — desafiei-o.

Ele hesitou.

— Æthelred? — sugeriu por fim.

— Ele está morto.

— Não temos certeza disso.

— Então o que você quer que eu faça? — perguntei, propondo o mesmo desafio que fizera em Cirrenceastre, e, de novo, ele não teve uma resposta.

Osferth não se opunha a mim, mas, como seu pai, era um homem que se importava com as leis. Acreditava que Deus apoiaria a causa correta, e sua consciência sofria com dilemas ao tentar descobrir o que era certo e o que era errado. Em sua mente o certo era em geral qualquer causa apoiada pela Igreja.

— Supondo que Æthelred ainda viva — pressionei —, isso dá a ele o direito de ajudar Æthelhelm a destruir Æthelstan?

— Não — admitiu ele.

— Ou casar Ælfwynn com Eardwulf?

— Ela é filha dele. Æthelred pode dispor dela como quiser.

— E a mãe dela não tem direito a opinar?

— Æthelred é o senhor da Mércia e, mesmo se não fosse, o marido é o chefe da família.

— Então por que você está montando na esposa de outro homem? — perguntei. Osferth pareceu desesperadamente infeliz, pobre homem, e pensei no dilema que ele devia sentir entre seu amor por Ingulfrid e a desaprovação do deus pregado. — E, se Æthelred estiver morto, em que pé isso deixa Æthelflaed? — emendei, para que ele não tivesse de responder à primeira pergunta.

Osferth continuou parecendo arrasado. Æthelflaed era sua meia-irmã e ele gostava dela, mas também era assombrado pelas exigências ridículas de seu deus.

— O costume — respondeu ele em voz baixa — dita que a viúva de um soberano entre para um convento.

— E você quer isso para ela? — perguntei com raiva.

Ele se encolheu diante da questão.

— O que mais ela pode fazer?

— Ocupar o lugar do marido.

Osferth me encarou.

— Ela poderia reinar na Mércia?

— Você consegue pensar em alguém melhor?

— Mas mulheres não podem fazer isso!

— Æthelflaed pode.

— Mas... — começou ele, e ficou em silêncio.

— Quem seria melhor?

— O irmão dela?

— Eduardo! E se a Mércia não quiser ser comandada por Wessex?

— Mas ela já é — retrucou ele, o que era bem próximo da verdade, embora todos fingissem que não.

— E quem seria o melhor soberano? Seu meio-irmão ou sua meia-irmã?

Por um tempo ele não disse nada, mas Osferth sempre era sincero.

O trono vazio

— Æthelflaed — admitiu finalmente.

— Ela deveria reinar na Mércia — declarei com firmeza, mas isso só aconteceria se eu pudesse impedir que sua filha fosse para a cama nupcial de Eardwulf, assim impedindo que Wessex engolisse a Mércia.

E isso parecia improvável, pois, no meio da manhã, enquanto a chuva enfim dava sinais de enfraquecer, cavaleiros vieram do oeste. A princípio, apenas um homem montado num cavalo pequeno, que ele conteve no alto de uma colina do outro lado do vale inundado. Olhou para nós, em seguida esporeou, sumindo de vista. Algum tempo depois havia seis cavaleiros no horizonte. Outros homens vieram, talvez dez ou onze, mas era difícil contar, porque eles se espalharam, partindo do topo do monte para explorar o vale do rio, procurando um ponto de travessia.

— O que vai acontecer agora? — perguntou minha filha.

— Eles não podem nos atacar enquanto o vale estiver inundado.

A enchente fazia com que só houvesse um caminho estreito para se aproximar do velho forte, e eu tinha homens mais do que suficientes para sustentar esse caminho.

— E quando a enchente acabar?

Fiz uma careta.

— Então vai ficar difícil.

Stiorra segurava uma bolsa de pele de cordeiro que agora estendeu para mim. Olhei para a bolsa, mas não peguei.

— Onde você achou isso? — perguntei.

— Em Fagranforda.

— Achei que tinha queimado com todo o resto.

Eu havia perdido coisas demais quando os cristãos queimaram minhas construções.

— Eu a encontrei há anos, antes de Wulfheard incendiar o salão. E quero aprender a usá-las.

— Não sei como.

Peguei a bolsa e desamarrei o cadarço. Dentro havia vinte e quatro varetas de amieiro, finas e polidas, nenhuma maior que o antebraço de um homem. Eram varetas de runas e tinham pertencido à mãe de Stiorra. As varetas de runas podiam dizer o futuro, e Gisela sabia decifrá-las, mas eu nunca aprendi o segredo.

— Hella sabe?

— Ela não aprendeu.

Virei as varetas finas, lembrando-me de Gisela as jogando.

— Sigunn vai lhe ensinar.

Sigunn era minha esposa e, como a criada de Stiorra, fora capturada em Beamfleot. Estava entre as mulheres e crianças trazidas para cá por Osferth.

— Sigunn sabe ler as varetas? — perguntou Stiorra, duvidando.

— Um pouco. Ela diz que é preciso treinar. Treinar e sonhar. — Enfiei as varetas de volta na bolsa e dei um sorriso pesaroso. — Uma vez as varetas disseram que você seria mãe de reis.

— Foi uma profecia da minha mãe?

— Foi.

— E as varetas não mentem?

— Nunca mentiram para sua mãe.

— Então as pessoas não podem nos machucar — concluiu Stiorra, indicando os cavaleiros do outro lado do vale com a cabeça.

Mas podiam e fariam isso assim que a água baixasse. Havia pouco que eu pudesse fazer para impedir. Eu enviara homens para encontrar cerveja na aldeia inundada, e outros tinham derrubado mais um estábulo para que tivéssemos lenha, mas eu sentia o inimigo intensificando o cerco. À tarde a chuva estava fraca, agora levada por um vento frio do leste. Fiquei olhando do topo da fortificação, e vi cavaleiros em todos os lados. Conforme o crepúsculo escurecia as águas da inundação, vi uma linha de cavalos e cavaleiros no terreno elevado ao norte. Um deles carregava um estandarte, mas o tecido estava tão encharcado que pendia frouxo, e era impossível decifrar de quem era.

Naquela noite o brilho de fogueiras iluminou o céu ao norte. A chuva havia parado, mas de vez em quando um aguaceiro forte caía rancoroso na escuridão. Eu tinha sentinelas vigiando o caminho solitário que levava ao norte, mas ninguém tentou se aproximar no escuro. Estavam satisfeitos em esperar, sabendo que a água baixaria e nós ficaríamos vulneráveis. As pessoas olhavam para mim à luz da lareira no salão. Esperavam um milagre.

Sigunn, minha esposa, mostrava as varetas de runas a Stiorra, mas eu sabia que Sigunn não as compreendia completamente. Havia largado as varetas, e ela e Stiorra observavam o padrão, mas nenhuma das duas sabia o significado. Nada de bom, suspeitei, mas não precisava das varetas para ver o futuro. De manhã o inimigo exigiria duas coisas: Æthelstan e Ælfwynn. Se os entregássemos, seríamos deixados em paz, mas e se eu recusasse?

Finan também sabia disso. Ele se agachou ao meu lado.

— E então?

— Eu gostaria de saber.

— Eles não querem lutar conosco.

— Mas lutarão se for preciso.

Ele assentiu.

— E vai haver muitos deles.

— O que eu vou fazer — falei — é casar Uhtred com Ælfwynn. O padre Cuthbert pode fazer isso.

— O senhor pode fazer isso, o que apenas convidará Eardwulf a matar Uhtred e tornar Ælfwynn viúva. Eardwulf não se importará em se casar com uma viúva se ela trouxer a Mércia para ele.

Finan estava certo.

— Então você vai pegar seis homens e levar Æthelstan para longe.

— O inimigo está por todos os lados.

— Amanhã à noite — avisei. — No escuro.

Ele fez que sim de novo, mas sabia tanto quanto eu que estávamos escarrando para o alto. Eu havia tentado e fracassado. Levara meus homens, suas esposas, suas famílias e tudo que possuíamos para este forte inundado no meio da Mércia, e meus inimigos nos cercavam. Se eu estivesse bem de saúde, se fosse o Uhtred que comandara homens na batalha contra Cnut, esses inimigos estariam nervosos, porém eles sabiam que eu estava fraco. Tinha despertado medo em homens um dia, mas agora era eu quem o sentia.

— Se sobrevivermos a isso — disse a Finan —, quero encontrar Cuspe de Gelo.

— Porque ela vai curar o senhor?

— Sim.

— E vai mesmo.

— Mas como? — perguntei, com ar soturno. — Algum dinamarquês desgraçado está com ela sabe-se lá onde.

Finan me encarou, depois meneou a cabeça negativamente.

— Um dinamarquês?

— Com quem mais estaria?

— Não pode ser um dinamarquês — declarou ele, franzindo o cenho. — O senhor desceu o morro para encontrar Cnut e ele subiu a encosta.

— Disso eu me lembro.

— O senhor e ele lutaram em terreno aberto. Não havia dinamarqueses por perto. E, quando o senhor o matou, os dinamarqueses fugiram. Fui o primeiro a alcançá-lo.

Eu não me lembrava disso, mas, afinal de contas, eu lembrava muito pouco daquela luta, a não ser a surpresa súbita da espada de Cnut na lateral de meu corpo e o grito que dei quando cortei sua garganta.

— E os dinamarqueses não podem ter pego a espada de Cnut — continuou Finan — porque não chegaram perto do corpo.

— Então quem chegou?

— Nós. — Finan estava franzindo a testa. — Cnut estava no chão com o senhor em cima, a espada dele cravada nas suas costelas. Eu puxei o senhor e arranquei a espada, mas não fiquei com ela. Estava mais preocupado com o senhor. Mais tarde procurei a espada, mas havia sumido. Depois não pensei mais nisso.

— Então ela está aqui — falei em voz baixa, sugerindo que a espada estava em algum lugar da Britânia saxã. — Quem mais estava com você?

— Meu Deus! Todos desceram o morro. Nossos homens, os galeses, o padre Pyrlig, o padre... — Ele parou abruptamente.

— O padre Judas — terminei para Finan.

— Claro que ele veio! — exclamou enfaticamente. — Ele estava preocupado com o senhor. — O padre Judas. O homem que fora meu filho. Hoje em dia ele se dizia outra coisa. — Ele não iria feri-lo — acrescentou Finan, sério.

— Ele já o fez — respondi com violência.

— Não foi ele — retrucou Finan com segurança.

Mas, quem quer que o tivesse feito, havia vencido. Porque eu estava encurralado e o alvorecer mostrou que as águas da inundação baixavam. A água espumava na ponte romana, com árvores e galhos presos nos arcos, ao passo que as estradas nas duas margens do rio continuavam inundadas. Essas águas mantinham os homens dos morros ao sul e ao oeste longe do forte. Porém o maior contingente estava ao norte. Eram os guerreiros que poderiam atacar direto, vindo pela estrada romana, e havia pelo menos cento e cinquenta deles na pequena elevação acima da campina inundada. Alguns esporearam os cavalos para o meio da enchente, mas abandonaram a tentativa quando a água subiu acima dos estribos. Agora se contentavam em esperar, andando de um lado para o outro do horizonte ou apenas sentados na encosta mais próxima, olhando para nós. Eu podia ver padres com batinas pretas por lá, mas a maioria dos homens era de guerreiros, com as cotas de malha e os elmos cinza no dia nublado.

No meio da tarde a água havia se esvaído de boa parte da estrada, que ficava alguns palmos acima dos campos. Doze cavaleiros esporearam vindo do morro. Havia dois padres, dois porta-estandartes, e o restante era de guerreiros. A bandeira maior exibia o cavalo branco de Æthelred, e a menor tinha um santo segurando uma cruz.

— Mércia e a Igreja — disse Finan.

— Nenhum saxão ocidental — observei.

— Eles mandaram Eardwulf para fazer o trabalho sujo?

— Ele é quem tem mais a ganhar e mais a perder.

Respirei fundo, preparando-me para a dor, e subi na sela. Osferth, Finan e meu filho já estavam montados. Nós quatro estávamos vestidos para a guerra, embora, como os homens que vinham do norte, não carregássemos escudos.

— Vamos levar um estandarte? — perguntou meu filho.

— Não os lisonjeie — respondi rispidamente, e instiguei meu cavalo.

A entrada do forte ficava acima do nível da água, mas após alguns metros os cavalos estavam espadanando com água até as juntas das quartelas. Afastei-me uns oitenta ou noventa passos do forte e ali puxei as rédeas e esperei.

Eardwulf comandava os mércios. Seu rosto moreno estava sério, emoldurado por um elmo enfeitado com serpentes de prata que se retorciam em volta

A senhora da Mércia

do crânio de metal. Usava uma capa de linho branco com acabamento em arminho sobre a cota de malha polida, e a bainha da espada era de couro embranquecido com acabamento de tiras de prata. Tinha uma pesada corrente de ouro no pescoço, de onde pendia uma cruz de ouro cravejada de ametistas. Havia um padre de cada lado dele, os dois montando cavalos menores. Suas batinas pretas se arrastaram na enchente e pendiam, pingando, junto aos estribos. Eram os gêmeos Ceolnoth e Ceolberht que, cerca de trinta anos antes, foram capturados pelos dinamarqueses junto comigo, um destino que eu havia abraçado, ao passo que os gêmeos passaram a sentir um ódio profundo por todos os pagãos. Eles também me odiavam, especialmente Ceolberht, cujos dentes eu tinha arrancado com um chute, mas pelo menos isso significava que agora eu era capaz de diferenciar os dois. A maioria dos cavaleiros parou a cinquenta passos de distância, mas Eardwulf e os gêmeos continuaram até que suas montarias confrontaram as nossas na estrada inundada.

— Trago uma mensagem do rei Eduardo — anunciou Ceolnoth sem nenhuma saudação. — Ele diz que o senhor deve...

— Trouxe seus cachorrinhos para latir por você? — perguntei a Eardwulf.

— Ele diz que o senhor deve retornar a Gleawecestre — continuou Ceolnoth, levantando a voz — com o menino Æthelstan e a sobrinha do rei, Ælfwynn.

Olhei para os três durante alguns instantes. O vento trouxe algumas gotas, fortes e rápidas, mas a chuva passou praticamente assim que começou. Olhei para o céu, esperando que a chuva recomeçasse porque, quanto mais a enchente durasse, mais tempo eu tinha, porém as nuvens na verdade estavam ficando menos carregadas. Finan, Osferth e meu filho estavam me observando, esperando minha resposta a Ceolnoth, mas eu simplesmente virei meu cavalo.

— Vamos — chamei.

— Senhor Uhtred! — gritou Eardwulf.

Esporeei o cavalo. Eu teria rido, se não doesse tanto. Eardwulf gritou de novo, mas já estávamos distante o suficiente para não ouvir, galopando pela entrada do forte.

— Deixe-os tentar entender isso — eu disse.

Eardwulf ficaria confuso. Havia pensado em testar minha decisão, talvez até esperando que eu obedecesse a um chamado do rei saxão ocidental, mas minha recusa de até mesmo falar com ele sugeria que teria de lutar, e eu sabia que Eardwulf relutaria em fazer um ataque. Ele podia estar em maior número, numa relação de pelo menos três para um, mas sofreria sérias baixas em qualquer luta, e nenhum homem iria querer enfrentar guerreiros como Finan. Eardwulf sequer poderia ter certeza de que todos os seus homens lutariam; muitos deles haviam servido sob meu comando em anos anteriores e se sentiriam relutantes em atacar meus escudos. Lembrei-me do homem de barba preta na porta de Gleawecestre; ele era mércio, jurado a Æthelred e Eardwulf, mas sorrira para mim e ficara satisfeito em me ver. Seria difícil convencer homens assim a lutar contra mim. E, ainda que Eardwulf fosse um guerreiro e tivesse uma reputação, não inspirava lealdade em seus homens. Ninguém falava das conquistas de Eardwulf, dos homens que ele havia matado em combate direto. Era um líder muito inteligente, mas deixava que outros fizessem o trabalho sujo da matança, e por isso não inspirava lealdade. Æthelflaed inspirava, e ouso dizer que eu também.

Eardwulf ainda nos olhava quando apeei. Ficou encarando mais um tempo, depois virou o cavalo e voltou para o terreno seco. Esse terreno aumentava à medida que a água baixava, e, conforme as horas da tarde passavam, outras notícias ruins chegavam. Mais homens, vindos do norte, se juntaram a Eardwulf. Supus que fossem patrulhas que estivessem nos procurando, mas que teriam sido chamadas de volta. Ao crepúsculo havia mais de duzentos homens no morro baixo, e a água havia baixado quase completamente.

— Eles virão ao amanhecer — anunciou Finan.

— É provável — concordei.

Alguns homens de Eardwulf poderiam relutar, no entanto, quanto mais guerreiros ele reunisse, mais era provável que atacassem. Os relutantes ficariam na segunda fileira, esperando que os outros suportassem o pior da luta. Enquanto isso os padres os instigariam a um fervor sagrado, e Eardwulf prometeria saques. E Eardwulf precisava atacar. Para mim estava claro que Eduardo e Æthelhelm não desejavam participar dessa luta. Eles poderiam tomar a Mércia quando quisessem, mas Eardwulf corria o risco de perder a herança de

Æthelred. Se fracassasse, os saxões ocidentais iriam deixá-lo sozinho, por isso precisava da vitória. Ele viria ao amanhecer.

— E se ele atacar à noite? — perguntou meu filho.

— Ele não vai fazer isso. Estará escuro como breu. Eles vão chapinhar na água, vão se perder. Eardwulf pode enviar homens para nos incomodar, mas colocaremos sentinelas na estrada.

Além disso acendemos fogueiras no alto da fortificação, derrubando os dois últimos estábulos para usar a madeira. Eardwulf podia ver minhas sentinelas indo e vindo à luz dessas chamas, mas eu duvidava de que soubesse que eu tinha homens postados mais perto de sua posição. Nenhum deles foi incomodado. Eardwulf não precisava realizar um ataque arriscado na escuridão da noite, quando tinha homens para me dominar ao amanhecer.

Uma estrela surgiu no céu pouco antes da alvorada. Finalmente as nuvens estavam se dissipando, levadas por um frio vento leste. Eu havia pensado em mandar Osferth e quarenta cavaleiros para o outro lado da ponte, porque havia menos inimigos na margem sul do rio. Planejava enviar Æthelstan, sua irmã e Ælfwynn com eles, e deixar que corressem para o leste na direção de Lundene enquanto eu ficava para desafiar Eardwulf, mas ele se antecipou. Com as primeiras luzes se derramando pela borda do mundo, vi quarenta cavaleiros esperando logo do outro lado da ponte. Lá já quase não havia mais cheia. O sol nasceu brilhando num mundo úmido. Os campos estavam meio verdes e meio tomados por poças rasas. Gaivotas vieram do mar distante e formavam bandos acima da terra encharcada.

— É uma pena — comentei com Finan, apontando para os cavaleiros que bloqueavam a ponte. Nós dois estávamos a cavalo no portão do antigo forte.

— É uma pena — concordou ele.

Era o destino, pensei. Apenas o destino. Acreditamos que controlamos nossa vida, mas os deuses brincam conosco como crianças com bonecos de palha. Pensei na frequência com que eu havia manipulado inimigos para que caíssem em armadilhas, na alegria de impor minha vontade a um adversário. O inimigo acredita que tem opções, depois descobre que não tem nenhuma, e agora era eu quem estava na armadilha. Eardwulf me cercara, estava em superioridade numérica e tinha previsto meu único gesto desesperado: escapar atravessando a ponte.

— Ainda há tempo de casar Ælfwynn com seu filho — avisou Finan.

— E, como você disse, isso será apenas um convite para Eardwulf matá-lo para se casar com a viúva.

O sol lançava sombras compridas nos campos molhados. Eu conseguia ver os homens de Eardwulf montando os cavalos no alto do morro ao norte. Agora carregavam escudos. Escudos e armas.

— É com Æthelstan que me preocupo — eu disse. Virei-me para olhar para o menino, que me olhou de volta com uma expressão corajosa. Ele estava condenado, pensei. Æthelhelm cortaria a garganta de Æthelstan num piscar de olhos. Chamei-o.

— Senhor? — Ele me encarou.

— Fracassei com você — declarei.

— Não, senhor, nunca.

— Quieto, rapaz, e escute. Você é filho de um rei. É o primogênito. Nada em nossas leis diz que o primogênito deve ser o próximo rei, mas o ætheling tem mais direito de reivindicar o trono que qualquer outra pessoa. Você deveria ser o rei de Wessex depois de seu pai, mas Æthelhelm quer ver seu meio-irmão no trono. Você entendeu?

— Claro, senhor.

— Fiz um juramento de proteger você e fracassei. Por isso, senhor príncipe, peço desculpas.

Ele piscou quando o chamei de "príncipe". Eu nunca havia me dirigido a ele como alguém da realeza. O menino abriu a boca como se fosse falar, mas não encontrou nada para dizer.

— Agora tenho uma opção — falei. — Posso lutar, mas estamos em menor número e essa é uma batalha que não podemos vencer. No meio da manhã haverá cem homens mortos aqui, e você será feito prisioneiro. Eles planejam mandá-lo a um mosteiro do outro lado do mar, e em dois ou três anos, quando você tiver sido esquecido em Wessex, vão matá-lo.

— Sim, senhor — concordou ele com um sussurro.

— A outra opção é me render — eu disse, e a palavra era como bile em minha boca. — Se eu fizer isso, vivo para lutar outro dia. Vivo para levar embarcações à Nêustria. Vou encontrar você e resgatá-lo.

E essa, pensei, era uma promessa quase tão concreta quanto a brisa de uma manhã de inverno, mas o que mais eu poderia dizer? A verdade, pensei com tristeza, era que Eardwulf provavelmente cortaria a garganta do menino e poria a culpa em mim. Esse seria o presente dele a Æthelhelm.

Æthelstan olhou para além de mim. Observava os cavaleiros no morro distante.

— Eles vão deixar o senhor viver?

— Se você fosse Eardwulf, deixaria?

Ele meneou a cabeça.

— Não — respondeu, sério.

— Você será um bom rei. Eles vão querer me matar, mas não querem realmente lutar comigo. Eardwulf não quer perder metade dos homens, por isso provavelmente deixará que eu viva. Ele vai me humilhar, mas vou viver.

Porém eu não iria me render com tanta facilidade. Pelo menos podia convencê-lo de que lutar comigo significava perder homens, e talvez isso tornasse os termos da rendição mais fáceis. Próximo ao forte, no sul, o rio fazia uma curva, e mandei todas as nossas mulheres e crianças esperar na campina inundada, cercada pela curva do rio. Os guerreiros formaram uma parede de escudos diante delas, uma parede de escudos que simplesmente se estendia de um trecho da margem do rio ao outro. Naquela direção, pelo menos, Eardwulf só podia atacar pela frente. Isso igualaria um pouco a luta, mas ele tinha tamanha superioridade numérica que eu não conseguia me imaginar vencendo. Precisava apenas atrasá-lo. Eu enviara aqueles três rapazes para encontrar ajuda. Talvez ela estivesse vindo. Ou talvez Tor descesse de Asgard e usasse seu martelo nos meus inimigos.

Finan e eu esperamos a cavalo diante da parede de escudos. Os homens atrás de nós, como suas famílias, estavam com a água da enchente até os tornozelos. Os cavalos e a bagagem ainda estavam no forte. Tudo que eu trouxe para a curva do rio foi meu tesouro, os sacos de couro com ouro e prata. Quase tudo que eu possuía e quase tudo que todos amavam agora estava preso no laço de forca formado pela curva do rio.

As Senhoras do Destino riam de mim, aquelas três megeras ao pé da árvore que decidem nossa vida. Toquei o martelo pendurado no pescoço. Uma leve névoa pairava sobre os campos encharcados enquanto o sol subia mais. Em algum lugar do outro lado do rio um cordeiro baliu.

E Eardwulf trouxe suas forças do morro.

Cinco

Eardwulf veio com um aparato de guerra completo, armado e com armadura, o elmo com a serpente enrolada brilhando, o cavalo vestido com uma manta escarlate com borlas douradas que roçavam no resto da água da enchente. Seu escudo exibia o cavalo empinado de Æthelred, e eu me perguntei por quanto tempo esse símbolo continuaria pintado nas tábuas de salgueiro. Assim que tivesse se casado com Ælfwynn e fosse confirmado como herdeiro das terras e da fortuna de Æthelred, sem dúvida Eardwulf encontraria seu próprio símbolo. E qual seria? Se eu fosse ele, pegaria meu estandarte da cabeça de lobo, encharcaria em sangue e colocaria uma cruz em cima para mostrar que havia me derrotado. Seria Eardwulf, o Conquistador, e eu tive uma súbita visão de sua ascensão, não somente para dominar a Mércia mas talvez toda a Britânia. Será que Eduardo e Æthelhelm sabiam que víbora eles alimentavam?

Wyrd bið ful āræd. O destino é inexorável. Recebemos o poder e o perdemos. Eu estava ferido e ficando velho, minhas forças se esvaíam. Estava vendo o novo homem, o novo senhor, e ele parecia formidável à medida que seus homens avançavam pelos campos meio inundados, espalhando as gaivotas. Ele havia colocado seus guerreiros numa linha de batalha, estendida pela campina encharcada, mais de duzentos homens em grandes cavalos. Todos estavam com equipamento de guerra completo, com elmos, carregando escudos, as pontas de lanças brilhantes surgindo nítidas em meio à névoa fraca que se dissipava conforme o sol subia. Os sacerdotes acompanhavam Eardwulf, juntando-se ao redor de dois porta-estandartes que levavam a bandeira do cavalo empinado de Æthelred e uma bandeira de santo Osvaldo, com um esqueleto de um braço só segurando uma cruz vermelha.

— Há uma mulher lá — informou Finan.

— Deve ser a irmã dele — respondi.

Eadith havia sido amante de Æthelred. Disseram-me que ela era tão ambiciosa e ardilosa quanto o irmão, e sem dúvida estava ali para desfrutar da vitória dele, que seria muito mais doce por acontecer às minhas custas. Eu era odiado, e sabia disso. Parte era por minha culpa: sou arrogante. Assim como Eardwulf iria saborear sua vitória, eu havia saboreado todas as vitórias da minha vida. Vivemos num mundo onde o mais forte vence, e o mais forte deve esperar que não gostem dele. Ainda por cima sou pagão, e, apesar de os cristãos ensinarem que devemos amar os inimigos, poucos amam.

— Se você pudesse recomeçar sua vida, o que faria de modo diferente? — perguntei a Finan.

Ele me lançou um olhar curioso.

— É uma pergunta estranha.

— Mas o que você faria?

Finan deu de ombros.

— Mataria meu irmão mais novo — resmungou.

— Na Irlanda?

— Onde mais?

Ele jamais falava do que o expulsara da Irlanda, mas havia uma amargura em suas palavras.

— Por quê? — perguntei, mas Finan não disse nada. — Talvez devêssemos ir até lá.

Ele me lançou um sorriso breve e sem divertimento.

— O senhor está querendo morrer agora, não é? — perguntou, depois olhou de volta para os cavaleiros que se aproximavam. — Parece que seu desejo será concedido. O senhor vai lutar contra eles?

— É a única ameaça que tenho.

— Mas vai lutar?

— Não é possível fazer uma ameaça vazia, você sabe.

Ele assentiu.

— Verdade. — Ficou observando os homens de Eardwulf com a mão direita acariciando o punho da espada. — E o que o senhor faria diferente? — perguntou depois de um tempo.

— Cuidaria melhor dos meus filhos.

Finan sorriu com a resposta.

— O senhor tem bons filhos. E é melhor permanecer vivo para cuidar deles agora, o que significa que não vai lutar na primeira fileira.

— Não vou... — comecei.

— O senhor não está forte o bastante! — insistiu ele. — Ficará na segunda fileira, e eu vou matar aquele desgraçado filho de uma puta antes que me matem.

— A não ser que eu o mate antes — interveio meu filho. Eu não tinha percebido que ele se juntara a nós, e fiquei sem graça com o que havia acabado de dizer. — Mas há uma coisa que sei sobre Eardwulf — disse Uhtred. — Ele jamais luta na primeira fileira. — Em seguida afrouxou Bico do Corvo na bainha, depois levou aos lábios a cruz pendurada no pescoço. — Teremos de abrir caminho até ele.

— Você e eu — disse Finan.

— Vamos fazer exatamente isso — concluiu Uhtred com ar lupino. Ele parecia feliz. Estava em menor número, diante da morte ou da desgraça, e parecia feliz.

Observamos Eardwulf, sua irmã e os padres saírem da estrada e virem diagonalmente pelos campos encharcados na direção da curva do rio onde esperávamos. Eardwulf ergueu a mão para parar seus homens a cem passos de distância, mas ele e seus companheiros fizeram os cavalos continuarem pela água rasa, parando a dez passos de nós.

— Senhor Uhtred — cumprimentou Eardwulf. Sua voz estava abafada pelas grandes placas do elmo de prata, que quase cobriam a boca.

Não falei nada.

— Você vai entregar... — começou o padre Ceolnoth.

— Quieto! — exclamou Eardwulf com rispidez e autoridade surpreendentes. O padre o olhou, atônito, mas ficou em silêncio.

Eardwulf afastou as placas de cima do rosto.

— Viemos para levar o menino Æthelstan e a senhora Ælfwynn de volta a Gleawecestre. — Ele falava baixo e em tom razoável.

— O príncipe Æthelstan foi posto sob os cuidados da senhora Æthelflaed — declarei. — Estou levando-o para ela, e levando a filha dela também.

— O marido da senhora Æthelflaed tomou outra decisão — retrucou Eardwulf.

— A senhora Æthelflaed não tem marido.

Ele pareceu espantado com isso, mas se recuperou com bastante rapidez.

— O senhor ouve boatos, senhor Uhtred.

— O senhor Æthelred está morto — afirmei.

— Ele vive — reagiu Eardwulf rispidamente, mas eu estava olhando para a irmã dele e pude ver a verdade de minhas palavras no rosto dela.

Eadith era linda. Eu estava preparado para odiá-la, mas quem poderia odiar uma mulher tão bela? Não era de se espantar que tivesse encontrado riqueza e poder. Eu sabia que ela era filha de um thegn do sul da Mércia, um homem que não tinha grande riqueza ou posição, mas ela se tornara amante de Æthelred, por isso, junto do irmão, tinha crescido em status e influência. Eu havia esperado uma pessoa ríspida, combinando com os boatos de sua ambição astuciosa, mas o rosto pálido de Eadith era inteligente, e seus olhos verdes reluziam com lágrimas. Seu cabelo era profundamente ruivo, em sua maioria escondido sob uma touca de arminho que combinava com a capa branca que ela usava sobre o vestido de linho verde-claro.

— A senhora não deveria estar usando luto? — perguntei.

Ela não respondeu, apenas desviou o olhar para o leste, onde o sol tremeluzia sobre o que restava da cheia. A luz refletida criava ondulações em seu rosto.

— A saúde do senhor Æthelred não é da sua conta — retrucou Eardwulf. — Ele deseja que sua filha retorne, assim como o menino.

— E meu desejo é levá-los à senhora Æthelflaed — respondi.

Eardwulf sorriu. Era um brutamontes bonito e com muita autoconfiança. Olhou para além de mim, para onde meus homens estavam de pé em sua parede de escudos.

— Neste momento, senhor Uhtred, meus desejos prevalecerão.

O trono vazio

Ele estava certo, é claro.

— Quer testar isso?

— Não — respondeu ele, e sua honestidade me surpreendeu. — Não quero que vinte ou trinta dos meus homens morram e muitos outros sejam feridos. E também não quero que todos os seus homens morram. Só quero o menino, a irmã dele e a senhora Ælfwynn.

— E se eu deixar que você os leve?

— Eles ficarão em segurança — mentiu ele.

— E você simplesmente vai embora?

— Não exatamente.

Eardwulf sorriu de novo. Os gêmeos Ceolnoth e Ceolberht me encaravam, furiosos. Eu podia ver que os dois queriam intervir, presumivelmente para cuspir ameaças em mim, mas Eardwulf estava calmo, sob controle. Sua irmã continuava olhando para o leste, mas de repente se virou e olhou para mim. Vi a tristeza em seu rosto. Ela havia gostado de meu primo? Ou estaria lamentando a ruína de seu poder? O favor de Æthelred a tornara rica e influente, mas e agora? Apenas as ambições do irmão poderiam salvar seu futuro.

— Não exatamente — repetiu Eardwulf, obrigando-me a me voltar de novo para ele.

— Não exatamente?

O cavalo de Eardwulf balançou a cabeça, e ele o acalmou, passando a mão enluvada no pescoço musculoso do animal.

— Ninguém o subestima, senhor Uhtred. O senhor é o maior guerreiro de nosso tempo. Saúdo-o. — Ele fez uma pausa, como se esperasse um comentário, mas apenas o encarei. — Se eu simplesmente o deixasse em paz, esperaria que fosse tentar resgatar o menino Æthelstan. Talvez a senhora Ælfwynn também? — Eardwulf fez disso uma pergunta, mas de novo não falei nada.

— Então o senhor vai me entregar todas as suas armas e todos os seus cavalos, e me dará seus filhos como reféns em troca de sua boa conduta.

— Além disso será exilado! — O padre Ceolnoth não conseguiu mais se conter. — Você poluiu a terra cristã por tempo demais!

Eardwulf ergueu a mão para conter a ira do padre.

— Como diz o padre Ceolnoth — ele ainda falava em tom razoável —, o senhor deve sair de Wessex e da Mércia.

Meu coração se apertava.

— Mais alguma coisa? — perguntei com raiva.

— Mais nada, senhor — respondeu Eardwulf.

— Você espera que eu lhe entregue minha espada? — perguntei com raiva.

— Ela lhe será devolvida. Em seu devido tempo.

— Você quer o príncipe Æthelstan, a princesa Eadgyth, a senhora Ælfwynn, meu filho e minha filha?

— E juro pela cruz que seus filhos não sofrerão nenhum mal enquanto o senhor se mantiver longe da Mércia e de Wessex.

— E você quer nossos cavalos e nossas armas — continuei.

— E tudo isso será devolvido.

— Em seu devido tempo — cuspi.

— Meu Deus — disse Finan em voz baixa.

— E se eu não lhe der o que você deseja? — indaguei.

— Então sua história termina aqui, senhor Uhtred.

Fingi pensar nos termos propostos por Eardwulf. Esperei por um longo tempo. O padre Ceolnoth ficou impaciente e duas vezes começou a falar, mas nas duas Eardwulf o silenciou. Ele esperou, certo de que sabia minha resposta e igualmente certo de que eu só odiava dizê-la. Por fim, assenti.

— Então você pode ter o que quer — falei.

— Sábia decisão, senhor Uhtred — disse Eardwulf. Sua irmã me olhou franzindo a testa, como se eu tivesse acabado de fazer algo inesperado.

— Mas, para ter o que quer — acrescentei —, você precisa pegar.

E com essas palavras virei meu garanhão e me dirigi para a parede de escudos. Eardwulf gritou algo enquanto eu me afastava, mas não consegui entender o que era. Os escudos se afastaram e Finan, meu filho e eu passamos. A dor me golpeou enquanto eu apeava, e senti o pus escorrendo do ferimento. Doía. Encostei a cabeça coberta pelo elmo em meu cavalo, esperando a agonia passar. Devia parecer que eu estava rezando, o que de fato fazia. Odin, Tor, ajudem-nos! Até mesmo toquei a cruz de prata no cabo de Bafo de Serpente, presente de uma antiga amante, e fiz uma oração ao deus cristão. Todos eles têm poder, todos os deuses, e eu precisava da ajuda deles. Empertiguei-me e vi que Finan e meu filho tinham ido para o centro da primeira fileira. Se eles conseguissem matar Eardwulf, seríamos capazes de alcançar uma vitória nesse desastre.

Eardwulf ainda nos observava, depois disse algo à irmã e se virou para seus homens. Olhei-os apear e erguer os escudos. Vi meninos chegarem para pegar os cavalos e os guerreiros formarem uma parede de escudos, juntando-os, sobrepondo-os, arrastando os pés para firmar a parede.

Fiquei na segunda fileira, e soube que deveria me render. Iríamos perder de qualquer modo, então por que fazer viúvas e órfãos? Acho que eu havia pensado que Eardwulf poderia optar por não lutar, ou que seus homens relutariam em me atacar, mas estava errado, e, pior, ele sabia exatamente o que fazer. Eardwulf não traria sua parede de escudos para se opor à minha; em vez disso, demorou mudando sua formação, transformando a parede numa cabeça de porco, uma cunha, apontada para meu flanco direito. Ele iria nos atacar, impelindo sua força em uma das extremidades da parede, e, quando a rompesse, cercaria os sobreviventes e seria uma carnificina na curva do rio.

— Vamos nos virar para Eardwulf conforme ele avançar — ordenou Finan, tacitamente assumindo o comando de meus homens. — Assim que vierem, vamos atacar a lateral da cunha.

— E vamos para cima de Eardwulf — acrescentou meu filho.

Eardwulf permanecera montado na parte de trás da cunha, de modo que, se por algum milagre rompêssemos seus homens, ele poderia fugir do perigo.

— Já rompi cabeças de porco antes — disse Finan, tentando passar confiança a meus homens. — Basta atacar a lateral que elas desmoronam!

— Não — retruquei em voz baixa.

— Senhor?

— Não posso matar meus homens — eu disse a Finan. — Quer eu lute ou não, Eardwulf terá o que deseja.

— Então vai se render?

— Que opção eu tenho? — perguntei com amargura.

Eu estava tentado a deixar que Finan girasse nossa parede de escudos para atacar o flanco direito da cunha de Eardwulf. Seria uma luta extraordinária, e mataríamos um bom número de mércios, mas no fim o peso dos números venceria por si. Eu não tinha alternativa. Era uma atitude amarga e vergonhosa, mas estaria jogando fora a vida de meus homens, meus homens bons e leais.

— Parece que o senhor pode ter uma chance — comentou Finan, e vi que ele estava olhando para além de Eardwulf, na direção da colina ao norte. — Está vendo?

Havia mais cavaleiros no morro.

Uma trombeta soou. Era um toque melancólico, esvaindo-se antes que fosse tocada pela segunda vez. Eardwulf, ainda a cavalo, virou-se.

Vinte cavaleiros tinham aparecido no morro distante. A trombeta havia sido tocada por um deles. Os cavaleiros estavam reunidos sob um estandarte, mas a falta de vento o fazia pender frouxo. Enquanto olhávamos, vi outros três estandartes aparecerem. Quatro segurados por quatro cavaleiros arrumados ao longo do topo da colina. Cada um dos três novos porta-estandartes estava acompanhado por um grupo de cavaleiros armados, mas quaisquer outros homens que seguissem as bandeiras permaneceram na encosta distante, de modo que não conseguíamos vê-los. O que conseguíamos ver era o cinza das cotas de malha e o brilho do sol se refletindo em pontas de lanças e elmos.

Eardwulf olhou para mim, depois de volta para o topo do morro. Ele sabia contar. Não havia regra com relação a isso, mas um estandarte sugeria cem homens, e havia quatro bandeiras atrás dele. Os cavaleiros que surgiram no início agora haviam cavalgado de volta, escondendo-se como os outros na encosta distante, mas os estandartes permaneceram. Então a trombeta tocou uma terceira vez, e quatro cavaleiros apareceram no topo. Acompanhados apenas por um porta-estandarte, desceram a encosta em nossa direção.

— Quem são eles? — perguntou Finan.

— Quem sabe? — eu disse. Eardwulf pareceu igualmente perplexo, porque me olhou de novo antes de virar o cavalo e instigá-lo de volta para a estrada.

— Homens de Æthelhelm? — sugeri, mas, se Æthelhelm tivesse enviado homens, por que eles não acompanharam Eardwulf? Eu suspeitava que

Æthelhelm e Eduardo haviam decidido deixar Eardwulf resolver a confusão que eu causara. Eles não queriam saxões ocidentais lutando contra mércios. Era melhor deixar os mércios lutarem entre si.

E os cavaleiros que se aproximavam eram mércios. O porta-estandarte balançou sua bandeira ao cavalgar, e meu coração se encolheu, porque ela exibia o cavalo empinado de Æthelred.

— Que pena — falei com desânimo.

Mas Finan gargalhava. Franzi o cenho para ele, depois olhei de novo enquanto os cinco cavaleiros galopavam, passando por Eardwulf. Os cascos faziam a água das poças jorrar em abundância, branca como a capa do cavaleiro que liderava, então vi por que Finan ria.

O cavaleiro de branco era Æthelflaed.

Ela havia ignorado Eardwulf, passando por ele como se não fosse ninguém. Æthelflaed usava sua cota de malha, sem elmo, e não diminuiu a velocidade ao se aproximar da retaguarda dos homens de Eardwulf. Montava Gast, sua égua cinza, e as patas, a barriga e o peito do animal estavam com uma grossa camada de lama, mostrando o quanto estivera cavalgando nos últimos dois ou três dias. Assim que passou pela cunha de escudos, Æthelflaed virou a égua, fazendo uma grande quantidade de água espirrar. Seu porta-estandarte e três homens puxaram as rédeas ao seu lado. Ela não me olhou, nem eu me movi para me juntar a ela.

— Vocês vão para casa — disse aos homens de Eardwulf. Ela apontou para o sul, para além do forte onde seus homens vigiavam a ponte. — Vão nessa direção, e vão agora.

Nenhum deles se mexeu. Eles ficaram olhando-a, esperando por Eardwulf, que avançou com sua montaria.

— Seu marido decidiu... — começou ele, em um tom severo.

— O marido dela está morto! — gritei por cima dele.

— Seu marido... — recomeçou Eardwulf.

— Está morto! — gritei mais alto ainda, e me encolhi quando minhas costelas inferiores foram laceradas pela dor.

Æthelflaed se virou e olhou para mim. Pude ver, pela sua expressão, que ela não sabia da morte de Æthelred. Eu mesmo não tinha plena certeza, contava apenas com a palavra de Ælfwynn, mas suspeitava de que a jovem dissera a verdade. Æthelflaed continuava franzindo o cenho para mim, esperando um sinal, e eu assenti.

— Ele está morto, senhora — repeti.

Æthelflaed fez o sinal da cruz e se virou de novo para a parede de escudos de Eardwulf.

— O senhor de vocês está morto — declarou aos homens. — O senhor Æthelred está morto. Lamentamos o acontecimento e mandaremos rezar missas por sua alma, que Deus a tenha. E agora o dever de vocês é ir para casa. Portanto vão!

— Senhora... — começou Eardwulf outra vez.

— Quem comanda aqui? — interrompeu ela com violência. — Você ou eu?

Era uma boa pergunta, e Eardwulf não podia responder. Dizer que Æthelflaed era a soberana seria se dobrar à sua autoridade, e afirmar que ele comandava seria usurpar o domínio de toda a Mércia. Sua pequena reivindicação de poder dependia do casamento com Ælfwynn e do apoio dos saxões ocidentais, e as duas coisas estavam lhe escapando. E Æthelflaed era irmã do rei de Wessex. Atacá-la ou desafiá-la eram riscos que poderiam virar o apoio de Eduardo contra ele. Eardwulf perdera e sabia disso.

— Meu marido tinha apreço por sua obediência — comentou Æthelflaed outra vez para a cunha de escudos. — E ele desejaria que essa obediência continuasse. Vou permanecer com a obra dele até que o Witan decida quem deve assumir as responsabilidades de Æthelred. Até lá, espero sua obediência e seu apoio.

Notei que alguns homens a observavam enquanto outros desviavam o olhar, e achei que estes últimos eram jurados a Eardwulf, não a Æthelred. Talvez um terço deles parecesse desconfortável, mas o restante, como eu, parecia aliviado.

— Você — Æthelflaed olhou para Eardwulf — permanecerá no comando de minha guarda pessoal e irá levá-la de volta a Gleawecestre. Eu irei segui-lo. Vá, agora. Vá!

Ele hesitou. Eu conseguia ouvir seus pensamentos naquele momento. Eardwulf pensava — ousava pensar — em desembainhar a espada e atacar

Æthelflaed. Ela estava tão perto! Os homens de Æthelflaed continuavam na colina distante, longe demais para oferecer ajuda imediata, ele tinha todos os seus homens diante dos meus poucos, e ela estava esmagando suas esperanças. Eardwulf estava calculando o futuro. Será que o apoio de Æthelhelm bastaria para protegê-lo da fúria de Eduardo caso ele matasse Æthelflaed? Subitamente sua boca ficou séria, os olhos estreitados. Ele a encarou, ela retribuiu, e vi a mão direita de Eardwulf ir para o punho da espada, mas Ceolnoth também notou, e o sacerdote segurou o antebraço dele.

— Não, senhor — ouvi o padre Ceolnoth dizer. — Não!

— Vou encontrá-lo em Gleawecestre — declarou Æthelflaed com a voz firme.

Eardwulf se virou. Todo o seu futuro havia se tornado incerto naquele instante e ele perdera. E com isso foi embora com seus homens. Lembro-me de observar incrédulo e sentir uma onda de alívio quando os guerreiros de Eardwulf pegaram seus cavalos e, sem uma palavra, atravessaram a ponte e desapareceram ao sul.

— Meu Deus do céu — ofegou Finan.

— Ajude-me a montar — pedi a meu filho, e ele me colocou na sela, onde prendi o fôlego até que a dor passasse.

Æthelflaed sinalizou para meus homens abrirem espaço para que ela se juntasse a nós.

— É verdade? — perguntou ela. Æthelflaed não me saudou, apenas fez a pergunta direta.

— Acho que sim.

— Você acha!

— Sua filha ouviu a notícia, embora Eardwulf tenha negado.

— Mas não a irmã dele — observou Finan. — Ela estava chorando. Estava lamentando.

— Ele morreu na véspera do dia de Æthelwold — continuei —, na noite anterior ao casamento.

— É verdade, mãe. — Ælfwynn havia se juntado a nós, parecendo nervosa.

Æthelflaed olhou da filha para Finan, depois para mim. Eu assenti.

— Ele morreu. Querem manter isso em segredo, mas morreu.

A senhora da Mércia

— Que Deus lhe dê descanso — disse Æthelflaed, e fez o sinal da cruz. — E que Deus me perdoe.

Havia lágrimas em seus olhos; eu não sabia se eram por Æthelred ou por seus próprios pecados, nem iria perguntar. Ela balançou a cabeça abruptamente e me encarou. Seu rosto estava sério, quase dolorido, por isso as palavras seguintes me surpreenderam.

— Como você está? — perguntou em voz baixa.

— Sentindo dor, é claro. E feliz porque a senhora veio. Obrigado.

— Claro que eu vim. — Agora havia raiva em sua voz. — Casar Ælfwynn com Eardwulf! Fazer isso com a própria filha! — Era por isso que Æthelflaed estivera viajando para o sul. Como eu, ela mantinha pessoas na corte de Æthelred, e assim recebera uma mensagem em Ceaster assim que o casamento fora anunciado. — Eu sabia que não poderia chegar a Gleawecestre a tempo, mas precisava tentar. Então encontramos seus homens indo para o norte.

Eram os condutores das carroças que bloquearam as ruas de Gleawecestre. Essas carroças provavelmente não foram necessárias porque a perseguição de Eardwulf tinha demorado para começar, mas os homens deram a Æthelflaed a notícia de que eu havia roubado sua filha do palácio de Æthelred e estava indo para o norte pela estrada que passava em Alencestre.

— Depois disso — continuou ela — foi preciso apenas encontrar vocês.

— Quantos homens a senhora trouxe?

— Trinta e dois. Precisei deixar o restante para defender Ceaster.

— Trinta e dois? — Eu parecia atônito, e de fato estava. Olhei para o norte e vi os cavaleiros descendo o morro. Tinha esperado centenas, mas eram alguns poucos. — E as quatro bandeiras?

— Três eram capas penduradas em galhos de freixo.

Quase gargalhei, mas iria doer muito.

— Então aonde vamos agora? — perguntei em vez disso. — De volta a Ceaster?

— Ceaster! — Ela quase cuspiu o nome. — A Mércia não é governada de Ceaster. Vamos para Gleawecestre.

— E Eardwulf está à nossa frente.

— E daí?

— Você vai mantê-lo como comandante da guarda pessoal?
— Claro que não.

Olhei para o sul, na direção em que Eardwulf tinha ido.

— Talvez devêssemos tê-lo tomado como prisioneiro, não?
— Com que direito? Pelo que eu sabia, ele ainda comandava as tropas do meu marido. E os homens dele poderiam lutar em sua defesa.
— Poderiam — eu disse. — Mas ele ainda tem uma chance. Eardwulf sabe que, caso mate a senhora e se case com Ælfwynn, será o senhor da Mércia. E dentro de uma hora também vai saber que temos menos de metade dos homens dele.
— Ele vai nos vigiar?
— Claro que vai — respondi. — Eardwulf devia ter batedores nos observando.

Æthelflaed olhou para o sul, como se procurasse os homens de Eardwulf.

— Então por que ele não me matou imediatamente?
— Porque nem todos os homens dele iriam obedecer e porque achou que a senhora havia trazido duzentos ou trezentos homens para a colina. E, se a senhora tivesse trazido tamanho contingente, ele mesmo morreria. Mas agora? Agora Eardwulf sabe que não tem nada a perder.

Ela franziu a testa para mim.

— Você acha mesmo que ele vai nos atacar? — Æthelflaed parecia incrédula.
— Ele não tem opção. Tem um dia para alcançar suas ambições. Um dia e uma noite.
— Então você terá de impedi-lo — declarou ela simplesmente.

E cavalgamos para o sul.

Nem todos viajamos para o sul. Deixei nossa bagagem e as famílias no forte com vinte e cinco homens para protegê-los e Osferth outra vez no comando.

— Quando as estradas estiverem em condições para as carroças — ordenei a ele —, continue indo para Ceaster.
— Para Ceaster? — Osferth pareceu surpreso.

— Para onde mais seria?

— Certamente é seguro voltar para Fagranforda.

Balancei a cabeça.

— Vamos para o norte.

Eu estava abandonando o sul. Meu território é a Nortúmbria, uma terra ao norte, onde os harpistas tocam alto nos salões para erguer as canções acima do som do vento selvagem que sopra do mar frio. Uma terra ao norte, de longas noites de inverno, morros escarpados e penhascos altos, uma terra de pessoas fortes e solo raso. Os dinamarqueses haviam se espalhado para o sul através da Britânia, expulsando os soberanos saxões da Nortúmbria, da Mércia e da Ânglia Oriental, e agora estávamos empurrando-os de volta. A Mércia estava quase livre, e, se eu vivesse, veria nossos exércitos saxões ainda mais ao norte, sempre ao norte, até que todo homem, mulher e criança que falasse a língua saxã seria liderado por um dos seus. Esse era o sonho de Alfredo, e havia se tornado o meu, mesmo eu amando os dinamarqueses, cultuando seus deuses e falando seu idioma. Então por que eu lutava contra eles? Por causa dos juramentos que tinha feito a Æthelflaed.

Vivemos segundo juramentos. Enquanto cavalgávamos para o sul noite adentro, pensei nos homens que seguiam Eardwulf. Quantos teriam feito um juramento a ele? E quantos haviam jurado aliança a Æthelred, e não a Eardwulf? E quantos desembainhariam uma espada contra Æthelflaed? E Eardwulf ousaria matá-la? Ele havia adquirido bastante poder, mas mal conseguia controlá-lo. Dependera do favor de Æthelred e agora dependia de se casar com sua filha. Se conseguisse isso, herdando a riqueza de Æthelred, com o apoio dos saxões ocidentais, seria o homem mais rico da Mércia, o senhor da terra, mas sem Ælfwynn ele não era nada, e, quando um homem precisa escolher entre tudo ou nada, tem poucas opções.

— Talvez ele não mate a senhora — eu disse a Æthelflaed enquanto íamos para o sul.

— Por que não?

— Muitos mércios amam a senhora. Eardwulf perderia simpatia.

Ela deu um sorriso sombrio.

— Então o que ele vai fazer? Me tomar como esposa, em vez de minha filha?

— É uma possibilidade. — Eu não pensara nisso. — Mas acho que a senhora seria obrigada a ir para um convento. Eduardo e Æthelhelm aprovariam.

Æthelflaed cavalgou em silêncio por algum tempo.

— Talvez eles estejam certos — disse, desanimada. — Talvez eu devesse me retirar para um convento.

— Por quê?

— Sou uma pecadora.

— E seus inimigos não são? — questionei com rispidez.

Ela não respondeu. Estávamos cavalgando por uma floresta de bétulas. O terreno era mais elevado e não havia áreas inundadas. Havia batedores bem à frente, e, mesmo sabendo que Eardwulf também teria homens nos procurando, eu tinha certeza de que os meus eram melhores. Lutávamos contra os dinamarqueses há tanto tempo que havíamos nos tornado hábeis nesse trabalho. Eu dissera a meus homens para deixar os cavaleiros de Eardwulf nos verem, mas que não permitissem que eles soubessem que estavam sendo vigiados, porque eu estava preparando uma armadilha. Até agora ele havia sido mais esperto que eu, mas esta noite Eardwulf se tornaria minha vítima. Virei-me na sela, encolhendo-me com a dor súbita.

— Rapaz! — gritei para Æthelstan. — Venha cá!

Eu havia feito Æthelstan cavalgar conosco. Minha filha e Ælfwynn também vieram. Eu pensara em mandar as jovens com Osferth, mas queria que elas ficassem sob minha supervisão. Além disso, com guerreiros como Finan, elas estavam protegidas. E, mais importante, eu precisava de Ælfwynn para servir de isca. Mesmo assim era perigoso trazer Æthelstan, porque tínhamos muito mais chances de ser atacados que os homens de Osferth, mas essa luta também tinha a ver com ele, que precisava conhecê-la, vê-la, cheirá-la e sobreviver a ela. Eu estava treinando o menino para ser não apenas um guerreiro, mas um rei.

— Estou aqui, senhor — disse ele, contendo o cavalo para acompanhar nosso passo.

— Consigo sentir seu cheiro, por isso não precisa dizer que está aí.

— Sim, senhor. — Æthelflaed estava montada em sua égua entre nós.
— Como se chama este reino, rapaz?
Ele hesitou, procurando o ardil na pergunta.
— Mércia, senhor.
— E a Mércia faz parte da...?
— Britânia, senhor.
— Então me fale da Britânia.
Ele olhou para a tia, mas Æthelflaed não ofereceu ajuda.
— A Britânia, senhor, é uma terra de quatro povos.
Esperei.
— Só isso? — perguntei. — É só isso que você sabe? Uma terra de quatro povos? — Imitei a voz dele, fazendo-a parecer patética. — Seu earsling sujo. Esforce-se mais.
— Ao norte estão os escoceses — continuou Æthelstan rapidamente —, e eles nos odeiam. A oeste estão os galeses, e eles nos odeiam, e o restante é dividido entre nós e os dinamarqueses, que também nos odeiam.
— E nós odiamos os galeses, os escoceses e os dinamarqueses?
— Todos são inimigos nossos, senhor, e a Igreja diz que devemos amá-los.
Æthelflaed gargalhou. Fiz uma careta de desagrado.
— Você os ama? — perguntei.
— Eu os odeio, senhor.
— Todos eles?
— Talvez não os galeses, senhor, porque eles são cristãos, e enquanto ficarem nas montanhas podemos ignorá-los. Não conheço os escoceses, senhor, mas os odeio porque o senhor diz que são ladrões e mentirosos de bunda suja, e acredito em cada palavra que o senhor diz. E sim, odeio os dinamarqueses.
— Por quê?
— Porque eles tomariam nossa terra.
— Não tomamos a terra dos galeses?
— Sim, senhor, mas eles permitiram que o fizéssemos. Deveriam ter rezado mais e lutado com mais vontade.
— Então se os dinamarqueses tomarem nossas terras a culpa é nossa?

O trono vazio

— Sim, senhor.
— Então como podemos impedi-los? Rezando?
— Rezando, senhor, e lutando contra eles.
— Mas como lutamos contra eles? — perguntei. Um batedor havia retornado e virou seu cavalo para andar ao meu lado. — Pense na resposta enquanto falo com Beadwulf.

Beadwulf era um homem pequeno e magro, um dos meus melhores batedores. Era saxão, mas pintara linhas no rosto com tinta, como os dinamarqueses gostavam de fazer. Muitos de meus homens haviam adotado esse costume, usando um pente com dentes afiados para riscar tinta de seiva de carvalho nas bochechas e na testa. Eles acreditavam que isso os deixava ameaçadores. Eu acreditava que eles pareciam suficientemente ameaçadores sem a tinta.

— Então, encontrou um lugar? — perguntei a Beadwulf.

Ele fez que sim.

— Há um lugar que pode servir, senhor.

— Diga.

— Uma fazenda. Salão pequeno e celeiro grande. Há umas dez pessoas lá, mas nenhuma paliçada.

— E ao redor do salão?

— Em sua maioria pasto, senhor, e um pouco de terra arável.

— E os homens de Eardwulf estão nos vigiando?

Ele riu.

— Três, senhor, desajeitados feito bezerros. Meu menino de 5 anos poderia se sair melhor.

— Qual é a distância da floresta até o salão?

— Um disparo de arco, talvez dois.

Ainda era cedo demais para que eu quisesse fazer uma parada, mas a descrição de Beadwulf parecia ideal para o que eu tinha em mente.

— A que distância fica daqui?

— Uma hora de caminhada, senhor.

— Leve-nos até lá.

— Sim, senhor. — Ele esporeou até ficar à frente dos homens, onde Finan estava.

— Então, rapaz. — Voltei a olhar para Æthelstan. — Diga como combatemos os dinamarqueses.

— Construindo burhs, senhor.

— Os burhs protegem a terra ao redor e mantêm o povo em segurança. Mas o que nos faz conseguir terras?

— Guerreiros, senhor.

— E os guerreiros são comandados por...?

— Senhores — respondeu ele, confiante.

— E que senhores vêm liderando os guerreiros contra os dinamarqueses, rapaz?

— Meu pai, senhor? — Æthelstan falou em tom de pergunta porque sabia que não era a resposta certa, embora fosse a resposta política.

Assenti.

— Onde ele lutou contra os dinamarqueses?

— Na Ânglia Oriental, senhor.

E era verdade até certo ponto. As forças saxãs ocidentais estavam concentradas em Lundene, que fazia fronteira com a Ânglia Oriental dinamarquesa, e havia escaramuças constantes nas terras ao norte e a leste da cidade.

— Assim, seu pai luta contra os dinamarqueses no leste. Quem luta contra eles no norte?

— O senhor — respondeu ele, com confiança.

— Estou velho e aleijado, sua merdinha de sapo fedorenta com cérebro de vento. Quem luta contra os dinamarqueses no norte da Mércia?

— A senhora Æthelflaed.

— Bom. Essa é a resposta certa. Agora imagine que a Mércia e Wessex tenham sido atingidas por uma grande tragédia porque você acabou de se tornar rei dessas terras. O rei Æthelstan, com ranho no nariz e ainda mijando nas calças, está no trono. Você tem duas guerras para lutar. Uma contra a Ânglia Oriental e a outra no norte da Mércia. Nem mesmo um rei pode estar em dois lugares ao mesmo tempo. Então em quem você confiaria para lutar contra eles no norte?

— Na senhora Æthelflaed — respondeu ele sem hesitar.

— Bom! Então, como rei de Wessex e talvez também da Mércia, você sugeriria que a senhora Æthelflaed fosse para um convento por ser viúva? — Æthelstan franziu a testa, sem graça por eu lhe fazer essa pergunta. — Responda! — exclamei rispidamente. — Você é o rei! Precisa tomar esse tipo de decisão!

— Não, senhor!

— Por que não?

— Porque ela sabe lutar, senhor. E é a única que luta contra os dinamarqueses.

— Aqui termina seu catecismo — anunciei. — Agora suma da minha frente.

— Sim, senhor. — Ele riu e esporeou, avançando.

Sorri para Æthelflaed.

— Você não vai para um convento. O próximo rei de Wessex acaba de tomar a decisão.

Ela gargalhou.

— Se ele viver — disse Æthelflaed.

— Se algum de nós viver.

O terreno subia suavemente. A floresta era densa, interrompida por fazendas, mas no fim da tarde chegamos ao salão e ao celeiro que Beadwulf havia descrito. A propriedade ficava a uns cem passos da estrada romana e serviria. Serviria muito bem.

Era o lugar para minha armadilha.

O velho se chamava Lidulf. Eu o chamo de velho, mas ele provavelmente era mais jovem que eu; no entanto, uma vida inteira cavando valas, derrubando árvores, arrancando ervas daninhas, arando campos, cortando lenha e criando animais o havia deixado de cabelo branco, encurvado e meio cego. Meio surdo também.

— O senhor quer o quê? — gritou ele.

— Sua casa — gritei de volta.

— Trinta anos — declarou ele.

— Trinta anos?

— Estou aqui há trinta anos, senhor!

— E vai ficar aqui mais trinta! — Mostrei ouro a ele. — É todo seu.

Ele acabou entendendo. Não ficou feliz, mas eu não esperava que ficasse. Provavelmente perderia seu salão, o celeiro e muitas outras coisas; em troca, eu lhe daria mais que o suficiente para reconstruir tudo duas vezes. Lidulf, sua esposa de voz estridente, um filho um pouco velho com a perna incapacitada e oito pessoas escravizadas viviam no pequeno salão que compartilhavam com três vacas leiteiras, duas cabras, quatro porcos e um cão sarnento que rosnava sempre que algum de nós se aproximava da lareira. Parte do celeiro estava destruída, com tábuas podres e a palha do teto cheia de ervas daninhas, mas era apenas um abrigo para os cavalos, e havia o suficiente de pé para esconder nossos animais dos batedores de Eardwulf, que os viram sendo levados pelo portão e provavelmente presumiram que estavam tendo as selas retiradas. Caminhamos entre as duas construções. Mandei meus homens falarem alto, gargalharem, tirarem as cotas de malha e os elmos. Alguns dos mais novos começaram a lutar em meio a gritos de incentivo e de zombaria, e os perdedores eram jogados num laguinho de patos.

— Elas nos dão ovos! — gritou Lidulf para mim.

— Ovos?

— Ovos de pata! — Ele sentia orgulho de suas patas poedeiras. — Gosto de ovo de pata. Não tenho mais dentes, está vendo? Não consigo comer carne, por isso como ovos de pata e sopa.

Garanti que Stiorra, Ælfwynn e Æthelstan assistissem às lutas. Beadwulf, que podia deslizar por uma floresta como um fantasma, informou-me que dois homens de Eardwulf espiavam das árvores.

— Eu poderia ter tirado as espadas das bainhas deles e eles nem notariam, senhor.

Outros três batedores informaram que o próprio Eardwulf estava a cerca de três quilômetros ao norte. Ele havia parado assim que seus batedores lhe disseram que tínhamos encontrado abrigo para a noite.

— O senhor estava certo. — Eadric, um de meus dinamarqueses, um homem tão hábil quanto Beadwulf em se esconder, voltou para o salão ao crepúsculo. — Estão em dois grupos, um maior que o outro.

— Quantos?
— Trinta e quatro estão com Eardwulf, senhor.
— Os outros estão relutantes?
— Parecem arrasados, senhor.
— Trinta e quatro é o suficiente — falei.
— O suficiente para quê? — perguntou minha filha.

Estávamos no salão. Os homens que se molharam no laguinho dos patos estavam com as roupas secando perto do fogo, que havíamos alimentado com madeira fresca, de modo que ardia intensamente.

— O suficiente para queimar um salão — expliquei.

Fazia anos que eu não via um salão queimar. Poucos homens são capazes de matar muitos se agirem direito, e eu tinha certeza de que era o plano de Eardwulf. Ele esperaria o coração da noite, a hora mais escura, e traria brasas num pote de barro. A maioria de seus homens esperaria do lado de fora do salão, enquanto uns poucos iriam para a face sul e soprariam vida nas brasas. Então colocariam fogo na palha. Até palha úmida queima se for alimentada com bastante fogo, e, assim que as chamas pegam, espalham-se depressa, enchendo o salão com fumaça e pânico. As pessoas correm até a porta, indo parar nas espadas e lanças que as aguardam. Os que permanecem no interior da construção queimam até morrer e o grande salão desmorona e os enormes caibros caem. O risco, é claro, era Ælfwynn morrer no incêndio, mas Eardwulf devia acreditar que afastaríamos as mulheres do perigo primeiro, entregando-as aos braços dele. Era um risco que precisaria correr, porque esta noite escura era sua única chance. Como alguém que perdia nos dados, Eardwulf arriscaria tudo numa única jogada.

— Reze — pedi a Æthelflaed.
— Eu sempre rezo — retrucou ela com mordacidade.
— Reze pela escuridão — insisti fervorosamente. — Pela escuridão densa. Pela escuridão absoluta. Reze pedindo nuvens sobre a lua.

Fiz os homens cantarem, gritarem e rirem. Com exceção de três batedores escondidos na borda da floresta, estavam todos no salão, usando cotas de malha, elmos e escudos, o fogo ardente reluzindo no metal das pontas de lança e nas bossas dos escudos. Eles ainda cantavam à medida que a noite

A senhora da Mércia

caía, com o cão sarnento uivando junto das músicas berradas. E, enquanto as nuvens pelas quais eu havia rezado chegavam, enquanto a lua era amortalhada e a noite ficava tão escura quanto as ambições de Eardwulf, mandei os homens saírem em pequenos grupos. Eles foram até o celeiro, encontraram um cavalo, qualquer cavalo, e levaram os animais para o sul. Eu os mandara ser silenciosos, porém me parecia que cada grupo fazia mais barulho que homens bêbados cambaleando por uma rua à meia-noite, mas sem dúvida os sons não significavam muito para os homens de Eardwulf que, segundo meus batedores, estavam se reunindo nas árvores mais ao norte. Segui com Æthelflaed e as jovens protegido por Finan e quatro homens. Encontramos alguns cavalos arreados e os conduzimos pelas rédeas até podermos montar e cavalgar para o sul, para o abrigo na escuridão da floresta de bétulas. Sihtric e seis homens levaram Lidulf, a mulher, o filho e os escravizados noite adentro. A velha reclamava com sua voz estridente, mas seu barulho era abafado pela cantoria rouca dos homens que ficaram no salão.

Por fim havia apenas seis homens cantando, comandados por meu filho. Foram os últimos a sair, fechando a grande porta do salão e seguindo para o celeiro, onde encontraram os cavalos que sobraram. Eles ainda cantavam. A última canção desvaneceu na hora mais escura. Eu havia esperado levar os homens de Eardwulf a crer que fora uma noite de bebedeira no salão, uma noite de gritos e cantos, cerveja e gargalhadas. Uma noite para a matança.

E esperamos no meio das árvores.

E esperamos. Uma coruja arrulhou. Em algum lugar uma raposa regougou.

E esperamos.

Seis

À NOITE O TEMPO passa mais devagar. Anos antes, quando eu era criança, meu pai perguntou ao nosso padre por que era assim, e o padre Beocca, o querido padre Beocca, fez um sermão sobre isso no domingo seguinte. Segundo ele, o sol era a luz do deus cristão, que é rápida, ao passo que a lua é a lâmpada que viaja pela escuridão do pecado. Todos nós, explicou ele, damos passos mais lentos à noite porque não podemos ver, portanto, a noite se move mais devagar que o dia porque o sol se move no brilho cristão, ao passo que a noite tropeça na escuridão do diabo. O sermão fez pouco sentido para mim, mas, quando pedi ao padre Beocca que explicasse, ele me deu um tapa na altura da orelha com sua mão debilitada e disse para eu me concentrar em ler como são Cuthbert batizou um bando de papagaios-do-mar. No entanto, seja qual for o motivo, o tempo é mesmo mais vagaroso à noite e os papagaios-do-mar vão para o céu, ou pelo menos os que tiveram a sorte de conhecer são Cuthbert.

— Existem arenques no céu? — lembro-me de ter perguntado ao padre Beocca.

— Creio que não.

— Então o que os papagaios-do-mar comem, se não há nenhum peixe?

— Nenhum de nós come no céu. Em vez disso cantamos as glórias de Deus.

— Não comemos?! Só cantamos para sempre?

— E sempre, amém.

Na época isso pareceu chato. Ainda parece chato, quase tão chato quanto esperar na escuridão um ataque que eu tinha certeza de que viria, mas que parecia que nunca iria acontecer. Estava tudo tão silencioso, a não ser pelo suspiro do vento nas copas das árvores e, de vez em quando, o som de homens ou cavalos mijando. Uma coruja arrulhou durante um tempo, depois ficou quieta.

E no silêncio vieram as dúvidas. E se Eardwulf tivesse previsto a armadilha? Será que neste momento estaria levando seus cavaleiros pela floresta escura para nos atacar no meio das árvores? Eu disse a mim mesmo que era impossível. As nuvens se adensaram, ninguém conseguiria andar pela floresta sem tropeçar em alguma coisa. Convenci-me de que era mais provável que ele tivesse abandonado a ambição, que tivesse aceitado a derrota, e que eu estava impondo desconforto e medo aos meus homens sem motivo.

Tremíamos. Não por estar frio, mas porque é à noite que fantasmas, duendes, elfos e gnomos vêm para Midgard. Eles rondam em silêncio na escuridão. Podemos não os ver, e nunca iremos ouvi-los a não ser que queiram, mas eles estão ali, coisas malignas da escuridão. Meus homens estavam em silêncio, temerosos, não de Eardwulf e seus guerreiros, mas das coisas que não conseguimos ver. E com os temores vinham as lembranças, a memória da morte de Ragnar num terrível incêndio num salão. Eu era uma criança, tremendo com Brida no morro, observando o grande salão arder e desmoronar, ouvindo os gritos da morte de homens, mulheres e crianças. Kjartan e seus homens cercaram o salão e massacraram os que fugiam do fogo, todos menos as jovens, que podiam ser tomadas e usadas, assim como a adorável filha de Ragnar, Thyra, que fora estuprada e envergonhada. No fim ela encontrara a felicidade se casando com Beocca, e ainda vivia, agora era freira. Eu nunca havia conversado com ela sobre aquela noite de fogo em que seus pais morreram. Eu amara Ragnar. Ele havia sido meu verdadeiro pai, o dinamarquês que me ensinara a ser homem, e ele morrera naquelas chamas. Sempre torci para que tivesse alcançado a espada antes de ser morto, de modo que estivesse em Valhala para ver quando me vinguei por ele, matando Kjartan no topo de uma colina no norte. Ealdwulf tinha morrido naquele incêndio; seu nome tão similar ao de meu mais novo inimigo. Ealdwulf fora o ferreiro em Bebbanburg, a fortaleza que me foi roubada por meu tio, mas ele fugira de lá para me seguir, e havia sido Ealdwulf quem forjara Bafo de Serpente, trazendo-a à vida em sua enorme bigorna.

Tantos mortos. Tantas vidas retorcidas pelo destino, e agora recomeçamos a dança. A morte de Æthelred havia despertado ambições, a cobiça de Æthelhelm ameaçava a paz, ou talvez fosse minha teimosia que tentava atrapalhar as esperanças dos saxões ocidentais.

— O que você está pensando? — perguntou Æthelflaed numa voz que mal passava de um sussurro.

— Que preciso encontrar o homem que tirou Cuspe de Gelo de Teotanheale — respondi igualmente baixo.

Ela suspirou, embora talvez fosse o vento nas folhas.

— Você deveria se submeter a Deus — declarou por fim.

Sorri.

— Você não falou sério. Só sente necessidade de dizê-lo. Além disso, não estou pensando numa magia pagã. Encontrar a espada foi uma recomendação do padre Cuthbert.

— Às vezes me pergunto se o padre Cuthbert é um bom cristão.

— Ele é um bom homem.

— Sim, ele é.

— Então um bom homem pode ser um mau cristão?

— Imagino que sim.

— Então um homem mau pode ser um bom cristão? — Ela não respondeu.

— Isso explica metade dos bispos — continuei. — Wulfheard, por exemplo.

— Ele é um homem muito competente.

— Mas ganancioso.

— É — admitiu ela.

— Por poder, por dinheiro. E por mulheres.

Æthelflaed ficou em silêncio durante um tempo.

— Vivemos num mundo de tentações — falou finalmente. — E poucos de nós não somos maculados pelos dedos do demônio. E o demônio trabalha com mais afinco com os homens de Deus. Wulfheard é um pecador, mas quem de nós não é? Você acha que ele não conhece os próprios defeitos? Que não reza para ser redimido? Ele tem servido bem à Mércia. Administrou a lei, manteve o tesouro cheio, deu conselhos sábios.

— E também queimou meu lar — eu disse com rancor. — E, pelo que sabemos, conspirou com Eardwulf para que você fosse morta.

Ela ignorou essa acusação.

— Existem muitos padres bons — retrucou em vez disso. — Muitos homens decentes que alimentam os famintos, cuidam dos doentes e confortam os infelizes. Freiras também! Muitos religiosos bons.

— Eu sei — respondi, e pensei em Beocca e Pyrlig, em Willibald e Cuthbert, na abadessa Hild, mas esses homens e mulheres raramente alcançavam o poder na Igreja. Eram os espertos e ambiciosos como Wulfheard que predominavam. — O bispo Wulfheard quer que você saia do caminho. Quer ver seu irmão como rei da Mércia.

— E isso é tão ruim assim?

— É, se eles a colocarem num convento.

Æthelflaed refletiu por pouco tempo.

— A Mércia não tem um rei há trinta anos — disse ela. — Æthelred foi o soberano durante a maior parte desse tempo, mas apenas porque meu pai permitiu. Agora você diz que ele morreu. E quem vai sucedê-lo? Não tivemos um filho. Quem é melhor que meu irmão?

— Você.

Ela não disse nada por um longo tempo.

— Você consegue ver algum ealdorman apoiando o direito de uma mulher ser uma soberana? — perguntou enfim. — Algum bispo? Algum abade? Wessex tem um rei, e Wessex manteve a Mércia viva nesses trinta anos, então por que não unir os reinos?

— Porque os mércios não querem.

— Alguns não. A maioria não quer. Eles gostariam de que um mércio fosse o soberano do reino, mas gostariam de ter uma mulher no trono?

— Se for você, sim. Eles a adoram.

— Alguns sim, muitos não. E todos achariam que ter uma mulher como soberana não é algo natural.

— Não é natural — eu disse. — É ridículo! Você deveria tecer lã e ter bebês, não liderar um reino. Mas ainda assim você é a melhor opção.

— Ou meu irmão Eduardo.

— Ele não é um guerreiro como você.

— Ele é o rei — retrucou ela com simplicidade.

— Então você vai simplesmente entregar o reino a Eduardo? Oi, irmão, aqui está a Mércia.

— Não — respondeu ela em voz baixa.

— Não?

— Por que você acha que vamos a Gleawecestre? Haverá uma reunião do Witan, tem de haver, e vamos deixá-lo escolher.

— E você acha que vão escolher você?

Æthelflaed fez uma pausa por um longo tempo, e senti que ela sorriu.

— Acho — disse ela por fim.

Gargalhei.

— Por quê? Você acabou de dizer que nenhum homem apoiará o direito de uma mulher ser uma soberana, então por que escolherão você?

— Porque você pode estar velho, debilitado e ser cabeça-dura e irritante, mas eles ainda o temem, e você vai convencê-los.

— Vou?

— Sim, você vai.

Eu sorri na escuridão.

— Então é melhor tratarmos de sobreviver a esta noite — falei, e nesse momento ouvi o som inconfundível de um casco batendo numa pedra no terreno arado a norte de nossa posição.

A espera acabou.

Eardwulf estava sendo cauteloso. A porta do salão era voltada para o norte, o que significava que o lado sul era uma grande parede de madeira sem aberturas. Assim, ele conduziu os homens para o campo ao sul, onde não poderiam ser vistos por nenhuma sentinela que eu tivesse posicionado na porta do salão. Ouvimos aquela primeira batida do casco, depois outras, em seguida o tilintar baixo dos arreios. Prendemos a respiração. Não conseguíamos ver nada, só ouvir os homens e os cavalos que estavam entre nós e o salão. Então, de repente, houve luz.

Houve um clarão, uma irrupção súbita de chamas que pareceu muito mais próxima do que eu havia esperado. Percebi que Eardwulf estava acendendo as tochas bem longe do salão. Seus homens não estavam distantes das árvores, e a iluminação repentina me fez pensar que seriam capazes de nos ver, mas nenhum deles prestava atenção ao emaranhado de sombras da floresta. A primeira tocha se inflamou, depois outras seis foram acesas, um feixe de palha acendendo o outro. Eles esperaram até que todas as sete estivessem queimando ferozmente, então elas foram entregues a sete cavaleiros.

— Vão — escutei nitidamente, depois vi os sete incendiários galopando pelo pasto. Eles seguravam as tochas afastadas do corpo, com as fagulhas voando para trás. Os homens de Eardwulf os seguiram.

Instiguei meu cavalo até a beira da floresta e parei. Meus homens esperavam comigo enquanto as tochas resplandecentes eram lançadas no teto do salão e os homens de Eardwulf apeavam e desembainhavam as espadas.

— Um de meus ancestrais atravessou o mar — eu disse — e capturou a rocha onde Bebbanburg foi construída.

— Bebbanburg? — perguntou Æthelflaed.

Não respondi. Estava olhando para as sete tochas, que agora pareciam fracas. Por um momento pareceu que o teto do salão não iria queimar, mas então as chamas se propagaram conforme encontravam a palha mais seca por baixo da camada exterior úmida, composta por palha muito entrelaçada. Assim que a camada inferior pegou fogo, ele se espalhou com uma velocidade terrível. A maioria dos homens de Eardwulf havia formado um cordão em volta da porta fechada do salão, o que significava que estavam escondidos de nós, mas alguns permaneceram a cavalo, e seis outros continuaram no lado sul da construção, para o caso de alguém tentar quebrar a parede e escapar.

— O que Bebbanburg tem a ver com isso? — questionou Æthelflaed.

— O nome de meu ancestral era Ida, o Portador do Fogo — respondi, observando as chamas lúgubres, depois respirei fundo. — Agora — gritei, e desembainhei Bafo de Serpente. Fui atingido pela dor, mas gritei outra vez: — Agora!

Eadric estivera certo: havia pouco mais de trinta homens com Eardwulf. O restante devia ter se recusado a participar do assassinato de Æthelflaed. E trinta homens teriam bastado se estivéssemos dentro do salão. A manhã teria revelado brasas se apagando e fumaça densa, tornando Eardwulf herdeiro de Æthelred, mas, em vez disso, ele era a vítima. Esporeei meu cavalo enquanto meus homens saíam do meio das árvores e galopavam através da escuridão iluminada pelas chamas.

E as esperanças de Eardwulf morreram. Foi repentino e foi uma carnificina. Homens que esperavam pessoas recém-acordadas em pânico saindo pela porta do salão foram, em vez disso, dominados por lanceiros montados irrompendo da noite. Meus homens atacaram pelos dois lados do salão, convergindo para os guerreiros à porta, que não tinham para onde correr. Cortamos com espadas ou perfuramos com lanças. Vi meu filho rachar um elmo com Bico do Corvo, vi o sangue voar à luz do incêndio, vi Finan cravar a lança na barriga de um homem e deixá-la enterrada nas tripas do sujeito antes de desembainhar a espada para encontrar a próxima vítima. Gerbruht usou um machado para esmagar e rachar o crânio de um homem protegido por um elmo, o tempo inteiro berrando em sua língua frísia.

Eu procurava Eardwulf. Æthelflaed galopava à minha frente, e gritei para ela sair da luta. Eu estava tomado pela dor. Virei o cavalo para segui-la e afastá-la, então vi Eardwulf. Ainda estava montado. Ele também vira Æthelflaed, e esporeou sua montaria para ir na direção dela, seguido por alguns de seus homens que também permaneceram montados. Interceptei-o. Æthelflaed desapareceu à minha esquerda, Eardwulf estava à direita, e eu desferi um golpe amplo com Bafo de Serpente que acertou suas costelas, mas não rompeu a cota de malha. Mais dos meus homens chegaram, e Eardwulf puxou as rédeas e bateu com as esporas no cavalo.

— Vão atrás dele! — gritei.

Houve caos. Cavaleiros virando as montarias, homens gritando, alguns tentando se render, todos num redemoinho de fagulhas e fumaça. Era difícil dizer quais homens eram inimigos à luz tremeluzente. Então vi Eardwulf e seus companheiros galopando para longe e parti atrás dele. O fogo era suficientemente forte para iluminar o pasto, lançando compridas sombras pretas dos tufos de capim. Alguns de meus homens me seguiam, gritando como se participassem de uma caçada. Um dos cavalos dos fugitivos tropeçou. O cavaleiro tinha o cabelo comprido e preto, pendendo por baixo do elmo. Ele olhou para trás e me viu alcançando-o, então esporeou desesperadamente enquanto eu tentava perfurar com Bafo de Serpente, mirando a ponta da lâmina na base de sua coluna. Em vez de acertá-lo, a espada atingiu a alta patilha da sela no momento em que o cavalo se virou bruscamente. O animal tropeçou de novo e o homem caiu. Ouvi um grito. Minha montaria se desviou do garanhão que tropeçava, e Bafo de Serpente quase ficou para trás. Meus cavaleiros passaram por mim, cascos lançando torrões de terra úmida, mas agora Eardwulf e seus companheiros remanescentes estavam longe de nós, desaparecendo na floresta ao norte. Xinguei e puxei as rédeas.

— Chega! Parem! — ouvi Æthelflaed gritar, e me virei para o salão em chamas. Eu tinha pensado que ela estava com problemas, mas na verdade estava interrompendo a carnificina. — Não vou matar mais mércios! — gritou ela. — Parem! — Os sobreviventes estavam sendo reunidos e obrigados a entregar as armas.

Fiquei sentado, imóvel, a dor dominando meu peito, mantendo baixa a espada empunhada. O incêndio rugia, todo o teto do salão pegando fogo e enchendo a noite com fumaça, fagulhas e luz cor de sangue. Finan veio para perto de mim.

— Senhor? — perguntou, ansioso.

— Não estou ferido. É só o ferimento antigo.

Ele levou meu cavalo até onde Æthelflaed havia reunido os prisioneiros.

— Eardwulf escapou — avisei.

— Ele não tem para onde ir — disse ela. — Agora ele é um fora da lei.

Uma trave do teto desmoronou, lançando novas chamas mais altas e criando uma chuva de fagulhas reluzentes. Æthelflaed instigou o cavalo na direção dos prisioneiros, quatorze ao todo, que estavam ao lado do salão. Havia seis cadáveres entre o celeiro e o salão.

— Levem-nos e os enterrem — ordenou Æthelflaed. Em seguida olhou para os quatorze homens. — Quantos de vocês juraram lealdade a Eardwulf?

Todos levantaram a mão, menos um.

— Apenas os mate — mandei com raiva.

Ela me ignorou.

— Agora o senhor de vocês é um fora da lei. Se ele viver, vai fugir para um reino distante, para terras pagãs. Quantos de vocês desejam acompanhar seu senhor de juramento?

Ninguém ergueu a mão. Eles ficaram em silêncio, temerosos. Alguns estavam feridos, o couro cabeludo ou os ombros sangrando de cortes de espada feitos pelos cavaleiros que os emboscaram.

— Você não pode confiar neles — eu disse. — Portanto, mate-os.

— Todos vocês são mércios? — perguntou Æthelflaed, e todos assentiram, menos o homem que não havia admitido lealdade a Eardwulf. Os mércios olharam para esse homem, e ele se encolheu. — O que você é? — quis saber Æthelflaed. Ele hesitou. — Diga! — ordenou ela.

— Grindwyn, minha senhora. Sou de Wintanceaster.

— Um saxão ocidental?

— Sim, minha senhora.

Instiguei meu cavalo para mais perto de Grindwyn. Ele era um homem mais velho, devia ter uns trinta ou quarenta verões, com barba bem-aparada, cota de malha cara e uma cruz finamente trabalhada pendendo do pescoço. A cota de malha e a cruz sugeriam ser um homem que havia ganhado prata no correr dos anos, e não algum aventureiro levado a buscar serviço com Eardwulf pela pobreza.

— A quem você serve? — perguntei.

De novo ele hesitou.

— Responda! — gritou Æthelflaed.

Grindwyn ainda hesitava. Dava para ver que ele se sentia tentado a mentir, mas todos os mércios sabiam a verdade, por isso ele falou, relutante:

— Ao senhor Æthelhelm, minha senhora.

Dei uma risada azeda.

— Ele mandou você para garantir que Eardwulf cumprisse com a ordem?

Como resposta ele assentiu, e eu balancei a cabeça para Finan, indicando que ele deveria separar Grindwyn dos outros.

— Mantenha-o em segurança — pedi a Finan.

Æthelflaed olhou para o restante dos prisioneiros.

— Meu marido concedeu grandes privilégios a Eardwulf, no entanto Eardwulf não tinha o direito de fazer com que vocês jurassem lealdade a ele em vez de a meu marido. Ele era vassalo de meu marido e tinha prestado juramento a ele. Mas meu marido está morto, que Deus o tenha, e agora a

A senhora da Mércia

lealdade que vocês deveriam ter oferecido a ele é minha. Algum de vocês se recusa a me conferir essa lealdade?

Eles menearam a cabeça negativamente.

— Claro que vão lhe oferecer lealdade — falei rispidamente. — Os desgraçados querem viver. Apenas os mate.

Ela me ignorou outra vez. Em vez de me responder, olhou para Sihtric, que estava perto de uma pilha de armas capturadas.

— Entregue as espadas deles — ordenou.

Sihtric olhou para mim, mas eu simplesmente dei de ombros, então obedeceu. Ele carregou um punhado de espadas e deixou que os homens escolhessem as suas. Eles ficaram de pé, segurando as armas, ainda inseguros, imaginando se seriam atacados, mas Æthelflaed apeou. Entregou as rédeas do cavalo a Sihtric e caminhou até os quatorze homens.

— Eardwulf lhes ordenou que me matassem? — perguntou.

Eles hesitaram.

— Sim, senhora — respondeu um dos mais velhos.

Æthelflaed gargalhou.

— Então esta é a chance de vocês. — Ela abriu os braços.

— Minha senhora... — comecei.

— Quieto! — exclamou ela rispidamente sem virar a cabeça. E olhou para os prisioneiros. — Ou vocês me matam ou se ajoelham diante de mim e fazem um juramento.

— Proteja-a! — ordenei a meu filho.

— Afaste-se! — disse Æthelflaed a Uhtred, que desembainhara Bico do Corvo e fora para perto dela. — Afaste-se mais! Estes homens são mércios. Não preciso ser protegida contra mércios. — Ela sorriu para os cativos. — Quem entre vocês é o comandante? — perguntou, e, como ninguém respondeu, prosseguiu: — Então quem é o melhor líder entre vocês?

Eles arrastaram os pés, mas por fim dois ou três empurraram o mais velho para a frente. Era o homem que havia confirmado que a ambição de Eardwulf era matar Æthelflaed. Tinha cicatrizes no rosto, barba curta e um olho vesgo. Ele perdera metade de uma orelha na luta e o sangue estava preto no cabelo e no pescoço.

— Qual é seu nome? — perguntou Æthelflaed.

— Hoggar, minha senhora.

— Então por enquanto você comanda estes homens — disse ela, indicando os prisioneiros. — Agora mande-os a mim, um a um, para fazer o juramento.

Æthelflaed ficou parada sozinha à luz das chamas, e seus inimigos se aproximaram, um de cada vez, segurando uma espada, e um de cada vez se ajoelhava e jurava servidão. E, é claro, ninguém ergueu a espada para matá-la. Eu podia ver seus rostos, podia ver como tinham sido seduzidos por ela, como o juramento era sincero. Æthelflaed conseguia fazer isso com os homens. Hoggar foi o último, e pude ver lágrimas em seus olhos quando suas mãos foram pressionadas pelas dela em volta do cabo da espada conforme proferia as palavras que atavam sua vida à de Æthelflaed. Ela sorriu para Hoggar, depois tocou seu cabelo grisalho como se o estivesse abençoando.

— Obrigada — disse, depois se virou para meus homens. — Estes guerreiros não são mais prisioneiros! Agora são meus homens, são seus camaradas e vão compartilhar de nossa fortuna, para o bem ou para o mal.

— Mas não aquele! — gritei, indicando o homem de Æthelhelm, Grindwyn.

— Aquele, não — concordou Æthelflaed, depois tocou a cabeça de Hoggar outra vez. — Cuide de seus ferimentos, Hoggar — disse gentilmente.

E então o décimo quinto prisioneiro foi trazido para a luz das chamas, o cavaleiro de cabelo preto e longo cujo cavalo havia tropeçado à minha frente. O cavaleiro usava uma cota de malha comprida e um elmo finamente cinzelado que Eadric tirou.

Era a irmã de Eardwulf, Eadith.

Ao amanhecer cavalgamos para o acampamento de Eardwulf. Eu não esperava encontrá-lo, e ele realmente não estava. Lá encontramos o restante de seus homens, os que se recusaram a acompanhá-lo durante a noite, sentado ao redor de fogueiras ou então arreando cavalos. Eles entraram em pânico quando aparecemos, alguns subindo nas selas, mas Finan comandou seis homens para impedi-los. Mostrar as espadas bastou para levá-los em fuga de volta para os companheiros. Poucos estavam usando cota de malha e nenhum parecia pronto para lutar, ao passo que meus homens estavam montados, com armaduras e portando armas. Vi alguns guerreiros de Eardwulf fazerem o sinal da cruz, como se esperassem um súbito massacre.

— Hoggar! — gritou Æthelflaed.

— Minha senhora?

— Você e seus homens vão me escoltar. O resto de vocês — ela se virou e olhou diretamente para mim — vai esperar aqui. — Ela insistia que não precisava de proteção contra os mércios. Assim como seduzira Hoggar e seus homens na noite anterior, lançaria seu feitiço no restante das tropas de Eardwulf.

Ela havia ordenado que eu ficasse para trás, mas ainda assim me aproximei o suficiente para ouvir suas palavras. Os padres gêmeos, Ceolberht e Ceolnoth, receberam-na, baixando a cabeça respeitosamente, depois afirmaram que contiveram o restante dos homens de Eardwulf para não se juntarem ao ataque noturno.

— Dissemos a eles, minha senhora, que o que Eardwulf planejava era pecado e que seria punido por Deus — declarou o padre Ceolnoth. Seu gêmeo banguela concordou vigorosamente.

— E vocês disseram a eles que não nos avisar também era pecado? — perguntei em voz alta.

— Queríamos lhe avisar, minha senhora — disse o padre Ceolnoth —, mas ele pôs guardas nos vigiando.

Gargalhei.

— Duzentos de vocês e quarenta deles?

Os dois padres ignoraram a pergunta.

— Agradecemos a Deus por sua vida, senhora — ciciou Ceolberht em vez disso.

— Assim como teriam agradecido a seu Deus pelo sucesso de Eardwulf se ele matasse a senhora Æthelflaed — intervim.

— Basta! — Æthelflaed sinalizou para eu me calar. E olhou de novo para os dois padres. — Fale sobre meu marido — exigiu ela.

Ambos hesitaram, entreolhando-se, depois Ceolnoth fez o sinal da cruz.

— Seu marido está morto, minha senhora.

— Foi o que ouvi dizer — disse ela, mas senti seu alívio ao ver que o que até então fora um mero boato era confirmado. — Rezarei pela alma dele.

— Assim como todos nós — disse Ceolberht.

— Foi uma morte pacífica — contou o outro gêmeo. — E ele recebeu os sacramentos com graça e calma.

— Então meu senhor Æthelred partiu para receber sua recompensa celestial — comentou Æthelflaed, e eu bufei, segurando uma risada.

Ela me lançou um olhar de advertência e depois, escoltada apenas pelos homens que poucas horas antes tentaram matá-la, cavalgou no meio das outras tropas mércias. Aqueles homens tinham sido os guerreiros da guarda de seu marido, supostamente os melhores da Mércia, por anos foram seus inimigos jurados, e, embora não conseguisse ouvir o que ela dizia, eu os vi se ajoelharem. Finan se juntou a mim, inclinando-se sobre o arção da sela.

— Eles a amam.

— Amam, sim.

— E agora?

— Agora vamos torná-la soberana da Mércia.

— Como?

— Como você acha? Matando qualquer filho da mãe que se opuser.

Finan sorriu.

— Ah — disse ele —, usando persuasão!

— Exato.

Mas primeiro precisávamos ir a Gleawecestre, e cavalgamos para lá com mais de trezentos homens vigorosos, guerreiros que, algumas horas antes, haviam lutado uns contra os outros. Æthelflaed ordenou que seu estandarte fosse alçado ao lado da bandeira do marido. Ela dizia nos lugares por onde passávamos que sua família continuava à frente da Mércia, mas ainda não sabíamos se os homens que esperavam em Gleawecestre concordariam com essa reivindicação. Além disso eu imaginava como Eduardo de Wessex receberia a ambição da irmã. Ele era o único que poderia atrapalhá-la de fato, e Æthelflaed iria obedecer ao irmão porque ele era um rei.

As respostas para essas questões precisariam esperar, porém, enquanto cavalgávamos, procurei os padres gêmeos porque eu tinha perguntas a fazer a

A senhora da Mércia

eles. Os dois se eriçaram quando esporeei meu cavalo ficando entre seus dois capões. Ceolberht, cuja boca eu havia arruinado, tentou instigar o cavalo para longe, mas eu me inclinei e segurei as rédeas.

— Vocês dois estiveram em Teotanheale — eu disse.

— Estivemos — respondeu Ceolnoth, desconfiado.

— Uma grande vitória — acrescentou o irmão. — Graças a Deus.

— Concedida pelo Deus Todo-Poderoso ao senhor Æthelred — concluiu Ceolnoth, tentando me irritar.

— Não ao rei Eduardo? — perguntei.

— A ele também, sim — disse Ceolnoth apressadamente. — Que Deus seja louvado.

Eadith cavalgava ao lado de Ceolnoth, vigiada por dois de meus homens. Ainda usava a cota de malha sobre a qual pendia uma cruz de prata brilhante. Ela devia pensar que os dois padres eram aliados porque apoiaram Æthelred com tanta determinação. Eadith olhou para mim, mal-humorada, sem dúvida imaginando o que eu planejava fazer com ela, embora na verdade eu não tivesse planos.

— Para onde acha que seu irmão foi? — perguntei.

— Como eu saberia, senhor? — retrucou ela com voz fria.

— Você sabe que ele agora é um fora da lei?

— Presumi isso — respondeu ela com desdém.

— Quer se juntar a ele? Quer apodrecer num vale de Gales talvez? Ou ficar tremendo em alguma choupana escocesa?

Ela fez uma careta, mas não disse nada.

— A senhora Eadith pode encontrar refúgio num santo convento — sugeriu o padre Ceolnoth.

Eu a vi estremecer, e sorri.

— Ela pode se juntar à senhora Æthelflaed talvez? — perguntei a Ceolnoth.

— Se o irmão dela o desejar — respondeu ele, rigidamente.

— É o costume as viúvas buscarem o abrigo de Deus — interveio Ceolberht.

— Mas a senhora Eadith não é uma viúva. — Enchi a palavra "senhora" de escárnio. — Ela é uma adúltera, assim como a senhora Æthelflaed. — Ceolnoth olhou para mim, chocado. O que eu dissera era de conhecimento geral, mas ele não esperava que fosse dito em voz alta. — Assim como eu — acrescentei.

— Deus oferece proteção aos pecadores — disse Ceolnoth, excessivamente lisonjeiro.

— Especialmente aos pecadores — acrescentou Ceolberht.

— Vou me lembrar disso quando tiver terminado de pecar — respondi. — Mas, por enquanto — olhei para Ceolnoth —, diga-me o que aconteceu no fim da batalha de Teotanheale.

Ele ficou intrigado com a pergunta, mas pareceu se esforçar ao máximo para responder.

— As forças do rei Eduardo perseguiram os dinamarqueses, no entanto estávamos mais preocupados com o ferimento do senhor Æthelred. Ajudamos a carregá-lo para fora do campo, por isso vimos pouco da perseguição.

— Mas antes disso vocês me viram lutar com Cnut?

— É claro — respondeu ele.

— É claro, senhor — lembrei-o de sua ausência de cortesia.

Ceolnoth fez uma expressão de desagrado.

— É claro, senhor — repetiu relutante.

— Eu também fui carregado para fora do campo?

— Foi, e somos gratos a Deus por o senhor ter vivido.

Desgraçado mentiroso.

— E Cnut? O que aconteceu com o corpo dele?

— Foi despojado — respondeu o padre Ceolberht, com a falta de dentes fazendo um som muito sibilado. — Ele foi queimado junto dos outros dinamarqueses — ele fez uma pausa e depois se obrigou a dizer —, senhor.

— E a espada dele?

Houve um momento de hesitação, um momento tão breve que mal era perceptível, mas eu notei, assim como notei que nenhum dos dois padres olhava para mim enquanto Ceolnoth respondia.

— Não vi a espada dele, senhor.

— Cnut era o guerreiro mais temido da Britânia — falei. — Sua espada matou centenas de saxões. Era uma arma famosa. Quem a pegou?

— Como iríamos saber, senhor? — retrucou Ceolnoth.

A senhora da Mércia

— Provavelmente algum saxão ocidental — sugeriu Ceolberht vagamente.

Os filhos da mãe mentiam, mas, a não ser que eu arrancasse a verdade com violência, havia pouco a fazer. Além disso Æthelflaed, que cavalgava a alguns passos de mim, desaprovava que eu batesse em padres.

— Se eu descobrir que estão mentindo, vou cortar suas malditas línguas — declarei.

— Não sabemos — respondeu Ceolnoth resoluto.

— Então digam o que sabem.

— Já dissemos, senhor, não sabemos de nada!

— Quanto ao próximo soberano da Mércia. — Terminei meu interrogatório. — Quem deve ser?

— Não o senhor! — cuspiu Ceolberht.

— Ouça, sua merdinha de serpente manca — eu disse. — Não quero comandar a Mércia, nem Wessex, nem qualquer lugar a não ser minha casa em Bebbanburg. Mas vocês dois apoiavam o irmão dela. — Indiquei com a cabeça Eadith, que estivera escutando a conversa atentamente. — Por quê?

Ceolnoth hesitou, depois deu de ombros.

— O senhor Æthelred não deixou herdeiro. E não havia nenhum ealdorman que fosse um sucessor natural. Discutimos o problema com o senhor Æthelhelm, que nos convenceu de que a Mércia precisava de um homem forte para defender as fronteiras do norte, e Eardwulf é um bom guerreiro.

— Não foi bom o suficiente na noite de ontem.

Os gêmeos ignoraram o comentário.

— E ficou decidido que ele poderia ser o soberano da Mércia como reeve do rei Eduardo — continuou Ceolnoth.

— Então Eduardo comandaria a Mércia?

— Quem mais o faria, senhor? — perguntou Ceolberht.

— Os senhores da Mércia manteriam as terras e os privilégios — explicou Ceolnoth —, mas Eardwulf comandaria a guarda real como um exército para enfrentar os dinamarqueses.

— E com Eardwulf fora do jogo? — indaguei.

Os gêmeos fizeram uma pausa.

— O rei Eduardo deve ser o soberano direto — respondeu Ceolnoth — e nomear alguém para comandar as tropas da Mércia.

— Por que não a irmã dele?

Ceolnoth riu amargamente.

— Uma mulher! Comandando guerreiros? A ideia é absurda! A tarefa de uma mulher é obedecer ao marido.

— São Paulo nos deu instruções explícitas! — concordou Ceolberht vigorosamente. — Ele escreveu a Timóteo dizendo que nenhuma mulher poderia ter autoridade sobre um homem. A escritura é clara.

— São Paulo tinha olhos castanhos? — perguntei.

Ceolnoth franziu a testa, perplexo com a pergunta.

— Não sabemos, senhor. Por que pergunta?

— Porque só tinha merda na cabeça dele — respondi vingativamente.

Eadith gargalhou, segurando a risada quase imediatamente, enquanto os gêmeos faziam o sinal da cruz.

— A senhora Æthelflaed deve se retirar para um convento — disse Ceolberht com raiva — e refletir sobre os próprios pecados.

Olhei para Eadith.

— Que futuro você tem!

Ela estremeceu de novo. Toquei uma espora em meu cavalo e me virei. Alguém sabia onde Cuspe do Gelo estava escondida. E eu iria encontrá-la.

Chovia de novo quando chegamos a Gleawecestre. A água empoçava nos campos, jorrando pelas sarjetas entupidas com pedras e escurecendo as rochas da muralha romana. Cavalgamos para o portão leste usando cota de malha, elmos, escudos nos braços e lanças erguidas. Os guardas do portão saíram da frente sem nos interpelar e observaram em silêncio enquanto cavalgávamos por baixo do arco, com as lanças baixadas momentaneamente, e então seguimos pela rua comprida. A cidade parecia taciturna, mas talvez fosse apenas por causa das nuvens baixas e escuras e da chuva que escorria dos tetos de palha e levavam a merda da rua para o Sæfern. Baixamos as lanças e os estandartes de novo para passar por baixo do arco do palácio, guardado por três homens carregando escudos pintados com o cavalo empinado de Æthelred. Contive meu garanhão e olhei para o mais velho dos três.

— O rei ainda está aqui?

O homem balançou a cabeça.

— Não, senhor. Ele partiu ontem. — Assenti e segui em frente. — Mas a rainha ficou, senhor — acrescentou ele.

Parei e me virei na sela.

— Rainha?

Ele pareceu confuso.

— A rainha Ælflæd, senhor.

— Os saxões ocidentais não têm rainhas — argumentei. Eduardo era rei, mas o título de rainha era negado à sua esposa, Ælflæd. Sempre fora assim em Wessex. — Quer dizer a senhora Ælflæd?

— Ela está aqui, senhor.

Ele apontou a cabeça para a maior construção, um prédio romano, e fui em frente. Então a filha de Æthelhelm estava aqui? Isso sugeria que o próprio Æthelhelm permanecera em Gleawecestre. E, como era esperado, quando entrei no amplo pátio gramado, havia homens usando nos escudos seu brasão do cervo saltando. Outros escudos mostravam o dragão de Wessex.

— Ælflæd está aqui — avisei a Æthelflaed —, e provavelmente ocupando seus aposentos.

— Os aposentos de meu marido — corrigiu ela.

Olhei para os guardas saxões ocidentais, que nos observavam em silêncio.

— Eles querem nos dizer que se mudaram para cá e que não vão sair — falei.

— Mas Eduardo foi embora?

— É o que parece.

— Ele não quer se envolver na discussão.

— Que precisamos vencer — eu disse. — E isso significa que você tem de se mudar para os aposentos reais.

— Sem você — reagiu ela, irritada.

— Eu sei disso! Dormirei num estábulo, mas você não pode. — Virei-me na sela e chamei Rædwald, um guerreiro nervoso que servira a Æthelflaed

178
O trono vazio

durante anos. Era um homem cauteloso, mas leal e confiável. — A senhora Æthelflaed usará os aposentos do marido — falei. — E seus homens vão protegê-la.

— Sim, senhor.

— E, se alguém tentar impedi-la de usar esses aposentos, você tem minha permissão para trucidar a pessoa.

Rædwald pareceu preocupado, mas foi salvo por Æthelflaed.

— Vou compartilhar os aposentos com a senhora Ælflæd — disse enfaticamente. — E não haverá mortes!

Voltei para o portão e chamei o guarda que havia me contado sobre a partida de Eduardo.

— Eardwulf voltou para cá? — perguntei.

Ele assentiu.

— Ontem de manhã, senhor.

— O que ele fez?

— Chegou com pressa, senhor, e saiu de novo em uma hora.

— Estava com homens?

— Oito ou nove, senhor. Partiram com ele.

Dispensei-o e fui para perto de Eadith.

— Seu irmão esteve aqui ontem. Ele ficou pouco tempo e foi embora.

Ela fez o sinal da cruz.

— Rezo para que ele viva.

Não teria havido tempo para a notícia da fracassada tentativa de Eardwulf matar Æthelflaed chegar a Gleawecestre antes que ele viesse à cidade, de modo que ninguém suspeitaria de sua traição, mas sem dúvida as pessoas teriam se questionado por que ele fora embora tão depressa.

— Por que ele veio até aqui? — perguntei a Eadith.

— O senhor acha que foi por quê?

— Onde o dinheiro era guardado?

— Ficava escondido na capela privativa do senhor Æthelred.

— Você irá até lá e vai me dizer se o dinheiro foi tirado.

— Claro que foi tirado!

— Eu sei, você também sabe, mas mesmo assim quero me certificar.

— E depois? — perguntou ela.
— Depois?
— O que vai acontecer comigo?
Olhei para ela e senti inveja de Æthelred.
— Você não é uma inimiga. Se quiser se juntar ao seu irmão, pode.
— Em Gales?
— É para lá que ele foi?
Eadith deu de ombros.
— Não sei aonde ele foi, mas Gales é o lugar mais próximo.
— Só me diga se o dinheiro sumiu, e depois disso você pode ir embora.

Os olhos dela brilhavam, mas eu não soube se era por causa das lágrimas ou da chuva. Desci do cavalo, encolhendo-me com a dor nas costelas, e fui descobrir quem comandava do palácio de Gleawecestre.

Não precisei dormir no estábulo. Encontrei aposentos numa das menores construções romanas. Era uma casa construída em volta de um pátio com apenas uma entrada, sobre a qual estava pregada uma cruz de madeira. Um administrador nervoso me disse que os aposentos eram usados pelos capelães de Æthelred.
— Quantos capelães ele tinha? — perguntei.
— Cinco, senhor.
— Cinco nesta casa! Ela poderia abrigar vinte!
— E os serviçais deles, senhor.
— Onde estão os capelães?
— De vigília na igreja, senhor. O senhor Æthelred será enterrado amanhã.
— O senhor Æthelred não precisa de capelães agora, portanto os filhos da mãe podem se mudar. Eles podem dormir nos estábulos.
— Nos estábulos, senhor? — perguntou, nervoso, o administrador.
— O seu deus pregado não nasceu num estábulo? — questionei, e ele só me olhou perplexo. — Se um estábulo foi suficiente para Jesus, é suficiente para os malditos padres dele. Mas não para mim.

Levamos os pertences dos padres para o pátio, depois meus homens ocuparam os aposentos vazios. Stiorra e Ælfwynn dividiram um quarto com suas aias, e Æthelstan dormiria sob o mesmo teto que Finan e seis outros homens. Chamei o menino para o quarto que eu havia ocupado, um cômodo com uma cama baixa em que eu estava deitado porque a dor latejava nas costelas inferiores. Eu podia sentir pus e imundície escorrendo do ferimento.

— Senhor? — atendeu Æthelstan, nervoso.

— O senhor Æthelhelm está aqui.

— Eu sei, senhor.

— Então me diga o que ele quer com você.

— Minha morte?

— Provavelmente — concordei. — Mas seu pai não gostaria disso. Então o que mais?

— Ele quer me separar do senhor.

— Por quê?

— Para que o neto dele possa ser rei.

Assenti. Claro que Æthelstan sabia as respostas para minhas perguntas, mas eu queria que ele estivesse atento a elas.

— Bom garoto. E o que ele faria com você?

— Iria me mandar para a Nêustria, senhor.

— E o que acontece na Nêustria?

— Eles ou me matam ou me vendem como escravo, senhor.

Fechei os olhos e a dor ficou mais aguda. O negócio que escorria do ferimento fedia igual a uma fossa.

— Então o que você precisa fazer? — perguntei, abrindo os olhos para espiá-lo.

— Ficar perto de Finan, senhor.

— Você não vai sair por aí — falei com violência. — Não vai procurar aventuras na cidade. Não vai arranjar uma namorada! Vai ficar do lado de Finan! Entendeu?

— Claro, senhor.

— Você pode ser o próximo rei de Wessex, mas não vai ser nada se estiver morto ou se for levado a um maldito mosteiro para ser o fornecedor de bunda para um bando de monges, por isso você fica aqui!

— Sim, senhor.

— E se o senhor Æthelhelm mandar chamá-lo, não obedeça. Em vez disso me avise. Agora vá.

Fechei os olhos. A maldita dor, a maldita dor, a maldita dor. Eu precisava de Cuspe de Gelo.

Ela veio até mim depois do anoitecer. Eu havia dormido, e Finan, ou talvez meu serviçal, trouxera uma vela alta de igreja para o quarto. A vela queimava soltando fumaça, lançando uma luz fraca no reboco rachado que se soltava das paredes, fazendo sombras estranhas dançarem no teto.

Acordei e escutei vozes do lado de fora, uma implorando e a outra grosseira.

— Deixe-a entrar — gritei. — Ela não vai me matar. — Embora a dor fosse tamanha que eu poderia ter gostado se ela o fizesse.

Eadith entrou hesitante. Trajava um vestido longo de lã verde-escura usando uma corda de ouro como cinto e com grossas tiras bordadas com flores amarelas e azuis na bainha.

— Você não deveria estar de luto? — perguntei com crueldade.

— Estou de luto.

— E?

— O senhor acha que eu seria bem-recebida no funeral? — indagou ela com amargura.

— Você acha que eu serei? — perguntei, depois dei uma gargalhada e desejei não ter feito isso.

Ela me olhou, nervosa.

— O dinheiro sumiu — avisou finalmente.

— Claro que sumiu. — Encolhi-me enquanto a dor latejava. — Quanto era?

— Não sei. Muito.

— Meu primo era generoso — falei azedamente.

— Era, senhor.

— Então para onde o desgraçado foi?

— Ele pegou um barco, senhor.

Olhei-a, surpreso.

— Um barco? Ele não tinha homens suficientes para tripular um barco.

Eadith balançou a cabeça.

— Talvez não tivesse. Mas Sella lhe deu pão e presunto para levar, e Eardwulf disse a ela que encontraria um barco de pesca.

— Sella?

— É uma criada da cozinha, senhor.

— Bonita?

Ela assentiu.

— Bastante bonita.

— E seu irmão não a levou?

— Ele pediu, senhor, mas ela não quis.

Então Eardwulf tinha ido embora, mas para onde? Ele possuía alguns seguidores e muito dinheiro, e precisaria de refúgio em algum lugar. Um barco de pesca fazia sentido. Os poucos homens de Eardwulf poderiam remar, o vento iria levá-lo, mas para onde? Æthelhelm teria oferecido refúgio em Wessex? Eu duvidava disso. Eardwulf só seria útil para Æthelhelm se pudesse livrar o ealdorman de Æthelstan, e ele havia fracassado nisso, portanto não estaria em Wessex nem na Mércia certamente.

— Seu irmão é um marinheiro? — perguntei.

— Não, senhor.

Então ele não poderia viajar desde o Sæfern até a Nêustria num barco pequeno, por isso teria de ser Gales ou a Irlanda. E com sorte um barco dinamarquês ou norueguês veria a embarcação dele e esse seria o fim de Eardwulf.

— Se ele não é um marinheiro e se você o ama, é melhor rezar por tempo bom. — Eu falara azedamente, e percebi que fora grosseiro. — Obrigado por me contar.

— Obrigado por não me matar — retrucou ela.

— Ou por não mandar você se juntar a Sella na cozinha?

— Por isso também, senhor — disse ela com humildade, depois torceu o nariz por causa do fedor que permeava o quarto. — Esse cheiro é de seu ferimento? — Assenti. — O mesmo cheiro de quando meu pai morreu — continuou ela, depois fez uma pausa, mas eu não disse nada. — Quando cuidaram do ferimento pela última vez?

183

A senhora da Mércia

— Há uma semana, ou mais. Não lembro.

Eadith se virou abruptamente e saiu do quarto. Fechei os olhos. Por que o rei Eduardo tinha ido embora? Ele não era próximo de Æthelred, mas ainda assim parecia estranho que partisse de Gleawecestre antes do enterro. No entanto deixara Æthelhelm, seu sogro, principal conselheiro e o poder por trás do trono de Wessex. Minha hipótese era de que Eduardo queria se distanciar do trabalho sujo que Æthelhelm planejava. O trabalho era garantir que os nobres da Mércia nomeassem Eduardo como soberano e encorajassem Æthelflaed a ir para um convento. Bem, ele que se dane! Eu ainda não estava morto, e enquanto vivesse lutaria por Æthelflaed.

Algum tempo se passou, a passagem lenta do tempo numa noite preenchida pela dor, mas então a porta se abriu de novo e Eadith retornou. Ela carregava uma tigela e alguns panos.

— Não quero que você limpe o ferimento — resmunguei.

— Eu fazia isso por meu pai — retrucou ela, depois se ajoelhou ao lado da cama e puxou as peles que me cobriam. Fez uma careta por causa do fedor.

— Quando seu pai morreu?

— Depois da batalha de Fearnhamme, senhor.

— Depois?

— Ele foi ferido na barriga, senhor, e continuou vivo por cinco semanas.

— Isso foi há quase vinte anos.

— Eu tinha 7 anos, senhor, mas ele não deixava que ninguém mais cuidasse de seu ferimento.

— Nem sua mãe?

— Ela estava morta, senhor. — Senti seus dedos desafivelarem meu cinto. Eadith era gentil. Ela levantou minha túnica, desgrudando-a do pus. — Isso deveria ser limpo todo dia, senhor — disse ela em tom de reprovação.

— Andei ocupado — retruquei, e quase acrescentei que meu trabalho tinha sido o de atrapalhar as ambições de seu irmão. — Como seu pai se chamava?

— Godwin Godwinson, senhor.

— Eu me lembro dele. — E me lembrava mesmo, era um homem magro com bigode comprido.

— Ele sempre dizia que o senhor era o maior guerreiro da Britânia.

— Essa opinião devia ser apreciada pelo senhor Æthelred.

Eadith pressionou um pano no ferimento. Ela havia esquentado a água, e o toque era estranhamente reconfortante. Manteve o pano ali, apenas encharcando a sujeira encrustada embaixo.

— O senhor Æthelred sentia ciúmes do senhor.

— Ele me odiava.

— Isso também.

— Ciúmes?

— Ele sabia que o senhor era um guerreiro. Chamava-o de bruto. Dizia que o senhor era igual a um cachorro que ataca um touro. Não tinha medo porque não tinha bom senso.

Sorri com o comentário.

— Talvez ele tivesse razão.

— Ele não era um homem mau.

— Eu achava que era.

— Porque o senhor era amante da esposa dele. Escolhemos lados, senhor, e às vezes a lealdade não dá alternativas às nossas opiniões. — Ela largou o primeiro pano no chão, então pôs outro sobre minhas costelas. O calor parecia dissolver a dor.

— Você o amava — eu disse.

— Ele me amava.

— E garantiu grandes poderes a seu irmão.

Eadith assentiu. À luz da vela seu rosto estava sério, só os lábios eram suaves.

— Ele garantiu grandes poderes a meu irmão. E Eardwulf é um guerreiro inteligente.

— Inteligente?

— Ele sabe quando lutar e quando não lutar. Sabe como enganar um inimigo.

— Mas ele não luta na primeira fileira — falei com escárnio.

— Nem todo homem pode fazer isso, senhor. Mas o senhor chamaria os homens de sua segunda fileira de covardes?

Ignorei a pergunta.

— E seu irmão teria me matado e matado a senhora Æthelflaed.

— Sim, teria.

Sorri diante da honestidade.

— E o senhor Æthelred deixou dinheiro para você?

Eadith olhou para mim, desviando o olhar do ferimento pela primeira vez.

— Disseram-me que o testamento dependia de meu irmão se casar com a senhora Ælfwynn.

— Então você está sem nenhum tostão.

— Tenho as joias que o senhor Æthelred me deu.

— Quanto tempo elas vão durar?

— Um ano, talvez dois — respondeu ela com frieza.

— Mas não vai receber nada pelo testamento.

— A não ser que a senhora Æthelflaed seja generosa.

— Por que ela seria generosa? Por que ela daria dinheiro a uma mulher que dormia com o marido dela?

— Ela não fará isso — declarou Eadith com calma. — Mas o senhor fará.

— Farei?

— Sim, senhor.

Encolhi-me ligeiramente enquanto ela começava a limpar o ferimento.

— Por que eu lhe daria dinheiro? — perguntei asperamente. — Porque você é uma prostituta?

— Alguns homens me chamam disso.

— E você é?

— Espero que não — respondeu ela em tom tranquilo —, mas acho que o senhor me dará o dinheiro por outro motivo.

— E qual seria?

— Eu sei o que aconteceu com a espada de Cnut, senhor.

Eu poderia ter lhe dado um beijo e, quando Eadith terminou de limpar o ferimento, dei.

Sete

Fui acordado pelo som estridente de um sino de igreja. Abri os olhos, e, por um momento, não tive ideia de onde estava. A vela se apagara havia muito e a única iluminação vinha de uma pequena fresta acima da porta. Era luz do dia, o que significava que eu havia dormido muito, então senti o cheiro da mulher e virei o rosto, afundando-o num emaranhado de cabelos ruivos. Eadith se remexeu, emitiu um som que parecia um miado e serpenteou um braço pelo meu peito. Remexeu-se de novo, acordando, e pousou a cabeça em meu ombro. Algum tempo depois começou a chorar.

Deixei-a chorar enquanto contava o sino tocando vinte e duas vezes.

— Arrependimento? — perguntei por fim.

Eadith fungou e meneou a cabeça.

— Não, não, não, não. É o sino.

— O funeral, então? — perguntei, e ela assentiu. — Você o amava — falei, quase acusando.

Ela deve ter pensado na resposta porque só falou quando o sino havia tocado mais dezesseis vezes.

— Ele era gentil comigo.

Era estranho pensar em meu primo Æthelred sendo gentil, mas acreditei. Beijei sua testa e a abracei. Pensei que Æthelflaed me mataria por causa disso, mas me peguei estranhamente despreocupado com o pensamento.

— Você deve ir ao funeral — eu disse.

— O bispo Wulfheard disse que não posso.

— Por causa do adultério? — perguntei, e Eadith assentiu. — Se nenhum adúltero for, a igreja ficará vazia. O próprio Wulfheard não poderia ir!

Ela fungou de novo.

— Wulfheard me odeia.

Comecei a rir. A dor nas costelas permanecia, porém estava mais fraca agora.

— O que há de engraçado? — perguntou ela.

— Ele também me odeia.

— Uma vez ele... — começou Eadith, e parou.

— Uma vez ele o quê?

— O senhor sabe.

— Ele fez isso?

Ela confirmou com a cabeça.

— Ele exigiu ouvir minha confissão, depois disse que só me absolveria se lhe mostrasse o que eu fazia com Æthelred.

— E você fez?

— É claro que não. — Ela pareceu ofendida.

— Desculpe.

Eadith ergueu a cabeça e me encarou. Seus olhos eram verdes. Ela me olhou por um longo tempo, depois baixou a cabeça de novo.

— Ælfwynn me disse que o senhor era um homem bom.

— E você disse...?

— Que o senhor era um bruto.

Gargalhei.

— Você não me conhecia!

— Foi o que ela disse.

— Mas você estava certa, e ela, errada.

Eadith riu baixo. Era melhor que o choro.

E ficamos ouvindo os galos cantarem.

O sino continuou tocando enquanto eu me vestia. Eadith ficou deitada embaixo das peles da cama, me olhando. Vesti as roupas com as quais tinha viajado, úmidas, manchadas e fedorentas, depois me curvei para beijá-la, e senti a dor perfurante. Era menos severa, mas não havia desaparecido.

— Venha comer alguma coisa — chamei, depois fui para o pátio central. Uma névoa brotava do rio, misturando-se a uma garoa que caía de nuvens baixas e cinzentas.

Finan estava esperando no pátio e sorriu para mim.

— Dormiu bem, senhor?

— Vá pular num lago, seu irlandês filho da mãe. Cadê o garoto?

— Está acordado. Eadric o está vigiando. — Ele olhou para o céu. — Não é um bom dia para enterrar uma alma.

— Qualquer dia em que enterrarem Æthelred é um bom dia.

— Vou dar outra saída — avisou ele, indicando o portão em arco com a cabeça. — Ver o que está acontecendo. Tudo estava quieto há uma hora.

Acompanhei Finan, mas o terreno do palácio parecia adormecido. Era possível ver alguns guardas perto do grande salão, alguns gansos comiam a grama molhada, e um padre solitário passou correndo para a capela privativa perto do portão principal.

— Você olhou dentro do salão? — perguntei a Finan.

— Está tudo bem. A senhora está no aposento superior, e nossos dois frísios estão bloqueando a escada como um par de touros. Ninguém conseguiria passar pelos dois. — Eu enviara Gerbruht e Folcbald para reforçar os guerreiros de Æthelflaed. — E ninguém tentou — acrescentou Finan.

— E Æthelhelm?

— Está no salão principal com a filha e o bispo Wulfheard. Ele me mandou dar bom-dia ao senhor. — Finan riu. — Não precisa se preocupar, senhor.

— Eu deveria ter dormido no salão.

— É, teria sido sensato. O amante da senhora Æthelflaed dando uma boa montada nela na véspera do enterro do marido? Por que não pensei nisso?

Sorri, pesaroso, depois fui à cozinha onde meus filhos faziam o desjejum. Os dois me olharam com ar de censura, presumivelmente porque as fofocas sobre com quem eu havia compartilhado minha cama chegara a eles.

— Bem-vindos a um dos melhores dias de minha vida — eu disse aos dois.

— Um dos melhores? — perguntou meu filho.

— Vamos enterrar Æthelred — respondi, depois me sentei, arranquei um pedaço do pão e cortei um pouco de queijo. — Você se lembra do padre Penda? — perguntei a meu filho.

— Lembro-me de ter mijado com ele.

— Quando terminar de encher a pança — falei — quero que vá encontrá-lo. Ele provavelmente está no grande salão, portanto, encontre-o e diga que preciso falar com ele. Mas diga isso em particular. Certifique-se de que o bispo não saiba!

— Padre Penda? — perguntou Stiorra.

— É um dos sacerdotes do bispo Wulfheard — respondi.

— Um padre! — Ela pareceu surpresa.

— Estou virando cristão — eu disse, e meu filho engasgou com a cerveja no momento em que Æthelstan entrava e baixava a cabeça me cumprimentando. — Você vai ao funeral — avisei ao menino —, e vai fingir que está triste.

— Sim, senhor, eu vou.

— E vai ficar ao lado de Finan.

— Claro, senhor.

Apontei a faca para ele.

— Estou falando sério! Existem uns desgraçados aí que querem ver você morto. — Fiz uma pausa, deixando a faca cair com a ponta na mesa. — Mas, pensando melhor, isso poderia tornar minha vida mais fácil.

— Sente-se — disse Stiorra ao menino sorridente.

O sino ainda tocava. Imaginei que tocaria até o início do funeral, e que este não poderia acontecer até que os senhores da Mércia decidissem ir à igreja.

— O que eles vão fazer é uma reunião do Witan logo depois de terem enterrado o filho da mãe — observei. — Existe uma chance de que seja hoje, mas é mais provável que ocorra amanhã.

— Sem emitir uma convocação? — perguntou meu filho.

— Eles não precisam disso. Todos que importam estão aqui.

— Menos o rei Eduardo.

— Ele não é integrante do Witan da Mércia, seu idiota. É saxão ocidental.

— Ele quer ser convidado — interveio Stiorra.

— Para o Witan? — perguntou meu filho.

O trono vazio

— Para tomar a coroa — respondeu ela com paciência. — Se Eduardo estiver aqui vai parecer que simplesmente a usurpou. É melhor ser convidado.

— E ele vai ser convidado — acrescentei. — É por isso que o bispo Wulfheard e o senhor Æthelhelm estão aqui. Para garantir que ele seja.

— E Æthelflaed? — perguntou Stiorra. — O que acontece com...

Ela ficou abruptamente em silêncio quando Eadith entrou nervosa no cômodo, parando junto à porta. Seu cabelo estava preso com pentes de marfim no topo da cabeça, mas algumas mechas haviam escapado, caindo sobre o rosto. O vestido verde parecia amarrotado.

— Abra espaço para a senhora Eadith — ordenei a Æthelstan, que estava sentado ao lado de Stiorra. — Pode se sentar ao lado do príncipe Æthelstan — eu disse a Eadith. — Tudo bem — olhei de volta para o menino —, ela decidiu não matar você, afinal de contas.

— Não estou com fome, senhor — disse Eadith.

— Sim, você está. Sente-se. Stiorra vai servir cerveja para você. — Virei-me para minha filha. — Você estava perguntando o que vai acontecer com a senhora Æthelflaed? Vão tentar colocá-la num convento.

— E o senhor vai impedi-los — completou meu filho.

— Não, você e a senhora Eadith o farão.

— Eu? — perguntou Uhtred.

— Encontrando o tal padre para mim. Agora! Vá! Traga-o aqui.

Meu filho saiu. Quando ele abriu a porta pude ver que chovia mais forte.

— E o que eu vou fazer, senhor? — perguntou Eadith em voz baixa.

— O que eu mandar — respondi bruscamente. — E você vai ao funeral com Stiorra. Mas não com esse vestido. Encontre uma capa preta para ela — e acrescentei estas últimas palavras para minha filha — com capuz.

— Capuz?

— Um grande — expliquei. — Para que ninguém veja o rosto dela e a mande sair da igreja.

Virei-me quando Finan entrou intempestivamente. Ele xingou, tirou um pedaço de aniagem que estava usando como capa e o jogou num banco.

— Vai haver mais enchentes se isso continuar assim — resmungou. — Está chovendo feito o mijo do diabo.

— O que está acontecendo lá fora?

— Nada. Todos os filhos da mãe estão na cama. É o melhor lugar para estar.

O grande sino continuava tocando. A chuva martelava no teto de palha e pingava empoçando no chão de pedras. A casa já fora coberta de telhas, mas agora os velhos caibros tinham camadas de palha que precisavam de conserto. Pelo menos o fogo na lareira era forte e havia madeira suficiente.

O padre Penda chegou depois de cerca de uma hora. Ele parecia arrasado e indigno, obrigado a andar pelo aguaceiro que havia encharcado sua comprida batina preta, mas assentiu reservadamente para mim.

— Senhor — disse ele.

Estava intrigado por haver tanta gente no cômodo e ficou ainda mais intrigado ao ver Eadith. Sua lealdade a mim deveria ser um segredo, e ele não entendeu por que eu o havia chamado diante de outras pessoas.

Por isso expliquei.

— Padre — falei respeitosamente —, quero que me batize.

Ele ficou apenas me encarando. Todos me encararam. Meu filho, que havia retornado com o padre, abriu a boca para falar, mas não encontrou nada para dizer, por isso fechou-a de novo.

— Batizar o senhor? — conseguiu perguntar o padre Penda.

— Enxerguei a maldade de minhas atitudes — respondi humildemente —, e desejo retornar para a Igreja de Deus.

O padre Penda balançou a cabeça, não recusando, mas porque seu raciocínio estava encharcado de chuva e disperso.

— O senhor está sendo sincero? — perguntou.

— Sou um pecador, padre, e busco o perdão.

— Se o senhor está sendo sincero... — começou ele.

— Eu estou.

— O senhor terá de confessar seus pecados.

— Farei isso.

— E um presente à Igreja demonstrará sua sinceridade.

— Considere dado — declarei, ainda falando com humildade. Stiorra me olhava chocada, os outros se mostravam igualmente atônitos.

— O senhor realmente deseja isso? — perguntou o padre Penda.

Ele estava desconfiado. Afinal de contas eu era o pagão mais proeminente da Britânia saxã, um homem que fora inflexível na oposição à Igreja, matador de padres e idólatra notório. Mas o padre também sentia esperança. Minha conversão e meu batismo tornariam Penda famoso.

— Desejo isso do fundo do coração — eu disse.
— Posso perguntar por quê?
— Por quê?
— Foi algo súbito, senhor. Deus falou com o senhor? O abençoado filho d'Ele falou com o senhor?
— Não, padre, mas ele me enviou um anjo.
— Um anjo!
— Ela veio à noite, tinha cabelos como chamas, olhos que reluziam como esmeraldas, fez minha dor desaparecer e a substituiu por júbilo.

Stiorra engasgou. O padre Penda olhou para ela, que baixou rapidamente a cabeça sobre as mãos.

— Estou chorando de felicidade.

Eadith estava ruborizando profundamente, mas o padre não notou.

— Que Deus seja louvado — conseguiu dizer Stiorra.
— Que seja mesmo louvado — disse debilmente o padre Penda.
— Acredito que o senhor batize os convertidos no rio aqui, não é?

O padre Penda assentiu.

— Mas com essa chuva, senhor... — começou ele.
— A chuva de Deus foi enviada para me limpar.
— Aleluia! — exclamou ele. O que mais poderia dizer?

Assim levamos Penda ao rio e lá ele me enfiou na água. Essa foi a terceira vez que fui batizado. Eu era jovem demais para me lembrar da primeira, porém mais tarde, quando meu irmão mais velho morreu e meu pai me deu o nome de Uhtred, minha madrasta insistiu para que eu fosse banhado de novo, para o caso de são Pedro não me reconhecer no portão do céu, e assim fui enfiado num barril de água do mar do Norte. O terceiro batismo foi nas águas geladas do Sæfern, mas, antes que o padre Penda pudesse realizar o ritual, ele insistiu para que eu me ajoelhasse e confessasse todos os meus pecados. Perguntei se realmente queria dizer todos, e ele assentiu com entusiasmo, por isso comecei pela infância, mas pareceu que roubar a manteiga recém-batida não era o que o padre queria ouvir.

— Senhor Uhtred — disse ele com cautela —, o senhor não me disse que foi criado como cristão? Não confessou seus pecados na infância?

— Confessei, padre — respondi humildemente.

— Então não precisamos ouvi-los de novo.

— Mas nunca confessei sobre a água benta, padre — falei, pesaroso.

— Água benta? O senhor não bebeu água benta, não é?

— Eu mijei nela, padre.

— O senhor... — Ele pareceu incapaz de continuar falando.

— Meu irmão e eu fizemos uma disputa de mijo, para ver quem conseguia mijar mais alto. O senhor deve ter feito o mesmo quando era menino, não é, padre?

— Nunca na água benta!

— Estou arrependido desse pecado, padre.

— Ele é terrível, mas continue.

Assim confessei sobre as mulheres com quem dormi, ou pelo menos aquelas com quem eu não era casado. Apesar da chuva o padre Penda exigiu mais detalhes. Ele se lamentou uma ou duas vezes, especialmente quando falei que forniquei com uma freira, mas tomei o cuidado de não citar o nome de Hild.

— Quem era ela? — perguntou ele.

— Eu nunca soube o nome dela, padre — menti.

— O senhor deve saber! Diga!

— Eu só queria...

— Sei que pecado o senhor cometeu! — exclamou ele com seriedade, e depois, um tanto esperançoso: — Ela ainda vive?

— Eu não teria como saber, padre — respondi com inocência. Na verdade, Hild estava viva e bem, alimentando os pobres, curando os doentes e vestindo os nus. — Acho que ela se chamava Winfred, mas ela gemia tanto que foi difícil escutar direito.

O padre Penda se lamentou de novo, depois suspirou quando comecei a confessar os homens da Igreja que eu havia matado.

— Sei como isso foi errado, padre — falei. — E pior, padre, eu senti prazer com a morte deles.

— Não!

— Quando o irmão Jænberht morreu — continuei humildemente —, eu gostei.

E gostara mesmo. O filho da mãe havia conspirado para me mandar para a escravização, e matá-lo tinha sido um prazer. Assim como foi um prazer dar um chute nos dentes do padre Ceolberht, fazendo com que ele os engolisse.

— E ataquei sacerdotes, padre, como Ceolberht.

— O senhor deve pedir desculpas a ele.

— Ah, pedirei, padre. E desejei matar outros padres, como o bispo Asser.

O padre Penda fez uma pausa.

— Ele pode ser uma pessoa difícil.

Quase gargalhei com o comentário.

— Mas há um pecado que pesa mais em minha consciência, padre.

— Outra mulher? — perguntou ele, ansioso.

— Não, padre. Fui eu, padre, quem descobriu os ossos de santo Osvaldo.

O padre Penda franziu a testa.

— Isso não é um pecado!

Então contei como havia fraudado a descoberta escondendo os ossos onde eu sabia que eles seriam encontrados.

— Era só um corpo num cemitério, padre. Eu arranquei um braço para parecer que era santo Osvaldo.

Penda fez uma pausa.

— A esposa do bispo — disse ele, obviamente referindo-se à severa mulher de Wulfheard — sofreu com uma praga de lesmas no jardim. Ela enviou a Wulfheard como presente um tecido de linho fino para o santo e as lesmas sumiram! Foi um milagre!

— Quer dizer... — comecei.

— O senhor achou que enganou a Igreja, mas aconteceram milagres no templo! — exclamou Penda, entusiasmado. — Lesmas foram banidas! Acho que Deus o guiou para os verdadeiros ossos do santo!

— Mas o santo só tinha um braço — observei.

195

A senhora da Mércia

— Outro milagre! Que Deus seja louvado! O senhor foi o instrumento dele, senhor Uhtred! Isso é um sinal!

Ele me deu a absolvição, extraiu outra promessa de ouro e depois me levou até o rio. A água estava gelada, golpeando meu ferimento como uma adaga de gelo, mas suportei as orações e louvei o deus pregado depois que o padre Penda enfiou minha cabeça no meio dos juncos. Ele o fez três vezes, uma pelo Pai, outra pelo Filho e depois pelo Espírito Santo.

Penda estava feliz. Fizera sua famosa conversão e teve Finan e meu filho como testemunhas e padrinhos. Peguei a grande cruz de prata de Finan e a pendurei no pescoço, dando-lhe em troca meu martelo pagão. Depois disso passei o braço em volta dos ombros estreitos do padre Penda e, ainda vestindo somente uma blusa encharcada, levei-o pela margem do rio até o abrigo de um salgueiro onde tivemos uma discussão em voz baixa. Conversamos durante alguns minutos. A princípio ele ficou relutante em me contar o que eu queria saber, mas cedeu à persuasão.

— Quer uma faca no meio das costelas, padre? — perguntei a ele.

— Mas, senhor... — começou ele, e então sua voz se esvaiu.

— Quem lhe assusta mais — perguntei —, eu ou o bispo Wulfheard?

O padre Penda não tinha resposta para isso, então apenas me olhou com uma expressão arrasada. Ele estava apavorado com minha violência, eu sabia, mas estava igualmente apavorado pensando que Wulfheard poderia condená-lo a uma vida inteira como sacerdote em algum vilarejo miserável onde não havia chance de enriquecimento ou promoção.

— Você quer ser um bispo? — perguntei.

— Se for a vontade de Deus, senhor — respondeu ele, infeliz, querendo dizer que sacrificaria a própria mãe pela chance de ocupar uma diocese.

— Eu farei isso acontecer se você me contar o que quero saber.

Então ele me contou, e eu me vesti, certifiquei-me de que a cruz estivesse escondida embaixo da capa e fui para um funeral.

Alguém havia pagado a carpideiras para berrar e uivar. Faziam tanto barulho quanto espadas se chocando em escudos numa batalha. As mulheres contratadas estavam de pé nas laterais da igreja, batendo os punhos na cabeça enquanto berravam seu sofrimento fingido. Ao mesmo tempo um coro de monges tentava ser ouvido acima do clamor, e de vez em quando um padre gritava algo, embora ninguém parecesse notar.

A igreja estava cheia, com talvez quatrocentos homens e algumas mulheres de pé no meio das altas colunas de madeira. As pessoas conversavam, ignorando as carpideiras, o coro e os clérigos. Apenas quando o bispo Wulfheard subiu numa plataforma de madeira ao lado do altar-mor e começou a bater em seu atril com um cajado de pastor o som se silenciou, mas não antes que o cabo de prata do cajado tivesse caído com um estardalhaço nas pedras do piso, indo parar ao lado do caixão de Æthelred, que estava sobre dois cavaletes e coberto com sua bandeira do cavalo empinado. Algumas carpideiras continuaram gemendo, então dois padres foram correndo ao longo das paredes e mandaram que parassem com aquele barulho maldito. Uma das mulheres arquejou, respirando fundo. Eu pensei que estava morrendo sufocada, mas então ela caiu de joelhos e vomitou. Um bando de cachorros correu para devorar o acepipe inesperado.

— Estamos na casa de Deus — berrou o bispo Wulfheard.

O sermão que se seguiu deve ter demorado quase duas horas, mas pareceram quatro ou cinco. Wulfheard exaltou o caráter de Æthelred, sua coragem e sua sabedoria, e até conseguiu parecer convincente.

— Levamos um bom homem a seu descanso eterno neste dia — proclamou o bispo, e eu achei que o sermão devia estar acabando, mas então ele exigiu que um dos padres lhe entregasse um livro do evangelho. O bispo Wulfheard folheou as páginas pesadas até encontrar a passagem que desejava, e a leu em tom imperioso. — Se um reino for dividido, esse reino não durará! — leu, depois fechou o livro pesado com força. O que se seguiu foi um pedido levemente disfarçado para unir as coroas da Mércia e de Wessex, um pedido que, segundo nos foi dito, era a vontade do deus pregado.

Ignorei a maior parte. Olhei para Stiorra, que estava perto de Eadith. Eu vira Eadith baixar a cabeça e levar a mão ao rosto sombreado, e presumi que ela estivesse chorando. Æthelstan estava perto de mim, nos fundos da igreja, cercado por meus guerreiros. Ninguém podia entrar naquela igreja com espada, mas eu tinha certeza de que todos os homens que vigiavam o menino portavam seaxes escondidos embaixo da capa, assim como eu estava certo de que Æthelhelm tinha homens procurando uma chance de matar Æthelstan. O próprio Æthelhelm estava na frente da igreja, concordando vigorosamente com a arenga de Wulfheard. Com ele estava sua filha, Ælflæd, esposa do rei Eduardo. Era uma coisinha pequena, seu cabelo loiro trançado e enrolado em volta da cabeça coberta por uma pequena touca preta com uma longa cauda de fitas pretas que desciam até abaixo de seu traseiro gorducho. Ælflæd possuía uma boca pequena e carrancuda e parecia completamente infeliz, o que não era surpreendente, visto que era obrigada a suportar duas horas dos absurdos de Wulfheard. Seu pai mantinha uma das mãos em seu ombro. Eu e ele éramos mais altos que a maioria dos homens. Æthelhelm atraiu meu olhar durante uma das passagens mais passionais do bispo, e trocamos sorrisos tortos. Ele sabia que aconteceria uma luta, mas estava confiante de que iria vencê-la. Em breve sua filha seria rainha da Mércia, e isso significava que poderia ser chamada de rainha também em Wessex, e eu não tinha dúvidas de que Æthelhelm queria que sua filha fosse chamada de rainha Ælflæd. Eu jamais havia entendido por que Wessex não estendia essa cortesia à esposa do rei, mas eles não poderiam deixar de dá-la a Ælflæd se ela fosse rainha da Mércia. E, se Æthelhelm pudesse simplesmente se livrar do incômodo que era Æthelstan, seria pai de uma rainha e avô de reis. Wulfheard ainda discursava sobre o reino dividido, agora gritando, e Æthelhelm captou meu olhar de novo, balançou a cabeça quase imperceptivelmente na direção de Wulfheard e revirou os olhos exasperado. Precisei rir.

Eu sempre gostara de Æthelhelm, mas até agora sempre tínhamos estado do mesmo lado e suas ambições e sua energia foram dedicadas a causas pelas quais eu lutava. Mas agora éramos inimigos, e ele sabia disso, e usaria sua riqueza e seu status para me esmagar. Eu usaria astúcia, e esperava que Sihtric tivesse sido bem-sucedido na tarefa que lhe dei.

Finalmente o bispo ficou sem palavras. O coro começou a cantar de novo, e seis guerreiros de Æthelred pegaram o caixão e o carregaram à tumba que fora aberta ao lado do altar. Eles estavam com dificuldades, talvez porque havia um caixão de chumbo dentro do de madeira suntuosamente esculpido com santos e guerreiros. Meu primo seria enterrado o mais perto possível dos ossos de santo Osvaldo, ou melhor, perto dos ossos de quem quer que realmente estivesse dentro do relicário de prata. No dia do juízo, como pregara o bispo, santo Osvaldo saltaria milagrosamente de sua prisão de prata e seria levado para o céu, e Æthelred, estando tão perto, seria carregado pelo santo. Ninguém duvidava de que os ossos eram a relíquia verdadeira. Padres e monges afirmavam que milagres aconteciam na igreja, que os aleijados andavam e os cegos viam, e tudo isso por causa dos ossos.

O bispo observou o caixão ser baixado na tumba. Æthelhelm e sua filha estavam ao lado dele, e do outro lado do buraco estava Æthelflaed com um vestido de seda preta que reluzia quando ela andava. Sua filha, Ælfwynn, estava a seu lado e conseguia parecer triste. Quando o caixão pesado foi por fim acomodado na cripta, vi Æthelhelm olhar para Æthelflaed e os dois se encararam. Eles ficaram assim por um longo tempo, então Æthelhelm se virou e levou a filha para fora da igreja. Uma criada entregou a Æthelflaed uma capa pesada que ela pendurou nos ombros antes de sair para a chuva.

E assim meu primo Æthelred saiu de minha vida.

O Witan aconteceu no dia seguinte. Ele começou pouco depois do alvorecer, o que era cedo, mas imaginei que era porque Æthelhelm queria que os negócios acabassem para que ele pudesse voltar para casa. Ou, talvez mais provavelmente, para que Eduardo pudesse ser chamado de onde quer que estivesse esperando para entrar formalmente na cidade de seu novo reino. E tudo isso deveria ser feito rapidamente, ou pelo menos era o que eles pensavam. Os homens que compareceram ao funeral de Æthelred eram, como se esperava, os nobres que o apoiavam, e pouquíssimos homens de Æthelflaed estavam em Gleawecestre. O Witan ouviria o que Æthelhelm quisesse, votaria isso por aclamação e Wulfheard e Æthelhelm ganhariam a gratidão do novo rei da Mércia.

Pelo menos era o que eles pensavam.

O Witan começou, é claro, com uma oração do bispo Wulfheard. Depois do sermão interminável do dia anterior eu pensei que faria uma prece curta, mas não, ele precisou arengar interminavelmente sobre seu deus. Implorou que o deus pregado concedesse sabedoria ao Witan, o que não era má ideia, depois instruiu seu deus a aprovar qualquer coisa que o bispo iria propor. A oração se arrastou por tanto tempo que os ealdormen, os thegns e os homens importantes da Igreja começaram a arrastar os pés ou raspar os bancos no chão de ladrilhos até que finalmente Æthelhelm pigarreou ruidosamente e o bispo se apressou para o fim da oração.

O trono de Æthelred estava na plataforma de madeira. Havia sido coberto com um pano preto no qual estava posto um elmo ornamentado. Nos tempos antigos os reis jamais eram coroados. Eles recebiam um elmo real, e eu não duvidava de que todos no salão sabiam o que o elmo significava. À esquerda do trono, visto de nossa posição, havia um atril provavelmente carregado da igreja, e à direita uma mesa simples de madeira de pinheiro com duas cadeiras. Os padres gêmeos, Ceolberht e Ceolnoth, estavam sentados à mesa com penas a postos. Eles iriam registrar os procedimentos do Witan, que começaram com uma declaração do bispo.

Segundo ele, a Mércia estivera sem rei durante uma geração. Era a vontade de Deus, afirmou, que um reino deveria ter um rei, uma declaração que provocou um murmúrio de concordância por parte dos senhores presentes.

— Um reino sem um rei — disse o bispo — é como uma diocese sem um bispo, ou um barco sem capitão. E ninguém aqui — ele me olhou enquanto dizia isso — negaria que a Mércia é um dos reinos antigos da Britânia. — Outro murmúrio de concordância, mais alto, encheu o salão, e o bispo, animado pelo apoio, prosseguiu. — Nosso senhor Æthelred — ele levantou a voz — era modesto demais para reivindicar o título de rei!

Quase dei uma gargalhada quando ele disse isso. Æthelred daria um olho, um braço e as bolas para usar a coroa da Mércia, mas sabia muito bem que os saxões ocidentais que lhe davam dinheiro iriam castigá-lo porque Wessex não queria nenhum rei na Mércia, a não ser seu próprio rei saxão ocidental.

— No entanto, ele era rei em tudo, menos no título! — Agora Wulfheard gritava, provavelmente porque sabia que seu argumento era fraco. — E em seu leito de morte o senhor da Mércia, nosso querido senhor Æthelred, que não está mais entre nós, anunciou desejar que seu cunhado, o rei Eduardo de

Wessex, fosse convidado a assumir a antiga coroa de nosso amado reino! — O bispo fez uma pausa, presumivelmente para permitir gritos de aclamação, mas o salão permaneceu em silêncio a não ser por Æthelhelm e seus homens, que bateram os pés concordando.

E achei esse silêncio interessante. A maioria dos nobres no salão estava preparada para fazer o que Wulfheard e Æthelhelm quisessem, mas não estavam entusiasmados com esse destino. Ainda havia bastante orgulho na Mércia. Eles aceitariam um rei saxão ocidental, mas seria um casamento sem amor. E assim permaneceram em silêncio, todos menos um, o ealdorman Aidyn.

— Este Witan tem o poder de escolher um rei — resmungou ele.

O sujeito era um nobre da parte leste da Mércia, um homem cujas tropas se aliaram muito tempo atrás com os saxões ocidentais nas escaramuças contra os dinamarqueses da Ânglia Oriental, um homem que eu esperaria que fosse apoiador entusiástico da reivindicação de Eduardo, mas até ele parecia cético.

— Sempre foi prerrogativa do Witan escolher seu rei — admitiu o bispo Wulfheard com certa má vontade. — O senhor tem uma proposta?

Aidyn deu de ombros. Será que ele esperava ser escolhido?, pensei.

— A Mércia deveria ser comandada por um mércio — declarou ele.

— Mas quem? — gritou o bispo Wulfheard, e era uma boa pergunta. Aidyn sentiu que poucos homens no salão iriam apoiar sua reivindicação, se de fato ela existia, por isso não falou mais nada.

— A coroa deveria ir para o filho do rei — disse outro homem, mas não consegui ver quem era.

— O senhor Æthelred não tinha filho — reagiu o bispo rispidamente.

— Então ao parente mais próximo — continuou o homem.

— O parente mais próximo é o irmão de sua viúva, o rei Eduardo — disse Wulfheard, e isso, curiosamente, não era verdade, mas não falei nada. — E deixe-me lembrar a esse Witan — continuou o bispo — que a mãe do rei Eduardo era mércia. — Isso era verdade, e alguns homens no salão assentiram. Wulfheard esperou mais algum comentário, porém nenhum veio. — Portanto proponho... — começou, mas então parou porque eu havia me levantado.

— Tenho uma pergunta, bispo — falei respeitosamente.

— Senhor Uhtred? — respondeu ele com cautela.

A senhora da Mércia

— O soberano da Mércia pode nomear um sucessor caso não tenha herdeiro?

Wulfheard franziu a testa, procurando a armadilha na pergunta, depois decidiu colocar sua própria armadilha.

— Está dizendo, senhor Uhtred, que o senhor Æthelred era o soberano deste reino? — perguntou com voz sedosa.

— Claro que era — eu disse, dando a Wulfheard a resposta que ele queria —, mas não sou especialista nas leis da Mércia como o senhor, por isso só queria saber se os últimos desejos do senhor Æthelred têm alguma validade legal.

— Têm! — respondeu Wulfheard em triunfo. — Os desejos do soberano têm grande força, e só precisam do apoio desta nobre assembleia para serem realizados.

Silêncio de novo. Homens se viraram e olharam para mim. Eles sabiam que eu queria que Æthelflaed comandasse a Mércia, mas minha pergunta e a resposta humilde sugeriam que eu estava pronto a apoiar o irmão dela. Wulfheard, sorrindo porque acreditava ter obtido um grande triunfo sobre mim, voltou a falar.

— Seríamos negligentes — disse em tom untuoso — se não déssemos grande peso ao desejo final do senhor Æthelred, e esse desejo era de que seu cunhado, o rei Eduardo de Wessex, se tornasse rei da Mércia.

O bispo Wulfheard fez uma pausa, mas outra vez houve silêncio. O Witan podia reconhecer a inevitabilidade da escolha, mas isso não significava que eles gostassem disso. Aqueles homens estavam testemunhando a morte de um reino orgulhoso, um reino que já fora liderado pelo grande rei Offa, que dominara toda a Britânia. Wulfheard fez um gesto para Æthelhelm.

— O senhor Æthelhelm de Wessex não é integrante deste Witan.

— No entanto... — interrompeu um homem, que foi recompensado com gargalhadas.

— No entanto — concordou o bispo —, com sua permissão ele nos dirá como o rei Eduardo comandará esta terra.

Æthelhelm se levantou. Sempre fora um homem bonito e afável, e agora sua postura era amigável, humilde e séria. Ele declarou a honra que o Witan concederia a Eduardo e como Eduardo seria grato para sempre, e como

Eduardo trabalharia "dia e noite" para alimentar a Mércia, para proteger suas fronteiras e expulsar os dinamarqueses que permaneciam no norte do reino.

— Ele não fará nada sem a orientação deste Witan — explicou Æthelhelm com fervor. — Conselheiros da Mércia serão companheiros constantes do rei! E o filho mais velho do rei, meu neto Ælfweard, o ætheling, passará metade do tempo em Gleawecestre, para aprender a amar este reino tanto quanto o pai, tanto quanto os saxões ocidentais amam!

Ele havia falado bem, mas suas palavras foram recebidas com o mesmo silêncio taciturno. Notei que Wulfheard ia falar de novo, por isso pensei que era hora de jogar a merda na sopa.

— E a irmã do rei Eduardo? — perguntei antes que o bispo pudesse respirar.

— A senhora Æthelflaed?

Ela estava escutando, eu sabia. Não tivera permissão de entrar no Witan porque as mulheres não tinham voz no conselho, mas estava esperando do outro lado da porta mais próxima do tablado. Æthelhelm também sabia disso.

— A senhora Æthelflaed agora é viúva — respondeu ele cautelosamente. — Sem dúvida desejará se retirar para suas propriedades, ou então entrar para um convento onde poderá rezar pela alma do marido falecido.

— E ela estará segura em qualquer convento? — indaguei.

— Segura? — O bispo Wulfheard se eriçou com a pergunta. — Ela estará nas mãos de Deus, senhor Uhtred. Claro que estará segura!

— Mas há apenas dois dias — eu disse, erguendo a voz e falando devagar, para que os integrantes mais velhos e mais surdos do Witan pudessem ouvir minhas palavras — o ealdorman Æthelhelm aliou seus homens com as tropas do traidor Eardwulf numa tentativa de matá-la. Por que deveríamos acreditar que ele não o tentaria de novo?

— Isso é um ultraje! — reagiu Wulfheard soltando perdigotos.

— O senhor está delirando — acrescentou Æthelhelm, embora sua voz tivesse perdido o tom amigável.

— O senhor nega?

— Nego absolutamente! — respondeu ele, agora com raiva.

— Então chamo testemunhas para se apresentarem diante deste Witan — declarei, e sinalizei para a porta principal do salão.

203

A senhora da Mércia

Hoggar atravessou a porta, à frente dos homens que haviam acompanhado Eardwulf, e com eles veio Finan, trazendo Grindwyn como prisioneiro. As mãos de Grindwyn estavam amarradas. Finan se aproximou de mim.

— Sihtric está de volta — sussurrou ele —, e está com o que o senhor quer.

— Bom — retomei, e então ergui a voz. — Esse homem — apontei para Grindwyn — é jurado ao serviço do senhor Æthelhelm, e trarei mais testemunhas que jurarão diante deste Witan que ele estava cumprindo ordens de seu senhor quando acompanhou o traidor Eardwulf na tentativa de assassinar a senhora Æthelflaed. — Bati palmas, e o som trouxe Eadith ao salão. Ela ficou parada, pálida e de costas eretas, ao lado de Grindwyn. — Esta mulher não precisa de apresentações, e vai testemunhar sobre a traição do irmão e sobre a aprovação do senhor Æthelhelm. Exijo que um padre administre o juramento de verdade às minhas testemunhas.

— Isso é indecoroso — reclamou o bispo Wulfheard.

— A morte da senhora Æthelflaed seria algo indecoroso — retruquei.

— A palavra de uma adúltera não pode trazer a verdade! — berrou Wulfheard. — Exijo que o senhor retire essa mulher desta assembleia, que retire suas mentiras imundas e que...

O que quer que ele fosse falar ficou sem ser dito porque de novo bati palmas, e dessa vez Sihtric apareceu com mais três mulheres. Uma, como Eadith, era alta, ruiva e magra; a segunda era loira e gorducha; a terceira tinha cabelo preto e era miúda. As três pareciam apavoradas, mas todas estavam ganhando mais prata em cinco minutos do que ganhavam deitadas em uma semana. Alguns homens no salão riram quando as mulheres apareceram, e uns poucos pareceram com raiva, mas quase todos sabiam quem eram. Eram prostitutas do Feixe de Trigo, e o padre Penda me dera o nome delas com um pouco de relutância. Ele me disse que frequentemente escoltava uma, duas ou até as três da taverna para a casa do bispo, dentro do palácio de Æthelred.

— Quem são essas criaturas? — perguntou Æthelhelm.

— Deixe-me apresentá-las — eu disse. — A dama alta se chama...

— Senhor Uhtred! — Agora o bispo estava gritando. Notei que Ceolnoth e Ceolberht haviam parado de escrever.

— Bispo? — perguntei com inocência.

— O senhor tem algo a propor? — Ele sabia por que as prostitutas estavam ali, também sabia que, se eu tivesse a chance, faria as três grasnarem como gansos. E Wulfheard, é claro, era casado.

— O senhor insiste, bispo, que os adúlteros não podem falar neste conselho?

— Perguntei o que o senhor propõe! — insistiu ele. Seu rosto estava vermelho.

— Proponho que os arranjos entre a Mércia e Wessex continuem como antes, e que a senhora Æthelflaed assuma as responsabilidades de seu marido.

— Uma mulher? — questionou alguém.

— Uma mulher não pode ser soberana de um reino! — exclamou Aidyn, e talvez um terço dos homens no salão tenham rosnado concordando.

Fui até a plataforma, tentando não mancar por causa da dor nas costelas. Ninguém questionou meu direito de subir ao lado de Æthelhelm e do bispo, mas por um momento Wulfheard pareceu que iria protestar, depois olhou para as prostitutas e fechou a boca abruptamente.

— Não é incomum — comecei — que o parente mais próximo do soberano ocupe o trono. Posso lembrar a este Witan que minha mãe era mércia e que sou primo em primeiro grau de Æthelred?

Houve um momento de silêncio atônito, depois um protesto súbito irrompeu de um grupo de padres sentados num dos lados do salão. Ouvi a palavra "pagão" sendo gritada, e mais alto por dois abades de pé, balançando os punhos, por isso simplesmente puxei de lado a capa para mostrar a grande cruz pendurada em meu peito. A visão da prata provocou um momento de silêncio absoluto, seguido por uma nova torrente de protestos.

— Está tentando nos convencer de que é um cristão agora? — berrou o abade gordo, Ricseg.

— Fui batizado hoje de manhã — respondi.

— Você zomba de Cristo! — gritou o abade Ricseg. Ele não estava errado.

— Padre Penda? — chamei.

Assim o padre Penda defendeu minha conversão, lutando para convencer um cético Witan de que meu batismo era genuíno. Será que ele acreditava nisso? Duvido, mas por outro lado eu era um convertido notável para o pa-

205

A senhora da Mércia

dre, que defendeu ferozmente minha integridade. Æthelhelm ouviu em parte a discussão dos clérigos, depois me puxou de lado.

— O que está fazendo, Uhtred? — perguntou.

— Você sabe o que estou fazendo.

Ele grunhiu.

— E aquelas três mulheres?

— São as putas prediletas de Wulfheard.

Æthelhelm gargalhou.

— Seu desgraçado esperto. De onde elas são?

— Do Feixe de Trigo.

— Preciso experimentá-las.

— Recomendo a ruiva.

— E Eadith?

— O que tem ela?

— Há uma semana ela dizia o quanto odiava você.

— Tenho uma língua de ouro.

— Achei que essa fosse uma habilidade dela. — Æthelhelm olhou para as fileiras de homens nos bancos, que ouviam as discussões furiosas entre os padres. — Então agora Wulfheard não vai falar contra você e por sua causa corro de parecer um tirano capaz de matar mulheres. O que você quer?

— Aquilo — respondi, assentindo na direção do trono.

Ele franziu a testa, não desaprovando, mas porque eu o havia surpreendido.

— Você quer ser o senhor da Mércia?

— Sim.

— E suponha que nós permitamos. O que você vai fazer?

Dei de ombros.

— Wessex já tem Lundene e pode ficar com ela. Vocês estão lutando para penetrar na Ânglia Oriental, portanto continuem fazendo isso tendo Lundene como base. Eu quero que a Mércia lute em nossa fronteira norte, para além de Ceaster.

Ele assentiu.

— E o menino Æthelstan? Onde ele está?

— Em segurança — respondi peremptoriamente.

O trono vazio

— Ele não é legítimo.

— É.

— Tenho provas de que a mãe dele já era casada quando fornicou com Eduardo.

Gargalhei.

— Você é rico o suficiente para comprar testemunhas que digam isso.

— Sou.

— Mas não é verdade.

— O Witan de Wessex vai acreditar, e é só isso que importa.

— Então seu neto provavelmente será o próximo rei de Wessex.

— É só isso que quero. — Æthelhelm fez uma pausa para olhar outra vez para o Witan. — Não quero fazer de você um inimigo, portanto preste um juramento a mim.

— Que juramento?

— Que, quando chegar a hora, você vai usar toda a força para garantir que Ælfweard suceda ao pai no trono.

— Vou morrer muito antes de Eduardo.

— Ninguém sabe quando vai morrer. Jure.

— Eu...

— E jure que o trono de Wessex será unido ao trono da Mércia — pediu ele de forma rude.

Hesitei. Um juramento é uma promessa séria. Violamos juramentos correndo o risco do destino, o risco da vingança das Nornas, aquelas deusas malignas que tecem o fio de nossa vida e podem cortá-lo por simples capricho. Eu violara outros juramentos e sobrevivera, mas por quanto tempo os deuses me permitiriam fazer isso?

— E então? — instigou Æthelhelm.

— Se eu for o soberano da Mércia quando seu genro morrer — respondi tocando a cruz de prata no pescoço —, irei...

Ele bateu na minha mão afastando-a rudemente da cruz.

— Jure, senhor Uhtred, por qualquer deus que você culture realmente.

— Como senhor e soberano da Mércia — eu disse, escolhendo as palavras com cuidado — usarei toda a força para garantir que Ælfweard suceda ao pai

207

A senhora da Mércia

no trono. E que os reinos de Wessex e da Mércia serão unidos ao trono de Wessex. Juro por Tor e por Odin.

— E jure que será um verdadeiro e leal aliado de Wessex — exigiu ele.

— Juro isso também — respondi, e fui sincero.

— E Æthelflaed — continuou Æthelhelm.

— O que tem ela?

— Deve ir para o convento que a mãe dela fundou. Certifique-se disso.

Imaginei por que ele estava insistindo tanto. Seria porque Æthelflaed protegia Æthelstan?

— Não posso dar ordens à filha de um rei — respondi. — Eduardo deve dizer à irmã o que ela deve fazer.

— Ele vai insistir que ela vá para um convento.

— Por quê?

Ele deu de ombros.

— Ela brilha mais que ele. Reis não gostam disso.

— Ela luta contra os dinamarqueses.

— Não se estiver num convento — argumentou ele em tom cáustico. — Diga que você não vai se opor aos desejos de Eduardo.

— Isso não tem nada a ver comigo. É uma questão para vocês dois.

— E você vai deixar por nossa conta? Não vai interferir?

— Vou deixar com vocês — respondi.

Æthelhelm franziu a testa para mim por algum tempo, depois decidiu que eu lhe havia oferecido garantias suficientes.

— O senhor Uhtred — Æthelhelm me deu as costas e ergueu a voz para aplacar o clamor no salão — concorda comigo que os tronos de Wessex e da Mércia devem ser unidos! Que um rei deve comandar todos nós, que devemos nos tornar um só reino! — Pelo menos metade dos homens no salão franzia a testa. A Mércia tinha seu orgulho antigo, que estava sendo pisoteado pelo reino mais poderoso, Wessex. — Mas o senhor Uhtred me convence de que ainda não chegou a hora. As forças do rei Eduardo estão concentradas no leste para expulsar os estrangeiros da Ânglia Oriental, ao passo que os negócios da Mércia são no norte, para expulsar os pagãos de suas terras. Apenas quando esses estrangeiros pagãos tiverem ido embora poderemos nos chamar de reino abençoado. Por esse motivo apoio a reivindicação do senhor Uhtred à soberania da Mércia.

E assim aconteceu. Tornei-me senhor da Mércia, herdeiro de toda a fortuna de Æthelred, de suas tropas e de todas as suas terras. O bispo Wulfheard pareceu enojado, mas a presença das três putas o tornava incapaz de argumentar, e assim fingiu que aprovava a escolha. Na verdade, foi Wulfheard que me chamou para o trono vazio.

Os homens no salão batiam com os pés. Eu não era sua primeira opção, talvez não fosse a opção de ao menos um décimo dos senhores reunidos. A maioria daqueles homens apoiara Æthelred e sabia do ódio que ele nutria por mim, mas na mente deles não havia um candidato óbvio para sucedê-lo, e eu era melhor que um rei estrangeiro cuja lealdade seria antes de tudo para com Wessex. E, além disso, eu era filho de uma mércia e o parente do sexo masculino mais próximo de Æthelred. Ao me escolher eles salvavam o orgulho, e muitos certamente acreditavam que eu não viveria muito. Logo, talvez, eles teriam a chance de eleger outro soberano.

Fui até o trono e peguei o elmo. Alguns homens aplaudiram. Um número maior ainda aplaudiu quando tirei o pano preto que cobria a cadeira e o joguei de lado.

— Sente-se, senhor Uhtred — indicou Æthelhelm.

— Senhor bispo! — gritei.

Wulfheard forçou um sorriso. Até conseguiu sugerir uma reverência quando se virou para mim.

— Senhor Uhtred?

— Antes o senhor nos convenceu de que os desejos do soberano com relação ao sucessor possuem grande peso.

— Possuem — respondeu ele, franzindo a testa intrigado.

— E disse que esses desejos só precisam do apoio do Witan para serem realizados?

— Disse.

— Então me deixe lembrar a este Witan que as novas terras que obtivemos vieram pelos esforços da senhora Æthelflaed. — Fui até a mesa e ergui os pergaminhos, as concessões de terras, as riquezas que aqueles homens desejavam. — Foi a senhora Æthelflaed que guarneceu Ceaster e defendeu o território contra os noruegueses. — Larguei os pergaminhos. — Portanto é meu desejo abrir mão do trono da Mércia em favor da viúva do senhor Æthelred, a senhora Æthelflaed.

Nesse momento eles poderiam ter me derrotado. Se o Witan tivesse se levantado em protesto, se tivesse gritado contra mim, todo o fingimento teria sido em vão. Mas eu os chocara, deixando-os em silêncio. E foi durante esse silêncio que Æthelflaed entrou pela porta lateral. Ela ainda usava o preto fúnebre, mas por cima do vestido de seda havia pendurado uma capa branca bordada com cruzes azuis entrelaçadas em aros feitos de finos galhos de salgueiro de um tom verde-claro. A capa comprida se arrastava no chão. Ela estava linda. O cabelo trançado e enrolado na cabeça, um colar de esmeraldas pendia do pescoço e na mão direita estava a espada do marido morto. Ninguém falou nada quando ela foi até o tablado. Senti que o Witan estava prendendo a respiração quando lhe entreguei o elmo. Ela me entregou a espada, usando as duas mãos para colocar o elmo sobre o cabelo dourado. Depois, sem uma palavra, sentou-se no trono vazio e eu lhe devolvi a espada.

E o salão aplaudiu. Subitamente o Witan se tornou ruidoso com a aclamação. Homens se levantaram e bateram os pés, gritaram para ela, e o rosto de Æthelflaed não se mexeu. Ela parecia séria, parecia uma rainha. E por que o salão a aclamou subitamente? Talvez fosse o alívio porque eu não comandaria a Mércia, mas gosto de pensar que secretamente desejaram Æthelflaed o tempo todo, mas ninguém ousara fugir da tradição propondo seu nome. Mas o Witan inteiro sabia que ela havia se provado como guerreira, soberana e mércia. Ela era a senhora da Mércia.

— Seu desgraçado — disse Æthelhelm.

Juramentos foram feitos. Isso demorou quase uma hora, visto que, um a um, os ealdormen e os principais thegns da Mércia foram até Æthelflaed, ajoelharam-se diante dela e juraram lealdade. Os guerreiros da guarda pessoal de seu marido e suas próprias tropas ficaram de pé nas extremidades do salão e eram os únicos com permissão de portar espadas. Se algum homem presente relutasse em jurar fidelidade, essas armas o convenciam a ter bom senso. Ao meio-dia todo o Witan havia apertado a mão de sua nova soberana e prometido serviço leal.

Æthelflaed falou brevemente. Elogiou a Mércia e prometeu que as terras ao norte ainda infestadas por pagãos seriam libertadas.

— E com esse objetivo — disse com a voz clara e forte — exigirei tropas de todos vocês. Somos uma nação em guerra. E nós venceremos esta guerra.

Essa era a diferença entre ela e o marido morto. Æthelred fizera apenas o suficiente para se defender das incursões dinamarquesas, mas jamais quisera atacar as terras dos inimigos. Æthelflaed iria expulsá-los do reino.

— Senhor Uhtred? — Ela olhou para mim.

— Senhora?

— Seu juramento.

E assim me ajoelhei diante dela. A ponta de sua espada estava encostada no chão entre seus pés, as mãos de Æthelflaed apertando o punho pesado, e pus as mãos em volta das dela.

— Juro lealdade à senhora — eu disse —, juro ser seu homem e apoiá-la com toda a minha força.

— Olhe para mim. — Æthelflaed havia baixado a voz de modo que apenas eu escutasse. Olhei para seu rosto e vi que ela forçara um sorriso. — Eadith? — sussurrou ela, curvando-se e ainda forçando o sorriso.

Imaginei quem teria lhe contado.

— Quer o juramento dela também?

— Seu desgraçado. — Senti as mãos de Æthelflaed se mexerem embaixo das minhas. — Livre-se dela. — Æthelflaed ainda sussurrava, depois ergueu a voz. — Leve suas tropas para o norte, para Ceaster, senhor Uhtred. O senhor tem trabalho a fazer.

— Levarei, senhora — respondi.

— Cinquenta de meus homens irão com o senhor. E o príncipe Æthelstan vai acompanhá-lo.

— Sim, senhora. — Era sensato, pensei, afastar Æthelstan o máximo possível das ambições de Æthelhelm.

A senhora da Mércia

— Vou segui-lo assim que possível, mas primeiro há trabalho a fazer. — Então passou a falar para todo o Witan. — Há terras a distribuir e responsabilidades a delegar. Bispo Wulfheard?

— Senhora? — Ele parecia nervoso.

— O senhor era o conselheiro mais valioso de meu marido. Espero que continue como chefe de meu conselho.

— Com a ajuda de Deus, senhora, espero servi-la como servi a ele.

Era possível ouvir o alívio na voz do filho da mãe. Æthelflaed havia seduzido os homens de Eardwulf garantindo sua lealdade, e, ao nomear Wulfheard tão publicamente, estava dizendo que esses apoiadores não tinham motivos para temer sua inimizade. Mas ela tinha motivo para temer a raiva de Æthelhelm. Observei-o enquanto eu caminhava para a lateral do tablado e pude ver que ele estava com raiva, o rosto geralmente afável estava tenso de fúria. Æthelhelm esperaria que ela cometesse um erro ou que perdesse terra para os pagãos, então usaria seu dinheiro e sua influência para que fosse substituída.

E, se houvesse terra a ser perdida, seria no norte, por isso eu iria para Ceaster, porque a cidade não estava totalmente livre de nossos inimigos. Havia trabalho a fazer por lá, e noruegueses contra os quais lutar.

Mas primeiro eu precisava encontrar uma espada.

Terceira Parte

O deus da guerra

Oito

Os remos mergulharam, recuaram lentamente e subiram. A água pingou das pás compridas, que giraram para a frente e mergulharam de novo. O barco avançava a cada longa remada, depois reduzia a velocidade enquanto os remos se moviam para um novo mergulho no Sæfern verde-acinzentado. Não estávamos com pressa porque a maré e a correnteza do rio nos conduziam para o mar. As remadas apenas mantinham o *Ðrines* firme, deixando a esparrela atuar. Finan cantava uma música lenta e triste em seu irlandês nativo, o ritmo impelindo os trinta e seis homens que puxavam os remos da embarcação. Alguns homens estavam sentados na proa, observando preguiçosamente os juncos se curvarem por onde o barco passava. *Ðrines*! Por que dar o nome da trindade a um barco? Ainda não encontrei um único padre, monge, freira ou erudito que pudesse me explicar a trindade. Três deuses em um? E um deles é um espírito?

Fazia três dias desde que Æthelflaed fora aclamada como soberana da Mércia. Eu tinha jurado lealdade a ela, depois havia tirado a cruz do pescoço e a jogado para Finan, substituindo aquele badulaque pelo martelo de sempre. Feito isso peguei o padre Ceolberht pela gola da batina e o arrastei pela porta lateral do grande salão. Æthelflaed gritara uma repreensão rude, mas eu a ignorei, arrastando o padre que grunhia para a passagem lateral, onde o joguei na parede. Puxá-lo e empurrá-lo tinha feito a dor da minha costela se tornar uma agonia súbita, e o cheiro de pus que exalava era horrível, mas minha raiva era muito maior que a dor.

— Você mentiu para mim, seu desgraçado banguela — acusei.

— Eu... — começou ele, mas eu o empurrei de novo, batendo sua cabeça calva nas pedras da parede romana.

— Você disse que não sabia o que aconteceu com Cuspe de Gelo.

— Eu... — tentou ele pela segunda vez, mas de novo não lhe dei a chance de falar, apenas o empurrei com força na parede, e Ceolberht gemeu.

— Você tirou a espada do campo de batalha e a trouxe para cá.

Eadith me dissera isso. Ela havia visto o padre carregando a espada. Seu irmão Eardwulf até se oferecera para comprá-la, mas Ceolberht recusou, dizendo que ela tinha sido prometida a outra pessoa.

— Então onde ela está? — perguntei, mas Ceolberht não respondeu, apenas me olhou aterrorizado. Finan saiu pela porta do salão e ergueu uma sobrancelha. — Vamos estripar esse padre mentiroso — avisei ao irlandês. — Mas lentamente. Me passe a faca.

— Senhor! — ofegou Ceolberht.

— Diga, sua bosta gosmenta, o que você fez com a espada de Cnut.

O padre apenas gemeu outra vez, por isso peguei a faca que Finan me ofereceu. Os gumes eram tão afiados que pareciam uma pena. Seria possível fazer a barba com aquela lâmina. Sorri para Ceolberht e enfiei a faca através de sua batina preta até que a ponta tocou na pele de sua barriga.

— Vou estripar você lentamente, muito lentamente. — Senti a ponta afiada como uma agulha furar a pele, provocando no padre um som que parecia um miado. — Então, onde ela está?

— Senhor! — ofegou ele.

Eu não iria estripá-lo, mas ele acreditou que o faria. Sua boca se abriu e se fechou depressa, os dentes que restavam chacoalharam, e finalmente ele conseguiu falar.

— Ela foi levada para Scireburnan, senhor.

— Repita isso!

— Ela foi levada para Scireburnan! — exclamou ele num tom desesperado.

Segurei a faca imóvel. Scireburnan era uma cidade em Thornsæta, um dos condados mais ricos de Wessex, e a terra ao redor de Scireburnan pertencia a Æthelhelm.

— Você deu Cuspe de Gelo a Æthelhelm?

— Não, senhor!

— Então a quem, seu filho da mãe?

— Ao bispo — sussurrou ele.

— A Wulfheard?

— Ele está falando do bispo Asser — interveio Finan secamente.

— Bispo Asser? — perguntei a Ceolberht, que apenas assentiu. Afastei a faca de sua barriga e coloquei a ponta ensanguentada a um dedo de seu olho direito. — Talvez eu cegue você. Já arranquei seus dentes, por que não os olhos também? Depois sua língua.

— Senhor! — Isso mal passou de um sussurro. Ceolberht não ousava se mexer.

— O bispo Asser está morto — eu disse.

— Ele queria a espada, senhor.

— Então ela está em Scireburnan?

Ceolberht apenas gemeu. Acho que ele queria balançar a cabeça, mas não ousava.

— Então — eu deixei a ponta da faca tocar a pele logo abaixo da pálpebra direita — onde ela está?

— Tyddewi — murmurou ele.

— Tyddewi? — Eu nunca tinha ouvido falar desse lugar.

— O bispo Asser foi para lá para morrer, senhor. — Ceolberht mal ousava falar. Sua voz saía mais baixa que um sussurro, e seus olhos estavam vesgos enquanto ele olhava para a lâmina maligna da faca. — Ele queria morrer em casa, senhor, por isso foi para Gales.

Soltei Ceolberht, que caiu de joelhos aliviado. Devolvi a faca a Finan.

— Então ela está em Gales — falei.

— É o que parece. — Finan limpou a lâmina.

Bispo Asser! Fazia sentido. Eu o odiava, assim como ele me odiara. Era um pequeno galês vingativo, um cão raivoso que se enfiara no meio dos homens que recebiam o afeto do rei Alfredo e depois lambia o saco real como um cão lambendo o sangue do gado abatido no outono. Eu havia me desentendido com Asser muito antes de ele conhecer Alfredo, e o bispo jamais fora um homem de esquecer um ressentimento, por isso sempre se esforçara para criar um mal-estar entre o rei e eu. Se não houvesse uma ameaça dinamarquesa, Alfredo me tratava como um pária, instigado pelo ódio venenoso de Asser, mas, assim que Wessex ficava sob um cerco, eu subitamente voltava às graças do rei, o que significava que Asser jamais conseguira se vingar de mim. Até agora.

Sua recompensa por lamber o saco de Alfredo foi receber mosteiros e um bispado com todos os seus altos lucros. Ele fora nomeado bispo de Scireburnan, uma recompensa especialmente suntuosa num condado abastado. Eu ouvira falar que ele tinha deixado a cidade pouco antes de morrer, e não dei muita atenção à notícia a não ser para agradecer a Tor e a Odin por matar o desgraçado astuto. Mas o desgraçado havia sido mesmo astuto porque meu ferimento ainda doía. O que significava que a espada de Cnut estava com outra pessoa, que ainda devia estar realizando alguma feitiçaria cristã com a arma.

E era por isso que o *Ðrines* estava seguindo para o oeste levado por um vento que ficava mais forte. Agora o rio se alargava até chegar ao mar. A maré do Sæfern continuava baixando e o vento aumentando. Sempre que o vento se opõe à maré o mar encurta, e assim o *Ðrines* se chocava em ondas fortes e altas. A embarcação fizera parte da pequena frota de Æthelred, que tinha patrulhado o litoral sul de Gales para deter os piratas que saíam das baías e angras para atacar os mercantes mércios. Eu havia demorado dois dias para enchê-lo de provisões, dois dias em que esperava constantemente ser convocado e repreendido por Æthelflaed por não obedecer às suas ordens. Eu deveria estar cavalgando para o norte, até Ceaster, mas, em vez disso, passara esses dias alguns quilômetros ao sul de Gleawecestre, onde armazenei peixe seco, pão e cerveja no *Ðrines*. Minha filha quisera ir comigo, mas insisti que ela fosse com os cinquenta homens de Æthelflaed enviados para reforçar Ceaster. Um homem que ama a filha não a deixa ir a Gales. Além disso, Æthelflaed insistira que seu sobrinho, Æthelstan, fosse para Ceaster. Ele estaria seguro atrás daquelas fortes muralhas romanas, longe da maldade de Æthelhelm. Sua irmã gêmea, Eadgyth, que não oferecia ameaça às ambições de Æthelhelm, tinha ficado com Æthelflaed em Gleawecestre.

O *Ðrines* era um bom barco, a não ser pelo nome. Havia sido construído com cuidado, com uma vela que mal fora usada, e nem podíamos usar agora porque viajávamos contra o vento pernicioso. Eu deixei meu filho ser o timoneiro e comandante, e o vi franzir a testa quando uma onda maior lançou para cima a proa decorada do *Ðrines* com uma cruz, e esperei para ver que decisão tomaria, depois olhei enquanto ele movia a esparrela para nos levar a uma corrente mais ao sul. Nosso destino estava no litoral norte, mas ele estava certo em ir para o sul. Quando a maré mudasse iríamos querer a ajuda do vento, e ele estava abrindo espaço no mar para que pudéssemos içar a grande vela e deixar que ela nos levasse. Se o vento continuasse do mesmo jeito eu duvidava de que pudéssemos conseguir espaço suficiente, no entanto era mais que provável que ele também mudaria para o sul. Além disso eu suspeitava de que iríamos nos abrigar para passar uma noite no litoral de Wessex, talvez perto do lugar onde eu havia matado Ubba, tantos anos antes.

Éramos quarenta e seis homens, um considerável bando de guerreiros, e Eadith também viera. Alguns de meus homens ficaram incomodados com isso. A maioria das pessoas considera que uma mulher a bordo de uma embarcação só traz má sorte, porque provoca os ciúmes de Ran, a deusa do mar, que não suporta rivais. Mas eu não ousava deixar Eadith em Gleawecestre para sofrer com os ciúmes de Æthelflaed.

— Ela vai matar a coitada — eu dissera a Finan.

— Ela vai mandá-la para um convento, talvez.

— É a mesma coisa. Além disso Eadith conhece Gales — menti.

— Conhece, é?

— Intimamente — respondi. — É por isso que está indo conosco.

— Claro — disse ele, e não falou mais nada.

Claro, Eadith não conhecia nada de Gales, mas quem conhecia? Por sorte Gerbruht estivera em Tyddewi. Ele era amigo de meu filho e se destacava dentre meus guerreiros pelo apetite, que o tornara gordo, embora boa parte daquele volume bovino fosse de músculo sólido. Chamei-o à popa do barco, onde nos sentamos ao lado da plataforma do leme e fiz Eadith escutar.

— Como você conhece Gales? — perguntei a Gerbruht.

— Fui em peregrinação, senhor.

— Foi? — Eu estava surpreso. Gerbruht não me parecia exatamente um peregrino.

— Meu pai era padre, senhor — explicou ele.

— Ele veio da Frísia para visitar Gales?

— O rei Alfredo o chamou a Wintanceaster, senhor, porque meu pai sabia grego. — Fazia sentido. Alfredo trouxera dezenas de clérigos estrangeiros para Wessex, mas só se fossem eruditos. — E meu pai e minha mãe gostavam de visitar templos.

— E levaram você a Tyddewi?

Ele assentiu.

— Eu era apenas uma criança, senhor.

— Não me diga — eu disse. — Há um santo morto lá.

— Há, senhor! — Gerbruht parecia pasmo e fez o sinal da cruz. — São Dewi.

— Nunca ouvi falar dele. O que fazia?

— Pregava, senhor.

— Todos eles fazem isso!

— Bom, o povo na parte de trás da multidão não conseguia vê-lo, senhor.

— Por quê? Ele era um anão?

Gerbruht franziu a testa, obviamente tentando me ajudar, mas não conseguiu pensar em uma resposta.

— Não sei se ele era um anão, senhor, mas eles não conseguiam vê-lo, por isso Dewi rezou a Deus e Deus criou um morro sob os pés dele.

Encarei Gerbruht.

— Dewi fez uma colina em Gales?

— Sim, senhor.

— E eles chamam isso de milagre?

— Ah, sim, senhor.

Gerbruht não tinha o raciocínio mais rápido de minha parede de escudos, mas era leal e forte. Era capaz de puxar um remo o dia inteiro ou usar um machado de guerra com uma habilidade selvagem.

— Então fale sobre Tyddewi — ordenei.

Ele franziu a testa de novo, tentando se lembrar.

— Não fica distante do mar, senhor.

— Isso é bom.

— Há monges lá. Homens bons, senhor.
— Tenho certeza de que são.
— E colinas, senhor.
— Dewi esteve lá, então talvez ele as tenha feito, não é?
— Sim, senhor! — Gerbruht gostou dessa ideia. — E há campos pequenos, senhor, com muitas ovelhas.
— Gosto de carne de cordeiro.
— Eu também, senhor — acrescentou ele com entusiasmo.
— Você viu algum guerreiro em Tyddewi?

Ele assentiu, mas não soube dizer se algum senhor morava perto do mosteiro nem se os guerreiros tinham casa perto do povoado. Evidentemente havia uma igreja no local onde o santo fazedor de morros fora enterrado, e celas de pedra onde os monges moravam, mas Gerbruht não se lembrava de muita coisa da aldeia próxima.

— A igreja fica num buraco, senhor.
— Num buraco?
— Num terreno baixo, senhor.
— Seria de se imaginar que eles fariam a igreja numa colina.
— Numa colina, senhor?
— Na que Dewi fez.
— Não, senhor. — Ele franziu a testa, confuso. — É em terreno baixo. E os monges nos alimentaram com peixe.
— Peixe.
— E mel, senhor.
— Junto?

Gerbruht achou isso engraçado e riu.

— Não, senhor, junto, não. O gosto não seria bom. — Ele olhou para Eadith, esperando que ela compartilhasse da piada. — Peixe e mel! — exclamou, e ela deu um risinho, o que o agradou. — Peixe e mel! — repetiu. — Eram arenques.

— Arenques? — indagou Eadith, tentando não rir.
— E berbigões, búzios e enguias. Cavalinha também!
— Fale sobre os guerreiros que você viu.

O deus da guerra

— Mas o pão era estranho, senhor — comentou ele, sério. — Tinha gosto de alga marinha.

— Guerreiros? — instiguei.

— Havia alguns na igreja de Dewi, senhor.

— Poderiam estar de visita, como vocês?

— Poderiam, senhor.

— Alga marinha? — perguntou Eadith.

— O pão era encalombado, senhora, e azedo. Mas eu gostei.

— Como vocês chegaram lá? — perguntei.

— Eles nos levaram por um caminho até a cabana onde ficava a comida, e comemos com os monges.

— Não! Como chegaram a Tyddewi?

Ele franziu a testa.

— A cavalo, senhor.

Gerbruht não tinha muito mais informações. Estava claro que Tyddewi era um lugar de peregrinação cristã e, se a memória dele estivesse correta, estrangeiros podiam viajar pelas trilhas rústicas dos reinos do sul de Gales com alguma segurança. Esse pensamento era encorajador. Os cristãos gostam de peregrinos, aquelas pessoas devotas que olham para ossos de porco que fingem ser santos mortos e dão dinheiro, um monte de dinheiro, e praticamente não existe uma igreja, um mosteiro ou um convento que não tenha a pálpebra de são João, o umbigo de santa Ágata ou as patas em conserva do porco gadareno. Muitos desses peregrinos são pobres, mas os idiotas entregam a última moeda amassada para receber a bênção de um dedal cheio de terra raspada da parte inferior das unhas do pé de um santo morto, mas o fato de Tyddewi receber esses idiotas simplórios era bom, porque significava que poderíamos chegar disfarçados de peregrinos.

Naquela primeira noite nos abrigamos em algum lugar no litoral norte de Defnascir. Encontramos uma enseada, baixamos a âncora de pedra e deixamos a noite cair sobre nossa embarcação cansada. Em algum momento daquele dia havíamos passado pela foz do rio onde matei Ubba. Aquela luta na areia havia feito minha reputação, mas acontecera muito tempo atrás, e algum dia, pensei, um jovem iria me derrubar como eu havia derrubado

Ubba, e ele pegaria Bafo de Serpente e ficaria emproado com a fama. Wyrd bið ful āræd.

A manhã seguinte trouxe um dia difícil nos remos, porque ainda viajávamos contra o vento e às vezes a maré tentava nos empurrar para trás. O crepúsculo já caía quando chegamos a Lundi, uma ilha que eu visitara muitos anos antes. Ela praticamente não havia mudado, mas algumas pessoas deviam ter tentado se estabelecer ali, o que era idiota porque os noruegueses deviam ter visto as construções e remado para lá. Havia duas pilhas de cinzas deterioradas marcando o lugar onde as construções estiveram e um esqueleto nas pedras da praia onde encalhamos o *Đrines*. Cabras nos observavam dos pontos altos, onde ficavam as tocas dos papagaios-do-mar. Matamos e retalhamos dois cabritos e preparamos um jantar numa fogueira feita com madeira trazida pelo mar. O céu havia clareado, as estrelas eram um borrão de luz, o ar estava fresco, mas não frio, e dormimos no capim ralo vigiados por sentinelas.

No dia seguinte remamos para o oeste em um mar límpido que se movia devagar, ondulando a luz através da névoa. Papagaios-do-mar passavam por nós zumbindo com suas asas curtas, e as focas levantavam o rosto bigodudo para nos ver deslizar. O vento se intensificou no meio da manhã e, depois de virar para o norte e para o sul, acomodou-se numa direção sudoeste, então içamos a vela e deixamos o *Đrines* correr livre. Peguei a esparrela durante um tempo, não porque meu filho não pudesse controlar a embarcação, mas só pela alegria de sentir o tremor do mar no cabo comprido. Então o esforço de segurar o longo remo começou a fazer minha costela doer, por isso o devolvi a Uhtred e fiquei deitado na plataforma do leme, vendo o mar reluzente passar. Pensei se existiam barcos em Valhala. Imagine uma eternidade com um bom barco, um mar brilhante, o vento no rosto, uma tripulação de bons homens e uma mulher ao lado.

— *Skidbladnir* — eu disse.

— Skid? — perguntou Eadith.

— É uma embarcação dos deuses — expliquei. — Cabe no bolso de um guerreiro, e quando é preciso basta jogá-lo no mar e ele cresce até o tamanho total.

Ela sorriu.

— E o senhor zomba dos milagres cristãos.

— Ainda não vi um morto ressuscitar e um cego voltar a ver.

— Mas viu um barco crescer no mar?

— Odeio mulheres inteligentes — disse em tom ríspido.

Eadith gargalhou. Ela nunca estivera num barco, a não ser um que fosse remado decorosamente subindo e descendo o Sæfern ao lado de Gleawecestre, e tinha ficado nervosa quando nosso casco encontrou pela primeira vez o mar amplo e as ondas curtas se chocaram em nós. Vira o casco se curvar diante das ondas mais altas e pensara que as tábuas poderiam se partir, até que eu lhe disse que, se o casco não se dobrasse, a embarcação certamente afundaria.

— As tábuas se curvam, e a estrutura impede que elas se dobrem demais — expliquei. — É como uma espada. Se for dura demais ela se quebra, se for mole demais não suporta um gume.

— E as pedras? — Ela olhou para o fundo do barco.

— Elas nos mantêm de pé — respondi, e ri porque me lembrei de um sermão ridículo do padre Beocca. Ele havia comparado as pedras de lastro com a fé do cristão, e continuou acrescentando mais pedras à sua embarcação imaginária até que meu pai resmungou dizendo que ele havia acabado de afundar o maldito barco, e o pobre Beocca simplesmente ficou parado diante do altar, boquiaberto.

— O senhor está feliz — comentou Eadith, também parecendo feliz.

E eu estava mesmo. A dor na lateral do corpo era suportável e o barco ia numa boa velocidade. A única coisa que me preocupava era Gales. Eu sabia pouco sobre os galeses, só que eram cristãos, falavam uma língua bárbara e, se Gerbruht estivesse certo, comiam alga marinha. Seu reino era dividido em reinos menores que pareciam mudar de nome de acordo com o clima, mas eu sabia que Tyddewi fazia parte do reino chamado Dyfed, ainda que não tivesse ideia de quem era o soberano dessa terra. Algum rei insignificante, sem dúvida, barbudo e briguento. Mas os homens de Gales eram grandes guerreiros, e se tornara uma regra dentre os saxões que apenas os idiotas iam para as colinas deles para ser trucidados, mas isso não impedia os idiotas de tentar. E os galeses, que diziam que tínhamos roubado suas terras, gostavam de atacar a car a Múrcia para roubar gado e pessoas escravizadas. Essa guerra constante era um treinamento útil para jovens guerreiros. Na verdade, eu havia lutado contra galeses em minha primeira parede de escudos. Com frequência eu me perguntava por que os galeses não adoravam os deuses que eram inimigos dos saxões, porque esses deuses certamente iriam ajudá-los a recuperar suas terras, mas eles insistiam em ser cristãos, o que era uma coisa boa, porque foram os guerreiros cristãos galeses que vieram a Teotanheale e ajudaram a derrotar Cnut.

Agora a espada de Cnut estava em Dyfed, e o *Ðrines* corria para lá com uma vela enfunada e deixando um grande rastro na água. Vi alguns outros barcos, todos distantes. As pequenas velas escuras provavelmente pertenciam a pescadores, mas duas delas claras e maiores, eram de barcos cargueiros indo para a foz do Sæfern. Eu duvidava de que fossem embarcações de combate porque, apesar de viajarem perto uma da outra, afastaram-se bruscamente de nós e logo se perderam na névoa do mar.

No fim da tarde estávamos perto do litoral galês, agora remando, porque mais uma vez o vento soprava contra nós. Nos dois dias que tínhamos passado enchendo o *Ðrines* com barriletes de cerveja, barris de peixe defumado e sacos de pão assado duas vezes eu havia falado com um comandante de barcos que conhecia aquela costa. Era um homem grande, barbudo, o rosto escurecido e enrugado pelo clima. Ele me garantira que seria fácil encontrar Tyddewi.

— Siga para leste, até o fim da terra firme, senhor — explicara ele. — Depois o senhor passa por uma enseada grande e chega a uma ponta de terra rochosa com ilhas próximas, depois vira para o norte e atravessa uma grande baía, e a ponta de terra do outro lado da baía é Tyddewi. Um cego poderia encontrar o local numa noite escura.

— Venha conosco — convidei.

— O senhor quer que eu ponha o pé naquela terra? Em trinta e oito anos no mar, senhor, nunca desembarquei em Gales e nunca vou desembarcar.

— Vamos ser peregrinos.

— Com espadas? — Ele gargalhou. — O senhor não tem como errar o caminho. Vá para o oeste até não haver mais terra firme, depois atravesse a baía de pedra, e vai encontrar um bom ancoradouro nessa enseada. O homem que me ensinou sobre a costa chamou o lugar de boca do dragão. Tem rochas afiadas que parecem dentes, senhor, mas de lá o senhor pode andar até Tyddewi.

— Você já ancorou na boca do dragão?

— Três vezes. Uma âncora de pedra na proa, outra na popa, e boas sentinelas para ficarem acordadas a noite inteira.

— E não pisou na terra? Nem para pegar água?

Ele fez uma careta.

— Havia uns filhos da mãe barbudos com machados esperando. Eu me abriguei das tempestades lá, senhor. E rezei para que o dragão ficasse de boca aberta. É só atravessar a baía, encontrar o arco e que Deus o proteja.

E talvez o deus cristão nos protegesse, afinal de contas Gales era um lugar de cristãos, mas mesmo assim toquei o martelo pendurado no pescoço e rezei a Odin. Uma vez ele veio a Midgard e fez amor com uma jovem que lhe deu um filho mortal, e o filho teve um filho, e esse filho teve outro, e assim continuou até que eu nasci. Tenho sangue de deuses, e toquei no martelo, implorando a Odin que me protegesse na terra de nossos inimigos.

Naquela noite, enquanto o vento amainava e o mar se acomodava numa longa ondulação, atravessamos a baía ampla e chegamos ao arco de pedra. Para além dele, alto no céu que escurecia, um grande cobertor de fumaça pairava acima da terra rochosa. Finan parou ao meu lado e olhou para a mancha escura. Ele sabia o que aquilo indicava. Nossa vida inteira fora passada vendo esse tipo de fumaça de destruição.

— Dinamarqueses? — sugeriu.

— É mais provável que sejam noruegueses — respondi. — Ou uma disputa galesa? Eles têm contendas com frequência.

Remamos lentamente para o leste, procurando a boca do dragão, e lá estava, uma fenda escura e coberta por sombras no litoral. Toquei meu martelo de novo enquanto os remos compridos nos levavam para o abraço da terra. Havia ovelhas nas encostas altas e um agrupamento de choupanas cobertas de palha mais ao fundo do vale estreito, mas não vi homens, com ou sem machados. Não vimos ninguém. Se viviam pessoas no vale da enseada, estavam se escondendo de quem manchara o céu com fumaça.

— Alguém está nos vigiando — comentou Finan, olhando as encostas altas. — Não podemos vê-los, mas eles estão vigiando.

— Provavelmente.

— E vão mandar notícias de nossa chegada.

— Temos uma cruz na proa — avisei, sugerindo que parecíamos uma embarcação de cristãos e, numa terra cristã, isso poderia nos proteger.

— Que Deus nos ajude — disse Finan, e fez o sinal da cruz.

Pusemos sentinelas e depois tentamos dormir.

Mas o sono foi difícil naquela noite. Estávamos na boca do dragão.

Sete de nós fomos para a terra antes do alvorecer. Levei Finan, é claro, meu filho, Gerbruht, porque ele já estivera no templo, e dois outros guerreiros. Eadith insistiu em ir também.

— Você está mais segura no barco — eu disse, mas ela balançou a cabeça com teimosia e, convencendo-me de que a presença de uma mulher tornava mais convincente o fingimento de que éramos peregrinos, deixei-a vir. Todos usávamos capas, e eu havia trocado meu martelo por uma cruz. As capas escondiam espadas curtas.

Assim que chegamos a terra subimos pelo lado leste da boca do dragão. Quando alcançamos o topo pedregoso, parecendo que todos os demônios da cristandade cravavam forcados incandescentes em minhas costelas, Sihtric havia levado o *Đrines* de volta ao mar. Se o vigia oculto da boca do dragão tivesse mandado avisar a seu senhor, guerreiros viriam para a enseada e iriam descobrir que ela estava vazia. Presumiriam que teríamos nos abrigado para passar a noite e seguido viagem, ou ao menos eu esperava que acreditassem nisso. Eu dissera para Sihtric manter o barco longe da costa até o crepúsculo e que depois voltasse para a enseada.

E andamos.

Não era longe, nem um pouco.

Quando o sol nascente lançava raios oblíquos sobre o mundo tínhamos encontrado Tyddewi, e, como as choupanas na boca do dragão, o lugar estava vazio. Eu tinha esperado escutar a cacofonia usual de cães uivando e galos

Quando o sol nascente lançava raios oblíquos sobre o mundo tínhamos encontrado Tyddewi, e, como as choupanas na boca do dragão, o lugar estava vazio. Eu tinha esperado escutar a cacofonia usual de cães uivando e galos cantando, mas havia silêncio sob a fumaça que pairava no céu e ainda subia manchando a manhã. Houvera um povoado ali, mas agora eram cinzas e madeira queimada, tudo menos uma lúgubre igreja de pedra que ficava num terreno baixo. Eu tinha visto isso com muita frequência; na verdade eu mesmo causara esse tipo de coisa. Guerreiros tinham chegado, queimado e saqueado, mas à medida que nos aproximávamos não vi corpos. Os invasores teriam levado os jovens e os núbeis para escravizá-los e para o prazer. Em geral esses guerreiros costumavam matar os velhos e os doentes, mas não havia corpos sendo rasgados por corvos nem manchas de sangue espirrado nas pedras, nenhum cadáver preto e encolhido fedendo no meio das brasas. A aldeia soltava fumaça e estava vazia.

— Se a espada de Cnut já esteve aqui, agora se foi — declarou Finan, sério.

Não falei nada, não querendo pensar no que ele dissera, mas era evidente que ele estava certo. Alguém, agressores vindos do mar ou homens de outro reino galês, tinha vindo a Tyddewi e deixado uma vastidão de cinzas. Um gato arqueou as costas e sibilou para nós, no entanto nada mais vivia. Andamos na direção da igreja feita de pedras escuras e ásperas. Para além dela havia uma confusão de construções queimadas que soltavam mais fumaça que o resto, e supus que lá fora o mosteiro para onde Asser tinha ido morrer. Na extremidade mais distante das ruínas, construídas na encosta mais baixa da colina ao norte, havia pequenas cabanas de pedra em forma de colmeias. Umas duas tinham sido despedaçadas, porém mais de dez pareciam inteiras.

— Cabanas de pedra — disse Gerbruht —, onde os monges vivem.

— Eu não colocaria nem um cachorro naquilo — falei.

— O senhor gosta de cachorros — observou Finan —, de modo que não colocaria, é claro. Mas o senhor colocaria um monge numa delas. Meu Deus! O que foi aquilo? — Ele ficou espantado porque um pedaço de madeira queimada havia acabado de ser jogada da porta oeste da igreja. — Jesus, tem alguém aqui.

— Cante — mandou meu filho.

— Um salmo — indicou meu filho.

— Então cante — reclamei.

E eles cantaram, mas não foi algo impressionante, e apenas Gerbruht sabia mais que algumas palavras. Meu filho supostamente fora educado por monges, mas apenas berrou absurdos enquanto andávamos entre as cabanas queimadas. O lugar fedia a fumaça.

Uma escada de pedra descia para o terreno baixo, e, quando chegamos aos degraus, um monge apareceu à porta da igreja. Ele olhou para nós por um momento, apavorado, jogou mais madeira queimada no chão, então voltou correndo para as sombras. O salmo hesitou enquanto descíamos a encosta, e logo eu estava à porta da igreja. Entrei.

Três monges me encararam. Um deles, um idiota corajoso, carregava um pedaço de madeira meio queimada como se fosse um porrete. Seu rosto estava branco, tenso e determinado, e ele não baixou a arma improvisada mesmo quando meus homens entraram pela porta. Atrás dele estavam os restos enegrecidos de um altar, sobre o qual pendia um crucifixo de madeira pintada, que fora chamuscado, mas não pegou fogo. Os pés do deus pregado estavam pretos e a tinta do corpo nu manchada de fumaça escura, porém o crucifixo sobrevivera ao incêndio. O monge que segurava o porrete chamuscado falou conosco, mas em sua língua, que nenhum de nós entendia.

— Somos peregrinos — avisei, sentindo-me idiota.

O monge falou de novo, ainda sopesando o pedaço de madeira, mas então o mais jovem dos três, um rapaz pálido com barba rala, falou em nosso idioma.

— Quem são vocês?

— Já disse, somos peregrinos. Quem são vocês?

— Vocês vieram nos fazer mal? — perguntou ele.

— Se eu quisesse lhes fazer mal, já estariam mortos. Viemos em paz. E então, quem são vocês?

O jovem monge fez o sinal da cruz, depois empurrou gentilmente o pedaço de madeira do amigo para baixo e falou com ele em galês. Ouvi a palavra *season*, que é como eles chamam os saxões, e vi o alívio em seus rostos quando perceberam que não tínhamos vindo matá-los. O monge mais velho, um homem de barba branca, caiu de joelhos e chorou.

— E então, quem são vocês? — perguntei de novo ao jovem monge.

— Sou o irmão Edwyn — respondeu ele.

— Saxão?

— De Scireburnan.

— De Scireburnan, senhor — retruquei severamente.

— Sim, senhor, de Scireburnan.

— Você veio para cá com o bispo Asser? — perguntei. Parecia uma explicação óbvia para o fato de um monge saxão estar naquele canto de Gales fedendo a fumaça.

— Sim, senhor.

— Por quê?

Edwyn franziu a testa, aparentemente intrigado com a pergunta.

— Para aprender com ele, senhor. Ele era um homem muito santo e um grande professor. O bispo Asser pediu que eu o acompanhasse, que anotasse suas palavras, senhor.

— E o que aconteceu aqui? Quem queimou este lugar?

Os noruegueses estiveram ali. Em algum lugar ao norte de Tyddewi ficava a foz de um rio. O irmão Edwyn a chamou de Abergwaun, embora esse nome não significasse nada para mim, e noruegueses vindos da Irlanda se estabeleceram lá.

— Eles tiveram permissão, senhor — disse Edwyn.

— Permissão?

— Do rei, senhor, e eles prometeram pagar tributo a ele.

Eu ri. Outros reis na Britânia haviam convidado os nórdicos a se estabelecer e acreditaram nas promessas deles, de viver em paz e pagar o arrendamento da terra. Porém gradualmente mais barcos chegaram, e o bando de guerreiros assentados crescera em força. De repente, em vez de arrendatários, o rei descobria que tinha um grupo de guerreiros violentos, convidados armados que queriam seus campos, suas mulheres, seu tesouro e seu trono.

— E quem comanda os noruegueses? — perguntei.

— O nome dele é Rognvald, senhor.

Olhei para Finan, que deu de ombros indicando que o nome não significava nada para ele.

— Ele veio da Irlanda? — indaguei ao monge.

— Muitos noruegueses fugiram da Irlanda nos últimos anos, senhor.

— Fico imaginando por quê — comentou Finan, achando divertido.

— E quantos homens Rognvald comanda?

— Pelo menos cem, senhor, mas sabíamos que ele vinha! Estávamos vigiando das colinas e recebemos um aviso, por isso tivemos tempo de fugir. Mas os tesouros... — Sua voz ficou no ar e ele olhou em desespero para a igreja lúgubre.

— Tesouros?

— Levamos os pequenos relicários e os bens do altar, mas o resto? O grande baú de ouro de são Dewi, o crucifixo de prata, eles eram pesados demais, e não tivemos tempo de salvá-los, senhor. Só tivemos alguns instantes. Eles vieram a cavalo.

— Eles levaram o santo?

— Salvamos os ossos, senhor, mas os caixões? Não havia tempo para levá-los.

— Quando foi isso?

— Há dois dias, senhor. Nós três voltamos ontem.

Edwyn hesitou. O monge que havia segurado o grande pedaço de madeira como se fosse um porrete estava falando com urgência e o irmão Edwyn pareceu nervoso. Ele reuniu coragem e se virou para nós.

— E o senhor? Posso perguntar de onde é?

— Viemos da parte do rei Eduardo.

Era sensato afirmar que tínhamos vindo de Wessex e não da Mércia. Wessex ficava mais longe e seus guerreiros raramente lutavam contra os galeses, ao passo que a Mércia era vizinha e perpetuamente lutava contra guerreiros que vinham das colinas.

— Rei Eduardo! Que Deus seja louvado — declarou Edwyn. — Um bom cristão.

— Assim como todos nós — eu disse, devotamente.

— E o rei o mandou, senhor?

— Para ver o túmulo do bispo Asser.

— Claro! — exclamou o irmão Edwyn, sorrindo. — O bispo era um grande amigo de Wessex! E era um homem muito santo! Que servo de Deus ele era! Uma alma de enorme gentileza e generosidade.

Uma grande merda de lesma, pensei, mas consegui dar um sorriso fraco.

— A falta dele é sentida em Wessex — comentei.

— Ele era o bispo daqui — explicou o irmão Edwyn —, e talvez nunca vejamos outro igual, mas agora o bispo Asser se juntou aos santos no céu, onde merece estar!

— Merece mesmo — concordei com fervor, pensando na companhia chata que deviam ser os santos.

— O túmulo dele fica aqui. — Edwyn foi até o outro lado do altar incendiado e apontou para uma grande placa de pedra que fora erguida e empurrada para o lado. — Os nórdicos, santo Deus, não deixaram nem os mortos descansar em paz!

Fui até a sepultura e olhei para o túmulo forrado de pedra onde o caixão de madeira simples do bispo Asser fora arrebentado. O filho da mãe ainda estava lá, enrolado num pano cinza manchado de preto. O corpo inteiro estava enrolado, de modo que não dava para ver seu rosto fino, mas dava para sentir o cheiro da podridão. Fiquei tentado a cuspir no túmulo, mas consegui resistir à ânsia e naquele momento tive uma inspiração, uma ideia tão brilhante que me perguntei por que não pensara naquilo antes.

— O rei Eduardo — virei-me de volta para o irmão Edwyn e adotei minha voz mais séria — pediu que levássemos de volta uma lembrança de Asser.

— Entendo, senhor! Ele era muito amado em Wessex.

— Era mesmo, e o rei deu uma espada ao bispo Asser, uma espada dinamarquesa, e perguntou se poderíamos levá-la para pôr no altar-mor da nova igreja de Wintanceaster.

— Ah! A espada — disse Edwyn. E pareceu nervoso outra vez.

— Pagaríamos por ela, é claro.

Edwyn estava à beira das lágrimas.

— O bispo gostava muito daquela espada, no entanto, ele não era um homem dado à guerra.

— Ele devia valorizá-la como um presente de um rei.

— Ah! Ele a valorizava! De fato, mas infelizmente não podemos dá-la ao rei Eduardo.

— Não podem?

— O último desejo do bispo Asser foi de ser enterrado com a espada. Ela estava no túmulo. Os noruegueses devem tê-la encontrado, porque a levaram.

— Como eles saberiam dela?

— Não era segredo, e os missionários devem ter falado dela.

— Missionários?

— Rognvald recebeu permissão de se estabelecer, senhor, com a condição de abrigar dois de nossos missionários e ouvir a mensagem deles. Foi o padre Elidell quem nos mandou o aviso da vinda de Rognvald.

E os missionários desgraçados também deviam ter alardeado a espada.

— O rei Eduardo desejava a arma — declarei, sentindo-me desamparado.

— Talvez o rei Eduardo aceite outra relíquia do bispo, não? — sugeriu Edwyn, solícito. — Temos alguns sapatos que o bispo usava. Pelo menos acho que temos. Ah, já sei! Ainda temos algumas roupas que usamos para limpar o vômito da doença terminal dele. Será que o rei gostaria de um deles?

— Um pano vomitado? — questionei.

— O vômito secou, senhor! Agora não passa de uma crosta e é um tanto delicado, mas se ele virar santo, como deve acontecer, a crosta certamente fará milagres!

— E o rei certamente consideraria isso um tesouro — eu disse —, mas seu coração estava direcionado para a espada.

— Não é de se espantar — concordou Edwyn —, porque ele matou o pagão que a usava! Ouvimos a história com frequência!

— O rei Eduardo o matou?

— Ah, sim! O bispo Asser tinha certeza disso. E o bispo Asser disse que usaria a espada para lutar com valentia contra o diabo, mesmo que já estivesse sepultado. Que homem santo! — Que merda de doninha maligno, sovina, ardiloso e mentiroso, pensei. — Ele era um grande combatente contra o mal — continuou Edwyn entusiasmado. — Ora, ele até implorou que a espada fosse embrulhada em folhas de urtiga para espetar os demônios que provo-

O deus da guerra

cassem os mortos cristãos! — Edwyn fez o sinal da cruz. — Até na morte o bispo luta por Cristo.

Mesmo na morte ele continuou me torturando. Eu não duvidava de que qualquer feitiçaria cristã que Asser tivesse usado na espada ainda seria poderosa. Mas ela sumira, e para encontrá-la eu teria de lidar com Rognvald.

— Esse norueguês ainda está em Abergwin? — perguntei a Edwyn.

— Abergwaun, senhor. Sim, pelo que sabemos.

— E a que distância... — comecei a perguntar, mas fui interrompido por meu filho.

— Pai!

A voz de Uhtred soou ansiosa. Ele estava parado à porta da igreja, olhando para a luz do novo dia. Quando me virei para ele, escutei as vozes. Vozes masculinas, depois o som de passos. Muitos passos. Fui até a porta, e ali, a menos de vinte passos de distância, havia guerreiros.

Uma horda de guerreiros. Homens usando cotas de malha e elmos, alguns com armaduras de couro e uns poucos com nada mais que túnicas acolchoadas capazes de impedir um corte, mas não uma perfuração. A maioria tinha escudos, quase todos portavam espadas, mas uns poucos estavam armados apenas com lanças grandes de pontas largas. Eram barbudos, de rosto moreno, hostis, mas usavam cruzes no pescoço, e alguns tinham a cruz pintada nos escudos, o que significava que não eram homens de Rognvald, e sim galeses. Comecei a contá-los, mas eles eram muitos.

— Graças a Deus! — O irmão Edwyn tinha vindo à porta. — O rei está aqui.

— Rei?

— O rei Hywel! — exclamou ele em tom de censura, como se eu devesse saber quem era o selvagem soberano desse canto de Gales. — Ele ficará feliz em conhecê-lo, senhor.

— A honra será minha — eu disse, e pensei em todos os homens que entraram em Gales e jamais retornaram. Havia histórias sobre grandes cavernas em que as almas dos saxões eram presas por magos galeses. "O que deveríamos chamar de nossa terra é a sepultura dos saxões!", dissera-me uma vez o padre Pyrlig, com um prazer muitíssimo pouco cristão. "Adoramos que eles nos visitem! Isso dá aos rapazes uma oportunidade de treinar com espadas."

E o líder dos guerreiros galeses, uma fera assustadora com uma echarpe vermelha enrolada no elmo, uma barba que ia até a cintura e um escudo no qual um dragão cuspia fogo, desembainhou sua espada longa.
Wyrd bið ful āræd.

O homem sério com a echarpe no elmo ficou de lado, e outro muito menor veio em nossa direção. Ele também usava cota de malha e elmo, mas não carregava escudo. Tinha uma capa verde-clara feita de um linho de alta qualidade, com cruzes douradas bordadas na bainha. Eu poderia ter pensado que era um padre, se não fosse pelo esplendor do elmo e pela magnificência da ornamentação da bainha da espada, que pendia de um cinto com pequenas placas de ouro. Usava uma corrente de ouro da qual pendia um crucifixo também de ouro, que ele tocou quando parou para nos encarar. Algo nele me lembrava de Alfredo. Seu rosto não tinha as rugas que marcavam Alfredo, por estar constantemente doente e interminavelmente preocupado, mas ele possuía uma expressão de inteligência aguçada. Esse homem não era idiota. Deu outro passo em nossa direção e vi sua confiança calma. Ele gritou em sua língua e o irmão Edwyn deu dois passos à frente, fazendo uma reverência.

— O rei — sussurrou ele para nós.

— Curvem-se — ordenei a meus companheiros, depois também me curvei.

Então este era o rei Hywel. Supus que ele devia ter uns 30 anos, era uma cabeça mais baixo que eu, mas tinha o corpo forte. Eu tinha ouvido falar nele, embora não tivesse me importado muito porque em Gales os reis vêm e vão como camundongos nas palhas dos telhados, mas havia algo naquele homem sugerindo que ele era muito mais formidável que a maioria de seus pares. Hywel parecia estar se divertindo quando fez perguntas ao irmão Edwyn e ouviu a tradução de nossas respostas. Tínhamos vindo como peregrinos, eu disse. Da parte do rei Eduardo? Hesitei, não querendo dizer que era um embaixador oficial porque não trouxéramos presentes nem cartas, mas então falei que o rei sabia que vínhamos e nos instruíra a oferecer cumprimentos cristãos. Hywel sorriu. Ele sabia reconhecer uma mentira. Olhou para meus homens, reconhecendo o que eram. Seu olhar se demorou apreciando Eadith por um momento, depois se voltou para mim. Ele falou com o irmão Edwyn, que se virou em minha direção.

— O rei deseja saber seu nome, senhor — disse ele.

— Osbert — respondi.

— Osbert — repetiu o irmão Edwyn ao rei.

— Osbert — também repetiu Hywel, pensando, depois ele se virou e ouviu enquanto o brutamontes com a echarpe no elmo sussurrava em seu ouvido. O que quer que fora dito fez Hywel sorrir de novo. Ele falou com o irmão Edwyn, que me olhou nervoso.

— O credo — traduziu o monge. — O rei deseja que o senhor recite o credo.

— O credo — eu disse, e de jeito nenhum conseguia me lembrar das palavras que foram marteladas em minha mente juvenil pelo padre Beocca.

— Creio em um só Deus — disse meu filho —, Pai Todo-Poderoso, criador do céu e da terra, e de todas as coisas visíveis e invisíveis. Creio em um só Senhor, Jesus Cristo — Finan e os outros se juntaram a ele —, Filho Unigênito de Deus — todos fizeram o sinal da cruz e eu copiei o gesto apressadamente —, nascido do Pai antes de todos os séculos, luz da luz, Deus verdadeiro de Deus verdadeiro, gerado, não criado...

O rei Hywel ergueu a mão para interromper a recitação. Ele falou com Edwyn outra vez, mas mantendo os olhos astutos virados para mim.

— O rei quer saber por que o senhor não disse as palavras — traduziu o irmão Edwyn.

— Consubstancial ao Pai — respondi enquanto as palavras voltavam subitamente da névoa da infância. — Por Ele todas as coisas foram feitas. E por nós, homens, e para nossa salvação, desceu dos céus, e encarnou pelo Espírito Santo, no seio da Virgem Maria, e se fez homem.

De novo o rei ergueu a mão e eu parei obedientemente enquanto Hywel olhava para o irmão Edwyn. O monge assentiu, presumivelmente confirmando que eu repetira as palavras de modo correto. Hywel ainda sorria enquanto falava com Edwyn, que de repente pareceu aterrorizado.

— O rei diz... — começou ele, em seguida hesitou e depois encontrou coragem para continuar. — O rei diz que está impressionado que o infame senhor Uhtred saiba o credo. — Não falei nada, apenas encarei o rei, que falou de novo. — Ele deseja saber — continuou o irmão Edwyn — por que o senhor mentiu sobre seu nome.

— Diga a ele que tenho uma memória ruim — respondi.

Hywel gargalhou, e notei que ele não esperou a tradução do irmão Edwyn. Ele rira assim que falei, depois sorriu.

— Memória ruim — falou ele, usando nossa língua.

— Parece, senhor — retruquei —, que sua memória acabou de recordar que o senhor fala a língua inglesa.

— A Igreja nos ensina a amar nossos inimigos — explicou ele. — Meu pai acreditava que deveríamos conhecê-los também.

Percebi que Hywel tinha fingido precisar de um tradutor para poder ouvir, observar e tomar uma decisão a nosso respeito. Ele pareceu gostar bastante de nós. Apontou para o homem que havia sussurrado em seu ouvido.

— Idwal foi um dos homens que seguiu o padre Pyrlig em sua batalha com Cnut. Ele o reconheceu. Portanto, senhor Uhtred com memória ruim, o senhor não é nenhum peregrino, então por que está aqui?

E não havia opção além de contar a verdade, ou o mínimo da verdade que eu desejava revelar. Falei que viéramos porque a espada do jarl Cnut fora roubada de mim, que ela pertencia ao homem que o havia matado, e esse homem era eu. Eu tinha vindo encontrar Cuspe de Gelo.

— Que agora está em posse de Rognvald — disse Hywel. — De modo que o senhor é um felizardo.

— Felizardo, senhor? — perguntei.

— Porque viemos para matar Rognvald. E o senhor pode se juntar a nós.

Assim iríamos para a guerra.

Nove

O PRINCIPAL CONSELHEIRO DO rei Hywel era um padre astuto chamado Anwyn, que falava nossa língua e me interrogou meticulosamente enquanto viajávamos para o norte. Ele queria saber quem era o soberano da Mércia e ficou surpreso e até em dúvida com minha resposta.

— A senhora Æthelflaed? Verdade?

— Eu estava lá quando o Witan a escolheu.

— O senhor me deixa atônito. O senhor me deixa atônito de fato.

Ele franziu a testa, pensando. Era careca como um ovo, com o rosto comprido e ossudo e lábios finos e pouco amigáveis, mas seus olhos escuros podiam se iluminar com diversão ou compreensão. Era um daqueles padres inteligentes que sobem muito no serviço ao rei, e suspeitei de que Anwyn era um servidor honesto, leal, do igualmente esperto Hywel.

— Pelo que eu soube, Wessex estava decidido a não permitir que a senhora Æthelflaed assumisse o fardo do marido — continuou ele, ainda franzindo a testa —, então o que aconteceu?

— Os mércios sentem orgulho de seu reino, e ainda não estão prontos para se deitar e abrir as pernas para um rei estrangeiro.

O padre Anwyn sorriu de minha grosseria.

— Entendo, senhor, mas nomear uma mulher! A última notícia que tivemos foi de que Eardwulf iria se casar com a filha de Æthelflaed e depois administrar o reino em nome de Eduardo!

— Eardwulf é um fora da lei — respondi, surpreendendo Anwyn.

Estava claro que o rei Hywel tinha suas fontes nos reinos saxões e que elas eram boas, mas qualquer notícia que esses espiões tenham mandado sobre a tentativa de Eardwulf de ocupar o poder e sobre o sucesso de Æthelflaed ainda não chegara à parte ocidental de Gales. Contei a ele sobre o ataque de Eardwulf a Æthelflaed e seu fracasso, mas não mencionei minha participação nisso nem contei como havia influenciado o Witan.

— Não posso dizer que sinto pena de Eardwulf — comentou o padre Anwyn com prazer evidente. — Ele sempre foi um inimigo dos galeses.

— Ele era mércio — falei secamente, e o padre sorriu.

— Então Æthelflaed é a nova soberana! — exclamou ele, achando divertido. — Uma mulher! No trono!

— Uma mulher muito capaz — acrescentei —, e uma guerreira melhor que o irmão.

Ele balançou a cabeça, ainda tentando compreender a ideia de uma mulher num trono.

— Vivemos tempos estranhos, senhor.

— É mesmo.

Tínhamos recebido pôneis, e o restante da força de Hywel estava em cavalos de guerra que seguiam por uma trilha pedregosa levando ao norte através de pequenos campos e afloramentos rochosos. O rei havia trazido mais de trezentos homens, e o padre Anwyn acreditava que isso seria suficiente.

— Rognvald não comanda mais de cento e trinta guerreiros. Mal são o suficiente para guardar sua paliçada!

Olhei para um falcão que fazia espirais acima de um morro e o acompanhei com a vista enquanto ele seguia para o leste.

— Há quanto tempo Rognvald vivia aqui?

— Seis anos.

— Seu rei me parece um homem muito inteligente — comentei, olhando para Hywel, que cavalgava logo atrás de seus dois porta-estandartes. — Por que ele permitiu que Rognvald se estabelecesse aqui?

— Ah, ele não permitiu! Foi o rei anterior, um idiota chamado Rhodri.

— Então Rognvald está aqui há seis anos, e em todo esse tempo não causou encrencas?

— Alguns roubos de gado — respondeu Anwyn sem dar importância. — Nada mais.

— Você diz que ele comanda apenas cento e trinta homens, e ele deve saber quantos guerreiros vocês podem levar. Então ele é idiota? Por que atacar Tyddewi? Ele deve saber que vocês vão querer vingança.

— Oportunidade! — exclamou Anwyn bruscamente. — Idwal — ele parou para indicar com a cabeça o sujeito grande com a echarpe vermelha — mantém geralmente vinte homens em Tyddewi, mas o rei precisava dele em outro lugar.

— Em outro lugar?

Anwyn ignorou a pergunta. Qualquer disputa que Hywel tivesse acabado de resolver não era de nossa conta.

— Achamos que era seguro deixar o templo sem guarda durante alguns dias — admitiu Anwyn com pesar. — E estávamos errados, mas voltamos assim que ouvimos falar da frota.

— Frota? — repeti a palavra com azedume. Com Sihtric no mar, esperando-nos, frota não era uma palavra que eu queria ouvir.

— Há alguns dias vinte barcos ou mais apareceram na costa. Pelo menos um deles parou em Abergwaun, mas não permaneceu lá. Todos navegaram para o norte um dia depois, e acabamos de receber a notícia de que estão vindo para o sul de novo.

— Barcos noruegueses?

Ele assentiu.

— Ivar Imerson enviou a frota, comandada pelo filho dele. Parece que estão procurando terras.

— Ivar Imerson?

Anwyn ficou surpreso por eu não ter ouvido falar de Ivar.

— É um homem formidável, mas os inimigos irlandeses dele também são.

Eu conhecia a Mércia e Wessex, a Nortúmbria e a Ânglia Oriental, mas agora estava num mundo diferente, um lugar onde senhores da guerra com nomes estranhos lutavam para formar reinos insignificantes na borda do mar. Percebi que Hywel tinha inimigos em três frentes. Tinha saxões a leste e reinos galeses rivais ao norte, enquanto a oeste os noruegueses e os irlandeses lutavam entre si, os dois lados sempre prontos para atacar seu litoral, e, se o que Anwyn ouvira dizer era verdade, estavam prontos para tomar mais terras de Dyfed.

Os cavaleiros à nossa frente haviam parado, e um grupo de homens se reunira em volta de Hywel e seus porta-estandartes. Presumi que um dos batedores galeses havida trazido más notícias, e então o rei montou um conselho de guerra às pressas, ao qual Anwyn correu para se juntar. Tínhamos subido a um platô amplo com pequenos campos com muros de pedra interrompidos por vales rasos, que os batedores de Hywel exploraram diligentemente. Rognvald certamente estaria esperando encrenca e devia ter seus próprios batedores no platô, mas, se Anwyn tinha razão, o nórdico estava em número muito inferior aos galeses. Suspeitei de que ele estaria sendo cauteloso, preferindo se retirar para algum terreno elevado e facilmente defensável, em vez de buscar um combate com os guerreiros de Hywel nesse território alto e desnudo.

— Então há uma frota por perto — disse Finan. Ele estivera escutando minha conversa com o padre.

— Esperemos que não esteja próxima de Sihtric — declarei.

— Sihtric é esperto e vai ficar longe. Mas algo os está deixando preocupados. — O irlandês indicou os cavaleiros reunidos em volta do rei — E Ivar Imerson é um homem que deveria preocupar o senhor.

— Você o conhece?

— Claro! É um homem grande e mau. Mas os irlandeses são igualmente grandes e maus e o estão pressionando. Pressionando muito.

— Por isso ele está procurando terras aqui?

— E mandou o filho dele encontrar. Imagino qual será o filho.

Sempre fiquei surpreso ao ver o conhecimento de Finan sobre o que acontecia na Irlanda. Ele fingia não se interessar, mas, para alguém que fingia desinteresse, ele sabia um bocado. Alguém de lá devia mandar notícias para ele.

— E o que está acontecendo agora? — perguntou, apontando a cabeça na direção do conselho.

Dois batedores de Hywel vieram galopando do norte para entrar no grupo de guerreiros em volta do rei. Eles estavam ali há poucos segundos quando todos os galeses começaram a gritar empolgados e seguir rapidamente para o norte. Qualquer que fosse a notícia trazida pelos batedores, ela estava sendo berrada ao longo da coluna, e cada repetição provocava mais gritos mais altos. Alguns homens haviam desembainhado as espadas. O padre Anwyn esperava com os dois porta-estandartes do rei.

— Os pagãos estão fugindo! — gritou ele para mim. — Estão indo embora!

O padre instigou seu cavalo a seguir os guerreiros de Hywel, que agora iam a toda velocidade em direção ao topo do platô, ao norte, onde havia começado a aparecer fumaça. A princípio achei que a fumaça seria névoa, mas ela se adensava depressa demais. Uma aldeia ou um salão estava queimando.

— Alguém chegou lá antes de nós? — gritou Finan para mim, instigando seu pônei para cavalgar ao meu lado.

— É o que parece — eu disse. Contorci-me na sela, encolhendo-me por causa da dor inevitável. — Fiquem juntos! — gritei para meus homens.

Se estava para acontecer um combate, eu não queria meus homens separados, porque seria fácil demais confundir um deles com algum inimigo. Todos os galeses se conheciam, mas se vissem um estranho poderiam atacar sem pensar.

— E você — gritei para Eadith — fique longe da luta!

— O senhor também — disse-me Finan. — O senhor não está em condições de lutar.

Não respondi, mas senti uma onda de raiva. Ele estava certo, é claro, mas isso não tornava a verdade mais fácil de aceitar. Em seguida atravessamos o topo do morro e eu diminuí a velocidade do pônei. Os galeses ainda estavam galopando, já na metade da encosta que levava a um profundo vale onde havia um rio. Era Abergwaun, pensei.

À minha direita o rio fluía através de uma floresta densa que preenchia boa parte do leito do vale; e à esquerda ele se alargava para encontrar o oceano aberto. O assentamento de Rognvald ficava na margem oposta, onde o rio encontrava os baixios do mar, e esses baixios, abrigados por morros, estavam cheios de embarcações.

Devia haver trinta barcos ou mais, muito mais que Rognvald possuiria se, como disse Anwyn, só pudesse contar com pouco mais de cem guerreiros. Portanto, a misteriosa frota da Irlanda devia ter retornado a Abergwaun e agora estava partindo de novo. As embarcações seguiam para o mar, os remos atingindo a água e as velas enfunando e desenfunando conforme o sopro de um fraco vento leste aumentava e diminuía. E, atrás deles, na margem norte do rio, o assentamento pegava fogo.

Nenhum inimigo ateara o fogo. Não havia sinais de luta nem cadáveres, e os homens que ainda corriam do salão para uma casa, de uma casa para um celeiro e atiravam tochas nos tetos de palha não vestiam cota de malha. Rognvald estava partindo, obviamente decidido a não deixar nada de útil para trás. Puseram fogo junto à paliçada, e o portão mais próximo já queimava ferozmente. O padre Anwyn estivera certo, os noruegueses estavam indo embora, mas não porque os homens do rei Hywel iam chegar. Rognvald devia ter decidido juntar forças com a frota irlandesa na busca de outro local para se estabelecer.

A frota estava seguindo para o mar, mas ainda havia duas embarcações de guerra perto da praia. Deviam ser a retaguarda, os barcos pertencentes aos homens que carregavam o fogo de casa em casa. Os dois eram tripulados por seis homens que puxaram as cordas da popa para impedir que as proas encalhassem na maré vazante.

Os galeses já estavam no fundo do vale, escondidos por árvores. Fomos atrás deles, adentrando a floresta e ouvindo os gritos dos homens de Hywel que estavam ainda mais à frente. A trilha ia até um vau. O rio dependia da maré e, com a ajuda da maré baixa, a água rasa corria rápido. Atravessamos espadanando e viramos para o oeste na margem oposta do rio, seguindo uma estrada de terra que corria ao lado do fluxo de água apressado. Então saímos da cobertura das árvores, e o assentamento de Rognvald em chamas se encontrava à nossa frente. Alguns homens de Hywel já haviam atravessado o muro, abandonando os cavalos nos campos ao redor da paliçada. Um trecho dessa paliçada fora derrubado, as madeiras presumivelmente enfraquecidas pelo fogo, e mais galeses passavam por cima dos troncos queimados, com escudos nos braços e armas nas mãos. Eles desapareceram nos becos tomados pela fumaça. Ouvi gritos, o choque de espadas, então escorreguei da sela e gritei para meus homens ficarem juntos. O mais sensato seria permanecer fora dos muros em chamas. Não tínhamos escudos, nem espadas nem lanças, apenas seaxes. E, sendo estrangeiros, poderíamos facilmente ser confundidos com os inimigos, mas eu estava tão ansioso quanto Finan ou qualquer um dos outros para ver o que acontecera lá dentro.

— Fique comigo — ordenei a Eadith.

Uma águia-pescadora voou através da fumaça, as asas batendo rápido, uma pálida risca de glória emplumada indo para o norte, e me perguntei qual seria o presságio. Toquei o punho de Ferrão de Vespa, meu seax, depois passei espirrando água pela vala rasa que cercava o povoado, subi a outra margem e segui Finan e meu filho por cima da madeira queimada.

Havia dois homens mortos no primeiro beco. Nenhum deles usava cota de malha e ambos tinham o rosto profundamente marcado com tinta. Eram noruegueses mortos, presumivelmente homens que estavam ateando fogo e foram surpreendidos pela velocidade do ataque galês. Andamos cautelosamente pelo beco. As casas dos dois lados estavam em chamas, o calor nos fustigando até chegarmos a um espaço aberto onde os dois porta-estandartes de Hywel eram protegidos por doze guerreiros. O padre Anwyn estava lá, e gritou para os homens que se viraram para nós e levantaram as armas. Uma bandeira mostrava uma cruz cristã, a outra era enfeitada com um dragão escarlate.

— O rei foi atacar os barcos! — gritou o padre Anwyn.

Seis prisioneiros estavam sob guarda. O espaço aberto era evidentemente o local para onde Hywel vinha mandando os cativos. Não somente cativos mas também armas. Havia uma pilha de espadas, lanças e escudos.

— Sirvam-se! — avisei a meus homens.

— Que Deus os acompanhe! — gritou o padre Anwyn.

Finan pegou espadas no monte, escolheu duas e me ofereceu uma. Meu filho havia encontrado uma de lâmina comprida, e Gerbruht pegou um machado de lâmina dupla e um escudo com acabamento em ferro.

— Largue o escudo — mandei.

— Sem escudo, senhor?

— Quer que os galeses matem você?

Ele franziu a testa, depois percebeu que havia uma pintura grosseira de uma águia nas tábuas de salgueiro do escudo.

— Ah! — exclamou ele, e jogou aquela coisa no chão.

— Mantenham suas cruzes visíveis — ordenei a meus homens antes de entrar em outro beco que passava entre casas que não estavam queimadas, chegando a uma praia comprida de pedras verdes escorregadias, lama e conchas quebradas.

Fogueiras de madeira trazida pela água ainda queimavam perto de estruturas para defumar peixe. Um pequeno barco de pesca estava encalhado no fim da praia, bem acima da marca da maré alta, e a maioria dos homens de Hywel parecia estar à beira d'água. Supus que eles haviam revirado o assentamento e impelido os noruegueses sobreviventes de volta aos barcos, que agora estavam numa armadilha. Galeses subiam a bordo, em maior número que o inimigo, que recuara para as popas dos barcos onde espadas, machados e lanças os derrubaram numa chacina sanguinolenta. Alguns noruegueses saltaram na água, tentando vadear ou até mesmo nadar até a frota, que estava num emaranhado caótico na metade da foz.

O caos reinava porque alguns barcos estavam tentando voltar, atrapalhados pelas velas que os impeliam para longe da praia, ao passo que outros ainda seguiam para o mar. Três embarcações conseguiram escapar do pandemônio. Nenhuma delas estava com a vela içada, todas impelidas somente por remos, e agora essas três retornaram ao povoado. Estavam atulhadas de guerreiros usando elmos, reunidos abaixo das grandes esculturas das proas. Os remadores impeliam os barcos rapidamente, seguindo para a grande abertura entre duas embarcações encalhadas. Então ouviu-se o som de uma quilha raspando na pedra, e os primeiros noruegueses saltaram gritando da proa de dragão.

Hywel vira as embarcações chegando e seus homens entraram em formação de parede de escudos na praia, mais que suficiente para impedir os noruegueses que chegavam com raiva, mas desordenados. Os primeiros homens morreram na água rasa da beira do rio, onde o sangue formou um redemoinho súbito. Os galeses do barco mais perto de nós mataram o restante da tripulação e em seguida voltaram correndo por cima dos bancos dos remadores, saltando na praia no instante em que a segunda embarcação chegava, a proa subindo pela lama e o mastro se curvando para a frente enquanto o casco longo parava com um tremor. Homens pularam da proa, dando gritos de guerra, juntando-se à parede norueguesa menor que a inimiga e impelindo com força as lanças pesadas contra o salgueiro galês. Os nórdicos não tinham esperado uma luta nesse dia e poucos usavam cota de malha, embora todos usassem elmos e escudos. As embarcações recém-chegadas tentavam salvar seus companheiros, mas mesmo depois que o terceiro barco bateu na praia não havia noruegueses suficientes para enfrentar os furiosos guerreiros de Hywel. Os dois lados davam seus gritos de guerra, mas o som dos galeses era mais alto, e os homens de Hywel vadeavam nas ondas pequenas, impelindo os noruegueses implacavelmente para trás. A maioria das batalhas com paredes de escudos começa lentamente enquanto os homens reúnem coragem para se aproximarem como amantes de um inimigo que tentava matá-los, mas esta batalha havia irrompido num instante.

Meu filho foi na direção do flanco esquerdo dos galeses, mas eu o chamei de volta.

— Você não tem escudo nem cota de malha — falei. — Deveríamos ser peregrinos, lembra?

— Não podemos ficar sem fazer nada — retrucou ele rispidamente de volta.

— Espere!

Os galeses não precisavam de ajuda. Eles estavam em número mais que suficiente para conter o contra-ataque furioso dos três barcos, e, se a força inimiga fosse apenas essa, um contra-ataque condenado à ruína na foz do rio, eu simplesmente teria me sentado ali e observado. Mas agora as outras embarcações nórdicas tentavam voltar, e elas trariam uma força avassaladora que trucidaria os homens de Hywel. Tudo que mantinha os galeses distantes desse desastre era o caos na frota maior. Eles haviam se virado depressa demais, ansiosos demais para ajudar, e na pressa os cascos se chocaram uns com os outros. Remos longos se entrelaçaram, velas estalavam e se enfunavam, cascos bloqueavam outros cascos, e todo o emaranhado era levado pela maré em direção ao mar. Mas os noruegueses eram bons marinheiros, e eu sabia que não levaria muito tempo para o caos se resolver. Então os homens de Hywel estariam diante de uma horda de guerreiros furiosos, ansiosos por vingança. Resumindo, o massacre mudaria de lado.

— Arranje fogo para mim — pedi a meu filho.

Ele franziu a testa.

— Fogo?

— Arranje fogo, bastante fogo! Acendalha! Madeira, fogo! Agora! Todos vocês.

O barco mais próximo de nós encalhara na maré vazante, mas ele não estava tripulado.

— Gerbruht! Folcbald! — gritei, chamando de volta os dois frísios.

— Senhor?

— Tirem aquele barco da praia!

Eles caminharam com dificuldade pela lama, ambos fortes como touros. O barco mais próximo estava encalhado profundamente, mas era nossa única chance de impedir um massacre. Os noruegueses mais próximos estavam a vinte passos da embarcação, defendendo-se da parede de escudos galesa, que ameaçava se dobrar ao redor deles e impeli-los de volta ao rio. Mas a parede nórdica havia encontrado alguma segurança ancorando a extremidade direita de sua linha na proa de outro barco encalhado. Três homens subiram a bordo e estavam usando as lanças para impedir que os galeses subissem pela proa. A parede atacada se mantinha firme e só precisaria sobreviver mais alguns minutos até que os reforços do restante da frota se lançassem sobre os inimigos.

Folcbald e Gerbruht estavam fazendo força na proa do barco mais próximo e nada acontecia. O casco parecia estar preso na lama grossa. Finan correu pela praia com uma panela de ferro enferrujada cheia de brasas e madeira queimando, que presumi que tivesse sido usada para fazer sal. Em seguida ele ergueu as mãos e derrubou o conteúdo por cima do costado do barco. Mais acendalha e madeira queimando foram jogadas em seguida.

— Ajude Gerbruht — gritei para meu filho.

Hywel ainda estava montado, era o único homem a cavalo na praia. Ele estivera usando a altura para enfiar uma lança na linha inimiga, mas viu o que estávamos fazendo e entendeu imediatamente. Conseguia ver a frota se aproximando. A maré havia afastado alguns dos barcos um pouco para o mar, mas as primeiras embarcações tinham se soltado da confusão e seus remos acertavam as pequenas ondas. Vi Hywel gritando, então doze guerreiros galeses vieram nos ajudar, e por fim o barco encalhado começou a se mover.

O trono vazio

— Mais fogo! — gritei.

A fumaça se adensava dentro do casco, mas eu ainda não via chamas. Eadith veio com uma braçada de madeira trazida pelo mar e jogou a bordo. Em seguida, Finan acrescentou outra panela de brasas antes de escalar a proa no momento em que a embarcação se soltou da lama e flutuou. Finalmente o fogo surgia, e Finan vadeou pelas chamas enquanto ia para a popa.

— Finan! — chamei, temendo por ele, e quase gemi alto por causa da dor na costela.

Finan estava envolvido por chamas e fumaça. A embarcação, ao pegar fogo, o fez com fúria súbita. Era madeira seca, bem-curada, calafetada com o piche que também cobria as cordas que prendiam o mastro. As chamas seguiram pelo cordame até chegar à vela, que fora içada para não atrapalhar a tripulação. Então vi por que Finan subira a bordo. Havia uma corda na popa que devia estar presa a uma âncora de pedra. A maré fazia o barco girar, mas ele não sairia de seu ancoradouro improvisado enquanto aquela corda estivesse firme. Então Finan apareceu na alta plataforma do leme, e vi sua espada baixar uma, duas vezes, e a corda da âncora se partiu com um solavanco súbito. Finan pulou.

— Agora aquele barco! — Apontei para o outro, na praia, defendido pelos três lanceiros noruegueses. — Depressa! — gritei de novo, e dessa vez a dor foi tão forte que me dobrei, o que apenas a fez piorar. Arfei, depois caí para trás, sentado nas pedras cobertas de limo verde. Minha espada emprestada escorregou para a lama, mas a dor era tamanha que não pude estender a mão para ela.

— O que houve? — Eadith se agachou ao meu lado.

— Você não deveria estar aqui.

— Mas estou — retrucou ela, passando um braço por meu ombro e olhando para o rio.

Finan estava chegando à margem, com a espada empunhada. Atrás dele, virando com a correnteza e levado pela maré, o barco em chamas deslizava para o mar. Supus que a maré vazante estivesse na metade, porque a correnteza era rápida, formando redemoinhos e correndo, carregando o barco em chamas e reduzindo a velocidade das embarcações que se aproximavam e que

O deus da guerra

perceberam o perigo. O risco para elas se agravava porque a foz se estreitava num ponto, fazendo os barcos noruegueses se amontoarem. Uma embarcação, a proa alta com um bico de águia, recuou e foi imediatamente abalroada por outra, e o barco em chamas, com a vela agora enrolada numa fúria de chamas e fumaça, aproximou-se ainda mais.

Finan havia se lançado no segundo barco. Um dos lanceiros o viu e saltou pelos bancos dos remadores, mas a lança não é uma arma para se usar contra um homem hábil com espada, e poucos eram mais hábeis que Finan. Ele demorou menos que um piscar de olhos. Fintou para a direita, deixou a lança passar perto da cintura e cravou a espada na barriga do norueguês. Então meu filho lançou fogo no barco e mais de dez homens o seguiram. Os dois lanceiros restantes pularam para a segurança, e um grupo de galeses corpulentos empurrava o barco de volta ao rio. Ele ainda não estava pegando fogo como o primeiro, mas a fumaça se adensava no casco. Finan cortou a corda da popa e depois pulou na água rasa enquanto os galeses atacavam o flanco exposto da parede de escudos norueguesa.

A primeira embarcação em chamas havia alcançado a frota. Dois barcos inimigos alcançaram a margem oposta do rio, e o restante tentava escapar desesperadamente. Ao mesmo tempo o segundo barco que empurramos da praia deslizava para o mar. Os noruegueses que ficaram para trás estavam sendo mortos, golpeados, cortados e perfurados por galeses furiosos que flanquearam a linha inimiga e agora atacavam pela frente e pela retaguarda. O segundo barco irrompeu em chamas, o fogo correndo pelo cordame e a fumaça subindo dos bancos. A frota norueguesa, com pelo menos vinte embarcações, fugia. Os marinheiros temem mais o fogo que as pedras; o medo provocado pelas chamas é ainda maior que o da raiva de Ran, a deusa invejosa e maligna. Fiquei sentado ofegando, a dor perfurando como uma faca. Observei os barcos fugirem e ouvi os gritos dos inimigos que sobreviviam na praia, implorando para serem poupados. A batalha estava acabada.

A frota norueguesa ainda poderia ter retornado. Eles poderiam ter remado para longe do rio, deixado os dois barcos em chamas deslizarem inofensivos para o mar e depois voltado para a vingança, mas optaram por abandonar Abergwaun. Sabiam que os galeses recuariam para o terreno elevado e iriam provocá-los, convidando-os a atacar subindo alguma encosta difícil onde morreriam sob as lâminas galesas já escorregadias de sangue nórdico.

Meu filho voltou caminhando pela praia. Suas roupas estavam chamuscadas e suas mãos queimadas, mas ele ria, até que viu meu rosto. Uhtred correu e parou diante de mim.

— Pai?

— É só o ferimento. Ajude-me a ficar de pé.

Ele me puxou. A dor quase me deixava incapacitado. Havia lágrimas em meus olhos, turvando a visão dos galeses exultantes zombando do inimigo em retirada. Três barcos nórdicos foram deixados na praia. Os homens de Hywel tinham invadido um deles e o que quer que tivessem encontrado no interior provocava mais gritos de empolgação. Outros homens de Hywel vigiavam os prisioneiros, pelo menos cinquenta ou sessenta, cujos elmos e armas estavam sendo retirados. O próprio Rognvald fora capturado, gritando em desafio até que fora impelido para tão longe que quase havia se afogado. Agora os prisioneiros estavam reunidos num amontoado patético, e fui mancando até lá. Tinha pensado que a dor estava passando, que meu ferimento se curava a cada dia, mas agora estava pior que nunca. Eu não mancava porque estava com as pernas feridas, e sim porque a agonia na lateral das costelas tornava cada movimento uma tortura. Finan correu para me ajudar, mas eu o afastei. Havia uma grande pedra acima da linha da maré alta, e me sentei em sua superfície plana, encolhendo-me por causa da dor. Lembro-me de ter pensado que aquele era o fim, imaginando se finalmente as Nornas teriam cortado o fio de minha vida.

— Dê-me sua espada — pedi a Finan. Se eu morresse, pelo menos morreria com uma espada na mão.

— Senhor. — Finan se agachou a meu lado, soando preocupado.

— A dor vai passar — eu disse, suspeitando que passaria com a morte. Doía respirar.

O padre Anwyn e os porta-estandartes passaram perto de nós, seguindo até onde estava o rei.

— Ele está sério — comentei, indicando o padre. Não que eu me importasse de verdade, mas não queria que Finan, Eadith ou meu filho fizessem um estardalhaço por causa de minha fraqueza.

— Sério como a morte — concordou Finan.

O padre Anwyn, longe de demonstrar felicidade com a vitória obtida pelos galeses, parecia um homem consumido pela raiva. Ele falou com Hywel durante um tempo, então o rei esporeou seu cavalo e passou por nós, voltando para o assentamento em chamas.

Tentei respirar mais fundo, tentei me convencer de que a dor estava passando.

— Precisamos procurar Cuspe de Gelo — avisei, e soube que tinha desperdiçado o fôlego. A espada provavelmente estava indo para mar aberto, perseguida pelos barcos em chamas que manchavam de fumaça o céu do oceano.

Ainda sério, o padre Anwyn veio até nós.

— O rei me instruiu a agradecer ao senhor — disse rigidamente.

Forcei um sorriso.

— O rei é generoso.

— É mesmo — concordou Anwyn, e depois franziu a testa. — E Deus também o é. — Ele fez o sinal da cruz. — Os tesouros de são Dewi estavam no barco de Rognvald. — Ele indicou o barco onde os galeses comemoravam, então olhou de volta para mim, franzindo a testa. — O senhor foi ferido?

— É um ferimento antigo que ainda dói — expliquei. — Vai passar. Vocês recuperaram o tesouro?

— O relicário de ouro do santo, o crucifixo de prata, ambos estão lá.

— E a espada?

— E Rognvald é prisioneiro — prosseguiu Anwyn, aparentemente ignorando minha pergunta. — Foram seus barcos que retornaram à praia. O restante — ele olhou para o mar, onde a frota norueguesa desaparecia atrás de uma ponta de terra — é comandado por Sigtryggr Ivarson. — O padre Anwyn proferiu o nome como se causasse um gosto azedo na língua. — É o mais perigoso dos filhos de Ivar. Jovem, ambicioso e habilidoso.

— E está procurando terras — consegui dizer enquanto outra pontada de dor se cravava em mim.

— Mas não aqui, graças a Deus. E Rognvald concordou em se juntar a ele na busca.

Que escolha Rognvald tivera?, pensei. Seu assentamento na borda de Gales não prosperara. Instalara-se no litoral rochoso havia seis anos, mas Rognvald não conseguira atrair outros seguidores nem conquistar mais terras. Sigtryggr evidentemente o havia persuadido a se juntar às suas forças, que eram maiores. Esse acordo devia ter sido feito cerca de uma semana atrás, quando a frota de Sigtryggr chegara a Gales, então Rognvald, sabendo que abandonaria o povoado, tentara enriquecer às custas de são Dewi, antes de ir embora.

Agora Rognvald e seus homens sobreviventes morreriam, não porque atacaram o templo do santo, mas por causa do que haviam feito com os dois missionários galeses e seu punhado de convertidos. Fora essa crueldade que tinha provocado a raiva dos galeses.

— É o trabalho do diabo — acusou Anwyn furioso. — É coisa de Satã! — Ele me olhou com desdém. — Atrocidade pagã!

Com isso o padre se virou para o povoado, e fomos atrás. A dor ainda era ruim, porém mancar lentamente não fazia ficar pior que estando sentado, por isso fui mancando atrás de Anwyn pelo caminho estreito. À nossa frente o assentamento ainda queimava com fúria, mas boa parte do lado oeste não tinha pegado fogo, e era nessa parte da aldeia que os noruegueses mataram os cristãos.

Passamos por um portão na paliçada, e Eadith, que estava a meu lado, suspirou e depois virou o rosto.

— Jesus — murmurou Finan, e fez o sinal da cruz.

— Está vendo o que eles fazem? — gritou o padre Anwyn para mim. — Eles vão queimar no fogo eterno do inferno. Vão sofrer os tormentos dos condenados. Vão ser amaldiçoados por todos os tempos.

Os guerreiros de Hywel estavam chegando e sua empolgação se transformava em raiva porque os dois missionários e seus convertidos tinham sido massacrados como animais, mas não antes de serem torturados. Todos os nove corpos estavam nus, embora estivessem tão lacerados e cortados que o sangue e as entranhas disfarçavam a nudez. As cabeças das mulheres foram raspadas, marca de vergonha, e os seios haviam sido cortados. Os dois padres foram castrados. Todos os nove tinham sido eviscerados, cegados e as línguas haviam sido cortadas. Eles foram amarrados a postes, e estremeci ao pensar no tempo que a morte demorara para libertá-los da dor.

— Por quê? — perguntou-me Anwyn. Ele sabia que eu era pagão, assim como devia saber que eu não tinha resposta.

— Raiva — respondeu Finan por mim. — Apenas raiva.

— Maldade pagã — retrucou Anwyn, colérico. — Você está vendo o trabalho do demônio! Isso é coisa de Satã!

Rognvald atacara Tyddewi e encontrara o lugar vazio. Tinha encontrado um saque magnífico, mas não tanto quanto esperava, além de não ter havido mulheres e crianças para capturar e escravizar. Ele devia ter concluído que os missionários o traíram, por isso se vingou. Agora iria morrer.

Não haveria misericórdia. Todos os prisioneiros morreriam, e Hywel os fez olhar para os nove cristãos mortos, de modo que soubessem por que seriam assassinados. E os noruegueses tiveram sorte. Apesar da raiva dos galeses eles morreram depressa, em geral com o pescoço cortado por uma espada. O assentamento fedia a fumaça e sangue, muito sangue. Alguns prisioneiros, pouquíssimos, imploraram por suas vidas, mas a maioria se resignou com a execução. Ninguém teve permissão de segurar uma espada, o que era um imenso castigo. Rognvald foi obrigado a olhar. Ele era um homem grande, barrigudo, barbudo, com olhos obstinados num rosto enrugado repleto de desenhos feitos com tinta. Uma águia abria suas asas numa bochecha, uma serpente se retorcia atravessando a testa e um corvo voava na outra bochecha. Seu cabelo estava ficando grisalho, mas estava oleado e penteado. Rognvald viu seus homens morrerem e seu rosto não demonstrou nenhuma expressão, mas ele devia saber que sua morte seria a última e que não seria tão rápida.

Fui mancando ao lado da linha de homens que arrastavam os pés em direção a seu fim. Um menino atraiu minha atenção. Digo "menino", mas acho que ele devia ter uns 16 ou 17 anos. Tinha cabelo claro, olhos azuis e um rosto longo que traía a luta que se passava em sua cabeça. Ele sabia que ia morrer e queria chorar mas também queria demonstrar coragem, e estava se esforçando muito.

— Qual é seu nome? — perguntei.

— Berg — respondeu ele.

— Berg de quê?

— Berg Skallagrimmrson, senhor.

— Você servia a Rognvald?

— Sim, senhor.

— Venha cá — chamei-o. Um dos guardas galeses tentou impedi-lo de sair da fila de cativos, mas Finan rosnou e o homem deu um passo para trás. — Diga — falei em dinamarquês a Berg, bem devagar para que ele entendesse.

— Você ajudou a matar os cristãos?

— Não, senhor!

— Se mentir para mim vou descobrir. Vou perguntar a seus companheiros.

— Não ajudei, senhor. Eu juro.

Acreditei nele. O jovem tremia de medo, olhando-me com uma intensidade extraordinária, como se sentisse que eu era sua salvação.

— Quando vocês atacaram o mosteiro encontraram uma espada?

— Sim, senhor.

— Fale sobre ela.

— Estava num túmulo, senhor.

— Você a viu?

— Ela tem um punho branco, senhor. Eu vi.

— E o que aconteceu com ela?

— Rognvald a pegou, senhor.

— Espere — pedi, e voltei para o assentamento onde os corpos estavam sendo arrastados para o lado, onde o solo estava manchado de preto e fedia a sangue, onde a fumaça das casas em chamas subia dando voltas com a brisa refrescante. Fui até Anwyn. — Peço um favor.

O padre estava olhando a morte dos noruegueses. Olhava enquanto eram obrigados a se ajoelhar e se voltar para os nove cadáveres ainda amarrados nos mastros. Olhava enquanto espadas ou machados tocavam em seus pescoços, olhava enquanto se encolhiam quando as lâminas eram afastadas e eles sabiam que o golpe mortal era iminente. Olhava enquanto as cabeças eram cortadas, o sangue jorrava e os corpos se retorciam.

— Diga — respondeu ele com frieza, ainda olhando.

— Poupe uma vida — pedi.

Anwyn olhou para a fila de homens e viu Berg parado junto de Finan.

— Quer que poupemos aquele garoto?

— É o favor que eu peço.

— Por quê?

— Ele lembra meu filho — respondi, e era verdade, mas não era por isso que eu havia pedido. — E não participou do massacre. — Indiquei os cristãos torturados.

— É o que ele diz — observou azedamente Anwyn.

— É o que ele diz — concordei. — E eu acredito.

Anwyn me encarou por algum tempo, depois fez uma careta como se o favor que eu pedia fosse extravagante demais. Mesmo assim foi até o rei, e os vi conversarem. Hywel me encarou de cima de sua sela, depois olhou para o menino. Franziu a testa e achei que iria recusar meu pedido. E por que eu pedira aquilo? Na hora não tive certeza. Gostei da aparência do menino porque havia uma honestidade no rosto de Berg e ele se parecia mesmo com Uhtred, mas isso não era motivo suficiente. Anos antes eu tinha poupado a vida de um rapaz chamado Haesten e ele também parecera aberto e sincero, mas acabou se tornando um inimigo ardiloso e enganador. Eu não sabia direito por que desejava a vida de Berg, embora agora, tantos anos depois, saiba que foi o destino.

O rei Hywel me chamou. Parei perto do seu estribo e baixei a cabeça respeitosamente.

— Estou pensando em conceder seu pedido por causa de sua ajuda na praia, mas há uma condição.

— Senhor? — perguntei, olhando-o.

— Que você prometa tornar o menino cristão.

Dei de ombros.

— Não posso obrigá-lo a acreditar em seu deus — respondi. — Mas prometo que farei com que ele seja ensinado por um bom padre e não farei nada para impedir sua conversão.

O rei considerou essa promessa durante um momento, depois assentiu.

— Ele é seu.

E assim Berg Skallagrimmrson entrou para meu serviço.

O destino é inexorável. Eu não sabia, mas havia acabado de tornar verdadeiro o sonho de Alfredo, de criar a Anglaterra.

— Venha comigo — eu disse a Berg, e voltei com ele à praia. Finan, meu filho, Eadith e os outros nos acompanharam.

Wyrd bið ful āræd.

Não vi Rognvald morrer, mas ouvi. Não foi rápido. Ele era um guerreiro, decidido a morrer provocando os inimigos, mas antes que os galeses terminassem estava gritando feito uma criança. As gaivotas também gritavam, um som de abandono, e por cima vinham os berros de um homem que desejava estar morto.

A frota de Sigtryggr tinha ido embora. As embarcações queimadas afundaram, deixando apenas duas nuvens de fumaça que se esvaíam sopradas para o oeste pelo vento. Ouvi os galeses cantando, e supus que estivessem enterrando os mortos: os nove mártires e os seis guerreiros que morreram na luta da praia. Os noruegueses mortos ainda estavam lá, os corpos encalhados na maré baixa, e mais acima da praia, onde uma faixa de destroços trazidos pelo mar e algas marcavam o limite da maré anterior, havia um monte de roupas, elmos, espadas, escudos, machados e lanças. Um manto fora aberto nas pedras e sobre ele estava uma pilha de moedas e pedaços de prata tirados dos prisioneiros e dos mortos, e, perto dali, guardado por dois rapazes, encontrava-se o grande baú de ouro onde estivera o corpo de são Dewi e o enorme crucifixo de prata que ficava no altar.

— Encontre seu elmo e sua espada — eu disse a Berg.

Ele me olhou incrédulo.

— Posso carregar uma espada?

— É claro. Agora você é um dos meus homens. Vai jurar lealdade a mim e, se eu morrer, ao meu filho.

— Sim, senhor.

E, enquanto Berg caçava sua espada, eu procurei no monte de armas, e lá estava. Mais simples, impossível. O punho de marfim de Cuspe de Gelo era inconfundível. Abaixei-me, estremecendo com a dor súbita, e peguei a espada. Senti um arrepio, apesar de o dia estar quente.

Tirei-a da bainha. Estava acostumado com o peso de Bafo de Serpente, mas essa espada era muito mais leve. Cnut sempre dissera que a lâmina fora forjada no fogo de um feiticeiro que ardia mais frio que o gelo nas cavernas geladas de Hel. Ele dizia que era uma espada dos deuses, mas eu só sabia que era a espada que havia me furado e que o bispo Asser a havia encantado com um feitiço cristão para me atormentar. A luz do sol se refletia prateada na lâmina, que não tinha padrões no aço; na verdade não tinha nenhum adorno a não ser uma palavra na base do punho:

†VLFBERH†T

Mostrei a Finan, que fez o sinal da cruz.

— É uma espada dele — comentou em voz baixa.

Meu filho veio olhar e desembainhou Bico do Corvo, e havia a mesma palavra inscrita na lâmina simples.

— É uma espada mágica, sem dúvida — disse Finan. — Jesus, o senhor teve sorte em sobreviver a um ferimento dela!

Virei a espada de Vlfberht, vendo a luz se refletir no aço liso. Era linda, uma ferramenta para matar, e a única extravagância era a empunhadura de marfim do cabo. Por um momento pensei em substituir Bafo de Serpente por essa matadora esguia, mas rejeitei a ideia. Bafo de Serpente me servira bem, e descartá-la seria provocar os deuses, mas fiquei tentado. Acariciei o gume de Cuspe de Gelo, sentindo as mossas feitas na luta, depois toquei a ponta, que era fina como agulha.

— É essa espada? — perguntou Eadith.

— É.

— Dê-me.

— Por quê?

Ela me encarou com olhos frios como se subitamente sentisse aversão por mim.

— A espada vai curá-lo, senhor.

— Como você sabe disso?

— Por que viemos até aqui? — Não respondi nada, e ela estendeu a mão.

— Dê-me a espada — insistiu, e como continuei hesitando, falou: — Eu sei o que fazer, senhor.

— O quê? O que você vai fazer?

— Curá-lo.

Olhei para Cuspe de Gelo. Eu a quisera demais, tinha viajado até o fim da Britânia para encontrá-la, mas não fazia ideia de como sua posse iria me ajudar. Tinha pensado que a espada deveria ser encostada no ferimento, mas isso era apenas imaginação. Não sabia o que fazer; estava sentindo dor e cansado dela, cansado de me sentir fraco, cansado da companhia da morte, por isso virei a espada e entreguei o punho para Eadith.

Ela deu um leve sorriso. Meus homens estavam nos observando. Berg havia parado de procurar sua espada e olhava para nós, imaginando as coisas estranhas que ocorriam à beira do mar manchada de sangue.

— Encoste-se no barco — ordenou Eadith, e eu obedeci. Fiquei com as costas encostadas na proa do barco de Rognvald e me apoiei nas tábuas. — Agora mostre o ferimento, senhor.

Abri o cinto e ergui a túnica. Meu filho fez uma careta quando viu o ferimento, que estava de novo com uma crosta de pus cheia de sangue. Eu sentia o fedor, apesar da fumaça, do mar, da matança e do vento revigorante.

Eadith fechou os olhos.

— Esta espada quase o matou — declarou numa voz lenta e cantarolada —, e agora esta lâmina irá curá-lo.

E ela abriu os olhos, seu rosto subitamente adquiriu uma expressão de ódio, e, antes que Finan ou algum de meus homens pudesse impedi-la, Eadith me perfurou.

Dez

A DOR FOI COMO um relâmpago; súbita, reluzente, avassaladora e entrecortada. Eu arquejava, cambaleava de encontro à proa e vi Finan se mover para agarrar o braço de Eadith, mas ela já havia puxado a espada de volta. Agora estava olhando para meu ferimento com uma expressão de horror. E, quando a lâmina saiu de mim, o fedor veio. Um fedor horrendo, e senti um líquido escorrer da costela.

— É o mal saindo dele — anunciou Eadith.

Finan estava segurando o braço dela, mas olhando para mim.

— Meu Deus — murmurou ele.

Eu havia me curvado para a frente quando ela me acertou, e vi uma mistura de sangue e pus saindo do novo ferimento, sangue e pus demais. Borbulhava, inchando, escorrendo, e, enquanto eu olhava para a imundície ser expelida, a dor diminuiu. Olhei para Eadith incrédulo porque a dor estava fluindo para fora de mim, desaparecendo.

— Precisamos de mel e teias de aranha — avisou Eadith. E franziu a testa para a espada como se não soubesse o que fazer com ela.

— Berg — chamei. — Pegue a espada.

— A espada dela, senhor?

— Você precisa de uma espada, e essa é boa, pelo que me disseram. — Empertiguei-me e não senti nenhuma dor, por isso me curvei de novo e ainda não havia dor. — Teias de aranha e mel?

— Eu devia ter pensado em trazer um pouco — repreendeu-se Eadith.

Sentia uma dor fraca na lateral do corpo, mas só isso. Apertei uma costela logo acima do ferimento e, milagrosamente, não houve agonia.

— O que você fez?

Ela franziu um pouco a testa, como se não soubesse direito a resposta.

— Havia algo mau dentro do senhor — respondeu Eadith lentamente. — E ele precisava sair.

— E por que não usamos qualquer espada?

— Porque foi essa espada que provocou o mal, é claro. — Eadith olhou para Cuspe de Gelo. — Minha mãe quis encontrar a espada que feriu meu pai, mas não conseguiu. — Ela estremeceu e entregou a espada a Berg.

Havia mel na embarcação de Rognvald. Ele o havia estocado junto de comida, peixe salgado, pão, cerveja, queijos e barris de carne de cavalo. Tinha até mesmo matado seus cavalos para não os deixar para trás. Havia também duas jarras de mel. As teias de aranha foram mais difíceis de achar, mas meu filho procurou no barco de pesca encalhado no fim da praia.

— Parece abandonado — disse ele —, por isso deve estar cheio de aranhas.

Uhtred foi procurar enquanto Gerbruht e Folcbald iam procurar nas casas não queimadas.

— Tragam bastante — gritou Eadith. — Quero uma grande quantidade de teias de aranha!

— Odeio aranhas — resmungou Gerbruht.

— O gosto delas não é bom?

Ele meneou a cabeça.

— Elas estalam e são amargas, senhor.

Gargalhei, e não houve dor. Bati o pé no chão e não houve dor. Estiquei as costas e não houve dor, só aquela sensação fraca e o cheiro. Sorri para Finan.

— É um milagre. Não sinto dor nenhuma.

Ele estava sorrindo.

— Rezo para que continue assim, senhor.

— Ela se foi! — exclamei.

Em seguida desembainhei Bafo de Serpente e desferi um corte num arco amplo, acertando o casco do barco com força. Ainda assim não houve dor.

Fiz isso de novo, e de novo, e não havia um rasgo de agonia. Enfiei a lâmina na bainha e desamarrei os cadarços que prendiam uma bolsa em meu cinto. Dei a bolsa inteira a Eadith.

— É sua.

— Senhor! — Ela estava olhando para o ouro na bolsa pesada. — Não, senhor...

— Fique com ela.

— Não fiz isso porque...

— Fique com ela!

Sorri para meu filho, que estava correndo de volta do barco abandonado.

— Encontrou alguma teia de aranha?

— Não, mas achei isso — respondeu ele, e estendeu um crucifixo.

Era um objeto insignificante, tanto a cruz quanto sua vítima, esculpido em madeira de bétula, tão desgastado pelo clima e pelo tempo que o corpo estava liso e descorado. Estava faltando um braço da cruz, de modo que o braço de Cristo se estendia no ar vazio. Havia dois buracos de prego enferrujados atravessando a parte vertical da cruz, um em cada extremidade.

— Estava pregada ao mastro — disse ele —, e o barco não está abandonado. Ou não estava. Foi usado nos últimos dias.

Um barco cristão num litoral pagão. Joguei o crucifixo de volta para meu filho.

— Então os homens de Rognvald capturaram um barco de pesca galês.

— Chamado *Godspellere*? — perguntou ele, depois virou a cabeça para a pequena embarcação. — Está entalhado na proa, pai. *Godspellere*.

Pregador. Um homem que prega o evangelho. Um nome típico para um barco cristão.

— Talvez os galeses usem a mesma palavra, não é?

— Talvez. — Ele parecia desconfiado.

Pregador. Parecia pouco provável que os galeses usassem a mesma palavra. Nesse caso o barco era saxão, então me lembrei de que Eardwulf havia roubado um barco de pesca do Sæfern. Olhei para Eadith.

— Seu irmão? — sugeri.

— Poderia ser — respondeu ela, incerta.

O deus da guerra

Quanto mais eu pensava nisso, mais parecia provável. Eardwulf teria navegado a partir do Sæfern e com certeza procuraria refúgio assim que pudesse, porque um barco pequeno num mar amplo era uma presa para inimigos. Então por que não desembarcar no território de Hywel? Porque Eardwulf tinha a reputação de homem que lutava contra os galeses. Se ele tivesse desembarcado na costa das terras de Hywel, poderia terminar gritando tão alto quanto Rognvald, mas os noruegueses poderiam recebê-lo porque ele se tornara inimigo de seus inimigos.

— Veja se ele está entre os mortos — ordenei a meu filho.

Uhtred caminhou obedientemente entre os corpos, virando alguns com o pé, mas não havia sinal dele. E Eardwulf não estava entre os homens mortos no assentamento, o que significava que, se tivesse vindo para cá, partira num dos barcos de Sigtryggr.

— Berg! — chamei.

Perguntei ao menino sobre o barco de pesca, mas ele só sabia que a embarcação tinha chegado com o restante da frota de Sigtryggr.

— Mas eles o abandonaram — eu disse.

— Ele é vagaroso demais, senhor — respondeu Berg, e era verdade.

Olhei para o barco de pesca, franzindo a testa.

— Sigtryggr — falei com cuidado o nome pouco familiar — chegou aqui há uma semana?

— Sim, senhor.

— Depois foi embora? Por quê?

— O primeiro boato, senhor, foi que Sigtryggr ia ficar aqui. Que ia nos ajudar a capturar mais terras.

— E depois mudou de ideia?

— Sim, senhor.

— E para onde a frota dele está indo?

— Disseram que para o norte, senhor — respondeu Berg vagamente, mas estava tentando ajudar. — Disseram que todos vão navegar para o norte.

Sigtryggr fora enviado para encontrar um local para onde as forças de seu pai pudessem recuar em segurança caso os inimigos irlandeses se tornassem fortes demais. Ele vira o assentamento miserável de Rognvald e pensara em usar suas forças para transformá-lo num reino maior mas também havia explorado o norte, então voltou subitamente e convenceu Rognvald a abandonar Abergwaun e ajudá-lo a conquistar algum outro local. Algum lugar ao norte. Um lugar melhor, um prêmio mais valioso.

Ceaster.

E mais tarde ficamos sabendo que a palavra galesa para pregador não era nada parecida com *godspellere*.

— Podemos dizer *efengylydd* — contou-me o padre Anwyn —, mas certamente não *godspellere*. Isso é em sua língua bárbara.

Olhei para o barco e fiquei pensando em Eardwulf, enquanto sua irmã fazia um emplastro com mel e teias de aranha e prendia no ferimento que ela havia aberto.

E não houve dor.

No dia seguinte eu conseguia me curvar, torcer o corpo, até fazer força numa esparrela, e não havia dor. Movia-me devagar, cautelosamente, sempre esperando que a agonia retornasse, mas ela se fora.

— Era um mau preso em seu corpo — explicou Eadith outra vez.

— Um espírito — concordou Finan.

— E a espada estava enfeitiçada — acrescentou Eadith.

— Ela fez um bom trabalho, senhor — observou Finan, sério, e Eadith sorriu diante do elogio.

— Mas, se a espada tinha um feitiço, por que o mau simplesmente não cresceu quando você me acertou? — perguntei, franzindo a testa.

— Eu não acertei o senhor, mas sim o espírito maligno.

Estávamos de novo a bordo do *Ðrines*. Sihtric o trouxera de volta para a boca do dragão, e Hywel havia mandado homens para recebê-lo. Gerbruht cavalgara com eles e dera minhas ordens a Sihtric, para esperar durante a noite enquanto Hywel dava uma festa a nós, preparada com os suprimentos capturados das embarcações de Rognvald. Porém a comemoração não havia sido muito animada. A lembrança daqueles corpos torturados pairava sobre o assentamento como o cheiro do incêndio.

Hywel se mostrou ansioso por conversar e fez muitas perguntas sobre Æthelflaed. Era verdadeira a reputação de que ela era uma boa cristã?

— Depende do cristão a quem o senhor pergunta — respondi. — Muitos a chamam de pecadora.

— Todos somos pecadores — retrucou Hywel.

— Mas ela é uma boa mulher.

Ele quis saber o que ela achava dos galeses.

— Se o senhor a deixar em paz ela o deixará em paz.

— Ela odeia ainda mais os dinamarqueses?

— Ela odeia os pagãos.

— Menos um, pelo que ouvi dizer — observou ele secamente.

Ignorei o comentário. Hywel sorriu, ouvindo o harpista por um momento, e depois perguntou:

— E Æthelstan?

— O que tem ele?

— Você quer que ele seja rei. O senhor Æthelhelm não.

— Ele é um menino — falei sem dar importância.

— Mas é um menino que você julga digno de ser rei. Por quê?

— Ele é um garoto bom e forte, e gosto dele. E ele é um filho legítimo.

— É?

— O padre que casou os pais dele serve a mim.

— Que inconveniência para o senhor Æthelhelm! — exclamou Hywel, divertindo-se. — E o pai do menino? Você gosta dele também?

— Bastante.

— Mas Æthelhelm é o soberano de Wessex, então o que ele deseja acontece.

— O senhor deve ter bons espiões na corte saxã ocidental, senhor — comentei, achando divertido.

Hywel riu.

— Não preciso de espiões. Você se esquece da Igreja, senhor Uhtred. Os homens da Igreja escrevem cartas intermináveis. Mandam notícias uns aos outros, muitas notícias! E fofocas também.

— Então o senhor sabe o que Æthelflaed deseja — eu disse, levando a conversa de volta para ela. — Ela vai ignorar Æthelhelm e suas ambições porque

O trono vazio

só se importa em expulsar os dinamarqueses da Mércia. E, quando tiver feito isso, desejará expulsá-los da Nortúmbria.

— Ah, ela quer a Anglaterra! — Havíamos comido do lado de fora, sob as estrelas manchadas de fumaça. — Anglaterra — repetiu Hywel, saboreando o nome pouco familiar enquanto olhava para uma das grandes fogueiras ao redor das quais estávamos sentados.

Um bardo cantava, e durante um tempo o rei ouviu as palavras, depois começou a falar. Falou em voz baixa, pesaroso, olhando para as chamas.

— Ouço o nome Anglaterra, mas nosso nome para isso é Lloegyr. As terras perdidas. Elas já foram nossas terras. Aquelas colinas e vales, aqueles rios e pastagens, eles eram nossos, tinham nossos nomes e os nomes eram as histórias de nosso povo. Cada colina tinha uma história, cada vale uma história. Os romanos vieram e foram embora, mas os nomes permaneceram, então vocês vieram, os saxões, e os nomes desapareceram como esta fumaça. E as histórias se foram com os nomes. Agora só existem os nomes de vocês, nomes saxões. Ouça-o! — Hywel fez um gesto em direção ao bardo que entoava sua canção, enfatizando o ritmo das palavras com uma pequena harpa. — Ele canta a canção de Caddwych e como ele trucidou nossos inimigos.

— Nossos inimigos? — perguntei.

— Como trucidamos vocês, os saxões — admitiu Hywel, depois gargalhou. — Eu disse para ele não cantar sobre saxões mortos, mas parece que nem mesmo um rei pode dar ordens aos poetas.

— Também temos canções.

— E suas canções vão falar sobre a Anglaterra, sobre dinamarqueses trucidados. E o que acontece depois, meu amigo?

— Depois, senhor?

— Quando vocês tiverem sua Anglaterra. Quando os pagãos tiverem ido embora. Quando Jesus dominar toda a Britânia, de norte a sul. E aí?

Dei de ombros.

— Duvido de que viverei para ver.

— Os saxões ficarão contentes com sua Anglaterra? — questionou ele, e meneou a cabeça. — Eles vão olhar para estas montanhas, estes vales.

— Talvez.

— Portanto precisamos ser fortes. Diga à sua Æthelflaed que não vou lutar contra ela. Sem dúvida alguns de meu povo vão roubar o gado de vocês, mas os rapazes precisam se ocupar. Porém diga a ela que tenho um sonho parecido com o do pai dela. O sonho de um reino.

Fiquei surpreso, mas por quê? Aquele era um homem inteligente, tanto quanto Alfredo, e ele sabia que a fraqueza convidava a guerra. Portanto, assim como Alfredo sonhava em unir os reinos saxões formando um reino forte, Hywel sonhava em unir os reinos galeses. Ele comandava o sul, mas ao norte havia uma colcha de retalhos feita de pequenos estados, e pequenos estados são fracos.

— Então — continuou ele — sua Æthelflaed vai ouvir falar de guerra em nossas terras, mas garanta que isso não seja da conta dela. É da nossa. Deixem-nos em paz e deixaremos vocês em paz.

— Até que vocês não o façam mais, senhor.

Ele sorriu de novo.

— Até que não o façamos mais? É, um dia deveremos lutar, mas vocês farão sua Anglaterra, e nós faremos nossa Cymru primeiro. E provavelmente estaremos os dois mortos há muito tempo, meu amigo, antes que essas paredes de escudos se encontrem.

— Cymru? — indaguei, tropeçando na palavra estranha.

— Vocês chamam de Gales.

E deixamos Cymru, levados por um vento sudoeste, o mar se agitando na proa do *Ðrines* e o rastro da passagem do barco se espalhando branco e ondulando atrás de nós. Eu gostava de Hywel. Conhecia-o havia pouquíssimo tempo e só o encontrei em poucas ocasiões, mas de todos os reis que conheci em minha longa vida, ele e Alfredo foram os que mais me impressionaram. Hywel ainda vive e agora domina a maior parte de Gales, ficando mais forte a cada ano. E um dia, sem dúvida, os homens de Cymru virão tomar de volta as histórias que nós, saxões, roubamos deles. Ou nós vamos marchar para destruí-los. Um dia. Não agora.

E navegamos para o norte, para salvar o reino de Æthelflaed.

* * *

Eu podia estar errado. Talvez Sigtryggr estivesse procurando novas terras na Escócia ou no litoral irregular de Cumbraland, ou talvez em Gwynedd, que era o reino galês mais ao norte, mas de algum modo eu duvidava disso.

Eu navegara pelo litoral oeste da Britânia, uma costa cruel, rochosa, golpeada por ondas e por redemoinhos das marés, mas ao norte do Sæfern há um lugar ameno, um trecho de terra onde os rios convidam os barcos a adentrar fundo na terra, onde o solo não é íngreme e coberto de rochas, onde o gado pode pastar e a cevada crescer. Esse lugar era Wirhealum, a terra entre os rios Mærse e Dee. Ceaster ficava lá, e foi em Ceaster que Æthelflaed comandara seus homens contra os noruegueses. A captura daquela cidade e das terras ricas ao redor tinha acontecido por insistência da senhora, e esse feito havia convencido os homens a lhe confiar a Mércia, mas agora, se minhas suspeitas estivessem corretas, mais noruegueses seguiam para Wirhealum. Uma nova frota navegava com novos guerreiros, centenas deles, e, se Ætnelflaed começasse seu domínio perdendo Ceaster, se aquela vastidão de terra recém-conquistada fosse perdida, os homens diriam que era a vingança do deus cristão por terem nomeado uma simples mulher para liderá-los.

O mais seguro era voltar a Gleawecestre. Poderíamos fazer a viagem bem rápido, auxiliados pelo vento que soprava do sudoeste em dois de cada três dias, mas, assim que chegássemos lá, ainda estaríamos a uma semana de marcha difícil até Ceaster. Achava que Æthelflaed devia ter ficado em Gleawecestre, onde estaria nomeando funcionários, escrivães e padres para administrar as terras das quais ela agora era soberana, mas eu sabia que ela já enviara pelo menos cinquenta homens para reforçar a guarnição em Ceaster. Esses eram os homens contra quem Sigtryggr lutaria, se de fato estivesse rumando para a terra entre os rios.

Assim estabeleci o rumo para o norte. Os barcos de Sigtryggr estavam à nossa frente, o que significava a tripulação de mais de vinte embarcações formando um exército de pelo menos quinhentos homens. Quinhentos homens famintos procurando terras. E quantos homens Æthelflaed tinha em Ceaster? Chamei meu filho para perto da esparrela e perguntei a ele.

— Havia pouco mais de trezentos quando estive lá — respondeu ele.

— Incluindo seus homens?

— Incluindo nós, os trinta e oito.

— Então você saiu, e Æthelflaed também levou trinta e dois homens para o sul. De modo que Ceaster ficou com quantos? Duzentos e cinquenta homens?

— Talvez um pouco mais.

— Ou um pouco menos. Homens adoecem.

Olhei para o litoral distante e vi colinas pouco amigáveis sob as nuvens amontoadas. O vento agitava as ondas, enchendo-as de espuma branca, mas também impelindo nossa embarcação com força para o norte.

— Sabemos que ela acabou de enviar cinquenta homens para o norte, de modo que ainda deve haver uns trezentos por lá. E Merewalh está no comando.

Meu filho assentiu.

— Ele é um bom homem.

— Ele é um bom homem — concordei.

Uhtred notou a hesitação em minha voz.

— Mas não o suficiente?

— Ele vai lutar como um touro, e é honesto. Mas será que ele é esperto como um gato selvagem?

Eu gostava de Merewalh e confiava nele. Não duvidava de que Æthelflaed iria promovê-lo, talvez torná-lo ealdorman, e até havia pensado em Merewalh como marido para Stiorra. Isso talvez ainda acontecesse, eu supunha, mas por enquanto ele precisava defender Ceaster, e seus trezentos homens deveriam ser mais que suficientes para a tarefa. As muralhas do burh eram feitas de pedra e o fosso era profundo. Os romanos haviam erguido uma boa construção, mas eu presumia que Sigtryggr sabia da força de Ceaster e temia que o jovem norueguês tivesse a perspicácia de um gato selvagem.

— E o que a senhora Æthelflaed estava fazendo quando você saiu de Ceaster? — perguntei a Uhtred.

— Um novo burh.

— Onde?

— Na margem do Mærse.

Fazia sentido. Ceaster era a fortaleza que guardava o Dee, o rio que ficava mais ao sul, porém o Mærse era um caminho aberto. Colocando-se um burh lá, os inimigos não poderiam usar o rio para penetrar fundo no território.

— Então Merewalh precisa terminar o novo burh — eu disse — e guarnecê-lo, e precisa de mais homens para proteger Ceaster. Ele não pode fazer tudo isso com trezentos homens.

— E Osferth está indo para lá com as famílias — acrescentou meu filho, sério.

— Com Stiorra também — completei, e senti uma pontada de culpa.

Fui um pai negligente. Meu filho mais velho era um fora da lei para mim por causa de sua maldita religião; Uhtred se saíra bem, mas nada disso era por minha causa; e Stiorra era um mistério para mim. Eu a amava, mas agora a havia mandado para o perigo.

— Com as famílias — disse meu filho — e com seu dinheiro.

O destino é uma merda. Eu enviara Osferth para o norte porque a fortaleza de Ceaster parecera mais segura que Gleawecestre, mas, a não ser que eu estivesse errado com relação aos noruegueses, tinha mandado Osferth, minha filha, nossas famílias e toda a nossa fortuna direto para uma horda de inimigos. E pior. Eardwulf podia ter se juntado a Sigtryggr, e eu tinha certeza de que Eardwulf era astuto como um bando de gatos selvagens.

— Suponha que Eardwulf vá para Ceaster — sugeri. Meu filho me olhou intrigado. — Eles sabem que ele é um traidor?

Uhtred entendeu meu medo.

— Se ainda não souberem... — disse lentamente.

— Vão abrir os portões para ele — interrompi.

— Mas agora eles já devem saber — insistiu meu filho.

— Eles vão saber sobre Eardwulf — concordei. Os reforços que Æthelflaed havia mandado de Gleawecestre deviam ter levado a notícia. — Mas será que conhecem todos os seguidores dele?

— Ah, meu Deus! — exclamou Uhtred, pensando no que eu dissera e percebendo o perigo. — Jesus!

— Que grande ajuda ele oferece — retruquei com sarcasmo.

O *Ðrines* se chocou em uma onda mais forte, que encharcou o convés com água fria. O vento fora refrescante o dia inteiro, e agora as ondas eram ferozes e rápidas. Mas, à medida que a noite caía, o vento morreu e o mar se acomodou. Tínhamos perdido a terra de vista porque estávamos cruzando a vasta baía que é o litoral oeste de Gales. Eu temia o lado norte dessa baía, que é como um braço rochoso capaz de prender as embarcações descuidadas. Baixamos a vela, pegamos os remos e nos orientamos pelos brilhos esporádicos das estrelas. Peguei a esparrela e conduzi o barco ligeiramente para o norte. Remávamos devagar, e eu observava a água resplandecer com as estranhas luzes que às vezes surgem no mar à noite. Nós as chamamos de joias de Ran, o brilho fantasmagórico das pedras preciosas penduradas no pescoço daquela deusa ciumenta.

— Para onde vamos? — perguntou Finan em algum momento em meio à escuridão enfeitada de joias.

— Wirhealum.

— Pelo norte ou pelo sul?

Era uma boa pergunta e eu não sabia a resposta. Se usássemos o Dee, o rio ao sul, poderíamos remar quase até as portas de Ceaster, mas se Sigtryggr tivesse feito a mesma escolha acabaríamos diante dos homens dele. Se escolhêssemos o rio ao norte, encalharíamos o barco longe de Ceaster e haveria pouca chance de nos depararmos com a frota de Sigtryggr, mas demoraríamos muito mais para chegar ao burh.

— Acho que Sigtryggr quer capturar Ceaster — declarei.

— Se ele foi para Wirhealum, sim.

— Se — apontei azedamente.

O instinto é uma coisa estranha. Não se pode tocá-lo, senti-lo, cheirá-lo, mas deve-se confiar nele, e naquela noite, enquanto ouvíamos o bater das ondas e os estalos dos remos, eu tinha quase certeza de que meus temores eram justificados. Em algum lugar à nossa frente estava uma frota de norueguses decididos a capturar a cidade de Æthelflaed, Ceaster. Mas como eles fariam isso? Meu instinto não me dava a resposta.

— Ele vai querer capturar a cidade rapidamente — sugeri.

— Vai, sim — concordou Finan. — Se demorar, a guarnição só ficará mais forte.

— Por isso vai pegar o caminho mais rápido.

— O Dee.

— Portanto vamos para o norte — decidi. — Para o Mærse. E ao amanhecer vamos tirar essa maldita cruz da proa.

A cruz na proa alta do *Ðrines* nos proclamava como uma embarcação cristã e convidava qualquer dinamarquês ou norueguês a nos atacar. Um barco dinamarquês teria uma figura orgulhosa na proa — um dragão, uma serpente ou uma águia —, mas essas esculturas sempre podiam ser retiradas. Os animais esculpidos ou pintados jamais eram exibidos em águas do próprio reino, pois elas eram amistosas e não precisavam da ameaça da fera para domar os espíritos hostis, no entanto a ameaça sempre era necessária em litorais inimigos. A cruz na proa do *Ðrines* era fixa. A trave vertical era a madeira da proa estendida pouco mais de um metro acima do convés, o que significava que meus homens precisariam usar machados para cortá-la, mas, assim que ela tivesse sido arrancada, não estaríamos convidando a um ataque. Eu tinha certeza de que não havia barcos cristãos à nossa frente, apenas inimigos.

Os machados fizeram seu serviço à luz cinzenta de um amanhecer límpido. Alguns cristãos se encolheram quando a grande cruz finalmente caiu da embarcação, bateu com força no casco e ficou para trás. O vento fez o mar ondular, e nossa vela foi içada outra vez. Os remos foram puxados para dentro e nos deixamos ser levados para o norte. Longe, a leste, vi algumas velas escuras e supus que fossem pesqueiros galeses. Uma nuvem de gaivotas revoava acima das embarcações, que, ao nos ver, voltaram para terra, aonde só chegamos cerca de uma hora depois do alvorecer.

E assim prosseguimos. Mas para quê? Eu não sabia. Toquei o martelo pendurado no pescoço e rezei a Tor para que meus instintos estivessem errados, para que chegássemos ao Mærse e só encontrássemos paz.

Porém meus instintos não estavam errados. Navegávamos em direção a problemas.

Na noite seguinte nos abrigamos junto ao litoral norte de Gales, ancorados numa enseada enquanto o vento uivava ao redor. A chuva caía forte. Raios golpeavam a terra, cada clarão mostrando morros lúgubres e chuva intensa. A tempestade chegou rápido e passou depressa. Muito antes do alvorecer ela havia acabado, uma raiva repentina dos deuses. O que a tempestade significava eu não sabia, só podia temê-la, mas ao amanhecer o vento se acalmara de novo, as nuvens se espalharam e o sol nascente tremeluzia nas ondas tranquilas enquanto erguíamos a âncora de pedra e enfiávamos os remos nos toletes.

Peguei um remo. Não havia dor, mas depois de uma hora meu corpo ficou dolorido com o esforço. Cantamos a canção de Beowulf, uma canção antiga que contava como aquele herói nadou um dia inteiro para chegar ao fundo de um grande lago para lutar contra a mãe de Grendel, a bruxa monstruosa. "Wearp ðā wunden-mæl", berramos enquanto as pás dos remos cortavam a água; "wrættum gebunden", enquanto fazíamos força puxando os cabos; "yrre oretta, þæt hit on eorðan læg", enquanto arrastávamos o casco pelo mar reluzente; "stið ond styl-ecg" enquanto recuperávamos os remos e os girávamos de volta. As palavras contavam como Beowulf, percebendo que sua espada não conseguia perfurar a pele grossa do monstro, havia jogado longe a arma com marcas no aço que lembravam redemoinhos, assim como Bafo de Serpente, e em vez disso se envolveu numa luta corpo a corpo com a bruxa, forçando-a no chão. Ele recebia os socos dela e os devolvia, e por fim pegou uma das espadas da mãe de Grendel, uma arma brutal dos dias em que os gigantes caminhavam na terra, uma espada tão pesada que somente um herói poderia usá-la. Beowulf cravou a espada no pescoço do monstro, e os berros da criatura agonizante ecoaram pelo céu. É uma boa história, que me foi ensinada por Ealdwulf, o ferreiro, quando eu era criança. Ele cantava a versão antiga, não a nova, que meus homens berravam enquanto o *Ðrines* talhava a manhã do oceano. Eles gritavam que "Hālig God" dava a vitória a Beowulf, mas na narrativa de Ealdwulf havia sido Tor, e não o santo Deus, que dava ao herói a força para dominar a criatura maligna.

E rezei para Tor me dar força, motivo pelo qual puxava o cabo daquele remo. Um homem precisa de força para usar uma espada, para segurar um escudo, para perfurar o inimigo. Eu ia para a batalha e estava fraco, tão fraco que depois de uma hora remando entreguei o remo a Eadric e me juntei a meu filho nas tábuas da esparrela, na popa. Meus braços doíam, mas não havia dor na lateral do tronco.

Remamos o dia inteiro, e, à medida que o sol se afundava atrás de nós, chegamos às grandes planícies lamacentas que se estendem de Wirhealum até o local onde os rios, a terra e o mar se misturam, onde as marés correm pelos baixios ondulados e as aves marinhas existem em bandos densos como neve. Ao nosso sul ficava a foz do rio Dee, mais larga que o Mærse, e me perguntei se estaria fazendo a escolha errada, se deveríamos navegar pelo Dee para conduzir nosso barco direto a Ceaster. Em vez disso, seguimos para as margens mais fechadas do Mærse. Eu temia que Sigtryggr, se ele tivesse vindo, já tivesse usado o Dee para desembarcar e capturar Ceaster. Toquei o martelo no pescoço e rezei.

A lama deu lugar ao capim e aos juncos, depois a pastos e urzes, a florestas baixas e colinas suaves cobertas pelas chamas amarelas das giestas. Ao sul de onde estávamos, em Wirhealum, um ocasional fio de fumaça mostrava a localização de um salão ou de uma fazenda em meio às árvores, mas nenhuma grande mancha de incêndio sujava o céu da tarde. O lugar parecia pacífico. Vacas pastavam numa campina, e vi ovelhas no terreno mais alto. Eu estava procurando o novo burh de Æthelflaed, mas não vi nenhum sinal dele. Sabia que ela o estava construindo para guardar este rio, o que significava que a fortaleza devia ficar perto da margem, e que não era idiota, o que significava que precisava estar na margem sul, de modo que os homens pudessem alcançá-lo facilmente partindo de Ceaster, mas, conforme nossa sombra se alongava na água, não vi nenhum muro, nenhuma paliçada.

O *Ðrines* continuou deslizando. Estávamos usando os remos apenas para mantê-lo subindo o rio, deixando a maré forte nos levar. Íamos lentamente porque o rio era traiçoeiro, com partes rasas. Bancos de lama surgiam dos dois lados. O redemoinho de água mais escura sugeria onde estava o canal, e assim nos esgueiramos para o interior. Um menino estava cavando na lama da margem norte e parou para acenar para nós. Acenei de volta e me perguntei se ele era dinamarquês ou norueguês. Duvidava de que fosse saxão. Essa terra fora dominada pelos nórdicos durante anos. Mas a captura de Ceaster por nós significava que agora podíamos tomar de volta as terras ao redor e enchê-las com saxões.

— Ali — indicou Finan.

Desviei o olhar do garoto para espiar rio acima, e vi um grande número de mastros surgindo sobre um bosque. A princípio achei que os mastros fossem árvores, mas depois notei como eram retos e nus, linhas nítidas no céu que escurecia. A maré estava nos levando, e eu não ousava virar o *Ðrines*, por medo de encalhá-lo em algum ponto raso oculto. Teria sido prudente dar meia-volta porque aqueles mastros mostravam que Sigtryggr viera para cá, para o Mærse, e que todos os seus barcos estavam encalhados em Wirhealum, e não em Ceaster, e que um exército de noruegueses esperava por nós, mas a maré era como o destino. Carregava-nos. E perto dos mastros, em terra, havia fumaça; não uma grande mancha de destruição, mas a névoa das fogueiras usadas para cozinhar ondulando à luz do crepúsculo acima das árvores baixas, e supus que havíamos encontrado o novo burh de Æthelflaed.

E assim, pela primeira vez na minha vida, mas não pela última, cheguei a Brunanburh.

Rodeamos uma curva suave e vimos os barcos noruegueses. A maioria estava encalhada, mas uns poucos continuavam flutuando, ancorados perto do litoral lamacento. Comecei a contar.

— Vinte e seis — disse Finan. Os mastros de algumas embarcações encalhadas tinham sido retirados, prova de que Sigtryggr planejava uma longa estadia.

Era quase maré baixa. O rio parecia bastante largo, mas isso era enganador porque havia partes rasas por todo lado.

— O que vamos fazer? — perguntou meu filho.

— Eu digo quando souber — resmunguei, depois me encostei na esparrela, de modo que nos aproximamos mais da frota de Sigtryggr. O sol havia quase se posto e o crepúsculo fundia as sombras que se estendiam escuras pela terra.

— Há um número suficiente dos desgraçados — comentou Finan em voz baixa. Ele olhava para a margem.

Continuei espiando a terra, mas na maior parte do tempo eu vigiava o rio, decidido a impedir que o *Ðrines* encalhasse. Meus homens olhavam para o sul, esquecendo os remos, e gritei para remarem. Quando o barco se movia suavemente outra vez, entreguei a esparrela a meu filho e olhei para o novo burh de Æthelflaed. Até agora os construtores haviam feito um muro de terra num terreno elevado perto do rio. Esse muro era pouco mais que um morrinho, com talvez a altura de um homem e com mais de duzentos passos de largura. Um salão fora construído junto de duas construções menores, talvez estábulos, mas ainda não havia paliçada. Esse muro de madeira precisaria de centenas de troncos fortes, de carvalho ou olmo, e não havia árvores grandes por perto para fornecê-los.

— Ela terá de trazer a madeira para cá — eu disse.

— Se é que ela vai terminar o serviço — observou Finan.

Presumi que o burh era quadrado, mas do convés do *Ðrines* era impossível dizer. O salão não era grande, e as madeiras novas surgiam claras à luz que se desvanecia. Supus que ele servisse para abrigar os construtores de Æthelflaed, e, assim que a fortaleza estivesse terminada, um salão maior seria erguido. Então vi a cruz na empena do salão e quase gargalhei.

— É uma igreja — falei. — Não um salão.

— A senhora Æthelflaed quer Deus do lado dela — comentou Finan.

— Deveria ter construído uma paliçada primeiro — resmunguei.

Os barcos ancorados e encalhados escondiam a maior parte da margem do rio, mas achei que conseguia ver as laterais irregulares de um canal recém-escavado, cercando a nova obra, que agora estava nas mãos dos noruegueses.

— Meu Deus! — exclamou Finan — Há centenas dos desgraçados!

Homens vinham da igreja para nos olhar e, como Finan dissera, eram centenas. Outros estavam ao redor de fogueiras. Também havia mulheres e crianças, todos agora andando em direção à margem do rio para nos olhar.

— Continuem remando! — gritei para meus homens, pegando a esparrela com meu filho.

Sigtryggr tinha capturado o burh recém-construído, isso era óbvio, mas a presença de tantos homens sugeria que ainda não atacara Ceaster. Não houvera tempo para isso, mas eu não duvidava de que ele o faria assim que pudesse. O rumo mais arriscado seria levar seus barcos pelo rio Dee e atacar Ceaster imediatamente, porque assim que estivesse no interior das muralhas romanas seria impossível retirá-lo. Eu faria isso, porém Sigtryggr havia sido mais prudente. Ele tinha capturado a fortaleza menor, e seus homens deviam estar ocupados construindo uma paliçada com qualquer madeira que pudessem cortar além de arbustos de espinheiros e aprofundando o fosso. Assim que o burh estivesse terminado, assim que estivesse cercado por terra, madeira e espinhos, Sigtryggr ficaria quase tão seguro dentro de Brunanburh quanto em Ceaster.

Um homem passou por cima dos barcos encalhados e amontoados como se quisesse proteção, depois saltou numa das embarcações ancoradas, seguindo em nossa direção.

— Quem são vocês? — gritou ele.

— Continuem remando! — Ficava mais escuro a cada minuto, e eu temia encalhar, mas não ousava parar ali.

— Quem são vocês? — gritou o homem de novo.

— Sigulf Haraldson! — exclamei o nome inventado.

— O que estão fazendo aqui?

— Quem pergunta? — indaguei em dinamarquês, falando devagar.

— Sigtryggr Olafson!

— Diga a ele que moramos aqui! — Imaginei se o sujeito que gritava para nós seria o próprio Sigtryggr, mas parecia improvável. Era mais provável que fosse um de seus homens, enviado para nos interpelar.

— Vocês são dinamarqueses? — gritou ele, mas ignorei a pergunta. — Meu senhor os convida a desembarcar.

— Diga a seu senhor que queremos voltar para casa antes do anoitecer!

— O que vocês sabem sobre a cidade dos saxões?

— Nada! Nós os ignoramos e eles nos ignoram!

Tínhamos passado pelo barco de onde o homem gritava, e ele saltou com agilidade para outro, para ficar perto de nós.

— Venham para terra! — chamou ele.

— Amanhã!

— Onde vocês moram?

— Rio acima — gritei de volta. — A uma hora daqui.

Mandei meus homens remarem mais rápido, e Tor estava conosco porque o Ðrines permaneceu no canal, porém mais de uma vez os remos acertaram a lama e duas vezes o casco raspou suavemente num banco de lama antes de encontrar águas mais profundas. O homem gritou mais perguntas à escuridão, no entanto tínhamos ido embora. Havíamos nos transformado numa embarcação feita de sombras ao crepúsculo, um barco fantasma desaparecendo na noite.

— Reze a Deus para eles não terem reconhecido sua voz — comentou Finan.

— Não dava para me ouvir em terra — respondi, esperando que fosse verdade. Eu não havia gritado tão alto quanto poderia, torcendo para que somente o homem no barco me escutasse. — E quem teria reconhecido?

— Meu irmão? — respondeu Eadith.

— Você o viu?

Ela meneou a cabeça dizendo que não. Virei-me para olhar para trás, mas agora o novo burh não passava de uma sombra dentro de uma sombra, uma sombra tremeluzindo com luz de fogueiras, e os mastros das embarcações de Sigtryggr eram riscos escuros no céu do oeste. A maré era vazante, e a água estava parada enquanto o *Drines* seguia como um fantasma rio acima. Eu não sabia qual era a distância de Brunanburh até Ceaster, mas achava que deviam ser alguns quilômetros, talvez uns quinze. Trinta? Não fazia ideia e nenhum de meus homens visitara o novo burh de Æthelflaed, de modo que não podiam me dizer. Eu tinha visitado o rio Mærse antes, percorrera suas margens perto de Ceaster, mas nessa escuridão era impossível reconhecer qualquer marco no terreno. Olhei para trás, vendo a mancha da fumaça de Brunanburh ficar cada vez mais longínqua, olhando até o horizonte a oeste ficar vermelho-fogo com o sol que se punha e o céu acima se tornar um negrume salpicado de estrelas. Não temi uma perseguição. Estava escuro demais para algum barco nos seguir, e homens a pé ou a cavalo iriam tropeçar em terreno desconhecido.

— O que vamos fazer? — perguntou Finan.

— Vamos a Ceaster — respondi.

E manter o trono de Æthelflaed seguro.

Havia um brilho do luar, com frequência escondido por nuvens, mas era o bastante para revelar o rio. Remamos em silêncio até que finalmente o casco deslizou na lama, e o *Ðrines* estremeceu e parou. A margem sul estava a apenas uns vinte passos e os primeiros de meus homens saltaram por cima da amurada e vadearam para a terra.

— Armas e cotas de malha — ordenei.

— E o barco? — perguntou Finan.

— Vamos deixá-lo.

Sem dúvida os homens de Sigtryggr iriam encontrá-lo. O *Ðrines* iria flutuar na maré da manhã e acabaria voltando rio abaixo, mas eu não tinha tempo para queimá-lo, e, se o ancorasse, ele revelaria o ponto onde havíamos desembarcado. Era melhor deixá-lo ir para onde ele quisesse. Wyrd bið ful āræd.

E assim desembarcamos, quarenta e sete homens e uma mulher, usando cotas de malha e carregando escudos e armas. Estávamos vestidos para a guerra e a guerra viria. A presença de tantos homens em Brunanburh tinha me indicado que Ceaster continuava nas mãos dos saxões, mas Sigtryggr logo iria avançar para a fortaleza maior.

— Talvez ele tenha decidido simplesmente ficar em Brunanburh — sugeriu Finan.

— E nos deixar em Ceaster?

— E se ele terminar a paliçada de Brunanburh? Se acabar se transformando num incômodo? Talvez espere que paguemos para ele ir embora, não é?

— Então é um idiota, porque não faremos isso.

— Mas só um idiota atacaria as muralhas de pedra de Ceaster.

— Nós fizemos isso — falei, e Finan gargalhou. Balancei a cabeça. — Ele não vai querer ficar encurralado em Brunanburh. O pai o mandou para tomar terras e ele vai tentar fazer isso. Além do mais, é jovem. Tem uma reputação a construir. E Berg diz que ele é teimoso.

Eu conversara com Berg, que havia sido um homem de Rognvald. Ele não vira Sigtryggr muitas vezes, mas o que tinha visto o impressionou.

— Ele é alto, senhor. E tem cabelos dourados como seu filho, com um rosto que parece uma águia, senhor. E ele ri e gargalha. Os homens gostam dele.

— Você gostava dele?

Berg fez uma pausa. E então, com a ansiedade dos jovens, soltou:

— Ele é como um deus que veio a terra, senhor!

Sorri com o comentário.

— Um deus?

— É como um deus, senhor — murmurou ele, sentindo vergonha das palavras quase ao mesmo tempo que as disse.

Mas o deus vindo a terra ainda precisava construir uma reputação, e que modo melhor de fazê-lo do que capturando Ceaster para os noruegueses? Motivo pelo qual corríamos para lá, e no fim das contas foi mais fácil achar o lugar do que eu havia imaginado. Seguimos o rio para o leste até vermos uma curva na estrada romana à nossa frente, então seguimos o caminho para o sul. Ele passava por um cemitério romano, que tanto os nórdicos quanto os saxões deixaram em paz porque devia estar cheio de fantasmas. Passamos por ele em silêncio. Vi os cristãos fazerem o sinal da cruz e toquei meu amuleto do martelo. Era noite, a hora em que os mortos caminham, e enquanto passávamos pelas tristes moradas dos mortos o único som era o dos nossos pés nas pedras da estrada.

E lá, à frente, estava Ceaster.

Chegamos à cidade pouco antes do amanhecer. O sol a leste brilhava cinza como o fio de uma espada, uma sugestão de luz, nada mais. Os primeiros pássaros cantavam. A escuridão da noite ocultava a muralha clara do burh, o portão norte era um negrume coberto por sombras. Se alguma bandeira tremulava acima do portão eu não era capaz de vê-la. Havia fogueiras no interior da muralha, mas elas não mostravam nenhum homem nos parapeitos, por isso levei apenas Finan e meu filho, e nós três fomos para o portão. Eu sabia que podíamos ser vistos.

— Você abriu este portão da última vez — disse Finan a meu filho. — Talvez tenha de fazer isso de novo.

— Na ocasião eu tinha um cavalo — retrucou Uhtred.

Ele havia ficado de pé na sela e saltara por cima do portão, e assim capturamos o burh dos dinamarqueses. Eu esperava que ainda o controlássemos.

— Quem são vocês? — gritou um homem na muralha.

— Amigos — respondi. — Merewalh ainda está no comando?

— Sim. — A resposta foi dada de má vontade.

— Chame-o.

— Ele está dormindo.

— Mandei chamá-lo! — exclamei com rispidez.

— Quem são vocês? — perguntou o homem de novo.

— O homem que quer falar com Merewalh! Vá!

Ouvi a sentinela falar com seus companheiros, e então houve silêncio. Esperamos enquanto o fio cinza no leste se alargava até se tornar uma lâmina de luz opaca. Galos cantavam e um cão uivou em algum lugar no interior da cidade, e finalmente vi sombras na muralha.

— Aqui é Merewalh! — gritou a voz familiar. — E quem é você?

— Uhtred.

Houve um momento de silêncio.

— Quem? — voltou a perguntar.

— Uhtred! — gritei. — Uhtred de Bebbanburg!

— Senhor? — Ele pareceu incrédulo.

— Osferth chegou até aqui?

— Sim! E sua filha!

— E Æthelflaed?

— Senhor Uhtred? — Ele ainda parecia incrédulo.

— Abra o maldito portão, Merewalh. Quero comer o desjejum.

O portão foi aberto e nós o atravessamos. Havia tochas no arco, e vi o alívio no rosto de Merewalh quando me reconheceu. Doze homens esperavam atrás dele, todos com lanças ou espadas desembainhadas.

— Senhor! — Merewalh veio até mim. — O senhor está curado!

— Estou curado — respondi.

Era bom ver Merewalh. Ele era um guerreiro leal, um homem honesto e um amigo. Era sincero, e tinha um rosto redondo e receptivo que reluziu de prazer com nossa chegada. Fora um homem de Æthelred, mas sempre protegera Æthelflaed e havia sofrido por causa dessa lealdade.

— Æthelflaed está aqui?

Merewalh balançou a cabeça.

— Ela disse que traria mais homens quando pudesse, mas faz uma semana que não temos notícias.

Olhei para os guerreiros da escolta dele, que sorriam enquanto embainhavam as espadas.

— Quantos homens você tem?

— Duzentos e noventa e dois em condições de lutar.

— Isso inclui os cinquenta homens que Æthelflaed mandou?

— Sim, senhor.

— Então o príncipe Æthelstan está aqui?

— Está, senhor.

Virei-me e observei os portões pesados serem trancados e a barra enorme baixar nos suportes.

— E você sabe que há quinhentos noruegueses em Brunanburh?

— Disseram-me que eram seiscentos — respondeu ele, sério.

— Disseram?

— Cinco saxões chegaram ontem. Cinco mércios. Eles viram os noruegueses chegar a terra firme e fugiram para cá.

— Cinco mércios? — perguntei, mas não dei tempo para ele responder. — Diga, você tinha homens em Brunanburh?

Merewalh meneou a cabeça negativamente.

— A senhora Æthelflaed mandou abandonar o burh até que ela retornasse. A senhora acreditava que não seríamos capazes de defender Ceaster e o novo burh. Quando ela chegar, recomeçaremos o trabalho lá.

— Cinco mércios? — perguntei de novo. — Eles disseram quem eram?

— Ah, eu os conheço! — exclamou Merewalh, confiante. — Eram homens do senhor Æthelred.

— E agora servem à senhora Æthelflaed? — indaguei, e Merewalh assentiu.

— E por que ela os mandou?

— Ela queria que eles dessem uma olhada em Brunanburh.

— Uma olhada?

— Há dinamarqueses em Wirhealum — explicou ele. — Não muitos, e dizem que são cristãos. — Merewalh deu de ombros sugerindo que essa afirmação era dúbia. — A maior parte deles cria ovelhas. Não os incomodamos se eles não nos incomodarem, mas acho que a senhora Æthelflaed achou que poderiam ter causado algum dano, não é?

— Então os cinco vieram para cá sob ordens de Æthelflaed e passaram por seu portão sul e não pediram para vê-lo? Eles foram para Brunanburh? — Esperei uma resposta, mas Merewalh não disse nada. — Cinco homens chegam aqui para garantir que alguns criadores de ovelhas não danificaram um muro de terra? — Ele continuou sem dizer nada. — Você deve ter mandado nossos próprios homens olharem o novo burh, não?

— Mandei, sim.

— No entanto Æthelflaed não confiou em você? Precisou mandar cinco homens para fazer um serviço que ela devia saber que você já estava fazendo?

O pobre Merewalh franziu a testa, preocupado com as perguntas.

— Eu conheço os homens, senhor — repetiu ele, mas parecia inseguro.

— Você os conhece bem?

— Todos servíamos ao senhor Æthelred. Não, eu não os conheço bem.

— E esses cinco serviam a Eardwulf — sugeri.

— Todos servíamos a ele. Eardwulf era o comandante da guarda pessoal do senhor Æthelred.

— Mas esses cinco eram próximos dele — declarei peremptoriamente, e Merewalh assentiu, relutante. — E Eardwulf provavelmente está com Sigtryggr.

— Sigtryggr, senhor?

— O homem que acaba de trazer quinhentos ou seiscentos noruegueses para Brunanburh.

— Eardwulf está com... — começou ele, depois se virou e olhou para a rua principal de Ceaster, como se esperasse ver noruegueses invadindo a cidade subitamente.

— Eardwulf provavelmente está com Sigtryggr — completei. — E Eardwulf é um traidor e um fora da lei. E provavelmente está vindo para cá neste momento. Mas não virá sozinho.

— Santo Deus — murmurou Merewalh, e fez o sinal da cruz.

— Agradeça ao seu deus — eu disse.

Porque a carnificina estava para começar, e tínhamos chegado bem a tempo.

ONZE

SIGTRYGGR CHEGOU AO meio-dia.
Sabíamos que ele ia chegar.
Sabíamos onde ele ia atacar.
Estávamos em menor número, mas tínhamos as altas muralhas de pedra de Ceaster, e elas equivaliam a mil homens. Sigtryggr também sabia disso e, como todos os nórdicos, não tinha paciência para fazer um cerco. Não tinha tempo para construir escadas nem ferramentas para cavar por baixo da nossa fortificação; tinha apenas a coragem de seus homens e o conhecimento de que havia nos enganado.
Porém sabíamos qual era o truque.
Bem-vindos à fortaleza de Ceaster.

O sol havia nascido, mas estava escuro no grande salão, a lúgubre construção romana que ficava no centro de Ceaster. Fogo ardia na lareira central, a fumaça dando voltas sob o telhado antes de encontrar o buraco aberto nas telhas. Homens dormiam nas bordas do salão e seus roncos soavam alto naquele vasto espaço. Havia mesas e bancos, e alguns homens dormiam nas mesas. Duas criadas estavam colocando bolos de aveia nas pedras da lareira, e uma terceira trazia madeira para avivar o fogo.
Havia enormes pilhas de madeira do lado de fora do salão. Não era lenha, e sim troncos de carvalho e olmo que foram aparados de forma grosseira. Parei para observá-los.

— Isso é a paliçada para Brunanburh? — perguntei a Merewalh.

Ele confirmou.

— Não há mais troncos grandes o suficiente em Wirhealum, por isso tivemos de cortar aqui.

— Vão levar de carroça?

— Provavelmente de barco.

Os troncos eram imensos, cada um tão grosso quanto a cintura de um homem robusto e com o dobro da altura de um adulto. Uma vala seria cavada ao longo do alto do morro de terra de Brunanburh e os troncos seriam enfiados de cabeça para baixo, de modo que o topo ficasse dentro da terra. A madeira durava mais desse modo. Troncos menores seriam usados para construir as plataformas e os degraus. Merewalh olhou carrancudo para as enormes pilhas.

— Ela quer que tudo esteja pronto no advento.

— Você vai ter trabalho!

Os homens estavam acordando quando entramos no salão. O céu clareava, os galos cantavam, era hora de encarar o dia. Osferth chegou alguns minutos depois, bocejando e se coçando, e parou para olhar para mim.

— Senhor!

— Você chegou em segurança.

— Cheguei, senhor.

— E minha filha?

— Todos estão em segurança, senhor. — Ele me olhou de cima a baixo. — O senhor não está se encolhendo!

— A dor se foi.

— Que Deus seja louvado — disse ele, e me abraçou. — Finan! Sihtric! Uhtred! — Não havia como esconder o prazer que sentia por estar de novo com seu bando de guerreiros. Então Osferth viu Eadith e seus olhos se arregalaram. Ele me olhou procurando uma explicação.

— A senhora Eadith deve ser tratada com honra — falei.

— Claro, senhor. — Osferth se eriçou diante da sugestão de que trataria uma mulher de modo descortês. Finan piscou para ele, que olhou de novo para a senhora Eadith e depois para mim. — Claro, senhor — disse de novo, mas dessa vez rigidamente.

— E Æthelstan? — perguntei.

— Ah, ele está aqui, senhor.

O fogo aumentou, e eu levei meus homens para um canto do salão nas sombras, escondendo-me enquanto Merewalh chamava os cinco saxões que haviam chegado no dia anterior. Eles vieram sorrindo. O salão estava apinhado a essa hora conforme outros homens acordavam e vinham buscar comida e cerveja. A maioria chegava sem armas ou escudos, mas todos os cinco carregavam espadas na cintura.

— Sentem-se! — disse Merewalh, indicando uma mesa. — Há cerveja, a comida não vai demorar.

— São homens do meu irmão — sussurrou Eadith para mim.

— Você acaba de matá-los ao dizer isso — sussurrei de volta.

Ela hesitou.

— Eu sei.

— O nome deles?

Eadith disse, e eu os observei. Estavam nervosos, mas todos, menos um, tentavam esconder isso. O mais jovem, que mal passava de um garoto, parecia aterrorizado. Os outros falavam alto demais e se provocavam mutuamente. Um deles deu um tapa no traseiro de uma jovem que trouxe cerveja, mas, apesar de fingir tranquilidade, eu conseguia ver que estavam atentos. O mais velho, um homem chamado Hanulf Eralson, olhou ao redor no salão e fixou o olhar no canto escuro onde estávamos meio escondidos por sombras e mesas. Provavelmente achou que ainda dormíamos.

— Está esperando um combate hoje, Merewalh? — perguntou ele.

— Deve acontecer logo.

— Reze a Deus para que aconteça — declarou Hanulf calorosamente —, porque eles nunca vão passar por essas muralhas.

— O senhor Uhtred passou — comentou Merewalh.

— O senhor Uhtred sempre teve uma sorte do diabo — disse Hanulf azedamente. — E o diabo cuida dos seus. O senhor tem notícias dele?

— Do diabo?

— De Uhtred.

O deus da guerra

Eu tinha dito a Merewalh o que falar, caso essa pergunta fosse feita. Ele fez o sinal da cruz.

— Dizem que o senhor Uhtred está morrendo.

— Um pagão a menos — disse Hanulf sem dar importância, então parou de falar quando o pão e o queijo foram servidos em sua mesa. Hanulf acariciou a jovem que trouxe o queijo e disse algo que fez a garota corar e se afastar. Seus homens gargalharam, no entanto, o mais jovem só pareceu ficar ainda mais apavorado.

— O diabo cuida dos seus, hein? — murmurou Finan.

— Vamos ver se ele cuida desses cinco — retruquei.

Eu me virei quando Æthelstan entrou no salão seguido por outros três meninos e duas meninas, nenhum com mais de 11 ou 12 anos. Estavam rindo e perseguindo um ao outro, então Æthelstan viu dois cães perto da lareira e se abaixou ao lado deles, acariciando os dorsos compridos e os focinhos cinzentos. As outras crianças o imitaram. Era interessante o fato de ele ser o líder inquestionável do pequeno bando, pensei. Æthelstan possuía esse dom, e eu não duvidava de que o dom iria acompanhá-lo na vida adulta. Olhei-o roubar dois bolos de aveia das pedras da lareira e dividi-los entre os cães, as duas meninas e si próprio.

— Então podemos ajudar você na muralha hoje? — perguntou Hanulf a Merewalh.

— Não esperaríamos menos que isso de vocês — respondeu Merewalh.

— Onde eles vão atacar?

— Eu gostaria de saber.

— Provavelmente num portão, não é? — sugeriu Hanulf.

— Imagino que sim.

Os homens escutavam a conversa. A maioria dos homens de Merewalh sabia que eu estava no salão, e todos receberam ordens de manter minha presença em segredo. A maior parte deles também estava convencida de que Hanulf queria apenas ajudar a defender as muralhas. Até onde sabiam, ele e seus companheiros eram simplesmente cinco mércios que tinham chegado fortuitamente para ajudar a defender o burh.

— E o portão voltado para terra firme? — perguntou Hanulf.

— O portão voltado para terra firme?

— O que usamos ontem.

— Ah, o Portão Norte!

— Vamos lutar lá — ofereceu Hanulf. — Com sua permissão, é claro.

Assim descobri que Sigtryggr não viria por água. Eu não esperava por isso. Ele teria sido forçado a remar com sua frota para fora do rio Mærse, virar para o sul e subir remando o Dee, o que levaria o dia inteiro, até por fim chegar ao Portão Sul. Em vez disso, viria por terra, e o portão mais próximo de Brunanburh seria o Norte. O mesmo por onde havíamos acabado de entrar.

— Posso lutar no Portão Norte? — perguntou Æthelstan a Merewalh.

— Você, príncipe, vai ficar bem longe de qualquer luta — respondeu Merewalh, sério.

— Deixe o menino ir conosco! — sugeriu Hanulf, animado.

— Você vai ficar na igreja — ordenou Merewalh a Æthelstan — e rezar pelo nosso sucesso.

O salão ficava mais claro à medida que o sol subia.

— Chegou a hora — avisei a Finan. — Vamos pegar os desgraçados.

Eu havia desembainhado Bafo de Serpente, mas ainda não estava totalmente confiante na minha força, por isso deixei Finan e meu filho comandarem doze homens em direção à mesa. Fui atrás com Eadith.

Hanulf sentiu nossa aproximação. Não poderia deixar de senti-la, porque todos os homens no salão subitamente ficaram imóveis e suas vozes silenciaram. Ele virou no banco e viu as espadas se aproximando e Eadith. Olhou para ela boquiaberto, atônito, e tentou se levantar, mas o banco atrapalhou seu movimento quando tentou sacar a espada da bainha.

— Quer mesmo lutar conosco? — perguntei.

Uns vinte homens de Merewalh também haviam desembainhado as espadas. A maioria ainda não sabia direito o que estava acontecendo, mas seguiram a liderança de Finan, o que significou que Hanulf estava cercado. Æthelstan havia se levantado e me olhava com surpresa.

Hanulf chutou o banco e olhou para a porta. Não tinha como fugir. Por um instante pensei que pretendia nos atacar e morrer numa súbita batalha desigual, mas em vez disso deixou a espada cair. A arma bateu ruidosamente no chão. Hanulf não disse nada.

— Todos vocês, larguem as espadas — ordenei. — E você — apontei para Æthelstan —, venha cá.

Então foi simplesmente uma questão de interrogá-los e as respostas vieram facilmente. Esperavam viver se contassem a verdade? Eles confessaram que eram homens de Eardwulf, que haviam fugido de Gleawecestre com ele e navegado para o oeste no *Godspellere* até encontrarem a frota de Sigtryggr. Agora tinham vindo a Ceaster com o objetivo de abrir o Portão Norte para os homens de Sigtryggr.

— E isso será hoje?

— Sim, senhor.

— Que sinal ele dará a você?

— Sinal, senhor?

— Para mandá-lo abrir o portão.

— Ele vai baixar o estandarte, senhor.

— E então você mataria qualquer homem que estivesse no caminho? — perguntei. — E abriria o portão para os nossos inimigos?

Hanulf não tinha o que dizer, mas o mais jovem, o garoto, começou a apelar subitamente.

— Senhor! — começou ele.

— Silêncio! — mandei rispidamente.

— Meu filho não... — começou outro homem, depois ficou quieto quando o encarei com raiva.

Agora o jovem estava chorando. Ele não devia ter muito mais de 14 anos, talvez 15, e sabia o destino horrível que o aguardava, mas eu não estava com humor para ouvir pedidos de misericórdia. Os cinco homens não mereciam nenhuma. Se Hanulf tivesse sido bem-sucedido, Sigtryggr estaria dentro de Ceaster e quase todos os meus homens e todos os de Merewalh seriam trucidados.

— Príncipe Æthelstan! — gritei. — Venha cá!

Æthelstan veio correndo pelo salão e parou ao meu lado.

— Senhor?

290

O trono vazio

— Esses homens estavam entre os que foram mandados para capturá-lo em Alencestre, senhor príncipe. E agora vieram para entregar Ceaster aos nossos inimigos. O senhor decidirá o castigo deles. Osferth? Traga uma cadeira para seu sobrinho. — Osferth encontrou uma cadeira. — Essa, não — recusei, e apontei para a maior cadeira do salão, presumivelmente a que Æthelflaed usava quando vinha ao burh. Tinha braços e encosto alto e se parecia com um trono. Fiz Æthelstan se sentar nela. — Um dia o senhor pode ser o rei deste reino e deve treinar para isso, assim como treina com a espada. Portanto, agora o senhor distribuirá justiça.

Ele olhou para mim. Era só um garoto.

— Justiça — disse Æthelstan, nervoso.

— Justiça — reforcei, olhando para os cinco homens. — O senhor distribui ouro ou prata para algo bem-feito e decreta o castigo por um crime. Portanto distribua a justiça agora. — O menino franziu o cenho para mim, como se quisesse decidir se eu estava falando sério. — Eles estão esperando — eu disse com aspereza. — Estamos todos esperando!

Æthelstan olhou para os cinco homens. Ele prendeu o fôlego.

— Vocês são cristãos? — perguntou por fim.

— Mais alto — falei.

— Vocês são cristãos? — Sua voz ainda não havia engrossado.

Hanulf me olhou como se apelasse para que eu o poupasse daquela tolice.

— Fale com o príncipe — ordenei.

— Somos cristãos — respondeu ele em tom de desafio.

— Mas permitiriam que os pagãos capturassem este lugar? — indagou Æthelstan.

— Estávamos obedecendo ao nosso senhor — argumentou Hanulf.

— Seu senhor é um fora da lei — declarou Æthelstan, e Hanulf não tinha nada a dizer.

— Seu julgamento, senhor príncipe — exigi.

Nervoso, Æthelstan umedeceu os lábios com a língua.

— Eles devem morrer — concluiu ele.

— Mais alto!

— Eles devem morrer!

O deus da guerra

— Mais alto ainda! — pedi. — E fale com eles, não comigo. Olhe nos olhos deles e diga seu julgamento.

Agora as mãos do menino seguravam os braços da cadeira, os nós dos dedos embranquecidos.

— Vocês devem morrer — disse ele aos cinco homens — porque teriam traído seu reino e seu deus.

— Nós... — começou Hanulf.

— Quieto! — interrompi, e olhei para Æthelstan. — Depressa ou lentamente, senhor príncipe, e por qual método?

— Método?

— Podemos enforcá-los rapidamente, senhor príncipe — expliquei —, ou enforcá-los lentamente. Ou podemos usar espadas.

O garoto mordeu o lábio e se virou de novo para os cinco.

— Vocês morrerão pela espada — disse com firmeza.

Os quatro homens mais velhos tentaram pegar suas espadas, mas foram lentos demais. Todos os cinco foram agarrados e arrastados para fora, para a luz cinzenta do amanhecer, onde os homens de Merewalh os despiram da cota de malha e das roupas, deixando-os apenas com as camisas cinza que desciam até os joelhos.

— Deem-nos um padre — implorou Hanulf. — Ao menos um padre.

O padre de Merewalh, um homem chamado Wissian, rezou com eles.

— Não por muito tempo, padre — alertei. — Temos trabalho a fazer!

Æthelstan olhou para os homens, que tinham sido obrigados a se ajoelhar.

— Fiz a escolha certa, senhor? — perguntou ele.

— Quando se começa a treinar com uma espada, o que se aprende primeiro? — perguntei a ele.

— A bloquear.

— A bloquear — concordei. — E o que mais?

— A bloquear, a cortar e a estocar.

— Começa-se com essas coisas simples, e com a justiça é igual. Essa decisão foi fácil, por isso deixei que você a tomasse.

Ele franziu a testa para mim.

— É fácil? Tirar a vida de uma pessoa? Tirar a vida de cinco homens?

— Eles são traidores e fora da lei. Iriam morrer independentemente do que você decidisse. — Olhei para o padre tocar a testa dos homens. — Padre Wissian! — gritei. — O diabo não quer ficar esperando enquanto o senhor desperdiça o tempo. Depressa!

— O senhor sempre diz que as pessoas devem ser mantidas vivas — comentou Æthelstan em voz baixa.

— Digo?

— Diz, senhor. — Em seguida ele andou, confiante, até os homens ajoelhados e apontou para o mais jovem. — Qual é o seu nome?

— Cengar, senhor — respondeu o garoto.

— Venha — chamou Æthelstan, e, como Cengar hesitou, ele o puxou pelo ombro. — Mandei vir. — Ele trouxe Cengar até onde eu estava. — Ajoelhe-se — ordenou. — Posso pegar sua espada emprestada, senhor Uhtred?

Entreguei-lhe Bafo de Serpente e o observei segurar o cabo com a mão pequena.

— Jure lealdade a mim — instruiu a Cengar.

— Você é um idiota com cérebro de cogumelo, senhor príncipe — falei.

— Jure — disse Æthelstan a Cengar, e o jovem traidor apertou as mãos em volta das do príncipe e jurou lealdade. Ele olhou para Æthelstan enquanto proferia as palavras, e vi lágrimas escorrendo pelo seu rosto.

— Você tem o cérebro de um sapo manco — eu disse a Æthelstan.

— Finan! — gritou Æthelstan, ignorando-me.

— Senhor príncipe?

— Entregue a Cengar as roupas e as armas dele.

Finan olhou para mim. Dei de ombros.

— Faça o que o idiota com cérebro de pardal está mandando.

Matamos os quatro restantes. Foi bem rápido. Fiz Æthelstan acompanhar. Fiquei tentado a deixá-lo matar Hanulf, mas estava com pressa e não queria perder tempo vendo um menino tentar golpear um homem desajeitadamente até a morte, e assim meu filho matou Hanulf, fazendo mais sangue espirrar na rua romana. Æthelstan ficou pálido olhando para o massacre, enquanto Cengar continuava chorando, talvez porque fora obrigado a ver o pai morrer. Puxei o garoto de lado.

O deus da guerra

— Olha — eu disse. — Se violar esse juramento ao príncipe, eu acabo com você. Vou deixar doninhas comerem suas bolas, vou cortar seu pau pedacinho por pedacinho, vou cegar você, vou arrancar sua língua, vou arrancar a pele das suas costas e vou quebrar seus tornozelos e seus pulsos. E depois disso vou deixar você viver. Entendeu, garoto?

Ele assentiu, apavorado demais para falar.

— Então pare de ficar choramingando. E vá arrumar o que fazer, temos trabalho pela frente.

Então arrumamos o que fazer.

Não vi meu pai morrer, mas estava perto quando isso aconteceu. Eu tinha mais ou menos a idade de Æthelstan quando os dinamarqueses invadiram a Nortúmbria e capturaram Eoferwic, a principal cidade daquele reino. Meu pai levou seus homens para se juntar ao exército que tentou recuperar a cidade. Isso havia parecido simples porque os dinamarqueses permitiram que um trecho da paliçada de Eoferwic desmoronasse, oferecendo um caminho para dentro de ruas e becos. Ainda me lembro de como zombamos dos inimigos por serem tão descuidados e idiotas.

Vi nosso exército formar três cunhas. O padre Beocca, que recebera a ordem de cuidar de mim e me manter longe de confusão, disse que a cunha na verdade era chamada de *porcinum capet*, ou cabeça de porco, e por algum motivo estranho nunca me esqueci dessas palavras em latim. Beocca estava empolgado, certo de que testemunharia uma vitória cristã sobre os invasores pagãos. Eu compartilhava de sua empolgação e me lembro de ver os estandartes erguidos e ouvir os gritos do nosso exército nortumbriano passando como um enxame sobre o baixo muro de terra, atravessando os destroços da paliçada e entrando na cidade.

Onde nossos homens morreram.

Os dinamarqueses não tinham sido descuidados nem idiotas. Eles queriam que nossos guerreiros entrassem na cidade porque, assim que estivessem no interior, descobririam que os inimigos haviam construído um novo muro cercando a área onde ocorreria um massacre. E assim nosso exército caiu numa armadilha, e Eoferwic teve o nome mudado para Jorvik, e os dinamarqueses se tornaram senhores da Nortúmbria, a não ser pela fortaleza de Bebbanburg, que era poderosa demais até mesmo para um exército de dinamarqueses portando lanças.

E em Ceaster, graças a Æthelflaed, tínhamos dezenas de pesados troncos de árvores, todos prontos para serem carregados a Brunanburh para construir a paliçada.

E nós os usamos para fazer um muro.

Quando um homem entra pelo Portão Norte de Ceaster, ele se vê numa rua comprida que segue reta para o sul. Há construções dos dois lados, prédios romanos feitos de pedras ou tijolos. Do lado direito da rua há uma construção longa que sempre supus ser um alojamento de soldados. Tinha janelas, mas apenas uma porta, e era fácil bloquear essas aberturas. Do lado esquerdo havia casas com becos entre elas. Bloqueamos os becos com troncos e pregamos as portas e as janelas das casas. As vias eram estreitas, então posicionamos os troncos atravessados, formando uma plataforma cerca de um metro e meio acima do chão, ao passo que a rua principal em si foi bloqueada por mais troncos, um grande monte de madeira pesada. Os homens de Sigtryggr poderiam entrar na cidade, mas iriam se deparar com uma rua que levava a lugar nenhum, uma rua bloqueada por troncos enormes, uma rua transformada em uma armadilha feita de madeira e pedra e tornada mortal por fogo e aço.

Fogo. O ponto fraco da armadilha era a construção longa no lado oeste da rua. Não tínhamos tempo para derrubar o teto e fazer uma plataforma acima da parede, e os noruegueses encurralados achariam fácil quebrar a porta e as grandes janelas do local com seus machados de guerra. Por isso mandei homens encherem o salão comprido com gravetos e palha, com pedaços de madeira, com qualquer coisa que queimasse. Se invadissem o velho alojamento, os guerreiros de Sigtryggr seriam recebidos por um inferno.

E na plataforma acima do portão amontoamos mais troncos de árvores. Ordenei que duas casas romanas fossem derrubadas, e homens carregaram os blocos de alvenaria para as barricadas e o portão. Lanças de arremesso foram trazidas para serem jogadas nos homens de Sigtryggr, embaixo. O sol subiu e nós trabalhamos, acrescentando madeira, pedra, aço e fogo à armadilha. Então fechamos o portão, colocamos homens nas muralhas, levantamos nossas bandeiras e esperamos.

Bem-vindos à fortaleza de Ceaster.

— Æthelflaed sabia que o senhor não vinha direto para cá — disse minha filha. — Ela sabia que o senhor estava enchendo uma embarcação de provisões.

— Mas não me impediu?

Stiorra deu um sorriso.

— Devo dizer o que ela falou?

— É melhor dizer.

— Ela falou: "Seu pai é melhor quando é desobediente."

Resmunguei. Stiorra e eu estávamos na plataforma acima do Portão Norte, de onde eu observava a floresta distante onde esperava que os homens de Sigtryggr aparecessem. O sol brilhara durante toda a manhã, mas agora vinham nuvens do norte e do oeste. Longe, ao norte, em algum lugar acima das terras selvagens de Cumbraland, a chuva já caía em véus de sombras, mas Ceaster estava seca.

— Mais pedras? — perguntou Gerbruht. Devia haver duzentos blocos de alvenaria empilhados na plataforma alta, nenhum deles menor que a cabeça de um homem.

— Mais pedras — respondi.

Esperei até ele ter ido embora.

— Que utilidade eu teria aqui se não pudesse lutar? — perguntei a Stiorra.

— Acho que a senhora Æthelflaed sabia disso.

— Ela é uma vadia inteligente.

— Pai! — protestou Stiorra

— Você também é.

— E ela acha que já passou da hora de eu estar casada — prosseguiu minha filha.

Rosnei por dentro. O casamento da minha filha não era da conta de Æthelflaed, mas ela estava certa em achar que já havia passado da hora de Stiorra encontrar um marido.

O trono vazio

— Ela tem alguma vítima em mente? — indaguei.

— Um saxão ocidental.

— Um saxão ocidental! O quê? Só um saxão ocidental?

— Ela me disse que o ealdorman Æthelhelm tem três filhos.

Gargalhei diante disso.

— Você não daria a ele vantagens suficientes. Não tem terras nem uma grande fortuna. Ele pode casá-la com o capataz, mas não com um dos filhos.

— A senhora Æthelflaed disse que qualquer filho de um ealdorman saxão ocidental seria um bom partido.

— E diria mesmo.

— Por quê?

Dei de ombros.

— Æthelflaed quer me atar ao reino do irmão dela — expliquei. — Ela se preocupa por achar que, se ela morrer, vou me juntar de novo aos pagãos, por isso acha que seu casamento com um saxão ocidental ajudaria.

— E ajudaria?

Dei de ombros outra vez.

— Não consigo me ver lutando contra o pai dos seus filhos. Não se você gostasse dele. De modo que sim, isso ajudaria

— Eu tenho alguma opção?

— Claro que não.

Stiorra fez uma careta.

— Então o senhor e a senhora Æthelflaed escolhem por mim?

Vi pássaros voando acima da floresta distante. Algo os havia perturbado.

— Isso não é da conta de Æthelflaed. Eu vou escolher para você.

Stiorra também havia notado os pássaros saindo das árvores e os observava.

— Mamãe teve opção?

— Absolutamente nenhuma. Ela me viu e foi arrebatada. — Eu havia falado em tom leviano, mas era verdade, ou pelo menos tinha sido verdade para mim. — Eu a vi e também fui arrebatado.

— Mas você me obrigaria a casar em troca de alguma vantagem? Por terras ou dinheiro?

297

O deus da guerra

— Que outra utilidade você tem? — perguntei com seriedade. Ela olhou para mim e tentou manter o rosto impávido, mas me fez rir. — Não vou casar você com um homem ruim — prometi. — E vou lhe dar um bom dote, mas você e eu sabemos que nos casamos em troca de vantagens. — Olhei para a floresta distante e não vi nada estranho, mas tinha certeza de que os noruegueses estavam lá.

— O senhor não se casou em troca de vantagens — argumentou Stiorra, acusando.

— Mas você vai. Para minha vantagem.

Virei-me enquanto Gerbruht carregava outro pedaço de alvenaria para a plataforma.

— Deve haver penicos na cidade — sugeri a ele.

— Potes de merda, senhor?

— Traga o máximo que puder.

Ele riu.

— Sim, senhor!

Um raio de sol iluminou o cemitério romano, brilhando nas pedras brancas.

— Há algum homem com quem você queira se casar? — perguntei a Stiorra.

— Não. — Ela meneou a cabeça. — Não.

— Mas você está pensando em casamento?

— Quero que o senhor seja avô.

— Talvez eu mande você para um convento — resmunguei.

— Não, o senhor não fará isso.

Lembrei-me da profecia de Gisela, tirada das varetas de runas tanto tempo atrás. Um filho partiria meu coração, um me daria orgulho e Stiorra seria mãe de reis. E até agora as varetas de runas tinham se mostrado certas. Um filho havia se tornado padre, o outro estava se mostrando um guerreiro, e só havia o destino de Stiorra para decidir. E o pensamento nas varetas de runas me fez lembrar de Ælfadell, a velha que havia profetizado um futuro de reis mortos. Pensei na neta dela, a jovem que não falava, mas que fascinava os homens com sua beleza. A avó a chamara de Erce, mas depois, quando se casou com Cnut Espada Longa, recebeu o nome de Frigg. Ele não havia se casado com Frigg em troca de terras ou vantagens, mas apenas porque ela era linda. Nós a havíamos capturado antes de Teotanheale, Frigg e o filho, mas eu sentira tanta dor desde então que tinha me esquecido dela.

— O que será que aconteceu com Frigg? — perguntei à minha filha.

— O senhor não sabe? — reagiu ela com surpresa.

Sua surpresa me surpreendeu.

— Você sabe?

Ela deu um leve sorriso.

— Seu filho a mantém.

Encarei-a, em choque.

— Uhtred a mantém?

— Na fazenda perto de Cirrenceastre. A fazenda que o senhor deu a ele.

Eu ainda a encarava. Pensava que meu filho havia adquirido um interesse admirável pelo trabalho na fazenda, um interesse que eu havia encorajado. Agora eu sabia o motivo de seu entusiasmo.

— Por que ele não me contou?

— Presumo que seja porque não quer que o senhor a visite, pai. — Stiorra deu um sorriso doce. — Gosto dela.

— Ele não se casou com ela, não é? — perguntei, alarmado.

— Não, pai. Mas já é hora de ele se casar. Uhtred é mais velho que eu.

Ela deu um passo para trás, fazendo uma careta, porque Gerbruht estava carregando um enorme pote de metal cheio de merda e mijo.

— Não derrame isso! — gritou Stiorra.

— É só merda da casa da guarda, senhora — disse ele. — Não machuca ninguém. Só fede um pouco. Onde o senhor quer que ponha?

— Tem mais?

— Muito mais, senhor Uhtred. Baldes dessa coisa linda.

— Ponha onde você possa derramar em cima dos noruegueses — respondi. Bem-vindos à fortaleza de Ceaster.

Sigtryggr chegou ao meio-dia. O sol estava coberto por nuvens outra vez, mas a luz reluzia nas espadas dos homens. Ele só havia trazido doze cavalos da Irlanda, provavelmente porque os animais são difíceis de serem controlados a bordo dos barcos, então quase todos os seus homens estavam a pé. Presumi que o próprio Sigtryggr fizesse parte do pequeno grupo de cavaleiros que vinham sob um grande estandarte branco com um machado vermelho pintado.

Eu estivera errado ao menos com relação a uma coisa. Sigtryggr havia trazido escadas. Pareciam desajeitadas, até que percebi que eram os mastros de suas embarcações encalhadas, e neles foram pregadas ou amarradas traves horizontais. Eram doze, todas com tamanho suficiente para passar por cima do nosso fosso e chegar às ameias.

O exército passou por cima das sepulturas romanas e parou a cem passos da muralha. Os homens gritavam conosco, mas eu não conseguia ouvir os insultos, só o rugido das vozes e o som de lâminas batendo em escudos pesados. Os cavaleiros vieram pela estrada, sem escudos. Um deles carregava um galho com folhas, sinal de que desejavam falar. Procurei Eardwulf, mas não o vi. Os cavaleiros pararam, menos um, que esporeou seu grande garanhão até chegar próximo ao portão.

— Você fala com ele — eu disse a Merewalh. — Ele não deve saber que estou aqui.

Minha filha ficou ao lado de Merewalh e olhou para o cavaleiro solitário.

— Esse deve ser Sigtryggr — comentou ela, dando um passo para trás para se juntar a mim.

E era mesmo. Assim, vi Sigtryggr Ivarson pela primeira vez. Era um rapaz, um rapaz muito jovem. Duvidei que já tivesse chegado aos 20 anos, mas ele comandava um exército. Não usava elmo, de modo que seu cabelo comprido e claro descia pelas costas. Estava barbeado, e seu rosto era fino, com feições marcadas suavizadas por um sorriso. Dava a impressão de ser muito seguro de si, muito confiante e, suspeitei, muito vaidoso. Sua cota de malha brilhava, uma corrente de ouro dava três voltas no pescoço, os braços reluziam com braceletes, a bainha da espada e as rédeas tinham placas de prata, e o cavalo estava tão enfeitado quanto o dono, para impressionar. Pensei nas palavras maravilhadas de Berg, dizendo que Sigtryggr era um deus vindo a terra. Seu cavalo cinza saltitava na estrada, vigoroso, enquanto Sigtryggr o continha a apenas dez passos do fosso.

— Meu nome — gritou ele — é Sigtryggr Ivarson. Desejo um bom dia a todos.

Merewalh não disse nada. Um dos seus homens murmurava uma tradução.

— Vocês estão em silêncio — gritou Sigtryggr. — É por medo? Então estão certos em nos temer, porque vamos trucidá-los. Vamos tomar suas mulheres e escravizar seus filhos. A não ser, é claro, que se retirem da cidade.

— Não diga nada — murmurei para Merewalh.

— Se saírem não irei persegui-los. Cães não perseguem os camundongos.

Sigtryggr tocou os calcanhares no cavalo e se aproximou mais dois passos. Olhou para o fosso inundado, vendo as estacas afiadas que surgiam logo acima da água, depois olhou de novo para nós. Agora que estava mais perto pude entender por que Berg havia ficado tão maravilhado. Sigtryggr era inegavelmente bonito; tinha cabelos dourados, olhos azuis e aparentemente não sentia medo. Parecia se divertir com nosso silêncio.

— Vocês têm cachorros e porcos na cidade?

— Deixe-o falar — murmurei.

— Vocês devem ter as duas coisas — continuou ele depois de uma pausa para a resposta que não veio. — Só estou perguntando por motivos práticos. Enterrar seus corpos vai demorar, e queimá-los levaria dias, além de que corpos queimados fedem muito! Mas cachorros e porcos vão comer sua carne rapidamente. A não ser que vocês saiam agora. — Sigtryggr fez uma pausa, olhando para Merewalh. — Você opta pelo silêncio? Então devo dizer que meus deuses previram a vitória para mim neste dia. As varetas de runas falaram, e elas não mentem! Vou vencer e vocês vão perder, mas eu os consolo com o pensamento de que seus cachorros e porcos não passarão fome. — Ele virou o cavalo. — Adeus! — gritou, e se afastou esporeando.

— Desgraçado arrogante — murmurou Merewalh.

Sabíamos que ele planejava atacar pelo Portão Norte, mas, se Sigtryggr tivesse reunido todos os homens para esse ataque, teríamos juntado uma força para resistir a ele, e, mesmo se Hanulf e seus companheiros vivessem para nos trair abrindo o portão, teríamos homens suficientes para lutar no arco da entrada. Por isso Sigtryggr decidiu nos enganar. Dividiu as forças, mandando metade para o nordeste da cidade e metade para o noroeste. O bastião noroeste era o mais fraco porque fora parcialmente solapado por enchentes no início da primavera, mas até mesmo ele era um obstáculo formidável. A muralha havia sido reforçada com madeiras e o fosso era fundo e largo. Tínhamos homens bons lá também, assim como nas ameias do nordeste, mas a maioria dos nossos homens esperava onde tínhamos preparado a armadilha. Eles estavam escondidos. Tudo que Sigtryggr podia ver no Portão Norte era um grupo de doze homens no topo da muralha.

Sigtryggr mantivera pouco mais de cem homens na estrada. Eles estavam sentados no caminho ou nos campos. Presumi que queriam nos fazer crer que eram uma força mantida na reserva, mas, é claro, estavam esperando o portão se abrir. Outros guerreiros se espalhavam em grupos ao longo de toda a muralha norte, disparando lanças e insultos, provavelmente para manter a atenção dos nossos defensores fora da muralha enquanto os cinco homens destrancavam o portão. Ainda montado, Sigtryggr estava a apenas sessenta ou setenta passos da muralha, cercado por seus outros cavaleiros e por uns vinte guerreiros a pé. Ele estava tendo o cuidado de olhar para o bastião noroeste, fingindo desinteresse pelo portão. Desembainhou a espada e a empunhou no alto por um instante, depois baixou-a como sinal para o ataque naquela área da cidade. Seus homens deram gritos de guerra, partiram na direção do fosso e lançaram suas grandes escadas desajeitadas contra o topo da muralha. Atiraram machados e lanças, fizeram um barulho ensurdecedor enquanto batiam as espadas nos escudos, mas nenhum deles tentou de fato subir pelas escadas malfeitas. Em vez disso, o porta-estandarte de Sigtryggr subitamente balançou a grande bandeira de um lado para o outro, e então, num gesto deliberado e espalhafatoso, baixou-a, deixando o machado vermelho deitado na estrada.

— Agora — gritei para baixo.

E os homens que esperavam sob o arco abriram o portão pesado.

Com isso os noruegueses vieram. Foram rápidos, tão rápidos que meus quatro guerreiros que destrancaram e abriram o portão quase foram pegos pelos cavaleiros de Sigtryggr, os primeiros a atravessar o arco. Esses noruegueses devem ter se considerado sortudos, porque nenhuma lança foi arremessada do alto do portão. Eu não queria interromper a carga, queria o maior número possível de noruegueses na rua bloqueada. Assim os cavalos passaram sem impedimento, os cascos de repente ressoando na pedra antiga, e atrás deles veio um enxame de guerreiros a pé. Os homens que fingiam atacar os bastiões dos cantos abandonaram a farsa e vieram na direção do portão aberto.

Agora Sigtryggr estava dentro da cidade, e por um instante deve ter pensado que obtivera uma grande vitória, mas então viu a barreira alta à frente e os homens esperando em cima das barricadas a leste da rua. Virou o cavalo depressa, sabendo que seu ataque estava condenado, e os cavaleiros que vinham atrás colidiram com seu garanhão.

— Agora! — gritei. — Agora! Matem! — E as primeiras lanças voaram.

Os cavalos quase chegaram à barricada alta que bloqueava a rua, mas não tiveram chance. Relincharam enquanto caíam, relincharam enquanto as lanças pesadas vinham e os machados eram arremessados de três frentes. Havia sangue nas pedras do pavimento, cascos se sacudindo e cavaleiros tentando se soltar. Atrás deles uma multidão de noruegueses se apinhava ao atravessar o portão, ainda sem perceber a armadilha do outro lado.

Assim meu pai havia morrido, pensei. Assim a Nortúmbria caíra. Assim os dinamarqueses tinham começado a conquistar a Britânia saxã, e quase obtiveram sucesso. Como uma enchente, eles haviam se espalhado para o sul e suas vitórias trouxeram os noruegueses em seguida. Agora precisávamos contra-atacar, condado por condado, aldeia por aldeia, retomando nossa terra do sul para o norte.

— Senhor? — perguntou Gerbruht, ansioso.

— Sim — respondi, e Gerbruht e seus companheiros lançaram para baixo os grossos troncos de árvore formando um obstáculo no portão, e em seguida, alegres, atiraram os potes de bosta nos noruegueses apinhados.

Agora mais noruegueses se apertavam do lado externo do portão, sem entender o que os atrasava, sem compreender o horror que havíamos preparado para eles. Quatro dos meus homens começaram a jogar as pedras grandes, cada uma capaz de esmagar um crânio com elmo.

Foi uma chacina implacável, realizada por apenas um lado. Alguns homens de Sigtryggr tentaram subir nas barricadas, mas nossos guerreiros estavam acima deles, e um homem que está subindo não tem como se proteger de um golpe de lança, quanto mais de uma machadada. Eu estava observando do topo do portão, contente em deixar os jovens cuidarem dessa batalha. Os noruegueses tentavam lutar, mas só acrescentavam mortos às barricadas. Doze guerreiros tentaram invadir a construção comprida, esperando escapar pelas portas dos fundos. Eles despedaçaram a porta da rua com machados, mas Osferth já havia ordenado que as tochas acesas fossem jogadas no salão. A fumaça se adensando e o incêndio súbito impeliram os homens de volta para fora da abertura nova.

Alguns homens de Sigtryggr quiseram fugir pelo portão aberto, mas outros ainda tentavam entrar, e Gerbruht e seus quatro companheiros continuavam jogando as pedras grandes. Homens gritavam para liberar o portão, outros tentavam escapar dos blocos de alvenaria, então Finan atacou da grande barricada que bloqueava a rua.

Ele havia se recusado a me deixar lutar.

— O senhor ainda não está forte o bastante — insistira.

Assim, fiquei na plataforma acima do portão e de lá vi Finan e meu filho comandarem cinquenta homens por cima da barricada. Eles pularam para a rua, para um espaço sem ninguém por causa de lanças e pedras, um espaço atulhado de corpos de homens e cavalos, um espaço onde eles formaram uma parede de escudos, e os noruegueses, enfurecidos, feridos, apavorados e confusos, viraram-se para eles como loucos. Mas os noruegueses furiosos não formaram sua parede, só viram um inimigo e atacaram, sendo recebidos pelos escudos sobrepostos e pelas lanças dos homens de Finan.

— Avançar! — gritou Finan. — Devagar e com calma! Avançar!

Houve um estrondo de escudos se chocando, mas os noruegueses, ainda em pânico, eram atingidos por mais projéteis vindos da lateral da rua. Assim que os guerreiros de Finan avançaram alguns passos, mais homens desceram da barricada para apoiá-los. Do alto do portão eu só conseguia ver essa linha de escudos sobrepostos com elmos se sobressaindo, as lanças compridas se projetando para baixo e toda a linha avançando devagar, muito devagar. Tinha de ser devagar. Havia mortos e feridos demais no caminho, e os cavalos agonizantes ainda escoiceavam caídos na rua. Para manter a parede de escudos firme, os homens de Finan precisavam passar por cima desses obstáculos.

Eles avançavam entoando "Matar, matar, matar, matar, matar!". E, sempre que os noruegueses tentavam formar uma parede para se opor a eles, uma pedra os acertava, vinda do lado leste da rua. O calor da casa em chamas os impelia do oeste, e Finan e meu filho comandavam um bando letal vindo do sul.

Então vi Sigtryggr. Pensei que ele tivesse morrido nos primeiros instantes da emboscada, ou pelo menos que houvesse sido ferido quando seu cavalo caiu, mas ali estava o norueguês, ainda sem elmo, o cabelo comprido escuro de sangue. Ele estava no meio dos seus homens e berrava para o seguirem. Gritava para outros liberarem o portão. Sigtryggr sabia que a parede de escudos de Finan transformaria a matança em chacina, por isso correu. Imaginei que seguia em direção ao portão, mas no último instante ele virou e saltou para a barricada que bloqueava o beco estreito entre a muralha norte e a casa mais próxima.

Saltou feito um cervo. Tinha perdido o escudo, mas ainda vestia a cota de malha pesada e couro, e, mesmo com o peso, pulou para o topo da barricada. O desvio havia sido tão súbito, tão inesperado, e o salto tão rápido, que os três homens que protegiam a barricada foram tomados de surpresa. Sigtryggr acertou a espada na garganta de um deles, e sua velocidade o fez passar direto pelo homem atingido e se chocar em outro, que caiu. Agora havia noruegueses seguindo Sigtryggr. Vi o terceiro homem golpeá-lo com uma espada, mas a cota de malha impediu o corte. Então o último defensor gritou quando um norueguês o golpeou com um machado. Agora havia seis noruegueses na barricada, e Gerbruht e seus companheiros atiraram pedras para impedir que mais homens se juntassem a eles. Porém Sigtryggr havia pulado dos troncos para os degraus que levavam ao topo da muralha. Estava sorrindo. Estava se divertindo. Seus homens eram esmagados, mortos, queimados e derrotados, mas ele era um senhor da guerra, e seus olhos brilhavam com o júbilo da batalha enquanto se virava e nos via no topo da escada comprida.

Sigtryggr me viu.

O que viu foi outro senhor da guerra. Viu um homem enriquecido pela batalha, um homem com um belo elmo e uma cota de malha reluzente, um homem cujos braços estavam cheios de braceletes obtidos em vitórias, um homem cujo rosto estava escondido atrás de placas com acabamento em prata, um homem com ouro no pescoço, um homem que sem dúvida havia planejado essa emboscada, e Sigtryggr viu que poderia arrancar um triunfo desse desastre, por isso subiu a escada, ainda sorrindo. Gerbruht, pensando rápido, jogou uma pedra nele, mas Sigtryggr também era rápido, muito rápido, e quase pareceu dançar para fora do caminho do projétil enquanto chegava até mim. Era jovem, estava apaixonado pela guerra, era um guerreiro.

— Quem é você? — gritou conforme subia a escada.

— Sou Uhtred de Bebbanburg.

Sigtryggr gritou de júbilo. A reputação seria sua.

Por isso veio me matar.

Doze

Já conhecemos a paz. Há ocasiões em que semeamos os campos e sabemos que viveremos até a colheita, ocasiões em que tudo que nossos filhos sabem sobre a guerra é o que os poetas cantam para eles. Esses tempos são raros, mas tentei explicar aos meus netos o que é a guerra. Faço meu dever. Digo que é algo ruim, que leva à tristeza e ao sofrimento, mas eles não acreditam. Digo para irem à aldeia e olharem os mutilados que ficam perto das sepulturas e ouvirem as viúvas chorarem, mas eles não acreditam. Em vez disso, ouvem os poetas, ouvem o ritmo forte das canções que acelera como o coração na batalha, ouvem as histórias de heróis, de homens e de mulheres que usaram armas contra um inimigo que iria nos matar e escravizar, ouvem sobre a glória da guerra, e nos pátios brincam de guerra, usando espadas de madeira contra escudos de vime, e não acreditam que isso seja uma abominação.

E talvez essas crianças estejam certas. Alguns padres arengam contra a guerra, mas esses mesmos padres são rápidos em se abrigar atrás dos nossos escudos quando algum inimigo ameaça, e sempre há inimigos. As embarcações com cabeça de dragão ainda chegam aos nossos litorais, os escoceses mandam seus bandos de guerreiros para o sul, e os galeses adoram ver um saxão morto. Se fizéssemos o que os padres querem, se transformássemos nossas espadas em arados, estaríamos todos mortos ou escravizados. Por isso as crianças precisam aprender os golpes de espada e ganhar a força necessária para segurar um escudo de salgueiro com borda de ferro contra a fúria de um inimigo selvagem. E alguns aprenderão o júbilo da batalha, a canção da espada, a empolgação do perigo.

Sigtryggr conhecia isso. Ele adorava a guerra. Ainda consigo vê-lo subindo aquela escada, o rosto tomado pelo júbilo e a espada longa estendida. Será que essa havia sido minha aparência quando matei Ubba? Será que Ubba viu minha juventude e minha ânsia, minha ambição, e nessas coisas viu sua morte? Não deixamos nada neste mundo a não ser nossos ossos e nossa reputação, e Sigtryggr, com a espada já se preparando para me atacar, viu sua reputação cintilando como uma estrela luminosa no escuro.

Então ele viu Stiorra.

Ela estava atrás de mim, um pouco ao lado, as mãos cobrindo a boca. Como sei disso? Eu não estava olhando para minha filha, mas tudo que aconteceu me foi contado mais tarde. Stiorra estava lá, e me disseram que cobriu a boca com as mãos para conter um grito. Eu havia empurrado Gerbruht para trás, não querendo deixar o frísio lutar minha batalha, e agora Stiorra era quem estava mais perto de mim. Ela deu um gritinho, mais de choque que de medo, embora devesse estar aterrorizada vendo a ansiedade com a qual a morte subia os degraus na nossa direção. Então Sigtryggr viu minha filha e por um instante, um piscar de olhos, manteve o olhar nela. Esperamos ver homens num campo de batalha, mas uma mulher? A visão o distraiu.

Foi uma hesitação momentânea, mas bastou. Ele estivera me encarando, mas, ao ver Stiorra, espiou-a por um instante, e nesse instante eu agi. Eu não era mais tão rápido quanto antes, não era tão forte quanto já havia sido, mas estivera em batalhas durante toda a minha vida, então virei o braço do escudo para a esquerda, desviando a ponta de sua espada e forçando-a para o lado. Sigtryggr me encarou de novo, deu um grito de desafio e tentou atacar por cima do escudo, mas Bafo de Serpente estava em movimento, subindo, e eu também me movi, descendo um degrau e erguendo o escudo para bloquear a espada do norueguês. Ele viu minha lâmina se direcionando para sua barriga e se esquivou desesperadamente para evitar a estocada, escorregando um pé nos degraus. Seu grito de batalha furioso se transformou num sobressalto quando tropeçou. Recuei Bafo de Serpente no instante em que Sigtryggr se recuperava, para enfiar a espada por baixo do meu escudo. Foi uma boa estocada, um movimento veloz realizado por um homem que ainda não havia recuperado o equilíbrio. O golpe merecia rasgar a carne da minha coxa direita, mas baixei meu escudo sobre a lâmina, o que tirou a força da investida, enquanto atacava com Bafo de Serpente, tentando abrir sua garganta, mas ele afastou a cabeça bruscamente.

Ele demorou um pouco mais do que devia para se afastar. Ainda tentava recuperar o equilíbrio, e sua cabeça pendeu para a frente quando o pé escorregou no degrau. A ponta afiada de Bafo de Serpente acertou seu olho direito e a ponte do nariz. Houve um pequeno esguicho de sangue, um jato de líquido incolor, e Sigtryggr cambaleou para longe enquanto Gerbruht me empurrava para o lado para terminar o serviço com o machado. Sigtryggr saltou de novo, mas dessa vez pulou por cima da escada da muralha e caiu no fosso, uma longa queda. Gerbruht gritou de raiva com a fuga do norueguês e usou o machado no homem seguinte, que recebeu o golpe no escudo e deu um passo para trás. Então os seis guerreiros que seguiram seu senhor fugiram como ele. Pularam da muralha. Um foi empalado numa estaca. Os outros, inclusive Sigtryggr, subiram pela outra margem do fosso.

E assim derrotei Sigtryggr e tirei um dos seus olhos.

— Sou Odin! — gritou Sigtryggr da beira do fosso. Ele havia inclinado seu rosto mutilado para me espiar com um olho só, e sorria! — Sou Odin — gritou. — Ganhei sabedoria!

Odin havia sacrificado um olho para obter sabedoria, e Sigtryggr gargalhava em sua derrota. Seus homens o arrastaram para longe das lanças arremessadas da muralha, mas ele se virou de novo quando estava a apenas doze passos e me saudou com sua espada.

— Eu poderia tê-lo matado se ele não tivesse pulado — declarou Gerbruht.

— Ele teria estripado você — retruquei. — Ele teria estripado nós dois.

Sigtryggr era um deus vindo a terra, um deus da guerra, mas o deus havia perdido e agora se afastava do alcance das nossas lanças.

Finan tinha chegado ao portão. Os noruegueses sobreviventes fugiram, voltando para o lugar onde haviam começado o ataque, formando uma parede de escudos em volta de seu senhor ferido. O ataque falso ao bastião noroeste fora abandonado havia muito, e agora todos os noruegueses estavam na estrada, cerca de quinhentos homens.

Ainda estavam em maior número.

— Merewalh, é hora de liberar seus cavaleiros — ordenei. Então me inclinei por cima da muralha. — Finan? Você viu Eardwulf?

— Não, senhor.

— Então não terminamos.

Era hora de levar a batalha para fora dos muros.

Merewalh levou duzentos cavaleiros para os campos a leste dos noruegueses. Os homens montados ficaram a uma boa distância. Eram uma ameaça. Se Sigtryggr tentasse recuar para Brunanburh, seria atacado por todo o caminho, e sabia disso.

Mas que opção ele tinha? Podia lançar homens contra a muralha, mas sabia que jamais capturaria Ceaster num ataque direto. Sua única chance fora a traição, e ela não existia mais, deixando cinquenta ou sessenta de seus homens mortos na rua. Doze homens de Finan se movimentavam em meio aos cadáveres, cortando a garganta dos moribundos e tirando as cotas de malha dos mortos.

— Um bom dia para o saque! — gritou um deles, animado. Outro dançou pelas pedras cobertas de sangue usando um elmo coroado por uma grande asa de águia.

— Ele estava louco? — perguntou-me Stiorra.

— Louco?

— Sigtryggr. Subindo essa escada.

— Ele estava com a loucura da batalha, e você salvou minha vida.

— Salvei?

— Ele olhou para você, e isso o distraiu por tempo suficiente.

Eu sabia que acordaria à noite e estremeceria com a lembrança da espada de Sigtryggr tentando me acertar, estremeceria com a certeza de que jamais seria capaz de aparar a velocidade de seu ataque, estremeceria com o sutil acaso que havia me salvado da morte. Mas ele tinha visto Stiorra e hesitara.

— Agora ele quer falar — disse ela.

Virei-me e vi que um norueguês estava balançando um galho com folhas.

— Senhor? — gritou Finan, da porta.

O trono vazio

— Já vi!
— Deixo-o vir?
— Deixe-o vir — respondi, depois puxei a manga do vestido de Stiorra. — Você vem também.
— Eu?
— Você. Onde está Æthelstan?
— Com Finan.
— O desgraçadinho estava na parede de escudos? — perguntei, chocado.
— Estava na última fila — disse Stiorra. — O senhor não viu?
— Vou matá-lo.

Ela deu um risinho, depois me acompanhou até a barricada. Pulamos na rua e passamos por cima das pedras jogadas e dos corpos sujos de sangue.

— Æthelstan!
— Senhor?
— Você não deveria estar na igreja? Eu lhe dei permissão para se juntar à parede de escudos de Finan?
— Saí da igreja para mijar, senhor — explicou-se ele, sério. — E não pretendia me juntar aos homens de Finan. Só ia olhar de cima dos troncos, mas tropecei.
— Tropeçou?

Æthelstan assentiu vigorosamente.

— Tropecei, senhor, e caí na rua.

Vi que Cengar, o garoto que ele havia salvado, estava perto de Æthelstan numa postura protetora, assim como dois homens de Finan.

— Você não tropeçou — eu disse, e lhe dei um tapa na altura da orelha, mas, como ele estava usando elmo, doeu muito mais em mim. — Você vem comigo. E você também — acrescentei a Stiorra.

Nós três passamos sob o arco, desviamo-nos dos corpos com cabeças esmagadas por pedras e evitamos as poças de merda. Depois disso as fileiras de Finan se abriram para nós.

— Vocês dois vêm comigo — avisei a Finan e a meu filho. — O restante fique aqui.

311

O deus da guerra

Caminhamos trinta ou quarenta passos pela estrada. Parei e pus as mãos em concha.

— Pode trazer dois homens!

Sigtryggr trouxe apenas um homem, um grande guerreiro feroz com ombros largos e uma barba preta comprida trançada com ossos de mandíbulas de lobos ou cães.

— Ele se chama Svart — disse Sigtryggr, animado — e come saxões no desjejum. — Sigtryggr tinha uma tira de pano amarrada em cima do olho arrancado. Ele tocou a bandagem. — O senhor arruinou minha beleza, senhor Uhtred.

— Não fale comigo — eu disse. — Só falo com homens. Trouxe para você uma mulher e uma criança, para que possa falar com seus iguais.

Ele gargalhou. Parecia que nenhum insulto o atingia.

— Então falarei com meus iguais — aceitou ele, e fez uma reverência a Stiorra. — Seu nome, senhora?

Ela me olhou, imaginando se eu realmente desejava que conduzisse as negociações.

— Não vou dizer nada — avisei a ela em dinamarquês, e falei devagar para que Sigtryggr entendesse: — Você faça o acordo com o menino.

Svart rosnou ao ouvir a palavra "menino", mas Sigtryggr pôs a mão no braço coberto de pulseiras de ouro do sujeito.

— Calma, Svart, eles estão fazendo jogos de palavras. — E sorriu para Stiorra. — Sou o jarl Sigtryggr Ivarson, e a senhora é...?

— Stiorra Uhtredsdottir.

— E eu achei que a senhora fosse uma deusa — acrescentou ele.

— E esse é o príncipe Æthelstan — continuou Stiorra. Falava em dinamarquês, com a voz distante e controlada.

— Um príncipe! É uma honra conhecê-lo, senhor príncipe. — Ele fez uma reverência para o menino, que não entendia o que era dito. Sigtryggr sorriu.

— O senhor Uhtred disse que eu deveria falar com meus iguais e me mandou uma deusa e um príncipe! Ele me honra!

— Se você queria falar — interrompeu Stiorra com frieza —, fale.

— Bom, senhora, confesso que as coisas não se desenrolaram como eu desejava. Meu pai me enviou para construir um reino na Britânia, e em vez disso encontrei seu pai. Ele é um homem esperto, não é?

Stiorra não disse nada, apenas o encarou. Manteve-se alta, orgulhosa, com as costas eretas, muito parecida com a mãe.

— Eardwulf, o Saxão, disse que seu pai estava morrendo — confessou Sigtryggr. — Disse que seu pai estava fraco como uma minhoca. Disse que o senhor Uhtred já havia passado há muito do seu auge, que ele jamais estaria em Ceaster.

— Meu pai ainda tem dois olhos — interveio Stiorra.

— Mas não tão lindos quanto os seus, senhora.

— Você veio para desperdiçar nosso tempo? Ou queria se render?

— À senhora eu me renderia com tudo que tenho, mas meus homens? A senhora sabe contar?

— Sei.

— Estamos em maior número.

— O que ele quer — eu disse a Finan em inglês — é se retirar para os barcos sem ser incomodado.

— E o que o senhor quer? — perguntou Finan, sabendo que nossa conversa na verdade acontecia para ajudar Stiorra.

— Ele não pode se dar ao luxo de lutar outra vez — respondi. — Iria perder homens demais. Mas nós também perderíamos.

Sigtryggr não entendeu o que dizíamos, mas estava escutando com atenção, como se algum sentido pudesse emergir da língua estrangeira.

— Então simplesmente os deixamos ir embora?

— Ele pode voltar para o pai — respondi —, mas deve deixar metade das espadas para trás e nos entregar reféns.

— E nos entregar Eardwulf — acrescentou Finan.

— E nos entregar Eardwulf — concordei.

Sigtryggr ouviu o nome.

— Vocês querem Eardwulf? — perguntou. — Ele é seu. Eu o entrego! Ele e os saxões dele.

O deus da guerra

— O que você quer — disse Stiorra — é uma promessa de que não vamos impedi-los de voltar aos seus barcos.

Sigtryggr fingiu surpresa.

— Nunca pensei nisso, senhora, mas sim! Que ideia generosa. Poderíamos retornar aos nossos barcos.

— E ao seu pai.

— Ele não vai ficar feliz.

— Vou chorar por ele — desdenhou ela. — E você vai deixar metade das suas espadas aqui, e vamos tomar reféns para garantir seu bom comportamento.

— Reféns — repetiu Sigtryggr, e pela primeira vez não pareceu confiante.

— Vamos escolher doze dos seus homens — continuou Stiorra.

— E como esses reféns serão tratados?

— Com respeito, é claro, a não ser que você permaneça neste litoral, e nesse caso serão mortos.

— Vocês vão alimentá-los?

— É claro.

— Fazer um banquete?

— Vamos alimentá-los.

Ele meneou a cabeça.

— Não posso concordar com doze, senhora. Doze é demais. Vou lhe oferecer um refém.

— Você é ridículo — reagiu Stiorra com rispidez.

— Eu mesmo, cara senhora, eu me ofereço.

Confesso que ele me surpreendeu. Também deixou Stiorra atônita, sem saber o que dizer. Em vez de falar algo, ela olhou para mim, procurando uma resposta. Pensei por um momento, depois assenti.

— Os homens dele podem retornar aos barcos — falei com ela em dinamarquês —, mas metade vai deixar as espadas aqui. Eles têm um dia para preparar as embarcações.

— Um dia — reforçou ela.

— Daqui a duas manhãs vamos levar Sigtryggr à frota dele — declarei asperamente. — Se os barcos estiverem flutuando e prontos para navegar com as

O trono vazio

tripulações a bordo, ele pode se juntar aos homens. Caso contrário, morre. E Eardwulf e seus seguidores devem ser entregues a nós.

— Estou de acordo — declarou Sigtryggr. — Posso ficar com minha espada?

— Não.

Ele desafivelou o cinto da espada e a entregou a Svart, depois, ainda sorrindo, veio se juntar a nós. E, assim, naquela noite festejamos com Sigtryggr.

Æthelflaed chegou no dia seguinte. Não mandou nenhum aviso de que estava vindo, mas seus primeiros cavaleiros apareceram no meio da tarde, e uma hora depois ela passou pelo Portão Sul comandando mais de cem homens, todos em cavalos cansados, esbranquiçados de suor. Ela usava sua cota de malha prateada, um aro de prata prendendo o cabelo grisalho. O porta-estandarte segurava a bandeira de seu marido morto, com a imagem do cavalo branco empinado.

— O que aconteceu com os gansos? — perguntei.

Ela ignorou a pergunta, olhando para mim de sua sela.

— Você está melhor!

— Estou.

— Verdade? — perguntou ela, ansiosa.

— Curado.

— Graças a Deus! — Ela olhou para o céu coberto de nuvens quando disse isso. — O que aconteceu?

— Vou lhe contar logo. Mas o que aconteceu com os gansos?

— Vou manter o estandarte de Æthelred — respondeu ela bruscamente. — É com ele que a Mércia está acostumada. As pessoas não gostam de mudar. Já é muito difícil aceitarem uma mulher como soberana sem impor mais coisas novas. — Ela desceu da sela de Gast. Sua cota de malha, suas botas e a comprida capa branca estavam sujas de lama. — Eu esperava que você estivesse aqui.

— Você ordenou que eu estivesse aqui.

— Mas não ordenei que perdesse tempo encontrando um barco — respondeu ela com rispidez. Um serviçal veio pegar seu cavalo, enquanto seus homens apeavam e esticavam os membros cansados. — Há um boato de que os noruegueses estão vindo para cá — continuou ela.

— Sempre há boatos — respondi sem dar importância.

— Ouvimos um relato vindo de Gales — ela ignorou meu comentário petulante — de que havia uma frota no litoral. Pode não estar vindo para cá, mas há terras vazias ao norte do rio Mærse e isso pode tentá-los. — Æthelflaed franziu a testa, farejando o ar sem gostar do cheiro. — Não expulsei Haki daquela terra só para abrir espaço para outro guerreiro pagão! Precisamos estabelecer pessoas naquelas terras.

— Sigtryggr — eu disse.

Ela franziu a testa.

— Sigtryggr?

— Seus espiões galeses estavam certos. Sigtryggr é o guerreiro que comanda a frota norueguesa.

— Você sabe sobre ele?

— Claro que sei! Os homens dele estão ocupando Brunanburh.

— Ah, meu Deus. — Æthelflaed se encolheu diante da notícia. — Ah, meu Deus, não! Então vieram mesmo para cá! Bom, isso não vai demorar! Precisamos nos livrar deles rapidamente.

Balancei a cabeça.

— Eu os deixaria em paz.

Ela me encarou em choque.

— Deixá-los em paz? Está louco? A última coisa que queremos são noruegueses controlando o Mærse.

Æthelflaed se dirigiu ao Grande Salão. Dois de seus sacerdotes correram atrás carregando feixes de pergaminhos.

— Encontrem uma caixa forte — disse ela por cima do ombro enquanto andava — e garantam que esses documentos permaneçam secos! Não posso ficar muito tempo. — Agora ela evidentemente estava falando comigo. — Gleawecestre está bastante calma, mas ainda há muito trabalho aqui. É por isso que quero que os noruegueses partam!

— Eles estão em maior número — falei, em dúvida.

Ela se virou depressa, tomada por energia e decisão, e apontou um dedo para mim.

— E serão reforçados se lhes dermos mais tempo. Você sabe disso! Precisamos nos livrar deles!

— Eles estão em maior número — repeti — e são calejados de batalha. Lutaram na Irlanda, e lá os homens aprendem a ser malignos. Se formos atacar Brunanburh, eu vou querer mais trezentos homens, no mínimo!

Æthelflaed franziu o cenho, subitamente preocupada.

— O que aconteceu com você? Está com medo desse tal de Sigtryggr?

— Ele é um senhor da guerra.

Ela me olhou nos olhos, evidentemente avaliando a verdade das minhas palavras, e o que quer que tenha visto a convenceu.

— Santo Deus! — exclamou, ainda franzindo a testa. — É o seu ferimento, imagino — acrescentou em voz baixa, e se virou.

Ela acreditava que eu havia perdido a coragem, e em consequência tinha agora outra preocupação a acrescentar aos seus muitos fardos. Continuou andando até que notou as espadas, os escudos, as lanças, as cotas de malha, os elmos e os machados amontoados à porta do Grande Salão sob o estandarte de Sigtryggr, com a imagem do machado vermelho, que estava pregado na parede. Æthelflaed parou, perplexa.

— O que é isso?

— Esqueci de dizer que os homens calejados de batalha atacaram ontem — respondi. — Mataram três dos nossos e feriram dezesseis, mas nós matamos setenta e dois deles e Sigtryggr é nosso refém. Vamos mantê-lo até amanhã, quando a frota dele navega de volta para a Irlanda. Você não precisava mesmo ter vindo! É muito bom vê-la, é claro, mas eu e Merewalh somos capazes de lidar com noruegueses grandes e maus.

— Seu filho da mãe — disse ela, mas não com raiva. Olhou para os troféus, depois de volta para mim, e gargalhou. — Graças a Deus — acrescentou, tocando a cruz de prata que pendia sobre o peito.

Naquela noite festejamos de novo com Sigtryggr, mas a chegada de Æthelflaed com tantos guerreiros significou que a carne era pouca. Havia cerveja o suficiente, e o administrador trouxe odres de vinho e um grande barril de hidromel. Mesmo assim, a presença de Æthelflaed fez com que o clima no salão fosse mais contido que na noite anterior. Os homens tendiam a falar mais baixo quando ela estava presente e tinham menos chances de começar brigas ou berrar suas canções prediletas sobre mulheres. O clima ficou mais sombrio ainda devido aos seis clérigos que compartilhavam a mesa do alto, onde Æthelflaed interrogava a mim e a Merewalh sobre o combate no Portão Norte. Sigtryggr recebera um lugar de honra à mesa, assim como minha filha.

— A culpa foi dela — disse Sigtryggr, indicando Stiorra com a cabeça.

Traduzi para Æthelflaed.

— Por quê? — perguntou ela.

— Ele a viu e se distraiu — expliquei.

— Foi uma pena não ter se distraído por mais tempo — disse minha filha com frieza.

Æthelflaed sorriu, aprovando esse sentimento. Estava sentada com as costas bem eretas, mantendo o olhar atento no salão. Comeu pouco e bebeu ainda menos.

— Então ela não fica bêbada, é? — perguntou-me Sigtryggr com azedume, indicando Æthelflaed. Ele estava sentado à minha frente.

— Não — respondi.

— Numa hora dessas minha mãe estaria lutando com os guerreiros do meu pai — comentou ele em tom soturno —, ou então disputando com eles quem bebe mais.

— O que ele está dizendo? — perguntou Æthelflaed. Ela vira o norueguês observando-a.

— Ele a elogiou pelo vinho — respondi.

— Diga a ele que é um presente da minha irmã mais nova, Ælthryth.

Ælthryth havia se casado com Balduíno de Flandres, que comandava o território ao sul da Frísia. Eu preferiria beber mijo a esse vinho de Flandres, mas Sigtryggr parecia gostar. Ele se ofereceu para servir um pouco para Stiorra, mas ela recusou peremptoriamente e voltou à conversa com o padre Fraomar, um jovem sacerdote a serviço de Æthelflaed.

— O vinho é bom! — insistiu Sigtryggr com ela.

— Eu me sirvo — respondeu ela em tom distante.

Stiorra parecia ser a única pessoa da minha família e dos meus seguidores imune ao apelo do norueguês. Eu certamente gostava dele. Sigtryggr fazia com que eu me lembrasse de mim mesmo, ou pelo menos do jovem teimoso que eu tinha sido, correndo riscos capazes de me matar ou de construir minha reputação. E Sigtryggr havia fascinado meus homens. Ele dera um bracelete a Finan, tinha elogiado as habilidades de luta dos meus guerreiros, admitido que fora derrotado e prometera que um dia voltaria para se vingar.

— Se o seu pai lhe der outra frota — eu dissera.

— Ele vai dar — respondera ele, confiante. — Só que da próxima vez não vou lutar contra o senhor. Vou procurar um saxão mais fácil de derrotar.

— Por que não fica na Irlanda?

Ele havia hesitado antes de responder, e eu suspeitara que viria alguma piada, mas então ele tinha me encarado com seu olho único.

— Eles são guerreiros selvagens, senhor. Pode-se atacá-los e derrotá-los, mas de repente há outra horda deles. E, quanto mais fundo se penetra no território, mais deles surgem, e na metade do tempo não se consegue vê-los, mas sabe-se que estão ali. É como lutar contra fantasmas, até que eles aparecem de repente e atacam. — Ele dera um leve sorriso. — Eles podem ficar com as terras deles.

— E nós ficaremos com a nossa.

— Talvez sim, talvez não. — Ele rira. — Vamos remar agora descendo o litoral de Gales e ver se conseguimos capturar um ou dois escravos para levar para casa. Meu pai vai me perdoar quase completamente se eu lhe der um punhado de garotas novas.

Æthelflaed tratou Sigtryggr com desdém. Ele era pagão, e ela odiava todos os pagãos, menos eu.

— É uma pena você não o ter matado — comentou durante o banquete.

— Eu tentei.

Ela viu Stiorra repudiar cada esforço que Sigtryggr fazia para ser amigável.

— Ela cresceu bem — disse calorosamente.

— Cresceu.

— Diferentemente da minha filha — declarou ela, com a voz baixa.

— Eu gosto de Ælfwynn.

— Ela tem a cabeça oca — respondeu Æthelflaed, desconsiderando o que falei. — Mas está na hora de você encontrar um marido para Stiorra.

— Eu sei.

Ela fez uma pausa, olhando ao redor do salão iluminado por velas de junco.

— A esposa de Æthelhelm está morrendo.

— Foi o que ele me contou.

— Talvez já tenha morrido. Æthelhelm disse que os padres lhe deram a extrema-unção.

— Pobre mulher — respondi respeitosamente.

— Tive uma longa conversa com ele antes de sair de Gleawecestre — disse Æthelflaed, ainda olhando para o salão. — Com ele e com meu irmão. Eles aceitam a decisão do nosso Witan. Também concordam em deixar Æthelstan sob meus cuidados. Ele será criado na Mércia e não haverá tentativa de levá--lo para longe.

— Você acredita nisso?

— Acredito que devemos proteger o menino — respondeu rispidamente. Em seguida olhou para Æthelstan, que estava com sua irmã gêmea numa das mesas de baixo. Seu nascimento real implicava que ele deveria comer na mesa alta, mas eu o havia poupado da conversa dos padres de Æthelflaed. — Acredito que meu irmão não queira fazer mal ao garoto — continuou ela —, e ele insiste que não deve haver inimizade entre Wessex e a Mércia.

— E não haverá, a não ser que Æthelhelm fique ambicioso outra vez.

— Ele passou do ponto e sabe disso. Pediu desculpas a mim, e de modo bastante elegante. Mas sim, Æthelhelm é ambicioso, de modo que talvez uma nova esposa possa distraí-lo, não é? A mulher que tenho em mente sem dúvida irá deixá-lo ocupado.

Demorei um instante para entender o que ela dizia.

— Você? — perguntei, atônito. — Está pensando em se casar com Æthelhelm?

— Não. Eu, não.

— Então quem?

Æthelflaed hesitou um momento, depois me olhou com ar desafiador.

— Stiorra.

— Stiorra! — Falei alto demais, e minha filha se virou para olhar para mim. Balancei a cabeça e ela voltou à sua discussão com o padre Fraomar. — Stiorra! — repeti, mas dessa vez em voz baixa. — Ela tem idade para ser neta dele!

320
O trono vazio

— Não é incomum homens se casarem com mulheres mais jovens — argumentou Æthelflaed em tom ferino.

Em seguida olhou para Eadith, que estava sentada a uma mesa mais baixa, com Finan e meu filho. Æthelflaed não ficara satisfeita ao encontrar a irmã de Eardwulf em Ceaster, mas eu havia defendido ferozmente a presença de Eadith, dizendo que devia a ela minha recuperação.

— O que mais? — perguntara Æthelflaed com rispidez, uma pergunta que eu ignorara, assim como desde então Æthelflaed havia ignorado Eadith.

— E Æthelhelm tem saúde, possui riquezas e é um homem bom.

— Que tentou matar você.

— Foi Eardwulf quem fez isso — retrucou ela. — Ele entendeu errado os desejos de Æthelhelm.

— Ele teria matado você, Æthelstan e qualquer outra pessoa que ficasse no caminho do neto.

Æthelflaed suspirou.

— Meu irmão precisa de Æthelhelm. Ele é poderoso demais para ser ignorado e muito útil. E, se Wessex precisa de Æthelhelm, a Mércia também precisa.

— Está dizendo que Æthelhelm comanda Wessex?

Ela deu de ombros, sem querer admitir.

— Estou dizendo que Æthelhelm é um homem bom. Ambicioso, sim, mas eficaz. Precisamos do apoio dele.

— E você acha que sacrificar Stiorra à cama de Æthelhelm vai garantir isso?

Æthelflaed se encolheu diante do meu tom.

— Acho que sua filha deveria se casar, e o senhor Æthelhelm a admira.

— Quer dizer que ele quer fornicar com ela — falei rispidamente. Olhei para minha filha, cuja cabeça estava inclinada para ouvir Fraomar. Ela parecia séria e linda. — Então ela será uma vaca da paz entre a Mércia e Wessex?

— Uma vaca da paz era uma mulher casada entre inimigos para selar um tratado.

— Pense nisso — disse Æthelflaed com urgência. — Quando estiver viúva, ela vai herdar mais terras do que você poderia sonhar, mais guerreiros do que você poderia esperar conseguir e mais dinheiro do que todo o tesouro

O deus da guerra

de Eduardo. — Ela fez uma pausa, mas eu não disse nada. — E tudo isso será nosso — acrescentou em voz baixa. — Wessex não vai engolir a Mércia, nós vamos engolir Wessex.

Há uma história nas escrituras cristãs sobre alguém que foi levado ao alto de um morro e recebeu a oferta de dominar o mundo inteiro. Não me lembro dos detalhes agora, só que o idiota recusou, e, naquela festa, eu me senti o idiota.

— Por que não casar Ælfwynn com Æthelhelm? — perguntei.

— Minha filha não é inteligente — respondeu Æthelflaed. — Stiorra é. E é preciso uma mulher inteligente para lidar com Æthelhelm.

— O que você vai fazer com Ælfwynn?

— Casá-la com alguém. Merewalh, talvez. Não sei. Estou desanimada com aquela garota.

Stiorra. Olhei para ela. Era mesmo inteligente e linda, e eu precisava lhe encontrar um marido, então por que não o homem mais rico de Wessex?

— Vou pensar — prometi, e pensei na velha profecia de que minha filha seria mãe de reis.

E acabou sendo verdade.

Alvorecer. Uma névoa rala no rio Mærse foi rompida pelas sombras escuras de vinte e seis barcos-dragões que remaram lentamente para manter posição contra a maré montante. Os homens de Sigtryggr haviam cumprido com a palavra. As embarcações estavam prontas para navegar, e Brunanburh nos pertencia outra vez. Os únicos noruegueses que ficaram em terra eram Svart e seis outros homens que guardavam Eardwulf e seus três seguidores remanescentes. Eu quisera que Eardwulf me fosse entregue no dia da derrota de Sigtryggr, porém ele havia fugido rápido demais, mas só chegou a um dos salões dinamarqueses em Wirhealum, onde os homens de Sigtryggr o descobriram. Agora ele esperava nossa chegada.

Levei Finan, meu filho e vinte homens, e Æthelflaed estava acompanhada por mais doze. Eu havia insistido que Æthelstan fosse comigo a Brunanburh, e minha filha também quis ver os noruegueses partirem, por isso nos acompanhou, levando sua criada, Hella.

— Por que você trouxe uma criada? — perguntei.

— Por que não? Não há perigo, há?

— Nenhum.

Eu confiava que Sigtryggr cumpriria com sua promessa de não haver luta entre seus homens e os nossos, e não houve. Encontramos Svart e seus poucos homens perto do burh inacabado, onde Sigtryggr apeou de seu cavalo emprestado. Svart trouxe a espada dele, e Sigtryggr olhou para mim como se pedisse permissão para pegá-la. Assenti. Ele tirou a espada da bainha e beijou o aço.

— Quer que eu mate os saxões? — perguntou, indicando Eardwulf com a cabeça.

— Eu faço meu próprio trabalho — respondi, e desci da sela espantado por não sentir dor.

— Pai — gritou Uhtred. Ele queria realizar o serviço.

— Eu faço meu trabalho — repeti, e, apesar de não haver dor, tomei o cuidado de me encostar no cavalo. Ofeguei como se a agonia houvesse retornado, depois empurrei o flanco do garanhão e manquei caminhando na direção de Eardwulf. O passo mancado era fingimento.

Ele ficou observando enquanto eu me aproximava. Sua postura estava ereta, o rosto estreito inexpressivo. Seu cabelo escuro, não mais oleado como antigamente, estava preso com uma fita. Seu queixo comprido apresentava uma barba de alguns dias, a capa estava suja e as botas gastas. Parecia alguém com quem o destino não havia sido amigável.

— Você deveria ter me matado em Alencestre — eu disse.

— Se tivesse matado, eu seria o soberano da Mércia agora.

— E agora vai ser o soberano de uma sepultura na Mércia — retruquei, depois desembainhei Bafo de Serpente. Fiz uma careta, como se o peso fosse demais para mim.

— O senhor mataria um homem desarmado, senhor Uhtred? — perguntou Eardwulf.

— Não — respondi. — Berg — gritei sem me virar —, dê sua espada a esse homem!

Encostei-me na minha espada, colocando a ponta numa pedra chata e apoiando o peso no punho. Atrás de Eardwulf estava o burh inacabado, seu grande muro de terra agora encimado por arbustos de espinheiro que formavam uma paliçada temporária. Pensei que os noruegueses podiam ter queimado a igreja e o estábulo, mas as construções estavam incólumes. Svart e seus homens vigiavam os seguidores de Eardwulf.

Berg veio trotando em seu cavalo. Olhou para mim, depois desembainhou Cuspe de Gelo e a jogou no capim molhado de orvalho aos pés de Eardwulf.

— Essa é Cuspe de Gelo — avisei a Eardwulf. — A espada longa de Cnut. Sua irmã me disse que você tentou comprá-la uma vez, e agora eu a dou. Ela quase me matou, portanto, veja se consegue terminar o serviço.

— Pai! — gritou Stiorra, ansiosa. Ela devia ter acreditado que Eardwulf e Cuspe de Gelo eram mais do que eu poderia aguentar.

— Quieta, garota. Estou ocupado.

Por que optei por lutar com ele? Eardwulf morreria, quer eu lutasse ou não, e ele era perigoso, tinha metade da minha idade e era um guerreiro. Mas é a reputação, sempre a reputação. Acho que o orgulho é a virtude mais perigosa. Os cristãos dizem que é pecado, mas nenhum poeta canta sobre homens que não sejam orgulhosos. Os cristãos dizem que os humildes herdarão a terra, mas os humildes não inspiram canções. Eardwulf quisera não só me matar como também acabar com Æthelflaed e Æthelstan. Eardwulf quisera ser o soberano do reino e era o último vestígio do ódio de Æthelred. Era justo que eu o matasse e que toda a Anglaterra saxã soubesse que eu o havia matado.

Ele se curvou e pegou a espada.

— O senhor está usando uma cota de malha — acusou, e isso me revelou que ele estava nervoso.

— Sou velho — respondi. — E estou ferido. Você é novo. E Cuspe de Gelo furou minha cota de malha uma vez, então deixe-a fazer isso de novo. É uma espada mágica.

— Mágica? — perguntou ele, depois olhou para a espada e viu a inscrição.

†VLFBERH†T

Seus olhos se arregalaram e ele sopesou a espada.

Ergui Bafo de Serpente e me encolhi como se o peso estivesse incomodando minhas costelas.

— Além disso — continuei —, você vai se mover mais depressa sem uma cota de malha.

— E se eu matá-lo? — perguntou Eardwulf.

— Então meu filho matará você, mas pela eternidade os homens saberão que o senhor Eardwulf derrotou Uhtred. — Fiz com que o "senhor" soasse como desprezo.

E ele veio em minha direção. Veio rápido. Eu não estava com um escudo. Eardwulf desferiu um ataque com Cuspe de Gelo em meu flanco esquerdo desprotegido, mas era pouco além de um estudo, uma tentativa de ver se eu conseguiria aparar o golpe. Nem precisei pensar. As lâminas se chocaram, e Bafo de Serpente fez Cuspe de Gelo parar. Dei um passo para trás e baixei minha espada.

— Você não vai me matar com um corte — declarei. — Nem mesmo as lâminas de Vlfberht conseguem cortar uma malha de ferro. Você precisa estocar.

Eardwulf me encarava. Deu um passo à frente, levantando a espada, e não me mexi. Ele recuou de novo. Estava me testando mas também estava nervoso.

— Sua irmã me contou que você lutava na última fileira da parede de escudos, nunca na primeira.

— Ela mentiu.

— Ela estava deitada na minha cama quando contou isso. Disse que deixa outros homens lutarem por você.

— Então ela é uma puta e uma mentirosa.

Fiz um esgar de novo, dobrando minha cintura ligeiramente como fazia quando a dor me atingia de súbito. Eardwulf não sabia que eu estava curado e viu Bafo de Serpente baixar ainda mais. Bateu com o pé direito no chão à frente e impeliu Cuspe de Gelo rápido em meu peito. Eu me virei de lado, a lâmina passando direto, sem me acertar, então lhe dei uma pancada no rosto com o pesado punho de Bafo de Serpente. Ele cambaleou. Ouvi Finan dar um risinho. Eardwulf puxou a espada de volta e tentou desferir um corte outra vez contra meu flanco esquerdo, mas não havia força no movimento porque ele ainda se recuperava da estocada e do meu golpe. Apenas ergui os braços e deixei a lâmina me acertar. Ela atingiu pouco acima do ferimento, e a cota de malha parou a espada. Não houve dor. Sorri para Eardwulf e fiz um movimento curto com Bafo de Serpente, a ponta abrindo sua bochecha esquerda, que já sangrava da pancada que eu dera.

— Se sua irmã se prostituiu por alguém — eu disse —, foi por você.

Eardwulf levou a mão direita à bochecha e sentiu o sangue. Agora eu conseguia ver seu medo. É, ele era um guerreiro, e não era ruim. Havia encurralado galeses na fronteira da Mércia e os expulsara, mas sua habilidade era de criar ou evitar emboscadas, ser mais esperto que os inimigos e atacá-los quando eles se sentiam em segurança. Sem dúvida havia lutado na parede de escudos, protegido por homens leais dos dois lados, mas sempre na última fileira. Ele não era um homem que se deliciava com a canção das espadas.

— Você fez sua irmã se prostituir com Æthelred e ficou rico — acusei. Movi Bafo de Serpente outra vez, mirando seu rosto, e ele deu um passo rápido para trás. Baixei a lâmina. — Jarl Sigtryggr! — gritei.

— Senhor Uhtred?

— Você ainda está com o dinheiro de Eardwulf? O tesouro que ele trouxe de Gleawecestre?

— Estou!

— Ele pertence à Mércia.

— Então a Mércia deve ir pegá-lo — respondeu ele.

Gargalhei.

— Então você não irá para casa de mãos vazias, afinal de contas. Ele roubou muito?

— O bastante — respondeu Sigtryggr.

Tentei atingir as pernas de Eardwulf com Bafo de Serpente. Não era um golpe sério, só o suficiente para fazê-lo recuar um passo.

— Você é um ladrão! — exclamei.

— Aquele dinheiro me foi dado. — Eardwulf deu um passo à frente, erguendo a espada. Como não reagi à ameaça, ele recuou de novo.

— Era um ouro que deveria ter sido gasto com homens — eu disse —, com armas, paliçadas e escudos.

Avancei e dei um golpe que simplesmente o impeliu para longe. Continuei, a espada erguida, e agora ele já devia saber que eu não sentia dor, que me movia com facilidade e velocidade, mas senti que iria me cansar depressa. Bafo de Serpente é uma espada pesada.

— Você gastou o dinheiro em óleo para o cabelo e em badulaques para suas putas, em peles e cavalos, em joias e seda. Um homem se veste com couro e ferro, senhor Eardwulf. E luta. — E com isso o ataquei. Ele aparou o golpe, mas foi muito lento.

Durante a vida inteira treinei com a espada. Empunhei e brandi uma arma quase desde quando aprendi a andar. A princípio eu estivera cauteloso com Eardwulf, presumindo que fosse mais rápido que eu e perspicaz no manejo de uma espada, mas ele sabia pouco mais que cortar, estocar e bloquear desesperadamente. Por isso o impeli para trás, pouco a pouco. Eardwulf olhava para minha espada, e deliberadamente reduzi a velocidade dos golpes, permitindo que ele os visse com clareza e os aparasse. Eu queria que Eardwulf acompanhasse meus movimentos para que não olhasse para trás. Ele também não desviava a atenção. Quando cheguei à beira do fosso, acelerei os golpes, atingindo-o com a parte chata de Bafo de Serpente para que não o ferisse, apenas humilhasse. Aparei seus contra-ataques débeis com habilidade e sem precisar pensar. E subitamente estoquei, empurrando-o para trás, então seus pés escorregaram na lama do fosso e ele caiu.

Eardwulf bateu de costas na água do fosso. Não era fundo. Gargalhei e desci com cuidado a encosta escorregadia até ficar parado junto dele. Os espectadores, tanto saxões quanto noruegueses, vieram à beira do fosso e olharam para nós. Eardwulf ergueu os olhos e viu os guerreiros, homens sérios, e tamanha foi sua humilhação que achei que ele iria chorar.

— Você é um traidor e um fora da lei — eu disse.

Apontei Bafo de Serpente para sua barriga e ele ergueu Cuspe de Gelo como se tentasse acertá-la. Recuei o braço que empunhava a espada e desferi um golpe poderoso num arco amplo. Foi violentíssimo, dado com toda a força que me restava. Bafo de Serpente encontrou Cuspe de Gelo, e foi Cuspe de Gelo que se quebrou. A famosa espada se partiu em duas, como eu queria. Uma lâmina saxã havia quebrado o melhor trabalho de Vlfberht. Qualquer mal que Cuspe de Gelo pudesse ter contido, qualquer feitiçaria escondida em seu aço, se foi.

Eardwulf tentou recuar, mas eu o impedi encostando Bafo de Serpente em sua barriga.

— Quer que eu abra você? — perguntei, e levantei a voz. — Príncipe Æthelstan!

O menino desceu atabalhoadamente pela encosta do fosso e parou na água.

— Senhor?

— Seu veredicto para esse fora da lei.

— A morte, senhor — respondeu ele em sua voz infantil.

— Então o faça — eu disse, e lhe dei Bafo de Serpente.

— Não! — gritou Eardwulf.

— Senhor Uhtred! — gritou Æthelflaed em voz aguda.

— Senhora?

— Ele é um menino — argumentou ela, franzindo o cenho para Æthelstan.

— Ele é um menino que precisa aprender a ser um guerreiro e um rei — retruquei —, e a morte é seu destino. Ele precisa aprender a lidar com isso. — Dei um tapinha no ombro de Æthelstan. — Seja rápido, garoto. Ele merece uma morte lenta, mas essa é sua primeira morte. Faça com que seja fácil para você.

Olhei para Æthelstan e vi confiança em seu rosto jovem. Observei-o direcionar a espada pesada para o pescoço de Eardwulf e vi sua careta quando ele baixou a lâmina com força. Um jato de sangue violento acertou minha cota de malha. Æthelstan manteve o olhar no rosto de Eardwulf quando o golpeou uma segunda vez, então apenas se apoiou no punho de Bafo de Serpente, mantendo a lâmina na goela do homem. A água suja do fosso ficou vermelha. Eardwulf se sacudiu por um tempo, houve um som gorgolejante e mais sangue jorrou até se espalhar pela água. Æthelstan continuou apoiado na minha espada até os tremores de Eardwulf pararem e as ondulações diminuírem. Abracei o menino, depois segurei seu rosto com as duas mãos para que ele olhasse para mim.

— Isso é justiça, senhor príncipe, e o senhor se saiu bem.

Peguei Bafo de Serpente com ele.

— Berg — gritei —, você precisa de uma espada nova! Aquela não prestava.

Sigtryggr estendeu a mão para me puxar do fosso. Seu único olho brilhava com o mesmo júbilo que eu vira nas muralhas de Ceaster

— Eu não iria querer ter o senhor como inimigo, senhor Uhtred — declarou ele.

— Então não volte, jarl Sigtryggr — respondi apertando seu antebraço enquanto ele apertava o meu.

— Vou voltar, porque o senhor vai querer que eu volte.

— É?

Ele virou a cabeça para olhar as embarcações. Um barco estava próximo à costa, preso por uma corda amarrada a uma estaca. A proa tinha um grande dragão pintado de branco, e na garra do dragão havia um machado vermelho. O barco esperava Sigtryggr, mas, perto dele, parada onde o capim se transformava na lama da margem do rio, estava Stiorra. Sua criada, Hella, já havia subido a bordo do barco-dragão.

Æthelflaed estivera observando a morte de Eardwulf, mas agora viu Stiorra perto do barco atracado. Franziu o cenho, sem certeza se entendia o que estava vendo.

— Senhor Uhtred?

— Senhora?

— Sua filha — começou ela, mas não sabia o que dizer.

— Eu cuido da minha filha — respondi, sério. — Finan?

Meu filho e Finan me encaravam, imaginando o que eu faria.

— Finan? — gritei.

— Senhor?

— Mate esse lixo. — Apontei a cabeça para os seguidores de Eardwulf, depois segurei Sigtryggr pelo cotovelo e fui com ele em direção à sua embarcação.

— Senhor Uhtred! — gritou Æthelflaed outra vez, agora com mais ênfase.

Balancei a mão, sem dar importância, mas afora isso a ignorei.

— Achei que ela não gostava de você — disse a Sigtryggr.

— Queríamos que o senhor achasse isso.

— Você não a conhece.

O deus da guerra

— O senhor conhecia a mãe dela quando a encontrou?

— Isso é loucura.

— E o senhor é famoso pelo bom senso.

Stiorra esperava por nós. Ela estava tensa. Encarou-me em desafio e não disse nada.

Senti um nó na garganta e uma ardência nos olhos. Eu disse a mim mesmo que era a pouca fumaça que pairava, vinda das fogueiras abandonadas pelos noruegueses.

— Você é uma idiota — falei, asperamente.

— Eu o vi — comentou ela simplesmente — e fui arrebatada.

— Ele também? — perguntei, e ela apenas assentiu. — Nas últimas duas noites, depois que a festa acabou... — Não terminei a pergunta, mas Stiorra respondeu mesmo assim, assentindo de novo. — Você é filha da sua mãe — eu disse, e a abracei, apertando-a. — Mas eu escolho com quem você se casa — continuei. Senti-a se enrijecer nos meus braços. — E o senhor Æthelhelm quer se casar com você.

Pensei que Stiorra estivesse soluçando, mas, quando me afastei do abraço, vi que ela estava rindo.

— O senhor Æthelhelm? — perguntou ela.

— Você será a viúva mais rica de toda a Britânia — prometi.

Stiorra ainda me abraçava, olhando para meu rosto. Ela sorriu, um sorriso idêntico ao de sua mãe.

— Pai, juro pela minha vida que vou aceitar o homem que o senhor escolher para ser meu marido.

Ela me conhecia. Tinha visto minhas lágrimas e sabia que não eram provocadas pela fumaça. Inclinei-me e beijei sua testa.

— Você vai ser uma vaca da paz entre mim e os nórdicos. E você é uma idiota. Eu também. E o seu dote — falei mais alto enquanto dava um passo para trás — é o dinheiro de Eardwulf. — Vi que havia manchado seu vestido de linho claro com o sangue de Eardwulf. Olhei para Sigtryggr. — Entrego-a a você. Portanto, não me desaponte.

Alguma pessoa inteligente, não lembro quem, disse que devemos deixar nossos filhos para o destino. Æthelflaed estava com raiva de mim, mas me recusei a ouvir seus protestos. Em vez disso, ouvi os cânticos dos noruegueses, a canção dos remos, e vi seus barcos-dragões descerem o rio, em meio à névoa cada vez mais rala que cobria o Mærse.

Stiorra olhou para mim. Pensei que ela iria acenar, mas ficou imóvel e então desapareceu.

— Temos um burh a terminar — eu disse aos meus homens.

Wyrd bið ful āræd.

Nota histórica

ÆTHELFLAED REALMENTE SUCEDEU ao marido como soberana da Mércia, ainda que jamais tenha sido proclamada rainha. Era conhecida como Senhora dos Mércios, e seus feitos merecem ser lembrados na longa história da criação da Inglaterra. A inimizade entre Æthelflaed e Æthelred é inteiramente fictícia, assim como as deliberações do Witan que levaram à nomeação dela. Não há evidência de que Æthelhelm, o sogro de Eduardo, tenha tentado impedir a sucessão de Æthelstan, mas as dúvidas sobre a legitimidade do garoto não são fictícias.

O rei Hywel existiu e é conhecido até hoje como Hywel Dda, Hywel, o Bom. Era um homem extraordinário, inteligente, ambicioso e capaz, que, em muitos sentidos, obteve para Gales o que Alfredo esperava conseguir para a Inglaterra.

Sigtryggr também existiu, realmente atacou Ceaster e perdeu um olho em algum ponto de sua carreira relatada. Eu provavelmente avancei esse ataque no tempo. A grafia anglicizada de seu nome é Sihtric, mas preferi a grafia nórdica para evitar confusão com o fiel seguidor de Uhtred, Sihtric.

Agradeço ao meu amigo, o médico Thomas Keane, por descrever a recuperação milagrosa de Uhtred. O doutor Tom jamais disse que era algo provável, mas que era possível, e, numa noite escura, com o vento favorável e uma boa dose de uísque...? Quem sabe? Uhtred sempre teve sorte, então funcionou.

O filho de Uhtred também tem sorte em possuir uma espada feita pelo ferreiro que marcou a lâmina com o nome ou a palavra:

†VLFBERH†T

Essas espadas existiram, e algumas ainda existem, mas parece que as lâminas eram tão valiosas que algumas falsificações foram feitas nos séculos IX e X. Seria necessário pagar uma enorme quantia por uma espada dessas porque o aço de uma genuína espada Vlfberht era de uma qualidade que só encontrou equivalente mil anos depois. O ferro é quebradiço, mas os ferreiros tinham aprendido que acrescentando carbono transformavam o material em aço, que faria uma lâmina dura, afiada e flexível com muito menos probabilidade de se despedaçar em combate. O modo usual de acrescentar carbono era queimar ossos na forja, mas esse era um processo incerto e deixava impurezas no metal. Mas em algum momento do século IX alguém descobriu um modo de liquefazer a mistura de ferro e carbono num cadinho e assim produzir lingotes de aço superior. Não sabemos quem foi essa pessoa nem onde o aço foi feito. Parece ter sido importado para o norte da Europa vindo da Índia ou talvez da Pérsia, prova do longo alcance das rotas comerciais que também traziam seda e outros luxos para a Britânia.

Em nenhum lugar a Britânia é mais associada à criação da Inglaterra do que em Brunanburh. Na verdade, esse é o local de nascimento da Inglaterra, e não tenho dúvida de que alguns leitores vão questionar minha identificação de Bromborough, no Wirral, como o local de Brunanburh. Sabemos que Brunanburh existiu, mas não há concordância e há pouca certeza de sua localização exata. Têm havido muitas sugestões, desde Dumfries e Galloway, na Escócia, até Axminster, em Devon, mas estou convencido pelos argumentos da rigorosa monografia de Michael Livingston, *The Battle of Brunanburh, a Casebook* (Exeter University Press, 2011). A batalha que é assunto da tese não é a luta descrita neste livro, e sim a muito mais famosa e decisiva, em 937. De fato, a Batalha de Brunanburh é o combate que, finalmente, completará o sonho de Alfredo e forjará uma Inglaterra unida, mas isso é outra história.

Este livro foi composto na tipologia ITC Stone
Serif Std, em corpo 9,5/16,1, e impresso em papel
off-white no Sistema Cameron da Divisão
Gráfica da Distribuidora Record.